# À PROPOS DE L'AUTRICE

Rien ne prédestinait Caro Carson à l'écriture de romances, en commençant par son service militaire ! Pourtant, elle a toujours aimé les belles histoires d'amour (en particulier celles qui finissent bien). Aujourd'hui saluée par la critique, régulièrement dans le classement des meilleurs auteurs du *USA Today bestselling books*, elle vit avec son mari et leurs deux enfants en Floride.

Médecin... et papa

*

Seconde chance au West Central Hospital

*

Une danse avec le Dr MacDowell

CARO CARSON

# Médecin... et papa

INTÉGRALE
SÉDUCTION AU WEST CENTRAL HOSPITAL

*Traduction française de*
MARCELLE COOPER

SAGAS
HARLEQUIN

*Collection :* SAGAS

*Titre original :*
DOCTOR, SOLDIER, DADDY

*Ce roman a déjà été publié en 2014*



**HARPERCOLLINS FRANCE**
83-85, boulevard Vincent-Auriol, 75646 PARIS CEDEX 13
Service Lectrices — Tél. : 01 45 82 47 47 - www.harlequin.fr
ISBN 978-2-2804-6598-4 — ISSN 2426-993X

Composé et édité par HarperCollins France.
Imprimé en décembre 2021 par CPI Black Print (Barcelone)
en utilisant 100% d'électricité renouvelable.
Dépôt légal : janvier 2022.

FSC www.fsc.org MIXTE Papier issu de sources responsables FSC® C159065

Pour limiter l'empreinte environnementale de ses livres, HarperCollins France s'engage à n'utiliser que du papier fabriqué à partir de bois provenant de forêts gérées durablement et de manière responsable.

# 1

— Tu vas laisser un bébé choisir ta femme ?

Jamie MacDowell fixa le feu de camp comme s'il n'avait pas entendu la question de son frère aîné, Braden. Deux ans auparavant, il n'aurait même pas décelé la note d'inquiétude dans la voix de ce dernier, mais aujourd'hui il était plus réceptif aux émotions des autres.

— Engage une nourrice, Jamie. Tu n'es pas obligé d'épouser quelqu'un. C'est bien de toi, ça, les solutions extrêmes…

Le ton de son autre frère, Quinn, était plus mesuré. Et plus condescendant.

Le soleil se couchait sur le lac en bordure de River Mack Ranch, la propriété familiale. Assis autour du feu sur des chaises pliantes, leurs jambes gainées de jean allongées, la botte droite croisée sur la gauche, tous trois semblaient sacrifier à quelque amusant mimétisme familial. Autrefois, Jamie aurait probablement décroisé les jambes, pour se démarquer, mais l'année passée à recoudre des soldats dans un hôpital de campagne en Afghanistan l'avait fait mûrir.

Depuis son retour au Texas avec son fils, Sam, il aimait à croire qu'il n'avait plus rien à voir avec le rebelle de naguère, ce qui ne l'empêchait pas de conserver intactes ses convictions.

— Inutile de prendre femme pour changer les couches d'un môme, ajouta Quinn.

— Je te signale que ce môme est mon fils.

Il allait falloir du temps à ses frères pour s'habituer à l'idée qu'il était père puisqu'il ne leur avait pas touché mot de l'existence de Sam dans les rares nouvelles qu'il leur avait postées d'Afghanistan, et qu'ils commençaient à peine à se remettre du choc de le voir débarquer avec un nourrisson de neuf mois dans ses bagages.

— Une bonne nourrice s'acquittera parfaitement de la tâche, reprit Quinn.

Jamie décroisa les jambes. N'étant pas parents, ses frères ne pouvaient comprendre la métamorphose qui s'opérait dans la vie d'un jeune père. Quand il tenait Sam dans ses bras, il se sentait envahi par un bonheur intense qui le disputait à l'envie farouche de le protéger. Et de satisfaire ses besoins. Et le premier besoin de Sam était d'avoir une maman, pas une nourrice.

— J'ai des horaires de dingue aux urgences. Quelle nourrice acceptera de venir la nuit au pied levé et d'enchaîner sur la journée ?

— Tu n'as qu'à engager une nounou à demeure.

Cardiologue de son état, Quinn avait toujours réponse à tout. Cette race particulière de médecins évoluait dans un monde très carré fait de mathématiques, de physique, de chimie, de systoles et de diastoles millimétrées, de battements à la minute, un monde où tout était calculé, mesuré, soupesé, où le hasard n'avait pas droit de cité, ni les doutes ni les états d'âme. Pour Quinn, tout était blanc ou noir. Simple…

Il en allait tout autrement des médecins urgentistes qui devaient composer quotidiennement avec les impondérables, et improviser, faire au mieux avec les moyens du bord. Pour établir son diagnostic, Jamie était souvent amené à échafauder toutes sortes d'hypothèses, à les tester et à les écarter jusqu'à ce qu'il tombe sur la bonne qui lui permettait de stabiliser et de soigner le patient.

En Afghanistan, la tâche avait été malheureusement plus simple étant donné qu'il n'y avait eu qu'un type d'urgence : les blessures mutilantes causées par des explosions et des tirs de mortier ou de roquettes, où il fallait à tout prix endiguer l'hémorragie et maintenir le cerveau irrigué avant même de songer à réparer les lésions. Sinon, il ne comptait plus les doigts sectionnés au cours du nettoyage des armes ni les traumatismes divers dus aux accidents de Jeep et autres avanies d'hélicoptère. Dans tous les cas, il avait dû opérer, recoudre, amputer, et il avait à son actif plus d'opérations en tant que médecin militaire que beaucoup de chirurgiens au cours de toute leur vie dans le civil.

— Si l'armée m'envoie de nouveau sur le terrain, aurai-je la garantie qu'une nourrice reste avec Sam durant mon absence ? Qu'elle m'écrive régulièrement pour me tenir au courant de ses progrès, m'envoyer des photos ? Vous savez bien que non.

La mine inquiète, Braden se redressa sur sa chaise.

— Je croyais que tu ne servais plus qu'en tant que réserviste jusqu'à la fin de ton engagement, à raison d'un week-end par mois à Fort Worth ? As-tu signé un nouveau contrat ?

Une réaction aussi prévisible que celle de Quinn. Doté d'une formation de médecin généraliste, son frère aîné officiait actuellement en tant que chercheur au sein d'un puissant conglomérat pharmaceutique, et il ne raisonnait qu'en termes de contrats, d'avenants et d'articles juridiques. La chose imprimée avait force de loi. Et le monde se composait de bons et de méchants.

Braden et Quinn pensaient comme feu leur père.

Jamie se baissa pour poser sa bouteille à moitié vide sur le sol. Jamais son père n'avait pu le convertir à sa vision manichéenne du monde, et Jamie était décidé à inculquer à Sam des valeurs qui faisaient jusqu'à présent défaut aux MacDowell : la tolérance, l'ouverture d'esprit, la curiosité envers d'autres cultures.

— Je suis dans l'armée de réserve pour encore six mois durant lesquels je risque d'être envoyé n'importe où à tout moment. En principe…, ajouta-t-il en voyant le visage de ses frères se crisper. En réalité, il y a peu de risques que cela se produise.

Braden baissa le regard vers les flammes qui lançaient des étincelles dans l'air du soir.

— Ne crois pas que nous voulons t'empêcher d'accomplir ton devoir. Nous sommes fiers de toi.

— Je sais. Moi aussi, je suis fier d'avoir servi mon pays et d'avoir contribué à sécuriser cette zone du monde. Parfois, j'aimerais y retourner car il reste tant de choses à faire.

A Kaboul puis dans l'Hindu Kuch, il avait assisté à de courageuses initiatives personnelles pour améliorer le sort des autochtones, notamment celle d'une femme qui se démenait pour soigner et alphabétiser les petites Afghanes. Dans un pays où les filles étaient traitées comme des esclaves corvéables à merci et restaient cloîtrées chez elles après la puberté, elle avait établi un système d'école itinérante pour leur dispenser des rudiments d'éducation. Par son courage, sa détermination et son abnégation, Amina avait gagné son respect, et son cœur. Hélas ! elle était morte durant l'accouchement. Le laissant élever seul leur bébé, Sam.

— Une nourrice ne suffira pas. Je veux me marier pour donner une mère à mon fils ; ainsi, s'il devait m'arriver malheur, Sam aurait un autre parent américain.

— Il est ton fils et notre neveu. Crois-tu que nous laisserions l'Etat le placer dans un orphelinat ?

— Non, dit-il, touché par la remarque de Braden.

De toute évidence, ce dernier considérait désormais Sam comme un MacDowell, et non comme un petit rescapé ramené d'un pays ravagé par la guerre. Bien que le bébé eût la peau mate et les yeux noirs, Braden l'avait accepté dans la famille.

— Je sais que vous le garderiez à la maison, mais cela ne suffirait pas. Maman est trop âgée pour élever un enfant en bas âge. Quant à vous deux, vos horaires de fous vous disqualifient d'office ; vous n'avez même pas le temps de vous trouver une petite amie, *a fortiori* de vous occuper d'un bébé... Non, j'y ai longuement réfléchi, et la seule solution est de me trouver une épouse qui acceptera d'être une mère à temps plein pour Sam.

— Et si tu engageais une nourrice que tu nommerais sa tutrice légale ? suggéra Quinn. Un avocat t'arrangera cela en deux temps trois mouvements.

— Je préfère me marier. La garde d'une mère est rarement remise en question.

En Afghanistan, ses démarches pour épouser légalement Amina s'étaient heurtées à un mur, que ce soit de la part des autorités militaires, des tribunaux afghans ou des mosquées. Qu'ils n'aient pas été mariés avait été un avantage pour rapatrier Sam aux Etats-Unis. En invoquant la nécessité médicale, et fort des prérogatives que lui accordait son statut de médecin mandaté par le State Department, il avait été en mesure de quitter l'Afghanistan avec l'enfant à bord d'un avion de l'U.S. Air Force, mais si jamais les papiers de sortie du territoire afghan étaient épluchés à la loupe…

Inutile de s'en inquiéter pour le moment. A supposer que quelqu'un, un lointain parent d'Amina, dénonce un jour la procédure expéditive et réclame le retour de Sam à Kaboul, l'appartenance de ce dernier à une famille texane, mari et femme, jouerait en faveur d'un maintien sur le sol américain, contrairement à la situation actuelle. Sans être versé comme Braden dans les arcanes juridiques, il se doutait qu'un père célibataire, médecin militaire susceptible d'être envoyé au bout du monde, ne jouissait pas du même crédit auprès des tribunaux qu'un couple marié.

Non, décidément, tout le confortait dans sa décision de trouver une mère américaine pour son fils. Et le plus tôt serait le mieux.

— Ce n'est pas une lubie. J'y ai mûrement réfléchi et j'épouserai la première fille qui me semblera réunir les qualités pour être une bonne mère.

— Et l'amour dans tout ça ?

Jamie ramassa sa bouteille de bière et en essuya le fond. La terre sèche et sablonneuse n'était pas si différente de celle du camp de base en Afghanistan, et plus d'une fois, quand la nostalgie du pays s'était emparée de lui là-bas, il avait observé le paysage les yeux mi-clos en s'imaginant à la maison. Sauf que le ranch n'avait pas de miradors, de double clôture de fil de fer barbelé ni d'abris anti-explosion faits de sacs de sable.

— L'amour, je n'en ai rien à faire, dit-il en haussant les épaules. De toute façon, les médecins font de piètres maris — regardez papa… Il n'avait pas une minute pour sa femme, ni pour nous. Sans maman, je ne sais pas ce que nous serions devenus. Mon fils, lui, aura deux parents qui joueront pleinement leur rôle.

La mine chagrine, Braden fixa l'étiquette de sa bouteille de bière mexicaine.

— Je te trouve injuste avec papa. As-tu oublié qu'il nous emmenait pêcher avec lui ?

— Une fois par an ! On sellait les chevaux et on se mettait en route pour le lac où on plantait nos tentes. On y passait trois jours, quatre au maximum, avec un père à qui on n'avait rien à dire, et réciproquement.

— Tout de même, il essayait de se rapprocher de nous.

— Il aurait peut-être fait un oncle potable, mais comme père, pardonnez-moi de vous le dire, il laissait à désirer. Mon fils aura un vrai papa sur lequel il pourra compter en permanence, pas seulement quatre jours par an. Et si quelque chose m'arrive, je veux qu'il ait une mère qui continue de l'élever. Pas question de le laisser seul au monde. C'est décidé, je vais me trouver une femme, et n'essayez pas de me faire changer d'avis.

— Réfléchis, Jamie. Que se passera-t-il si tu trouves cette mère parfaite et que tu tombes ensuite amoureux de quelqu'un avec qui tu voudras tout partager, pas seulement les couches et les biberons ? Divorceras-tu de la maman de ton fils pour épouser la femme que tu aimes vraiment ? Et si tu te contentes de la prendre pour maîtresse, je ne crois pas ta Mme MacDowell verra ça d'un bon œil.

— Jamais je ne tromperai mon épouse, même si c'est un mariage de convenance.

— Tu me sembles bien sûr de toi. Moi, j'ai été amoureux jadis, ajouta Braden qui parlait rarement de cette période où il avait été fiancé, et je t'assure que, comme la foudre, ça te tombe dessus sans prévenir.

Jamie se leva pour sortir de sa poche les clés de son pick-up.

— Je sais. Cela m'est arrivé.

— Mais alors…

— Alors, c'était une jeune Afghane brillante et cultivée qui s'appelait Amina et qui me servait de traductrice au cours de mes missions médicales dans l'Hindu Kuch. Nous avons conçu un enfant, et elle est morte en le mettant au monde. Cet enfant, c'est Sam…

Il arrosa un buisson rachitique du reste de sa bière puis jeta la bouteille sur la plate-forme du pick-up.

— La foudre ne frappe jamais deux fois au même endroit, ajouta-t-il, amer.

Un silence de mort tomba sur le campement.

Après le choc de l'arrivée de ce bébé inconnu, ses frères venaient d'apprendre le fin mot de l'histoire et ils en restaient bouche bée.

Jusqu'à présent, Jamie n'avait guère été bavard sur les origines de l'enfant, ce qui laissait la porte ouverte à toutes les hypothèses, et ses frères avaient, semblait-il, privilégié celle de l'exfiltration d'un petit orphelin pour des raisons humanitaires. Jamais ils n'avaient imaginé que ce petit enfant à la peau brune et aux boucles noires puisse être leur neveu de sang.

A présent, ils étaient fixés.

— Tenez, vous boirez le reste de la bière à ma santé et à celle de Sam, dit-il en poussant du pied la glacière près de la chaise de Braden. Maman n'est plus en âge de faire la baby-sitter, aussi je vais me dépêcher d'aller récupérer Sam et de rentrer à Austin.

Cela faisait deux heures qu'il l'avait laissé auprès de leur mère, et il lui manquait déjà.

Braden le suivit jusqu'au pick-up.

— Jamie, tu ne nous avais jamais parlé de la mère du bébé. Sam est donc vraiment ton fils ? Ton fils biologique ?

La consternation saisit Jamie. Si ses propres frères n'avaient pas été capables de le deviner, il allait avoir du mal à en convaincre le State Department, à supposer qu'un fonctionnaire zélé commence à s'intéresser d'un peu trop près au dossier de

Sam. Afin de prévenir toute complication, il devenait urgent de se marier et de faire adopter Sam par sa femme.

— Ecoute, je ne suis pas d'humeur à entendre l'un de tes sermons, dit-il.

Fut une époque où son frère aîné s'était substitué à leur père défaillant pour lui offrir conseils et soutien, mais Jamie était désormais maître de sa propre vie et il n'avait besoin des conseils de personne. S'il était venu aujourd'hui au ranch, c'était pour tenir sa famille au courant de ses projets, par politesse, pas pour entendre des reproches sur la manière dont il comptait mener sa barque.

— Mon intention n'est pas de te faire des sermons, dit Braden de son ton pourtant réprobateur de grand frère. Alors, quand nous présentes-tu cette perle rare qui sera ta femme sans vraiment l'être ?

— Je ne l'ai pas encore rencontrée, dit-il en ouvrant la portière du pick-up. Aucune personne de mon entourage ne réunit les qualités nécessaires.

— Et aucune ne les aura jamais. Peux-tu me dire qui accepterait d'être la mère de ton fils sans avoir le droit de partager ton lit ?

Ah ! l'aveugle solidarité fraternelle ! Braden semblait si sûr du penchant de la gent féminine pour son jeune frère, mais ce qu'il ignorait, c'était qu'aujourd'hui la plupart des filles se lassaient vite de lui courir après, car sans doute était-il marqué « veuf inconsolable » sur son front.

La seule chose qui amenait un sourire sur ses lèvres était son fils.

— Il s'agit de trouver une mère pour Sam, pas une femme pour moi, dit-il en s'installant derrière le volant. C'est bien pour ça qu'il faut le laisser choisir.

Puis il referma la portière et démarra. Comme il roulait en direction du ranch, il sentit une sérénité nouvelle l'envahir. Il était sur la bonne voie, il en avait la conviction. Construire sa vie autour des besoins de son fils donnerait un sens à la sienne.

« Et l'amour dans tout ça ? » avait demandé son frère. Depuis la mort d'Amina, il avait fait une croix dessus. L'amour de son fils serait désormais le seul moteur de sa vie.

Et de qui Sam tomberait-il amoureux ? Quelle que soit l'élue de son cœur, Jamie était décidé à se ranger à son choix.

# 2

Kendry Harrison était la bonne à tout faire du West Central Hospital d'Austin. De ses attributions d'aide-soignante, ses employeurs ne semblaient avoir retenu que le mot « aide », et cela faisait bien longtemps qu'elle n'avait assisté aux soins d'un patient. Aucun médecin n'avait recours à ses services, pas même pour faire des courses ou porter un pli important, ce qui aurait ménagé un peu son amour-propre, faute de mieux ; en revanche, on la réclamait systématiquement pour vider les haricots, passer la serpillière, transporter le linge sale à la blanchisserie et autres tâches peu ragoûtantes. Aujourd'hui, elle vaquait à l'étage de pédiatrie.

Cette affectation lui plaisait, même si cela lui brisait le cœur de voir tous ces petits malades. Pourtant, un enfant restait un enfant, et elle les trouvait adorables, fût-ce en blouse d'hôpital, avec une intraveineuse fichée dans le bras ou un masque à oxygène sur le nez. Ils lui racontaient leurs petites vies avec candeur et, bien qu'ils soient cloués dans un lit ou dans un fauteuil roulant, profitaient de toutes les occasions pour jouer.

Contrairement aux adultes, les enfants étaient toujours prêts à croquer la vie à pleines dents, sauf quand la douleur devenait trop forte.

Le cas de la petite Myrna l'inquiétait. Sa sortie était prévue pour ce soir, mais le mutisme dans lequel elle s'enfermait depuis quelques heures indiquait que quelque chose n'allait pas. Souffrait-elle ?

Sa garde allait se terminer dans quelques minutes, mais

Kendry ne voulait pas partir sans tenter, une dernière fois, d'attirer l'attention des infirmières sur le changement de comportement du bébé.

Elle appuya sur le bouton d'appel.

— Qu'est-ce que vous voulez encore, Kendry ? demanda une voix irritée dans l'Interphone.

— J'aimerais qu'une infirmière vienne examiner Myrna Quinones en salle de jeux, s'il vous plaît.

Peut-être qu'en adoptant le ton froid et impersonnel du personnel médical, on la prendrait plus au sérieux. Malheureusement, son allergie se rappela à elle, et elle eut juste le temps de saisir un mouchoir en papier avant qu'éclate la crise d'éternuements.

— Nous avons pris régulièrement ses constantes. Elle va bien, et sa mère viendra la récupérer ce soir comme prévu. Et vous, Kendry, vous feriez mieux de rentrer chez vous et de soigner votre rhume si vous ne voulez pas contaminer nos petits patients, ajouta l'infirmière en chef avec une méchante pointe d'ironie.

« Du calme, s'exhorta-t-elle. Reste polie. »

— Ma rhinite allergique n'est pas contagieuse.

Il n'était pas question de partir avant la relève car elle était la seule adulte présente dans la salle de jeux. Résistant à l'envie de le signaler à l'infirmière, elle relâcha le bouton et se lava les mains au gel antibactérien pour la énième fois de la journée.

Chaque jeune patient capable de sortir de son lit passait plusieurs heures par jour dans la salle aux couleurs pimpantes. Les tables en plastique pouvaient recevoir sans crainte tous les outrages des bombes de peinture, vernis et colles divers, et l'espace était aménagé de manière à permettre le passage des fauteuils, potences de perfusion et déambulateurs. L'endroit était également fréquenté par les enfants du personnel, à charge pour les parents de verser une petite contribution qui se révélait bien moins onéreuse que les tarifs d'une crèche, ce qui expliquait pourquoi le West Central Hospital se classait parmi les premiers employeurs de la ville.

Le système était particulièrement avantageux pour les

médecins qui, eux, pouvaient faire garder leurs rejetons sans débourser un centime, ce qui défiait les lois de l'équité sociale étant donné qu'ils gagnaient bien mieux leur vie que le reste du personnel ; mais que ne ferait l'hôpital pour chouchouter ses chers praticiens et s'assurer qu'ils étaient fidèles au poste…

Au hasard de ses gardes en pédiatrie, Kendry avait appris à bien connaître ces enfants de médecin. L'un d'eux, un petit charmeur du nom de Sammy, avait particulièrement sollicité son attention aujourd'hui.

Elle le souleva du parc pour bébés pour le caler sur sa hanche.

— Qu'en penses-tu, Sammy ? Je ne vais tout de même pas abandonner Myrna à son triste sort juste parce que l'horloge vient de sonner six coups…

Sammy était en train de gazouiller énergiquement en guise de réponse lorsque la remplaçante de Kendry passa la tête par la porte.

— On m'a dit que l'un des bébés n'allait pas bien. Qui est Myrna ?

Kendry crut d'abord que la nouvelle venue — une certaine Paula — plaisantait. Un coup d'œil à son visage lui montra, hélas ! que non. Cette femme, aide-soignante titulaire rattachée au service de pédiatrie, ne connaissait pas par leurs prénoms les enfants sur lesquels elle veillait six jours par semaine !

— C'est la petite fille dans le berceau. Elle doit en principe rentrer chez elle ce soir car nous manquons de lits, et la surveillante l'a mise là en attendant que sa mère vienne la chercher.

Un sac plastique contenant les affaires du bébé se trouvait près du berceau qui avait été poussé à la hâte dans un coin de la salle afin de libérer la chambre pour un autre patient. La perfusion avait été enlevée.

— Quand la mère doit-elle venir la récupérer ? demanda Paula.

— Pas avant une heure. Je n'ai pas envie de laisser Myrna comme ça.

Paula s'approcha du berceau.

— Je ne vois pas ce qui vous inquiète. Cette gosse me

paraît très calme. S'ils pouvaient tous être comme elle, je ne m'en plaindrais pas !

— Justement, elle est trop calme. Cela ne lui ressemble pas. Vous ne vous en rendez pas compte ?

— Non, désolée, rétorqua Paula, regard noir à l'appui. S'il fallait faire attention aux changements d'humeur de tous les bambins qui défilent ici, on ne s'en sortirait pas !

Difficile de remettre Paula à sa place car elle était titulaire, contrairement à elle. Dans la hiérarchie des aides-soignantes, Kendry se trouvait à l'échelon le plus bas, celui des débutantes, et elle ferait bien de s'en souvenir.

— C'est vrai que le service n'a pas désempli de la semaine, dit-elle en s'obligeant à ravaler sa fierté. Mais l'état léthargique de Myrna Quinones me préoccupe vraiment... Je crois qu'elle est en train de développer une infection.

Les sourcils froncés, Paula appuya sur le bouton relié au poste infirmier.

— Bonsoir, c'est Paula, annonça-t-elle dans le micro. Avez-vous pris la température de la petite Quinones ?

La réponse fusa, exaspérée.

— Bien sûr. Ses constantes étaient normales chaque fois qu'on est passé la voir. Dites à Kendry de cesser d'alarmer tout le monde pour rien et de rentrer chez elle. On n'a pas de budget pour les heures supplémentaires, et elle aurait dû partir depuis déjà cinq minutes.

Un soupir faillit échapper à Kendry. « Je l'aurais fait *si* Paula était arrivée à l'heure », se retint-elle d'observer.

— Allons faire une promenade, dit-elle en lieu et place au garçonnet perché sur sa hanche. Je vais pointer puis on reviendra dire au revoir à Myrna, d'accord ?

— Pa-pa ! lança joyeusement le bébé à quelqu'un derrière elle.

Le père du petit garçon venait d'arriver, et elle se prépara à entendre son timbre rauque et distingué de médecin, avec juste ce qu'il fallait d'accent nasal pour trahir ses origines texanes.

— Bonsoir, mon grand. Ta journée s'est bien passée ?

Elle avait beau l'entendre tous les jours, la voix la faisait toujours fondre. Tandis qu'elle se retournait, Sammy lui donna un vigoureux coup de pied, tout impatient de rejoindre les bras musclés qui se tendaient vers lui.

— Bonsoir, docteur MacDowell, dit Paula, soudain tout miel.

Kendry réprima son irritation. Elle voulait informer Jamie MacDowell des problèmes de prises de biberon de son fils, mais Paula avait visiblement autre chose en tête. Elle voulait flirter.

Tout le monde savait que le Dr MacDowell était célibataire. Il était rentré de sa mission en Afghanistan avec Sammy dans son paquetage et il avait, depuis, remisé son treillis pour exercer dans le civil afin de passer plus de temps auprès de son fils. Comme la mère brillait par son absence, la rumeur disait que le bébé était un orphelin adopté par Jamie pour des raisons humanitaires. Ce qui valait encore plus d'admiratrices au beau médecin.

Comme Sammy refermait sa menotte sur les branches du stéthoscope paternel puis portait la capsule métallique à ses lèvres pour tester le goût de cette tétine d'un nouveau genre, Jamie lui ôta doucement sa prise, la retira de son cou et la mit dans sa poche avant de déposer un baiser sur la tête du bébé.

Il était un papa aimant, cela sautait aux yeux, peu importait que les cheveux de Sammy fussent de plusieurs tons plus foncés que les siens et que l'enfant semblât de constitution chétive à côté de son athlète de père. Si seulement tous les enfants hospitalisés au West Central pouvaient recevoir autant d'amour de la part de leurs parents…

— Vous pouvez disposer, dit Paula.

Ignorant cette dernière, Kendry s'adressa au papa de Sammy.

— Je voulais vous parler des habitudes alimentaires de Sam, docteur. Il…

— Inutile, l'interrompit Paula. J'ai la feuille où sont notées toutes les prises de biberon. Rentrez chez vous, mademoiselle Harrison. Si vous espérez faire des heures sup pour arrondir votre salaire d'aide-soignante non diplômée, vous savez qu'il ne faut pas y compter, et je vous conseille de ne pas vous mettre la surveillante à dos en continuant à traîner par ici après la fin de votre garde.

Kendry sentit ses joues la brûler. Elle détestait qu'on la remette à sa place ; et elle détestait encore plus qu'on lui rappelle son manque de qualifications devant le Dr MacDowell.

— Je vais vous raccompagner à la sortie, mademoiselle Harrison, dit celui-ci. J'ai envie d'entendre ce que vous avez à me dire.

« Mademoiselle Harrison ». Bien qu'elle sût qu'il donnait du « madame » ou du « monsieur » à tous ses collègues, elle appréciait la marque de respect, d'autant qu'il voulait savoir ce qu'elle avait à lui dire, elle, la quantité négligeable. C'était le genre de médecin qui prenait par exemple son temps pour écouter les proches d'un malade exposer *in extenso* leurs inquiétudes.

Elle jeta un coup d'œil à Myrna qui n'avait pas réagi à l'arrivée de Paula puis du Dr MacDowell.

Il savait écouter… L'occasion était trop belle.

— Pourriez-vous examiner cette petite fille, docteur ? Elle s'appelle Myrna Quinones, est âgée de neuf mois et doit sortir ce soir. On l'a opérée il y a trois jours et je me demande si elle ne souffre pas d'une infection. Contrairement à son habitude, elle semble ne s'intéresser à rien, n'a pratiquement pas touché à ses biberons,et son apathie n'a fait qu'augmenter au fil des heures. Comme on lui a ôté sa perfusion ce matin, peut-être est-elle déshydratée.

— Comment osez-vous solliciter le Dr MacDowell pour une patiente qui n'est pas la sienne ? dit Paula, le regard furieux. Je vous assure, docteur, que les infirmières qui se sont succédé au chevet de ce bébé durant l'après-midi n'ont décelé aucune fièvre ni aucun signe d'infection.

— Je vous remercie, madame Cook.

Kendry se retint de sourire. Il avait dit « Je vous remercie » de ce ton péremptoire qui n'appartenait qu'aux médecins et qui signifiait : « Quand j'aurai besoin de votre avis, je vous le demanderai. »

Comprenant sans doute qu'il s'apprêtait à accéder à sa demande, Paula appuya sur le bouton pour appeler une infirmière qui assisterait le médecin dans son examen.

— Pouvez-vous tenir Sammy ? lui demanda-t-il.

Sans se faire prier, Kendry reprit le garçonnet qui se blottit aussitôt contre elle en toute confiance. Ressortant son stéthoscope de sa poche, le Dr MacDowell l'enroula autour de son cou puis il entreprit de se stériliser les mains tout en lui posant des questions sur la quantité de lait ingérée par la fillette depuis ce matin, le nombre de couches sales, son degré d'éveil et la nature des activités pratiquées.

Quand il se pencha au-dessus du berceau pour ausculter Myrna, prendre son pouls et sa tension artérielle, Kendry aurait voulu se confondre en remerciements.

Très calme, le bébé ne protesta pas. Mais voyant que le médecin ne semblait rien déceler d'anormal, elle commença à se sentir ridicule.

— Est-il possible d'avoir une infection sans fièvre ? demanda-t-elle.

— Non, répondit Paula.

— Oui, dit le Dr MacDowell. Quel type d'opération a-t-elle subi ?

— Une opération du foie. Je crois qu'il s'agissait de déboucher le canal qui relie la vésicule biliaire au foie.

Ouvrant la couche du bébé, il palpa son abdomen et son bassin.

— Avez-vous changé récemment la couche ?

— Non. Je l'ai vérifiée régulièrement, mais cela fait des heures qu'elle n'a pas eu de miction.

— La vessie est distendue, il y a une rétention d'urines. Madame Cook, faites immédiatement transférer cette enfant aux urgences. Et appelez le Dr Gregory.

— Bien, docteur.

Il retourna doucement le bébé puis décolla le pansement qui recouvrait la zone opérée. A la vue du pus qui suintait des points de suture, son visage s'assombrit.

— Je suis désolée, docteur, dit Kendry. En tant qu'aide-soignante, je n'ai pas le droit de toucher aux pansements.

— Mais les infirmières, si. Or, malgré vos rapports alarmants, personne n'a pris la peine d'examiner ce bébé.

Sa voix tremblait de colère contenue. Pour une fois, Kendry était contente de ne pas faire partie du corps des infirmières.

— Le Dr Gregory pour vous, dit Paula en tendant le combiné mural au médecin.

Sammy toujours calé sur sa hanche, Kendry entreprit de rassembler ses affaires. Puis elle calma un autre petit pensionnaire en pleurs tout en se sentant pleinement rassurée puisque le Dr MacDowell était en train de donner ses consignes à son collègue et que la petite Myrna recevrait bientôt les soins nécessaires à son état.

Deux minutes plus tard, un brancardier arrivait pour transporter la fillette aux urgences.

— Dépêchez-vous de déguerpir avant que la surveillante vous voie encore traîner par ici, dit Paula à l'oreille de Kendry tandis que le brancardier emportait le berceau hors de la salle.

— Dans ce cas, prenez Sammy, dit-elle en lui tendant le garçonnet.

Mais le bébé refusa d'aller dans les bras de Paula et s'agrippa à son cou aussi fort que le pouvait un bambin de neuf mois.

— Allons, mon joli, dit Paula, d'une voix roucoulante pour l'amadouer. Viens avec Paula.

Elle essaya de desserrer ses petits doigts, ce qui eut l'effet inverse. Sammy se cramponna au cou de Kendry tel un noyé à sa bouée de sauvetage.

Le Dr MacDowell raccrocha sur ces entrefaites et les rejoignit.

— Alors, Sammy, tu viens voir papa ?

Manifestement lassé d'être tiraillé et tripoté par Paula, le bébé tapa sur la main qui voulait le prendre. Il avait décidé qu'il voulait rester dans les bras de Kendry, et personne ne le ferait changer d'avis, pas même papa.

— Etrange…, dit le médecin, les sourcils froncés. Il est d'habitude content de me retrouver.

Tout en luttant contre l'envie de s'écarter de Paula et de Jamie, elle tapota le dos de Sammy.

— Du calme, mon poussin, dit-elle en s'efforçant de prendre un ton enjoué. Tout va bien, tout va bien…

Elle se mit à le bercer contre elle.

— Il ne sait plus trop où il en est. Il faut lui laisser le temps de reprendre ses esprits.

Paula laissa tomber sa main, et le Dr MacDowell posa sa large paume sur le dos de son fils.

— D'accord, mon grand. D'accord.

— Je crois qu'il a senti la tension dans l'air ainsi que mon inquiétude pour Myrna. Merci beaucoup de l'avoir examinée, docteur.

— C'est vous qu'il faut remercier. Votre inquiétude était justifiée, et vous avez épargné à ce bébé beaucoup de complications. Au fait, vous vouliez me parler d'un problème concernant la prise de biberon de Sam ?

Ayant visiblement renoncé à s'interposer entre eux, Paula commença à ranger la salle, et Kendry en profita pour dire enfin ce qu'elle avait à dire.

— Sam met plus longtemps que les autres à finir son biberon.

— Vraiment ?

Elle hocha la tête.

— Non seulement il boit lentement, mais j'ai l'impression qu'il a du mal à avaler. Par contre, quand il est assis bien droit, tout se passe bien. Vous pourriez essayer, chez vous, afin de voir s'il y a une différence.

— Je le ferai. Merci de me le signaler.

De nouveau, il fronça les sourcils, passant peut-être en revue les séances de biberon où son fils s'était éternisé sur la tétine. Essayait-il de poser un diagnostic sur le problème ?

— Je ne savais pas qu'il était plus lent que les autres.

— Cela dit, vous ne pouviez pas le savoir si c'est le seul bébé que vous ayez jamais nourri, dit-elle pour qu'il ne se sente pas coupable.

Sam l'aida en tournant sa frimousse vers son père. Ayant eu

le temps de se calmer, il avait de toute évidence décidé qu'il avait suffisamment fait languir son papa.

— Pa-pa, dit-il en l'attrapant par le revers de la veste.

Le Dr MacDowell le prit aussitôt dans ses bras.

— On rentre, mon grand ? Dis au revoir à Mlle Harrison.

Toutefois, comme le médecin reculait d'un pas, Sammy tendit la main vers elle.

— Moi, dit-il. Moi.

Tendu vers elle, son petit poing s'ouvrit et se referma.

— Au revoir, Sammy. A bientôt.

Comme elle aurait voulu déposer un baiser sur ses boucles brunes ! Hélas ! c'était contraire au règlement de l'hôpital ; pour des raisons de santé et d'hygiène, le personnel n'était pas autorisé à embrasser les petits patients. De toute façon, cela l'aurait trop rapprochée du visage du Dr MacDowell. Rien que d'imaginer sa joue frôlant la sienne…

Elle se ressaisit, s'interdisant ce genre de pensée.

Un sourire plaqué sur les lèvres, elle se baissa pour prendre son sac. Quand elle se redressa, elle vit que le Dr MacDowell était toujours là et qu'il avait l'air de l'attendre. Quelle idée stupide ! Pourquoi un homme aussi brillant, séduisant, et père d'un adorable garçonnet l'attendrait-il ?

— Puis-je vous reconduire à votre voiture ?

Et galant, en plus d'être beau et brillant. L'homme idéal… Malheureusement, elle n'avait pas de voiture à laquelle il aurait pu la raccompagner.

Ce qu'il lui restait de sa paie d'aide-soignante après la saisie sur salaire ne lui permettait pas d'en posséder une. Eté comme hiver, elle voyageait en bus car elle avait dû renoncer jadis à aller à l'université, et à gravir l'échelle sociale. Non, décidément, elle n'avait rien en commun avec Jamie MacDowell qui avait consacré dix ans de sa vie à parfaire son savoir médical grâce auquel il sauvait désormais des vies.

— Je vous remercie, mais il faut que j'aille pointer. Bonne soirée.

Son sac en bandoulière sur l'épaule, elle sortit d'une démarche qu'elle espérait nonchalante.

— Moi..., lança Sammy derrière elle d'une petite voix poignante.

Elle faillit s'arrêter. Quand Sammy se disputait pour un jouet avec ses petits camarades de la salle de jeux, il disait « Moi », ce qui signifiait « Je veux ». En l'occurrence, il la voulait, elle. Mais elle n'était pas sa mère.

Pourtant, avant de s'engager dans le couloir, elle ne put s'empêcher de se retourner pour lui souffler un baiser sur le bout de ses doigts.

Comme toujours, ce fut la croix et la bannière pour installer Sam dans le siège-auto, puis pour l'en détacher à l'arrivée à la maison. Jamie avait l'impression d'être l'un de ces pères empotés des publicités qui ne savaient comment mettre une couche à un bébé ni donner un biberon, et hélas ! contrairement aux pubs, aucune solution magique ne surgissait au bout de dix secondes.

Pour ne rien arranger, il pleuvait des cordes, et impossible de rentrer la voiture dans le garage qui était encore encombré des cartons de son retour au pays. Avec Sam dans les bras, il piqua un sprint jusqu'au perron puis s'escrima contre la porte qui refusait de s'ouvrir, la pluie qui était tombée sans discontinuer au cours du mois ayant fait gonfler le bois. A force de coups de pied contre le battant, il finit par entrer dans le vestibule, trempé, tout comme Sam qui pleurait à chaudes larmes.

— Je sais, Sam, je sais. Je vais t'enlever ces vêtements mouillés aussi vite que possible. Laisse-moi deux secondes, mon grand.

Il alla poser Sam sur le canapé du salon, le cala entre des coussins, puis se précipita de nouveau dehors pour chercher son attaché-case et le sac de couches.

Quand il revint après avoir refermé la porte non sans mal, Sam hurlait à pleins poumons. Et le sac de couches s'égouttait sur la moquette, comme lui. Tant pis, ce n'était que de l'eau, cela sécherait.

Plus tard, il lui faudrait songer à vider le contenu du sac pour le mettre dans le sèche-linge et à poncer le bois du battant pour éviter de se retrouver un soir à la porte. Pour l'heure, le plus urgent était de changer Sam.

Mais le découragement l'envahit, et il s'adossa au mur. Sa vie de tous les jours n'était pas si difficile pourtant, car il lui suffisait de s'en tenir à sa liste de tâches quotidienne. Alors, pourquoi se sentait-il parfois débordé ?

Peut-être ses frères avaient-ils raison. Peut-être une nourrice à demeure résoudrait-elle le problème. Une dame du genre gentille mamy aux boucles argentées qui les attendrait avec la lampe du porche allumée et un biberon juste à la bonne température pour Sammy et, qui sait, peut-être un repas pour lui. Les agences de gardes d'enfants qu'il avait contactées lui avaient dit que la préparation de repas légers pouvait entrer dans les attributions d'une nounou à condition de le préciser dans le contrat. Un repas léger tous les soirs, cela lui irait très bien.

Le découragement lui faisait imaginer n'importe quoi. En réalité, il se refusait à employer une nourrice. S'adapter aux habitudes d'une inconnue âgée, fût-ce d'une mamy gâteau, partager son toit avec elle, faire des concessions, tout cela lui déplairait souverainement. Ce qu'il voulait, c'était une partenaire de son âge qui l'aiderait à élever Sam sans recevoir de salaire ni de congés payés en échange, quelqu'un qui serait sur un pied d'égalité avec lui. Il voulait une mère pour Sam, pas pour lui. Etait-ce trop demander ?

Sam, qui avait cessé de pleurer, levait vers lui des petits yeux emplis de détresse.

— Oui, mon poussin. Des vêtements bien secs. Tout de suite.

# 3

Jamie se battait contre sa culpabilité tandis que son fils, lui, torturait son biberon.

Après une journée de garde épuisante, quand Sammy refusait de se calmer, le souvenir d'Amina ne lui apportait aucun réconfort.

En des soirs comme celui-ci, au lieu de regretter Amina et de souhaiter qu'elle soit avec lui pour partager sa vie privilégiée de citadin américain, Jamie sentait une sainte colère monter en lui.

Amina aurait pu partager cette vie avec lui si elle l'avait voulu. Elle aurait pu voir grandir leur fils, mais elle avait fait un autre choix qui l'avait conduite à la mort, laissant Jamie ramasser les morceaux et entretenir la flamme de son souvenir pour leur fils. Parfois, quand la douleur était trop grande, il la maudissait pour ce choix qu'elle avait fait.

Maudire une femme morte était impardonnable, alors la culpabilité pesait lourd sur ses épaules. Et le temps n'y changeait rien.

Vêtus de T-shirts blancs, et secs, Sam et lui étaient assis dans le fauteuil inclinable. Faute d'avoir trouvé un rocking-chair à sa taille, Jamie s'installait dans ce fauteuil quand il voulait se détendre avec Sam, et il lui était arrivé plus d'une fois de s'endormir avec lui.

Ce soir, tandis que Sam suçait rageusement la tétine du biberon, buvant et crachant la moitié de son lait sur son bavoir, Jamie se sentait à cran. Il avait parfois l'impression qu'il ne parviendrait jamais à se détendre, du moins pas pendant les dix-huit années à venir, pas tant qu'il aurait seul la responsabilité de son fils.

D'habitude, ce tête-à-tête vespéral avec son bébé effaçait tous les maux de la journée. Les problèmes médicaux qu'il avait dû affronter durant sa garde disparaissaient quand il le berçait contre lui et s'émerveillait du miracle de cette petite vie.

Mais pas ce soir.

Tandis que son fils grognait et mordait férocement la tétine, Jamie observa son visage. Sam ressemblait à Amina. Ses saisissants yeux sombres étaient ceux de sa mère. Comme il caressait les boucles noires que Sam avait également héritées d'elle, sa petite menotte se referma autour de son pouce. Ses doigts ne ressemblaient pas aux siens. Etaient-ce ceux d'Amina ?

Il ne se souvenait plus de ses mains, de la forme de ses doigts, de l'ossature de ses poignets. Il commençait à oublier. Et s'il oubliait Amina, il n'y aurait plus personne pour parler à Sam de sa mère et perpétuer son souvenir. Elle avait été la seule survivante de sa famille, tous ses proches ayant péri aux mains des talibans. Pour avoir défié les fous de Dieu en prônant l'éducation des filles, ils avaient été sauvagement assassinés, et le nom de leur famille effacé de la surface de la terre. Amina avait été la seule à échapper au massacre, de justesse, car elle avait quitté leur village quelques jours plus tôt pour aller faire ses études à Londres.

Jamie se demandait comment les MacDowell auraient réagi si le shérif du comté avait soudain eu le pouvoir de forcer les portes du ranch et de tirer sur tout ce qui bougeait avec sa Winchester. Sans doute auraient-ils défendu chèrement leur peau, en combattants qu'ils étaient, ce qui expliquait aussi pourquoi le courant était si bien passé entre Amina et lui. Ils étaient tous deux issus de familles qui savaient se battre pour défendre leurs idéaux. Des âmes sœurs. Amina aurait pu être une MacDowell.

Elle aurait *dû* l'être.

En lieu et place, elle avait choisi de rester dans un pays où l'assistance prénatale n'existait pas. Dans un pays où l'eau courante était un luxe et où les rares hôpitaux étaient de toute façon réservés aux hommes, car il y avait d'autres urgences que d'aider des femmes à accoucher. En Afghanistan, et spécialement dans l'Hindu Kuch, les femmes n'étaient même pas des citoyennes de second ordre, mais des ombres, privées de tout droit civique, condamnées à raser les murs, à enfanter et à servir d'esclaves dans leurs foyers.

Contre l'avis de Jamie, Amina, enceinte de huit mois, avait suivi une équipe de tournage britannique dans les montagnes afghanes, et elle avait été prise des premières contractions alors qu'elle tentait de convaincre des villageois de la nécessité d'envoyer leurs filles à l'école. Elle était morte, non pas sous les balles des talibans comme le reste de sa famille, mais par manque de soins médicaux à l'instar de tant d'autres de ses compatriotes.

Ce soir, Jamie en voulait à une femme qui était morte après avoir perdu tous les siens.

D'où sa culpabilité.

Sam, lui, continuait à torturer son biberon.

Non, Amina n'avait pas tout perdu. Son fils était vivant, et Jamie ferait tout pour que cet unique survivant d'un clan courageux puisse avoir une vie pleine et épanouie.

Il prit la main de Sam pour la retourner et déposer un baiser sur ses petits doigts si parfaits. S'ils n'étaient ni les siens ni ceux d'Amina, à qui appartenaient-ils ? A quelque aïeul afghan ou américain ? Ou à un homme qu'Amina aurait connu avant lui ?

Sa culpabilité augmenta d'un cran. Comment pouvait-il seulement envisager une telle hypothèse ?

Le problème, c'était qu'il avait trop de temps pour réfléchir entre les murs de son ranch, après le bruit et la fureur de l'Afghanistan où tout allait si vite, dans le camp et en dehors. Les émotions s'exacerbaient, des liens très puissants se formaient en quelques jours… Amina, l'interprète de son régiment, s'était littéralement glissée dans son lit alors qu'ils ne travaillaient ensemble que depuis deux semaines.

A l'époque, cela ne l'avait pas surpris car, dès leur rencontre, il avait senti que l'alchimie était immédiate entre eux. Au cours des deux premières semaines, ils avaient passé tout leur temps ensemble à sillonner la campagne, de village en village, pour offrir des soins médicaux à la population, et l'intelligence et la détermination d'Amina à améliorer le sort de ses concitoyens l'avaient fortement impressionné.

Elle possédait une certaine expérience des hommes, ce qui n'avait rien d'étonnant puisqu'elle avait passé plus d'années à Londres que dans l'Hindu Kuch, et elle n'avait d'Afghane que l'apparence, sa personnalité étant en tout point celle d'une Occidentale. Il était tombé amoureux d'elle, et l'attirance avait semblé partagée. Aux petites heures du matin, quand elle venait le rejoindre dans la hutte de pisé qui lui servait de logement et de cabinet médical, il n'avait aucun doute sur sa sincérité.

A présent, toutefois, à des dizaines de milliers de kilomètres de distance, et un an et demi plus tard, il se posait des questions. Etait-elle déjà enceinte lorsqu'elle avait fait sa connaissance ? Avait-elle voulu le persuader, lui, Jamie, qu'il était le père afin que son enfant bénéficie de la protection des Américains ?

Sam avala une gorgée de lait maternisé avec force glouglouteurs puis il se mit à lui taper la main. Jamie le serra fort contre son torse. Qu'Amina ait menti ou pas, elle avait atteint son but car Sam s'était trouvé un protecteur pour la vie. Jamais Jamie ne laisserait quelqu'un lui enlever Sam, même si un test ADN venait prouver qu'il n'était pas son fils.

Porter son bébé dans ses bras lui était désormais indispensable. Cela l'avait été depuis ce moment où, au terme d'un périple de plusieurs kilomètres dans l'Hindu Kuch, une sage-femme locale était arrivée devant le camp de base pour lui tendre un nouveau-né par-dessus les barbelés en lui annonçant que c'était son fils et qu'Amina était morte, et déjà enterrée selon les rites musulmans.

Jamie avait ensuite signé une déclaration selon laquelle Sam était son fils biologique, avec des témoignages de camarades de régiment et d'ingénieurs civils attestant qu'Amina et lui s'étaient fréquentés durant les huit mois précédant la naissance. Si l'une de ces personnes avait remarqué que Sam, bien que très faible et déshydraté, n'avait pas l'air d'un prématuré, elle n'en avait rien dit, et ils avaient tous contresigné les documents avant de l'aider à trouver des biberons et de la poudre de lait maternisé, ce qui n'avait d'ailleurs servi à rien.

Dans l'état critique où il se trouvait, le bébé avait été incapable de se nourrir par voie orale, et c'étaient des perfusions de sérum glucosé qui l'avaient maintenu en vie durant les premiers jours. Bien qu'il eût encore une semaine à accomplir en Afghanistan, Jamie avait embarqué le brancard de Sam dans le premier avion en partance pour la base américaine de Mannheim en Allemagne et, sans demander la permission au commandant, il avait également pris place à bord en espérant qu'on lui pardonnerait ce départ anticipé. Un pari risqué qui avait payé. En raison de la gravité de l'état de santé de Sam et compte tenu des excellents états de service de Jamie, ses supérieurs avaient passé l'éponge sur ce départ qui aurait pu être assimilé à une désertion.

A quand le retour de bâton ?

Certains soirs comme celui-ci, en regardant ce fils qui ne lui ressemblait pas, il sentait la crainte l'envahir. Si jamais le State Department ordonnait un test ADN de recherche en paternité, serait-il prêt à en accepter le résultat ?

Ils feraient d'abord une comparaison de groupes sanguins, et si le groupe de Sam se révélait incompatible avec le sien, ils déclareraient d'emblée qu'il ne pouvait être son fils. Dans le cas contraire, le lien filial devrait être prouvé, et l'ADN entrerait alors en jeu.

Jamie savait déjà à quels groupes sanguins son fils et lui appartenaient, et ils étaient compatibles. Mais pour rien au monde, il ne commanderait lui-même le test ADN. Tant que l'incertitude subsistait, l'espoir restait permis...

S'efforçant de chasser sa peur, il tapota Sam dans le dos pour provoquer le rot, très doucement afin que le lait ne remonte pas. L'inquiétude le saisissait après chaque biberon.

L'infirmière de la salle de jeux avait bien cerné le problème, celle qui avait une queue-de-cheval et des lunettes.

Non. Ce n'était pas une infirmière, mais une aide-soignante. Il l'avait déjà croisée aux urgences. Quel que soit son métier, elle avait en tout cas bien fait d'intégrer le secteur médical car elle semblait très réceptive aux besoins des patients. Ces derniers temps, elle travaillait de plus en plus souvent dans la salle de jeux de pédiatrie, ce dont il se réjouissait. Sous sa garde, Sam était en bonnes mains.

— Allons, Sammy, fais-nous un rot bien sonore.

En vain… Sammy régurgita ce qu'il avait bu sur le bavoir. Comme d'habitude, le liquide n'avait même pas eu le temps d'atteindre son estomac.

Sammy était né avec ce qu'on appelait communément un trou dans le cœur, une malformation dans la cloison musculaire séparant les ventricules. L'opération réparatrice était prévue pour bientôt, et Sammy grandirait ensuite sans conserver de séquelles. Cette pathologie n'était pas censée provoquer de troubles digestifs, et Jamie avait cru que ces vomissements à répétition étaient monnaie courante chez les nourrissons, mais l'aide-soignante avait semblé d'un autre avis. La position assise faciliterait l'ingestion du lait, lui avait-elle dit.

Tout en caressant le dos de Sam, il bascula machinalement en mode médical. Dans quelles maladies était-on obligé d'asseoir les enfants bien droit pour les nourrir ? Les fentes labiopalatines. Mais la jolie bouche en forme de bouton de rose de son fils excluait *a priori* ce genre de défaut.

Redressant Sam sur ses genoux, il le cala contre lui, bien assis, pour lui donner le reste du biberon. Et il vit la différence… Son petit corps plus détendu, Sam engloutit le lait. Tout de suite après le rot, Jamie glissa l'index dans la bouche de son fils pour examiner le palais. A première vue, il semblait bien fermé ainsi que l'avaient certifié les différents pédiatres qu'il avait consultés. Malgré les protestations de Sam, il poursuivit sa progression, millimètre par millimètre, pour atteindre le palais mou, et il sentit alors le voile céder sous la pression de son doigt.

Sam souffrait bel et bien d'une fente palatine, cachée sous la fine membrane buccale qui tapissait désormais le palais. Là où les pédiatres et lui-même n'y avaient vu que du feu, Mlle Harrison avait décelé l'anomalie en se basant sur les vomissements. Sans doute minuscule et indétectable à l'examen clinique, la déformation rendait difficile l'absorption de liquides en position semi-allongée.

La culpabilité le submergea. Son fils régurgitait son biberon depuis des mois et, tout médecin qu'il était, il avait été incapable de poser le bon diagnostic. A sa décharge, c'était son premier enfant, et il n'avait disposé d'aucun élément de comparaison pour savoir si les vomissements étaient normaux ou symptomatiques d'une maladie.

Après le diagnostic, il fallait passer en revue les différentes options pour remédier au problème. En l'occurrence, il n'y en avait pas trente-six ; Sammy devrait subir une opération de reconstruction du palais.

— Moi, dit son fils en tendant la menotte vers le biberon vide. Moi !

Bien sûr. Maintenant qu'il était enfin capable d'ingérer son lait *et* de le conserver, Sam voulait en boire plus.

— Moi !

— Compris. Laisse-moi deux minutes, le temps de préparer un autre biberon.

Jetant au passage le bavoir sale dans la panière de la buanderie, il porta son fils dans la cuisine et l'installa sur la chaise haute.

Il remplit un biberon d'eau, versa la dose idoine de lait maternisé en poudre et mit en route le chauffe-biberon. Ce soir, après des mois de disette, Sammy mangerait enfin à sa faim, grâce aux précieux conseils de Mlle Harrison. Il pourrait la remercier en la recommandant au service des ressources humaines, ce qui ne servirait, hélas ! à rien étant donné le gel que subissaient actuellement salaires et promotions pour cause de restrictions budgétaires.

— Moi, dit Sammy en pointant un doigt vers le biberon.

— Mais oui, c'est tout pour toi, dit-il en lui tendant la divine boisson.

Pour exprimer ses besoins, son fils semblait en avance sur son âge. Il disait « Moi » quand il voulait quelque chose. Ce soir, il l'avait dit à l'hôpital, au moment du départ de Mlle Harrison…

Il se figea.

Sam avait voulu Mlle Harrison.

# 4

Tout médecin urgentiste et vétéran de l'armée qu'il était, Jamie eut envie de tourner les talons et de s'enfuir.

Depuis la révélation d'hier soir, il s'était promis de saisir la première occasion d'approcher Mlle Harrison, mais en la voyant assise, seule, à une table de la cafétéria de l'hôpital, il se sentit soudain comme un gamin de sixième, paniqué à l'idée d'aller s'asseoir à côté d'une fille.

A la sortie de la caisse, il préféra croiser les yeux de l'épouvantail en carton, symbole de l'automne, qui accueillait les convives, plutôt que de regarder en direction de Mlle Harrison. Dans quatre semaines, il devrait se présenter à Fort Worth pour son entraînement de réserviste qui s'étalerait sur deux jours ; entraînement qui se répéterait ainsi tous les mois durant un semestre, à moins que le régiment des réservistes ne soit envoyé en Afghanistan ou dans quelque autre zone agitée du monde. Jamie obéirait aux ordres, en laissant Sam derrière lui.

D'où la nécessité absolue de lui trouver une mère.

Son plateau en main, il se dirigea d'un pas déterminé vers Mlle Harrison. Assise un peu à l'écart, à une table pour deux, la préférée de Sam semblait absorbée par son repas, et il en profita pour l'observer. Lors de leur première rencontre aux urgences, il l'avait trouvée quelconque, mais il révisait à présent un peu son jugement. Sans être d'une beauté renversante, elle possédait un visage aux traits réguliers, harmonieux. S'ils devaient partager le même toit, ce ne serait certainement pas une punition de l'avoir à table en face de lui. Elle avait des sourcils joliment arqués, un nez fin et droit, et une bouche parfaite, ni trop pulpeuse ni trop fine, bouche qui se pinçait en ce moment en une espèce de moue dubitative...

De toute façon, son physique importait peu. Les mères étaient toujours belles aux yeux de leurs enfants, et il y avait des chances que cette femme fasse une bonne mère. Il était là pour s'en assurer.

— Puis-je m'asseoir ? demanda-t-il en indiquant le siège en face d'elle.

L'air étonnée, elle le regarda, sa cuillère suspendue en l'air, puis tourna les yeux vers la salle réservée aux médecins.

— J'ai toujours été contre les ghettos, dit-il, s'essayant à l'humour. Puis-je manger en votre compagnie ?

Comme elle hochait la tête, il s'installa.

— Merci. Cela me permettra de vous donner des nouvelles de votre petite protégée dialysée.

— Vous voulez dire Myrna ?

Un point en sa faveur. Elle connaissait tous les enfants par leurs prénoms. Pour elle, les patients ne se réduisaient pas à leurs pathologies.

— L'infection était-elle à la surface de la peau ou a-t-elle contaminé le foie ?

— Elle était superficielle. Grâce à vous, on a pu la résorber avant qu'elle attaque le foie.

Bien que simple aide-soignante, Mlle Harrison semblait bien versée en médecine, ce qui serait utile puisque son fils avait son lot de problèmes médicaux.

— Merci de m'en informer, docteur MacDowell.

— Appelez-moi Jamie.

Pendant une fraction de seconde, elle parut choquée comme s'il avait suggéré qu'ils aillent prendre une chambre à l'hôtel. Il est vrai qu'à l'hôpital l'emploi des prénoms conduisait vite au tutoiement et, parfois, de fil en aiguille, à des cinq à sept qui se déroulaient dans l'abri des chambres de repos du personnel...

Si elle craignait quelque arrière-pensée de ce genre de sa part, elle comprendrait vite qu'il n'en avait pas après sa vertu.

Tournant la tête de côté, elle éternua soudain bruyamment. A en juger par ses narines rougies et irritées, elle était en permanence enrhumée. Dans une serviette en papier de la cafétéria, elle se moucha énergiquement, sans élégance excessive, puis prit une seconde serviette pour terminer le travail.

Jamie repoussa son steak haché et sa purée. Son appétit s'était envolé.

— Excusez-moi, dit-elle, le nez plus rouge que jamais, en fourrant les mouchoirs improvisés dans sa poche.

— Je vous en prie.

En un sens, il était content de n'éprouver aucune attirance physique à son égard. Cela simplifierait leur cohabitation.

Elle déjeunait d'un bol de soupe et de crackers. Une montagne de sachets de crackers empilés sur son plateau qui lui cachait son badge et son prénom.

Etrange... Il envisageait de lui demander de servir de mère à son fils alors qu'il ne connaissait même pas son prénom. Avec un peu de chance, elle le lui dirait sans qu'il ait besoin de le demander.

— Vous travaillez ici depuis longtemps, mademoiselle Harrison ?

Elle se détourna pour éternuer de nouveau, ce qui lui permit d'avoir une vue dégagée de son badge. Et de son nom. Kendry. Kendry Harrison.

Il attendit qu'un déclic se produise en lui, que le ciel lui envoie un signe, que la terre se mette à trembler, mais rien.

Quand Amina lui avait dit son prénom, cela avait été une évidence.

« Amina Rabat, pour vous servir, docteur, avait-elle déclaré avec son charmant accent mi-britannique mi-oriental. C'est la version occidentalisée de mon nom, pour faire simple », avait-elle ajouté avant d'énumérer en arabe les patronymes de son père, de son grand-père et de ses aïeux qui composaient son véritable nom afghan, chaque syllabe résonnant aux oreilles de Jamie comme une note de musique exotique.

Il s'éclaircit la gorge.

— Kendry ? Voilà un prénom peu commun. De quelle origine est-ce ?

Elle ressortit un mouchoir pour s'essuyer le nez.

— Mes parents l'ont plus ou moins inventé. Ce sont des libres penseurs, des rebelles.

Avec ses airs sérieux et son allure classique, elle n'avait, elle, rien d'une rebelle.

— Pour répondre à votre première question, je suis ici depuis six mois.

Encore un bon point pour la demoiselle. Elle gardait le cap et ne se laissait pas entraîner sur des chemins de traverse. Ce qui lui rappelait qu'il devait se concentrer sur l'essentiel qui était de déterminer si elle avait ou non l'étoffe d'une bonne mère.

— Votre travail à l'hôpital vous plaît-il ?

— Oui. Pourquoi me demandez-vous cela ?

Sous l'éclairage cru de la salle, ses yeux paraissaient noisette.

— Moi, je ne pourrais pas m'imaginer travailler dans un autre environnement, dit-il, bottant en touche. Mais tout le monde n'a pas la vocation.

— Je suppose que l'hôpital où vous avez travaillé au Moyen-Orient était très différent.

Enfin, elle montrait un peu de curiosité à son égard. Aussi s'engouffra-t-il dans la brèche pour lui donner un aperçu de la vie d'un médecin de l'armée en Afghanistan.

Quinze minutes plus tard, quand elle se leva en déclarant que sa pause était terminée, il se rendit compte qu'il n'avait fait que de parler de lui au lieu d'essayer d'en apprendre plus à son sujet.

— Pourrions-nous redéjeuner ensemble demain ?

Kendry s'immobilisa net. Le verre trembla sur son plateau.

— Vous désirez me parler de quelque chose de précis ? C'est à propos de Sam ?

Il lui sourit en prenant un air soigneusement détaché.

— Sam est mon sujet de conversation préféré, et j'aimerais en effet avoir votre point de vue sur certaines choses.

Elle paraissait hésiter, encombrée de son plateau, l'air

étrangement vulnérable dans sa blouse et son pantalon verts informes.

— Souffre-t-il d'un problème ? Y a-t-il quelque chose que je devrais savoir ?

Un problème ? Zut ! il n'avait pas voulu l'inquiéter.

— Est-ce qu'en jouant avec lui, j'ai fait quelque chose qui…

Soudain très pâle, elle sembla rassembler son courage pour poursuivre.

— Docteur MacDowell, est-ce que je risque de perdre mon emploi ?

Un signal d'alarme se déclencha en lui. Pourquoi lui demandait-elle cela ? Avait-elle quelque chose à se reprocher ? Il allait devoir engager un détective privé pour enquêter sur elle. Son frère Quinn aurait commencé par là au lieu de vouloir naïvement déjeuner en sa compagnie pour apprendre à la connaître.

Manifestement sur la défensive, elle attendait une réponse.

— Pas que je sache, à moins que vous n'ayez commis quelque acte répréhensible, ajouta-t-il sans se soucier outre mesure de la froisser.

Pourquoi réagissait-elle de manière si excessive si elle avait la conscience tranquille ?

— Sans le vouloir, j'ai peut-être enfreint le règlement de l'hôpital. Paula m'a reproché d'outrepasser mes prérogatives en vous demandant hier d'examiner Myrna Quinones.

Ce n'était que cela…

Adossé à son siège en plastique, il l'observa. Elle semblait plus inquiète que vexée, et ses yeux expressifs brillaient d'émotion.

— Et, heureusement, vous l'avez fait. Grâce à vous, on a pu résorber l'infection à temps. Les infirmières devraient s'estimer heureuses d'avoir une auxiliaire telle que vous au lieu de vous chercher des noises. Si tout le monde était aussi attentif, nous aurions nettement moins de malades à réadmettre en urgence pour des complications postopératoires.

— Oh ! merci beaucoup ! Pardonnez-moi, il faut que j'y aille. Si je ne pointe pas à l'heure, je risque d'avoir des problèmes.

— A demain, alors.

Il la regarda disparaître dans la foule des blouses où rien ne la distinguait des autres.

Pourtant, pour Sammy, elle sortait du lot.

Jamie leva la tête vers les citrouilles en papier suspendues au plafond de la cafétéria. Quatre semaines. Il avait quatre semaines pour apprendre à mieux connaître la chouchoute de Sam. Et, si elle passait ses tests d'aptitude, pour la convaincre de devenir sa femme.

Kendry posa son plateau sur le tapis roulant puis elle se précipita vers l'ascenseur. Elle avait trois minutes pour parvenir au sous-sol de l'hôpital et pointer.

Les pensées se bousculaient dans sa tête tandis qu'elle enfilait le couloir au pas de course. Le Dr MacDowell avait déjeuné avec elle. Un bonheur n'arrivant jamais seul, le père de Sammy, l'homme qui faisait s'emballer son cœur quand ils se frôlaient accidentellement en se passant le bébé, voulait déjeuner de nouveau en sa compagnie demain.

Les médecins mangeaient rarement dans la même salle que le petit personnel. Alors, le fait que le plus beau médecin du West Central, célibataire de surcroît, la remarque et veuille partager sa table était encore plus étrange.

A 13 h 59, Kendry passa le code-barres de son badge devant le scanner de la pointeuse. Ainsi que l'indiquait le planning affiché sur le tableau, elle était affectée en pédiatrie cet après-midi. Puisque le Dr MacDowell était en pause déjeuner, Sammy serait forcément dans la salle de jeux. La cerise sur le gâteau.

Le cœur en fête à la perspective de retrouver Sammy et les autres enfants, elle prit l'ascenseur pour monter à l'étage de pédiatrie.

Le Dr MacDowell avait seulement voulu l'informer de l'état de santé de Myrna. Le soulagement envahissait Kendry. Elle n'avait rien fait de mal, elle n'avait violé aucun règlement de l'hôpital.

Pendant quelques secondes, elle avait cru que les menaces de Paula allaient se concrétiser, que la surveillante lui avait infligé un blâme, ou pis, une mise à pied pour avoir osé demander à un médecin d'examiner un patient qui n'était pas le sien.

Kendry savait qu'il ne lui restait que quelques semaines à tenir avant que la mutuelle de l'hôpital commence à la couvrir, et Dieu sait qu'elle avait besoin d'une assurance. Elle ne souffrait d'aucune maladie, hormis ses allergies, mais elle avait appris à ses dépens que vivre sans assurance était risqué.

Autrefois, juste après la perte de son emploi précédent, elle avait dû repousser d'un mois le règlement de son assurance automobile afin de pouvoir payer son loyer qui s'était retrouvé multiplié par trois à la suite du déménagement à la cloche de bois de ses deux colocataires. Un tout petit mois, à rouler sans vignette d'assurance sur son pare-brise comme la loi l'autorisait au Texas. Malheureusement, elle avait embouti une Mercedes-Benz dont le conducteur, au lieu d'accepter de régler le problème à l'amiable, l'avait traînée devant les tribunaux. Le juge lui avait imputé l'entière responsabilité de l'accident et l'avait condamnée à rembourser la Mercedes. Depuis qu'elle avait retrouvé du travail, Kendry voyait les trois quarts de son salaire saisis par l'Etat et, une fois son loyer payé, il ne lui restait plus qu'une misère pour se nourrir.

Voilà pourquoi elle tenait tant à conserver son emploi, d'autant que la perspective de le perdre à quelques semaines de l'entrée en vigueur de la mutuelle lui serait insupportable. Plus jamais, elle ne voulait se retrouver sans assurance, que ce soit pour la maison, la santé, les soins dentaires ou la voiture, du moins quand elle aurait de nouveau les moyens d'en posséder une. L'année sabbatique qu'elle avait prise avant de commencer l'université avait sonné le glas de tous ses espoirs, et cette absence d'assurance l'avait obligée à faire une croix sur ses futures études, et à trouver au plus vite un moyen de survivre en remboursant sa dette. A cause d'un malheureux concours de circonstances, sa vie avait basculé dans la précarité.

C'est en remuant ces sombres pensées qu'elle entra dans

la salle de jeux. Mais pourquoi se mettait-elle dans cet état ? Elle ne risquait pas de perdre son travail, et le Dr MacDowell s'était montré poli et courtois envers elle en lui donnant les dernières nouvelles de Myrna Quinones. Tout allait bien.

Alors, pourquoi voulait-il de nouveau déjeuner avec elle demain ?

— Bonjour, les enfants, dit-elle à un trio d'artistes en herbe qui travaillaient à la petite table d'angle sous la supervision de Paula.

Depuis l'incident avec Myrna, Paula se montrait plus aimable envers elle.

Ce fut Sammy qui, comme d'habitude, lui réserva l'accueil le plus chaleureux. Il se mit debout en se tenant à la barre du parc pour bébés et lui adressa un adorable sourire assorti de gazouillis enthousiastes.

— Bonjour à toi aussi, mon poussin.

Elle le prit dans ses bras et, comme elle le serrait contre elle, elle aperçut leur reflet dans la vitre de la fenêtre.

— A quoi joue ton papa ? lui murmura-t-elle à l'oreille.

Elle posa la joue sur les boucles de jais de Sammy à côté desquelles ses cheveux châtains paraissaient bien ternes. Malgré les fins de mois difficiles, elle mangeait tout de même à sa faim… mais pas de manière très équilibrée. Souffrirait-elle de carences susceptibles d'entraîner un dessèchement capillaire ? Non, le manque de vigueur et de brillance de ses cheveux venait sans doute du fait qu'elle se les lavait au savon plutôt qu'au shampoing afin d'économiser quelques dollars.

Tel un miroir, la vitre lui renvoyait le reflet de son visage. Les cernes semblaient avoir pris racine sous ses yeux, et ses allergies qui ne lui laissaient pas de répit depuis des mois coloraient son visage de plaques marbrées, sans parler de son nez qui ressemblait parfois à celui d'un ivrogne tant elle se mouchait. Bref, son apparence ne donnerait envie à aucun homme de passer du temps en sa compagnie.

Alors, que cachait le soudain intérêt du Dr MacDowell à son égard ?

Tout cela n'avait aucune importance. Ses cheveux ne brillaient pas, mais ils étaient propres. Elle travaillait dans un hôpital, là où elle avait toujours voulu être, et c'était là l'essentiel, même si elle n'était pas encore infirmière. Son projet était de gravir les échelons, petit à petit, en interne, en devenant d'abord aide-soignante titulaire du meilleur hôpital du Texas. Comme elle adorait le contact des enfants, son rêve ultime était d'être infirmière en pédiatrie.

Lui saisissant ses lunettes, Sammy parvint à les lui enlever avec un petit cri de victoire. Il réclamait sa compagnie parce qu'il l'aimait, tout simplement.

Les motivations de son père étaient plus floues.

« Méfie-toi de tes souhaits. Ils pourraient se réaliser. »

Quand il était en Afghanistan, Jamie avait rêvé d'un travail tranquille à son retour, dans le service d'urgences d'un hôpital, certes, mais sans voir défiler toute la journée des blessés déchiquetés par des explosions ou des corps démembrés.

En l'occurrence, il devrait s'estimer comblé car la salle d'attente des urgences du West Central accueillait ce matin en majorité des enfants victimes de l'épidémie de bronchiolite qui sévissait actuellement dans les écoles. Il y avait également le lot habituel d'éclopés adultes souffrant d'entorses à la cheville ou de fractures diverses, ainsi qu'un homme d'affaires en complet veston, et en net surpoids, qui avait eu sa première alerte cardiaque, bénigne d'après le rapport des ambulanciers.

La routine, dans toute sa splendeur. Il l'avait voulue, il l'avait.

Depuis deux semaines, il n'avait pas vu un seul cas qui lui pose un problème. En un sens, tant mieux pour les patients.

A côté de la salle de repos des médecins se trouvait une kitchenette flanquée d'une minuscule pièce qu'ils appelaient pompeusement « le salon » où s'alignaient de vieux casiers métalliques aux portes cabossées que personne ne prenait plus la peine de verrouiller, et des patères où pendaient en permanence des dizaines de blouses blanches. Coincé entre deux fauteuils aux assises fatiguées, un canapé d'aspect pourtant peu reluisant vous offrait le nirvana quand vous aviez passé vingt-quatre heures debout.

Au moins, Jamie avait l'esprit tranquille car Sam allait passer une bonne journée aujourd'hui puisque Kendry était de garde en salle de jeux de pédiatrie. L'engouement de Sam pour la jeune aide-soignante ne se démentait pas. C'était vraiment Kendry qui avait ses faveurs, personne d'autre, et les autres membres du personnel féminin semblaient le laisser de marbre.

Depuis qu'il avait décidé de trouver une mère pour son fils, Jamie approchait toutes les collègues célibataires de son âge, leur payait des cafés, partageait leurs pauses repas. Quelques jours auparavant, Quinn lui avait présenté une infirmière des soins intensifs avec laquelle il avait bavardé tout en partageant une pizza à la cafétéria. Mais elle n'avait pas retenu son intérêt, ni aucune autre d'ailleurs. Soit elles étaient ennuyeuses comme la pluie, soit elles battaient outrageusement des cils. Kendry Harrison semblait la seule femme de l'hôpital capable d'avoir une conversation intelligente sans minauder.

La tête plongée dans son casier, il était en train de chercher une blouse propre quand des femmes entrèrent dans la kitchenette. Leurs voix lui parvinrent par la porte entrebâillée. Elles étaient trois.

— Il est vraiment canon, malgré ses airs renfrognés.

— Il a l'air d'en vouloir au monde entier. Est-il originaire d'Austin ?

— Dallas, je crois.

— Peu importe. C'est un gars du Texas qui est rentré au pays après avoir accompli son service en Afghanistan. Certains disent qu'il fait encore partie de l'armée.

— Mmm, imaginez-le en bottes et tenue de camouflage. Rambo peut aller se rhabiller, à côté de lui !

— Pour le sex-appeal, il n'y a pas photo !

Jamie n'en revenait pas de les entendre parler de lui. Zut ! il était coincé. S'il sortait maintenant, elles seraient mortes d'embarras.

S'adossant aux casiers, il croisa les bras et s'exhorta à prendre son mal en patience. Elles allaient bien finir par s'en aller, mais entre-temps il était condamné à suivre leur conversation.

— Tu n'as pas vu ses fesses, Terry. Son postérieur est d'enfer ! Quel dommage qu'il soit toujours caché par sa blouse.

— Si, je l'ai vu. Il était sur le parking, en train de monter dans son pick-up et, crois-moi, j'ai bien profité du spectacle ! Il n'avait pas sa blouse, juste son stéthoscope autour du cou.

— Juste son stéthoscope ! Alors, il conduit tout nu ?

Tandis qu'elles gloussaient de rire, Jamie leva les yeux au plafond.

— Jamie MacDowell est d'origine écossaise, reprit l'une de ses admiratrices. Je me demande s'il met parfois un kilt…

— Arrête, tu nous fais du mal. De toute façon, il ne s'intéresse à personne. L'autre jour, le Dr Brown est passée devant lui dans une minijupe vraiment mini au point qu'on aurait dit une entraîneuse de bar, pas un médecin ! Eh bien, il ne l'a même pas regardée. Ah ! elle avait l'air dépitée, vous pouvez me croire ! Il y avait longtemps que je ne m'étais pas autant amusée.

— Peut-être qu'il aime les hommes.

— Je suis sûre que non. On parie ?

L'impatience commençait à gagner Jamie. Quand ces chipies allaient-elles finir leur café et déguerpir ?

Sentant son portable vibrer silencieusement contre sa cuisse, il consulta le message. Sa garde allait débuter dans quelques minutes, et on le réclamait déjà. En l'absence de son chef de service, une infirmière de gastro-entérologie avait besoin du renouvellement d'une ordonnance de dérivés morphiniques pour un patient. Il n'avait pas le choix, il fallait qu'il sorte de sa cachette.

— La seule à qui il témoigne un tant soit peu d'intérêt est cette mocheté…, reprit l'une des femmes. Je les ai vus manger ensemble à la cafétéria car il délaisse le réfectoire des médecins quand elle est là.

— De qui parles-tu ? On la connaît ?

— De vue. Elle est aide-soignante, je crois.

Bien entendu, elles étaient en train de parler de Kendry, et leurs propos ne lui plaisaient pas du tout. D'abord, Kendry n'était pas une mocheté.

— Je t'assure que cette fille fait peine à voir. Elle porte la même blouse rapiécée tous les jours, à croire qu'elle n'en a pas de rechange.

— Oh ! je vois de qui tu veux parler ! Elle s'est coupé la frange récemment.

C'était décidé. Il allait compter jusqu'à vingt puis sortir de sa cachette.

— La pauvre ressemble à un balai-brosse ! Quel carnage ! Elle a dû se la couper elle-même avec une paire de ciseaux de cuisine.

— Sans doute n'a-t-elle pas les moyens d'aller chez le coiffeur avec les trois sous qu'elle gagne…

— Moi, si j'étais à sa place, même avec un salaire de misère, j'économiserai pour me payer une coupe convenable.

— Elle se fiche de son allure.

— Si elle s'en fichait, elle ne se serait pas coupé la frange. Elle voulait se faire belle pour le Dr MacDowell !

Des ricanements éclatèrent. La méchanceté de ces femmes n'avait d'égale que leur bêtise.

— Bien sûr, elle a le béguin pour lui. Il faudrait être aveugle pour ne pas le remarquer. Franchement, vous les imaginez ensemble dans un lit ? Le dieu grec et la petite Cosette ?

— Ce que tu peux être vache !

Dans la bouche de la chipie, le commentaire sonnait comme un compliment.

— Peut-être qu'elle l'excite. Allez savoir avec les hommes…

Entendre ce tissu d'âneries était vraiment pénible. Kendry ne l'excitait pas, mais elle n'était pas une mocheté et elle ne ressemblait pas à un balai-brosse. De toute façon, qu'elle soit coiffée ou pas comme balai-brosse n'ôtait rien à ses qualités. Elle était dévouée envers les patients, douce, attentive, gentille ; elle respectait les enfants.

— C'est vrai que les mecs ont de bas instincts. Regardez les prostituées qui arrivent aux urgences — on a du mal à croire que quelqu'un paierait pour coucher avec elles, et pourtant elles ne manquent pas de clients. Moi, je crois que notre soldat a pitié d'elle. Ou alors, un camarade de régiment l'a mis au défi de…

— Voilà pourquoi il a toujours l'air en colère. L'idée de devoir faire des galipettes avec Cosette pour gagner son pari lui fait voir rouge.

Elles hurlèrent de rire, hystériques. Ces harpies osaient comparer Kendry, la Kendry de son petit Sam, à une prostituée ! C'en était trop.

Du bout de sa botte de cow-boy, il poussa la porte qui s'ouvrit lentement. Il resta adossé aux casiers, les bras croisés.

— Oh ! mon Dieu ! lança l'infirmière qui le vit en premier.

Les autres portèrent leur main à leur bouche.

— Vous voulez savoir ce qui me met vraiment en colère, mesdames ? dit-il d'un ton glacial.

— Docteur MacDowell, nous sommes désolées. Nous ne savions pas que…

— Ce qui me met en colère, c'est de voir trois infirmières prendre leur pause en même temps, et laisser leurs patients seuls, sans surveillance.

— Nous avons terminé notre pause.

Mais Jamie n'en avait pas terminé avec elles.

— Il y a autre chose qui me met en colère, c'est de voir trois infirmières de cet hôpital employer le temps qu'elle devrait consacrer à leurs malades à dire du mal d'une de leurs collègues.

Personne ne répondit.

— Elle s'appelle Kendry, et son travail auprès des enfants malades est exemplaire. La prochaine fois que vous transférerez un petit patient en pédiatrie, je vous conseille d'observer la manière dont elle s'occupera de lui, si elle est de garde ce jour-là. Toute infirmière que vous soyez, vous apprendrez beaucoup de Kendry Harrison. Mais, pour l'heure, il y a des patients qui sont venus aux urgences pour recevoir des soins, et je vous prierais d'aller les leur prodiguer. Sur-le-champ…

— Désolée encore, docteur.

Après le départ du diabolique trio, Jamie resta figé. Il bouillonnait de colère. Contre ces idiotes. Mais également contre lui-même.

Il s'en voulait pour une raison qu'il ne parvenait pas à définir, mais qui avait incontestablement un rapport avec Kendry, la femme que son fils aimait.

# 5

— Je peux ? demanda le Dr MacDowell en désignant la chaise en face d'elle.

La voix rauque apportait une note apaisante dans la cacophonie de la cafétéria. Comme toujours lorsqu'elle l'entendait, Kendry sentit un délicieux frisson la parcourir.

— Bonjour, docteur MacDowell.

— Jamie, rectifia-t-il.

— Jamie.

Ce n'était pas la première fois qu'il la reprenait, et cela commençait à ressembler à un rituel entre eux. Même si elle ne voulait rien y voir de plus, elle était flattée de partager ce petit moment de complicité avec lui.

— Décidément, vous êtes abonnée à la soupe, dit-il en s'asseyant.

Elle s'obligea à afficher un sourire nonchalant. Pas question de lui dire que la soupe de la cantine du personnel était le plat le moins cher du menu, et qu'il offrait en plus l'avantage de tenir au corps, ce qui lui permettait souvent de faire l'économie du repas du soir.

Elle ne voulait rien dire qui la ferait baisser dans l'estime de Jamie. Car, pour une raison qui la dépassait, il la traitait d'égal à égal, la considérait comme une personne intelligente dont l'opinion comptait. Après avoir passé toute la matinée à recevoir des ordres pour accomplir des tâches ingrates — changer les draps, passer la serpillière, vider des récipients aux contenus peu ragoûtants —, le respect que semblait lui porter cet homme d'exception mettait du baume sur ses plaies.

— Ma préférée est la moulinée à la tomate. Quand elle est au menu, je ne la manquerai pour rien au monde.

— Il faudrait que je l'essaie, un de ces jours.

La conversation était des plus banales, mais il la regardait d'un air... différent des autres fois.

— Quelque chose ne va pas ?

Le parfum boisé de la lotion après-rasage de Jamie lui chatouilla les narines. Dès leur première rencontre, elle avait remarqué qu'il sentait divinement bon. Il n'y avait qu'un problème : les parfums exacerbaient son allergie...

Elle eut juste le temps d'attraper une serviette en papier avant d'éternuer. Au moins, elle avait coupé sa frange, ce qui lui évitait d'avoir à écarter ses cheveux de ses yeux.

— Si j'étais vous, j'irais consulter un allergologue.

— Je n'ai pas besoin d'une visite chez un spécialiste pour savoir que je souffre d'allergies, dit-elle en adoucissant sa remarque d'un sourire.

— Il pourrait identifier les agents allergènes et vous désensibiliser.

Au prix où coûtait la séance, c'était un luxe qu'elle ne pouvait se permettre.

— Avez-vous besoin que je vous prescrive un antihistaminique ?

— Non.

Pourquoi s'intéressait-il soudain à sa santé ? D'habitude, ils parlaient des patients, jamais d'eux-mêmes.

— Je vais vous en prescrire un quand même, dit-il en sortant un bloc d'ordonnances de sa poche.

— Ne prenez pas cette peine.

Bien sûr, elle se garderait de lui dire qu'elle n'avait pas les moyens d'acheter le médicament.

Il remplit l'ordonnance et la lui tendit.

— Merci, dit-elle en la prenant à contrecœur.

Il continuait à la regarder d'un air étrange. Décidément, le déjeuner d'aujourd'hui démarrait sous de mauvais auspices.

Afin de se donner une contenance, elle fit mine de lire l'ordonnance. Etonnamment lisible, l'écriture était formée de gros caractères énergiques qui remplissaient la feuille, aux antipodes des pattes de mouche des autres disciples d'Hippocrate. Même sans ses lunettes, elle parvenait à déchiffrer les mots.

Quand elle releva la tête, il baissa les yeux sur son assiette, comme si elle l'avait surpris en flagrant délit de… de quoi ?

— Avez-vous reçu une mauvaise nouvelle aujourd'hui ? J'espère que Myrna n'est pas de retour pour une nouvelle dialyse, ajouta-t-elle comme il restait silencieux. Ou David ?

— Non.

— Sam va bien, n'est-ce pas ?

Pourvu que son petit Sammy n'ait pas un problème de santé. Elle ne supporterait pas d'apprendre qu'il avait eu un accident. Mais non, Jamie ne serait pas tranquillement assis en face d'elle si tel avait été le cas.

— Très bien.

A sa grande surprise, il tendit le bras au-dessus de la table pour lui prendre la main.

— Merci de vous inquiéter pour lui.

Sentant son nez la démanger de nouveau, elle dégagea sa main pour se moucher. Que ne pouvait-elle déjeuner une fois avec cet homme sans avoir le nez qui coule !

Même avec un nez sec, elle n'en deviendrait pas belle pour autant.

— Vous avez changé quelque chose à vos cheveux ? demanda Jamie.

— J'ai coupé la frange il y a deux jours. Elle me tombait dans les yeux.

Mais où voulait-il en venir ? Elle avait l'impression qu'il jouait un jeu dont elle ignorait les règles, et elle n'appréciait pas ça du tout.

— Cela vous va bien.

Le compliment la fit devenir rouge pivoine.

Il hocha la tête, comme pour appuyer son propos, puis saisit son club sandwich aux crudités et au poulet.

— Avez-vous fait la connaissance du nouveau petit patient de cardiologie, un garçonnet du nom d'Eric Raines ? Nous l'avons admis aux urgences hier, et j'avais rarement vu une arythmie aussi élevée chez quelqu'un d'aussi jeune.

Ouf ! la conversation reprenait son cours normal. Ils avaient en effet coutume de discuter des patients qui passaient par la case « urgence » avant d'être transférés en pédiatrie, et le Dr MacDowell lui décrivait à loisir des pathologies toutes plus compliquées et intéressantes les unes que les autres, comme s'il voulait l'initier à la médecine. Il la traitait un peu comme il aurait traité une interne, ou une élève infirmière en dernière année.

— Son cœur est solide, poursuivit-il. En revanche, son rythme cardiaque…

— Je peux me joindre à vous ? demanda une autre voix masculine.

Sans attendre la réponse, le nouveau venu, un grand brun qui avait un air de famille avec Jamie, tira une chaise et s'assit à leur table. Il ne portait pas de blouse blanche, mais le stéthoscope autour de son cou indiquait ses fonctions. Comme il les regardait à tour de rôle, elle plaqua un sourire forcé sur ses lèvres.

— Je t'en prie, assieds-toi, dit Jamie d'un ton ironique. Kendry, je vous présente mon frère Quinn.

Elle avait déjà deviné de qui il s'agissait. Les deux frères MacDowell possédaient la même prestance, et ils étaient tous deux célibataires. Avant l'arrivée de Jamie au West Central, c'était son frère qui avait détenu le titre de célibataire le plus convoité. A présent, on pouvait dire qu'ils étaient à égalité, et les commères de l'hôpital ne savaient plus où donner de la tête. Elles se demandaient déjà pourquoi Jamie McDowell déjeunait avec elle, mais maintenant que son frère Quinn s'y mettait aussi, le téléphone arabe allait fonctionner à plein régime.

— Kendry Harrison. Enchantée.

Façon de parler… Ils étaient le point de mire de la salle, et elle détestait avoir les regards braqués sur elle.

— Le plaisir est partagé. Quel rythme cardiaque anormal as-tu négligé de porter à mon attention ? poursuivit Quinn à l'adresse de son frère.

— C'est un cas de pédiatrie, donc ce n'est pas ta spécialité, répondit Jamie. Mais c'est celle de Kendry, ajouta-t-il comme si elle était docteur en médecine. Elle travaille beaucoup en pédiatrie et elle est en fait la préférée de Sam à l'étage.

Quinn se figea. Pour une raison qui échappait à Kendry, la déclaration semblait lui faire l'effet d'un coup de massue.

— Je vois, dit-il en tournant vers elle un regard où se lisait un intérêt nouveau.

Que se passait-il ?

— Quelles fonctions exercez-vous dans cet hôpital, Kendry ?

— Je suis aide-soignante, au premier échelon.

Voyant qu'il haussait les sourcils d'un air surpris, elle fut tentée de le provoquer.

— Et vous, docteur MacDowell, quelles fonctions exercez-vous ?

— Eh bien, je passe la plupart de mon temps au bloc, à déboucher des artères coronaires, répondit Quinn avec un sourire condescendant parfaitement assorti à son ton faussement modeste.

— Quand il ne donne pas des consultations dans sa luxueuse clinique privée, précisa Jamie. Il vient à l'hôpital lorsqu'il a vraiment envie de travailler.

— Depuis combien de temps travaillez-vous au West Central, Kendry ?

Pourquoi Quinn MacDowell, qui ne la connaissait ni d'Eve ni d'Adam, s'intéressait-il soudain à son *curriculum vitæ* ?

— Cela fera bientôt six mois. Pourquoi tenez-vous à le savoir ?

— Est-ce une vocation ? Ou avez-vous des ambitions plus élevées ?

— Ça suffit, Quinn, dit Jamie.

A en juger par son ton brutal, l'intérêt que lui témoignait son frère lui déplaisait souverainement. Croyait-il que Quinn lui faisait des avances ? Ou qu'elle essayait de mettre le grappin sur lui ? Comment pouvait-il sérieusement l'en soupçonner alors qu'elle n'avait aucun des atouts habituellement possédés par les coureuses de dot ?

Voyant rouge à cette pensée, elle essaya de se justifier auprès de Quinn qui, soit dit en passant, était tout de même moins beau que son frère.

— Pour l'heure, cet emploi me convient. J'aimerais devenir aide-soignante titulaire.

— C'est votre but ultime ?

— Non. Mais cela me permettrait de me payer des cours du soir pour passer mon baccalauréat puis de m'inscrire à l'école d'infirmières. Dans huit ans, si tout se passe bien, je revêtirai la blouse bleue.

Quinn l'observa un instant en silence.

— Travailler le jour, étudier le soir… Vous ne choisissez pas la voie facile.

— Parfois, on n'a pas le choix.

Elle jouait avec sa cuillère, ayant l'impression d'en avoir déjà trop dit. Personne au West Central n'était au courant de son erreur de parcours de jadis, de cette maudite année sabbatique qui lui avait coûté son avenir. Tant qu'elle n'aurait pas remboursé cette Mercedes, il lui faudrait serrer les dents — et sa ceinture — pour y arriver.

Visiblement au courant de quelque chose qu'elle ignorait, les deux frères échangèrent un regard lourd de sous-entendus.

— Vous savez quoi ? reprit Quinn. Quand vous serez aide-soignante titulaire, vous n'aurez qu'à venir me voir. Je vous paierai davantage que l'hôpital, ce qui vous permettra de passer plus vite votre diplôme d'infirmière.

Eh bien… Elle ne s'attendait pas à une offre d'emploi.

— Euh… C'est très gentil de votre part…

Zut ! elle en bafouillait de surprise, ce qui détruisait sans doute la bonne impression qu'elle avait faite.

— Kendry s'intéresse à la pédiatrie, pas à la cardiologie, dit Jamie.

— Comme tu ne travailles pas en pédiatrie, mais aux urgences, tu vas avoir du mal à lui faire une proposition meilleure que la mienne.

— Qu'en sais-tu ? J'ai peut-être quelque chose à lui proposer.

Il défiait Quinn du regard, comme pour le provoquer en combat singulier.

Mais qu'est-ce qui leur prenait de se battre à cause d'elle ?

— Il faut que j'aille pointer, docteur MacDowell, excusez-moi, dit-elle à Jamie en se levant. Docteur MacDowell, répéta-t-elle avec un signe de tête en direction de Quinn.

Puis elle saisit son plateau avant de filer vers la sortie.

— De quoi te mêles-tu, Quinn ? marmonna Jamie.

— Tu n'es pas sérieux ? Elle a du cran, d'accord, mais elle est quelconque !

— C'est elle qui a décelé la fente palatine de Sam, alors que je n'avais rien vu.

— Admirable... Mais ce n'est pas une raison pour l'épouser.

— Je n'ai jamais dit que j'allais l'épouser. Je ne partage pas ton opinion, c'est tout. A mes yeux, elle n'est pas quelconque. Le serait-elle que cela ne ferait pas de différence étant donné le type de relation que je recherche, mais j'en ai assez que les gens attaquent son physique.

— Une branche de ses lunettes tenait par un morceau de ruban adhésif.

— Et alors ? Moi, elle... Je la trouve très bien comme elle est.

Il avait failli dire : « Elle me plaît comme elle est. »

— Kendry est intelligente, perspicace, autodidacte, assoiffée de connaissances et, ce qui ne gâche rien, totalement dévouée à ses patients. Elle se battrait comme une lionne pour sauver un petit malade ; je le sais pour l'avoir vue à l'œuvre.

— Je ne discute pas ses qualités. Moi aussi, je l'aime bien. En tant que nourrice de Sam, elle sera parfaite.

— Pas question d'imposer une nouvelle nourrice à Sam… Il en a eu suffisamment pendant que j'étais retourné en Afghanistan après l'avoir laissé au ranch. Il lui faut à présent une mère.

Comme sous l'effet d'une violente migraine, Quinn pinça l'arête de son nez et ferma les yeux.

— Quand tu tomberas amoureux de quelqu'un et que tu l'épouseras, Sam l'aura, sa maman.

L'idée d'engager Kendry comme bouche-trou en attendant que la femme de sa vie veuille bien se manifester ne lui plaisait guère.

— Que dirai-je à mon fils ? « Kendry t'aime et tient à toi, mais tu dois lui dire au revoir car j'ai trouvé quelqu'un avec qui j'ai envie de coucher » ?

La mine consternée, Quinn secoua la tête.

— Toujours aussi excessif ! Les nourrices savent bien que leur poste n'est pas *ad vitam æternam*. Te connaissant, tu la licencieras avec de belles indemnités en prime quand le moment sera venu de te séparer d'elle, et tout le monde sera content. Alors que si tu l'épouses, tu risques de perdre la moitié de tes revenus au moment du divorce à moins d'avoir négocié un contrat de mariage en béton.

Furieux, Jamie repoussa sa chaise. Il éprouvait le même genre de colère que lorsqu'il avait entendu le trio d'infirmières se moquer de Kendry.

Il sortit de la cafétéria par la porte qui donnait sur le parking, dans l'intention de regagner les urgences par l'extérieur, ce qui lui éviterait de traverser le hall et le dédale des couloirs.

— Réfléchis ! dit Quinn, sur ses talons. Tu ne vas pas rester célibataire toute ta vie ! Quand tu seras enfin prêt à chercher ta femme, tu n'auras que l'embarras du choix parmi toutes celles qui te font les yeux doux, et tu seras alors bien content de ne pas être pieds et poings liés à Kendry Harrison !

Jamie ne l'écoutait pas. Il n'avait pas besoin de protection légale contre Kendry Harrison puisque c'était elle qui, si elle acceptait de l'épouser, le protégerait contre une éventuelle tentative du State Department de lui retirer la garde de Sam.

Retirer un enfant à un couple marié se justifierait difficilement. Si besoin, il alerterait la presse pour avoir l'opinion publique en sa faveur.

*Si* le State Department diligentait une enquête. Ce qui n'était pas impossible étant donné qu'aucun soldat n'avait jamais ramené d'enfant d'Afghanistan. Il avait vérifié et était sûr de ses sources pour la bonne raison qu'elles provenaient du Pentagone. Aucun enfant afghan n'avait été adopté par un non-musulman et aucun soldat américain n'avait reçu la permission de son commandement d'épouser une Afghane. Tous ceux qui en avaient fait la demande comme lui s'étaient vus opposer un refus.

Il y avait cinquante pour cent de chances que Sam soit son fils biologique. La rumeur avait couru dans le camp qu'Amina avait aimé avant lui quelqu'un qui était mort au combat. Un jour qu'il essayait de l'interroger par des chemins détournés, elle s'était juste bornée à lui dire que la vie était courte et qu'il fallait saisir le bonheur au moment où il se présentait, car on ne savait pas quand l'être aimé allait mourir.

Cela faisait beaucoup d'incertitudes qui pesaient au-dessus de sa tête telle une épée de Damoclès.

— Comment as-tu l'intention de passer du stade des repas à la cafétéria avec une aide-soignante qui t'appelle « Docteur MacDowell » à celui de la proposition de mariage ?

— Je ne sais pas, Quinn. Tout ce que je sais, c'est que Sam adore Kendry, et qu'elle le lui rend bien. Alors, je déjeune avec elle tous les jours afin de mieux la connaître.

Il s'imaginait Kendry tenant Sam dans les bras, chez lui, dans sa cuisine. Elle leur parlerait de sa voix douce et apaisante, partagerait leurs peines, leurs problèmes. Sam et lui ne seraient plus seuls au monde.

— Ce n'est pas moi qui lui rendrais service en l'épousant, mais le contraire, dit-il en s'arrêtant près d'un sumac de Virginie.

Les feuilles de l'arbre viraient à l'orange cuivré. L'automne s'était installé et, dans moins de deux semaines, il devrait se rendre à Fort Worth pour son entraînement de réserviste. A son retour, Sam serait opéré pour sa fente palatine, et dès qu'il aurait récupéré pleinement, il retournerait à l'hôpital pour son cœur. A l'approche de son premier anniversaire, les cardiologues l'estimaient désormais en état de supporter l'opération, ce qui n'avait pas été le cas auparavant.

Il se frotta le menton, trop las pour s'expliquer ou se justifier.

— Alors, tu as jeté ton dévolu sur Kendry ? demanda Quinn.

Le temps sembla suspendre son vol tandis qu'il se rendait compte de l'évidence.

— Oui, dit-il en croisant les yeux de son frère.

— Tu sais ce que j'en pense, mais je te souhaite tout de même bonne chance.

Ils se séparèrent, et Jamie continua son chemin seul vers le bâtiment des urgences.

Amina était la seule femme qu'il avait voulu épouser. Hélas ! le sort en avait décidé autrement, et il en était maintenant réduit à demander à Kendry de bien vouloir devenir sa femme puisque Sam l'aimait, même si lui ne pourrait jamais l'aimer.

# 6

— Tu es mon petit cœur adoré, tu le sais, ça ?

Assise sur le tapis de sol dans la salle de jeux, Kendry murmurait des mots doux à Sammy qui était allongé sur une couverture à côté d'elle. Elle tenait ses petits pieds dans sa main et lui agitait doucement les jambes.

— Mon garçon préféré pourrait-il me faire un grand sourire ?

Les fossettes de Sam se creusèrent, comme s'il la comprenait.

— Oh ! merci !

Elle adorait se retrouver seule avec les enfants, comme maintenant, et leur seriner de tendres riens sans sentir sur elle le regard goguenard ou critique d'un autre adulte. Avec Sam, elle avait l'impression d'être une star. Ses petits poings battaient joyeusement l'air à tout ce qu'elle disait, et il la regardait comme si elle était le bon Dieu.

Elle s'allongea sur le côté et, appuyée sur un coude, lui chatouilla le ventre.

— Si on pouvait passer notre vie comme ça, ce serait bien, n'est-ce pas ? Oubliées les fins de mois difficiles, les économies à faire pour reprendre un jour des études… Nous nous prélasserions sur une plage du matin au soir. Au Guatemala, comme mes parents.

Sammy gazouilla et se balança sur le dos pour s'attraper les pieds.

— Non, tu as raison. Il vaut mieux que tu restes ici pour faire des études. Sans diplôme, c'est dur de se faire une place au soleil.

Hier soir, après sa garde, elle avait travaillé dur pour aider une équipe d'ouvriers à débroussailler le jardin d'une maison en face de chez elle, maison devant être mise aux enchères publiques dans quelques jours. La banque qui avait saisi le bien avait engagé une entreprise pour nettoyer le terrain, et Kendry avait gagné vingt dollars en leur prêtant main-forte pour couper des herbes hautes tout en éternuant toutes les dix secondes.

A présent, elle en payait le prix fort avec des yeux larmoyants, un nez bouché et des courbatures dans les bras et les épaules.

Epuisée par une nuit émaillée d'apnées du sommeil et une journée de garde où elle avait été constamment sur le pied de guerre, elle bascula sur le ventre. Les quelques enfants présents dans la salle jouaient sans avoir besoin d'elle, le plus mignon petit garçon du monde était allongé à son côté, calme et souriant, alors, quel mal y aurait-il à fermer les yeux quelques secondes…

Sam tira sur sa queue-de-cheval.

— Aïe ! Je ne dors pas, Sam, je te le promets.

— Ce n'est pas l'impression que vous donniez.

Pas besoin de se retourner pour savoir à qui appartenait cette voix rauque. Jamie MacDowell. Elle s'assit, une main sur son cœur pour tempérer son émoi.

— Je ne voulais pas vous effrayer. Sam m'a vu m'approcher et il voulait vous prévenir.

Elle chatouilla le ventre de Sammy.

— Merci pour la solidarité, mon poussin.

Comme elle se levait, elle faillit bousculer Jamie qui s'était accroupi à hauteur de son fils. Il était si grand, avec des épaules dignes d'un footballeur américain, et si proche qu'elle sentait sa chaleur, et l'odeur de sa peau…

Elle eut à peine le temps de se détourner pour éternuer au creux de son coude.

— Vous êtes-vous fait délivrer cet antihistaminique que je vous ai prescrit ?

— Pas encore.

Et elle n'en avait pas l'intention.

— Vous vous sentiriez bien mieux.

« Pas si Mme Haines me jette à la porte de mon studio parce que je n'ai pas pu payer le loyer. »

Elle habitait en fait dans un garage aménagé en studio, et il n'était pas question de se retrouver à la rue, même pour faire plaisir au Dr MacDowell.

A son tour, il se redressa.

— Cela fait une semaine que Sam a cassé votre paire de lunettes, et vous ne l'avez toujours pas fait réparer, dit-il, les sourcils froncés.

Elle souleva le bébé pour le caler sur sa hanche.

— Pour quoi faire si un enfant me les casse de nouveau ? dit-elle de son ton le plus désinvolte. Elles tiennent bon, c'est l'essentiel.

Pour illustrer son propos, elle les ôta et les secoua en les tenant par la branche intacte, celle qui n'était pas retenue par le ruban adhésif.

— Voyez, c'est du solide.

— J'espère que vous en avez tout de même acheté une nouvelle paire, dit-il, toujours de marbre. Je vous la rembourserai, ce qui est normal, puisque mon fils est responsable des dégâts.

Elle fit un geste désinvolte de la main puis remonta Sam sur sa hanche.

— Quand j'aurai le temps de passer chez l'opticien, je m'en commanderai une nouvelle paire. Pour l'heure, celle-ci remplit parfaitement son office, dit-elle en la chaussant de nouveau.

Un changement de conversation s'imposait au plus vite.

— Je suis en train de lire des articles sur les réparations de la fente labiopalatine afin de savoir exactement ce que Sam aura à subir ainsi que les précautions qu'il faudra prendre à son retour en salle de jeux.

Troublée par sa présence, elle ne parvenait plus à se rappeler les nombreuses questions qu'elle voulait lui soumettre à ce sujet, d'autant qu'il venait de poser la main sur le dos de Sam, ce qui les rapprochait tous trois en un petit cercle intime.

— Ah ! on dirait qu'il veut terminer le travail ! dit-elle en riant alors que Sam lui saisissait ses lunettes.

— Pas touche, Sam.

Il écarta la menotte de son fils, redressa les lunettes sur son nez puis fit quelque chose qu'elle n'aurait jamais osé imaginer même dans ses rêves les plus fous. Jamie MacDowell, le médecin célibataire le plus convoité du West Central Hospital, lui remit une mèche qui avait échappé à sa queue-de-cheval derrière l'oreille puis il posa une main sur son épaule et plongea ses yeux dans les siens.

Aussi incroyable que cela paraisse, il s'intéressait à elle. A elle en tant que *femme.*

— Certains parents n'accordent pas à leurs enfants la moitié de l'attention que vous portez à Sam.

Elle s'était méprise sur le sens de son geste, hélas ! En fait, il lui signifiait, avec ménagement, certes, qu'elle s'attachait trop à son fils. Elle avait déjà eu affaire à ce genre de remarques.

— Vous êtes son papa, il vous adore, et son monde tourne autour de vous. Moi, il m'aime bien et me considère comme une camarade de jeux, c'est tout…

Elle s'apprêtait à lui dire qu'elle n'avait aucune intention de lui voler l'affection de Sam quand la porte s'ouvrit pour livrer le passage à Bailey, une aide-soignante titulaire qui, contrairement à Paula et ses amies, était très aimable avec tout le monde, y compris avec elle.

— Bonsoir, docteur MacDowell. Bonsoir, Kendry.

Remettant Sam dans les bras de Jamie, Kendry s'écarta pour éternuer puis elle s'éloigna vers le distributeur de gel antibactérien pour se stériliser les mains.

Après avoir placé son fils dans un berceau, Jamie la suivit et se pencha vers elle d'un peu trop près.

— Je ne l'entendais pas comme un reproche, mais comme un compliment, dit-il tout contre son oreille. Quand je suis au travail, je veux quelqu'un comme vous pour veiller sur mon fils, quelqu'un qu'il aime, et je ne prendrai jamais ombrage de l'affection qu'il vous porte, bien au contraire…

La douceur de sa voix la fit frissonner.

— Tous les parents ne sont pas comme vous, répondit-elle en s'écartant et en actionnant la pompe du distributeur de liquide antibactérien. Je pourrais vous citer l'exemple d'un médecin de cet établissement qui était jalouse de voir sa fille s'agripper à moi lorsqu'elle venait la chercher. En fait, un soir, elle m'a accusée de vouloir me substituer à elle et, depuis, je n'ai plus revu la petite qu'elle a placée dans une crèche privée.

— C'est lamentable.

— Et triste de s'attacher à des enfants et de ne plus les revoir du jour au lendemain.

— Vous aimez bien savoir ce que deviennent tous ceux dont vous vous occupez, n'est-ce pas ?

De nouveau, il la fixait de ce regard intense qui la déstabilisait.

— Pas tous, dit-elle en baissant la voix afin que Bailey ne l'entende pas. Très franchement, il y a des garnements mal élevés et insupportables qui ne me laissent pas un souvenir impérissable. Tous ne sont pas aussi charmants que votre Sam.

— Notre Sam…

— Comment ?

— Je dis « notre » car il semble aussi très heureux en votre compagnie, dit-il, l'air embarrassé. Et je pense que c'est très important, ajouta-t-il en se rapprochant encore d'elle.

Elle cessa de se frictionner les mains. Basse et caressante, la voix de Jamie la déstabilisait de plus en plus.

Agitant les mains pour les sécher, elle retourna vers les berceaux aux pieds desquels se trouvaient les sacs de couches des bébés. Comme elle ramassait celui de Sam pour le tendre à Jamie, elle sentit ses muscles protester.

— Aurais-je le plaisir de garder Sam demain ? demanda-t-elle d'un ton qu'elle espérait désinvolte.

— Bien sûr. Je ne voudrais pas le priver de sa baby-sitter préférée, ajouta Jamie avec un clin d'œil malicieux, toute sa nervosité semblant s'être évaporée.

Après le départ du père et du fils, Bailey s'approcha d'elle.

— Comment fais-tu ?

— Que veux-tu dire ?

— Comment fais-tu pour amener le sublime Dr MacDowell à s'intéresser à toi ?

— A moi ? Tu dis n'importe quoi.

— Pas du tout, j'ai vu la manière dont il te souriait. Au fait, il a de jolies fossettes, et c'est bien dommage qu'elles ne se creusent pas plus souvent.

Ce soir, Kendry les avait remarquées pour la première fois, elle aussi.

— Assieds-toi et viens tout me raconter, dit Bailey.

Elle s'installa dans l'un des deux rocking-chairs, et Kendry qui sentait ses jambes flageoler s'effondra dans l'autre.

— Il n'y a rien à raconter.

— T'a-t-il demandé de sortir avec lui ?

— Bien sûr que non. Est-ce que tu m'as regardée ? Crois-tu vraiment qu'un homme comme lui pourrait s'intéresser à moi ?

— Eh bien... je ne sais pas...

Sa collègue ne semblait plus aussi sûre. Contrairement à Kendry dont les derniers doutes venaient de s'envoler. Jamie avait simplement voulu la remercier de si bien s'occuper de son fils. Et elle, en innocente qui prenait ses rêves pour la réalité, avait mal interprété son sourire en lui prêtant des intentions absurdes.

— Il s'est montré aimable envers moi car il était content de voir Sam manger et prendre du poids.

Bailey sembla accepter son explication. Toutefois, comme Kendry se balançait, les yeux fermés, elle revit le sourire de Jamie.

Elle aurait tellement voulu qu'ils soient plus qu'amis...

Une pensée dangereuse, songea-t-elle aussitôt en arrêtant de se balancer. Elle devrait s'estimer heureuse d'avoir l'amitié du Dr MacDowell, tout comme elle devrait s'estimer heureuse d'être aide-soignante, ce qui, même à l'échelon le plus bas, lui permettait tout de même de travailler dans un hôpital. De la même manière, il valait mieux vivre dans un garage aménagé en studio que dans un foyer pour sans-abri, et se nourrir de soupe et de pâtes durant la seconde partie du mois plutôt que de mourir de faim…

Depuis ce jour fatidique où elle avait eu cet accident automobile sans être assurée, sa vie n'était plus qu'une série de compromis.

Quand on souhaitait davantage que ce que l'on avait, voilà ce que l'on récoltait.

L'amitié de Jamie MacDowell était mieux que rien. En voulant davantage, elle ne ferait que nourrir des illusions et, en plus d'être sans le sou, elle écoperait d'un cœur brisé.

Au lieu de vouloir la lune, elle ferait mieux de s'en tenir à des souhaits raisonnables, compatibles avec sa condition.

# 7

— Allez me chercher une infirmière !

Lui qui voulait de l'action pour le changer de la routine, il était servi. Un carambolage s'était produit sur l'autoroute, et les urgences devaient gérer l'afflux de blessés malgré les coupes claires opérées dans le personnel pour cause de restrictions budgétaires.

— Il n'y a plus d'infirmières disponibles, docteur MacDowell, dit Molly, son infirmière, qui était à moitié allongée sur les jambes de leur patient pris de convulsions pour l'empêcher d'aggraver ses blessures.

Les yeux fixés sur le trou béant qui s'ouvrait entre deux côtes, Jamie appuyait sur la veine sectionnée tandis que, de l'autre main, il maintenait l'écarteur chirurgical en place.

— Alors, une aide-soignante, un brancardier, n'importe qui avec deux mains !

— Puis-je me rendre utile ?

Il reconnut la voix de Kendry.

— C'est la surveillante de pédiatrie qui m'envoie, reprit-elle à bout de souffle comme si elle avait couru. Un autre aide-soignant va descendre d'orthopédie, et on m'a chargée de vous dire que notre pédiatre de garde viendra vous prêter main-forte dans trente minutes.

— L'oxygène n'arrive plus dans le masque du patient. Vérifiez le tuyau.

— Il est débranché… Voilà, j'ai revissé l'embout.

— Permutez avec Molly et immobilisez les jambes du blessé.

Sans quitter des yeux la veine rompue, il donna des instructions à Molly pour la sédation du patient.

— Kendry, augmentez de 0,2 ml le débit d'oxygène puis allez chercher le chariot de déchocage.

La tension qui lui raidissait le cou s'atténua un peu. Il avait confiance en Kendry, et elle ne le déçut pas. Il aboyait des ordres, et elle réagissait au quart de tour. Molly l'assista pour les soins d'urgence, mais Kendry leur facilita grandement la tâche en sachant où se trouvait tout ce dont ils avaient besoin, instruments, poches de perfusion saline, pansements. Quand l'état du patient fut stabilisé, ce fut elle qui, le dossier de prise en charge sous le bras, transporta le chariot jusqu'à la salle d'opération où les traumatologues prendraient la relève.

Les blessés arrivèrent en flot continu pendant des heures, et les services de Kendry furent également sollicités par plusieurs de ses collègues. Toutes les chambres, tous les box affichaient complet, et des brancards occupaient même les couloirs. Quant à la salle d'attente, elle affichait l'affluence des grands jours.

Les postopérés étaient transférés dans les services compétents, et la plupart des accidentés légers restaient eux aussi sous surveillance pour la nuit après avoir reçu les soins adaptés. Seules les victimes de bleus et de bosses pouvaient rentrer chez eux, ce qui libérait des lits. Jamie signa ainsi plusieurs bons de sortie.

— Brancardier ! lança-t-il en direction d'un jeune homme en blouse bleue qui était debout, les bras ballants, au milieu d'un couloir. Où est le fauteuil roulant que j'ai demandé pour le patient du box 8 ?

— Il n'y en a plus, dit l'employé, visiblement dépassé par les événements.

— Eh bien, trouvez-en un. Il faut aussi que quelqu'un refasse les lits qui viennent d'être libérés.

Kendry qui passait par là au pas de course dut l'entendre car elle saisit le brancardier par le bras.

— Suivez-moi. Il faut aller sur le parking pour récupérer les chaises roulantes vides.

Comme Jamie croisait son regard, elle lui adressa un regard qui signifiait : « Mais où déniche-t-on des empotés pareils ? »

Il sourit en entrant dans le box où l'attendait le patient suivant. Kendry semblait lire dans ses pensées. Comme mari et femme, ils feraient une bonne équipe.

En fin de soirée, le rythme ralentit. Les accidentés grièvement blessés avaient tous été opérés et transférés dans les services compétents, et Kendry passa mentalement en revue les patients qui occupaient encore les box des urgences. Leur état avait été stabilisé et ils attendaient les résultats des bilans sanguins et autres ponctions lombaires.

Debout devant le comptoir du poste infirmier, Jamie finissait de compléter les dossiers. Avant ce jour, elle avait eu le béguin pour lui, mais maintenant elle, était éperdument amoureuse. Dans la tempête que le service venait de traverser, il avait été un roc, calme, compétent, sachant à la fois commander et déléguer. Et beau comme un dieu, ce qui ne gâchait rien.

Elle jeta un coup d'œil à l'horloge murale. Cela faisait six heures qu'elle n'arrêtait pas de courir à droite et à gauche. Mais ce n'était rien à côté de Jamie qui avait géré la crise depuis le début en prenant les bonnes décisions au bon moment et en en portant l'entière responsabilité sur ses épaules — des épaules qui semblaient taillées pour porter bien plus que cela.

Oh oui ! elle était amoureuse !

Il veillait sur le bien-être de ses patients et de son personnel. Mais qui veillait sur lui ? Y avait-il quelqu'un pour lui rappeler parfois de lever le pied, de manger, de prendre soin de lui ?

Décidée à lui offrir au moins un peu de réconfort, elle prit une barre vitaminée et une briquette de lait dans la boîte des en-cas réservés aux patients et revint au poste infirmier, décidée à patienter le temps qu'il faudrait tandis qu'il enregistrait ses observations dans le Dictaphone des infirmières.

Il remarqua tout de suite sa présence, et il finit de parler dans le micro, tout en gardant les yeux fixés sur elle avant de reposer l'appareil.

— Un problème ?

— De quoi avez-vous le plus besoin ? demanda-t-elle en lui tendant les deux articles. D'énergie ou de calcium ?

Il sourit, ce qui creusa ses divines fossettes.

— Des deux. Merci, mon ange gardien.

Le sang afflua aux joues de Kendry.

Jamie se tourna vers les infirmières pour les avertir qu'il prenait sa pause.

— Une petite promenade, ça vous dit, Kendry ? ajouta-t-il.

— Pourquoi pas ? Je viens d'aller voir Sam en pédiatrie. Il dort tranquillement dans son berceau sous la surveillance de l'infirmière de nuit.

— C'est bien ce que je dis. Vous êtes notre ange gardien, à Sam et à moi.

Ils sortirent sous l'auvent des ambulances où une employée de bureau grillait une cigarette malgré l'interdiction. L'hôpital *et* son parc étaient une zone non-fumeurs, mais quand il pleuvait, comme maintenant, personne n'avait envie de sortir de l'enceinte pour aller fumer dans la rue. A en juger par les mégots qui jonchaient le sol, l'auvent avait servi d'abri à plus d'un fumeur ce soir.

— Désolée, docteur MacDowell, dit l'employée en écrasant sa cigarette.

Elle retourna à l'intérieur, non sans leur avoir au préalable jeté un regard intrigué, se demandant sans doute ce que le beau médecin faisait avec elle.

Jamie s'assit sur un banc de métal et lui fit signe de le rejoindre.

— Fatiguée ?

— J'ai peur de m'écrouler si je m'arrête, dit-elle en prenant place à côté de lui. Ça a été un tel tourbillon que je n'ai pas vu le temps passer. Avec six heures sup, j'ai battu mon record.

— Chaque orage ou pluie violente nous valent un ou deux

accidents de la route. Quand il y a un carambolage, on en a facilement pour toute la nuit.

— Vous aimez ces situations de crise ?

— C'est une question-piège. Qui peut aimer voir des gens souffrir ? dit-il en croquant la dernière bouchée de la barre vitaminée et en en froissant l'emballage. Mais je vais vous dire la vérité : si je n'appréciais pas la poussée d'adrénaline que me procurent les urgences, il y a longtemps que j'aurais arrêté ce métier.

Penchant la tête en arrière, il vida la briquette de lait, et elle le regarda, subjuguée. Comment faisait-il pour être si beau en toutes circonstances ?

« Contente-toi de son amitié. C'est déjà beaucoup. »

Sans se lever, Jamie visa la poubelle avec la briquette et mit dans le mille. Puis il se tourna vers elle, un bras posé sur le dossier du banc.

— Et vous ? Après l'expérience de ce soir, vous aimeriez être médecin urgentiste ?

— Mon rêve serait plutôt d'être infirmière. Je me sentirais plus dans mon élément à prodiguer des soins qu'à poser des diagnostics.

— Alors, infirmière urgentiste ?

Faisant mine de vouloir regarder la pluie qui tombait, elle décolla légèrement le dos du banc. Il valait mieux mettre un peu de distance entre eux.

— L'adrénaline ne m'a pas déplu, à moi non plus, dit-elle. J'en reprendrais bien un peu, à l'occasion.

Il eut un petit rire.

— Je le savais. Vous avez tout ce qu'il faut pour faire une bonne infirmière urgentiste.

Bien que le compliment l'emplisse de fierté, elle essaya de la jouer modeste.

— J'ai aussi tout ce qu'il faut pour m'endormir sur le sol de la salle de jeux avec votre fils.

— Ne vous inquiétez pas, je suis pareil chez moi.

Ils éclatèrent de rire, et elle sentit la main de Jamie se poser sur son épaule.

« Ne demande pas davantage. »

— Kendry, vous ne trouvez pas que nous formons une bonne équipe ?

— Vous... vous croyez ?

Son cœur battait si fort qu'elle entendait à peine le bruit de la pluie sur l'auvent.

— Malgré votre fatigue, vous êtes montée en pédiatrie vérifier que Sam allait bien. Vous vous inquiétez pour lui comme si vous étiez sa mère...

S'agissait-il d'un reproche déguisé ?

— Bien sûr que non. C'est juste par habitude, parce que je le vois tous les jours...

— Inutile de vous défendre. Je suis content que vous vous soyez attachée à mon fils. Et il vous le rend bien, croyez-moi. Ecoutez-moi, Kendry, vous gâchez votre temps et vos compétences dans ce travail d'aide-soignante, laissez tomber la titularisation et visez directement des études d'infirmière.

Et avec quel argent ?

— Seriez-vous en train de me proposer une bourse d'études ?

— J'ai assez d'argent pour vous offrir ce dont vous auriez besoin, dit-il de manière sibylline. Des cours, tous les livres qu'il vous faudra pour vos études, des lunettes, ajouta-t-il en regardant la branche scotchée à la monture par du ruban adhésif.

— Je ne savais pas que les bourses fournissaient aussi des lunettes neuves.

— Il ne s'agit pas d'une bourse.

— Alors, de quoi me...

— Epousez-moi.

Pendant une seconde, elle fut sous le choc. Puis elle se sentit blessée. Ce n'était pas bien de la part de Jamie de plaisanter ; il ne savait pas ce que ces études d'infirmière représentaient pour elle. Pourtant, ce genre de plaisanterie sur un sujet aussi grave ne lui ressemblait pas.

— Vous m'avez bien eue. J'ai cru un instant que vous étiez sérieux.

— Je le suis, Kendry. Epousez-moi, et mon argent qui deviendra le vôtre financera vos études.

— Vous voulez m'épouser alors que vous me connaissez à peine ?

— J'en sais suffisamment pour savoir que vous êtes la femme qu'il me faut. Et nous ne sommes tout de même pas des inconnus l'un pour l'autre ; on est amis, non ?

— Certes, mais...

Elle cherchait les mots justes. La proposition était tellement... surréaliste !

— On n'épouse pas quelqu'un parce que l'on est amie avec lui.

— A mes yeux, vous êtes plus qu'une amie, Kendry.

Etait-elle en train de rêver et allait-elle se réveiller en sursaut ? Elle avait tellement souhaité qu'ils soient plus qu'amis, et il était en train de lui dire que son souhait s'était réalisé. Ce n'était pas possible, il y avait forcément une erreur quelque part.

— Vous voulez passer du stade de l'amitié au mariage, n'est-ce pas un peu précipité ? Ce n'est pas comme si nous étions déjà sortis ensemble ; nous ne nous sommes même pas embrassés.

Il retira la main de son épaule pour se frotter la nuque d'un air perplexe.

— Je ne pensais pas à ce genre de mariage.

— Je vois...

En réalité, elle ne voyait rien du tout. Quel autre genre de mariage y avait-il ?

— Je veux une femme qui soit ma partenaire pour élever Sam, une mère pour lui. C'est tout ce qui m'intéresse. Il n'y a aucune arrière-pensée romantique dans ma demande. Nous n'entretenons pas ce genre de relation, vous le savez bien, il n'existe aucune attirance entre nous.

Qu'il parle pour lui ! Le fait qu'il n'envisage pas un seul instant qu'*elle* puisse être attirée par lui l'attristait. Sans ménagement particulier, il lui disait qu'il n'éprouvait rien à son égard, ce qui ne constituait pas un scoop.

Quelle imbécile elle faisait pour avoir cru, l'espace de quelques secondes, qu'il en allait autrement !

Comme elle baissait le menton sur sa poitrine, atterrée, il se pencha pour la dévisager.

— Tout cela est un peu brutal, n'est-ce pas ? dit-il en lui prenant la main. Je m'y prends mal, je ne voulais pas faire ma demande ici, mais ce qui s'est passé aujourd'hui montre à quel point nous travaillons bien ensemble. Vous êtes… Tu es la femme parfaite pour le genre de mariage que j'ai en tête. Le fait que nous nous entendions bien, toi et moi, vient en prime car l'essentiel, c'est que Sam t'aime.

Kendry regarda leurs mains entrelacées. Chaque mot qu'il prononçait ne faisait que remuer le couteau dans la plaie.

— Tu ne le crois pas ? dit-il en se méprenant sur la raison de son silence. Sam t'aime, je t'assure.

Deux femmes en blouse bleue apparurent à l'angle du bâtiment. Elles avaient dû fumer une cigarette dans l'allée et elles avaient probablement entendu leur conversation. Kendry n'eut plus aucun doute quand elles passèrent devant eux en se retenant manifestement de pouffer.

La pluie s'était arrêtée, et le silence lui parut oppressant.

— Vous… tu ne fais que parler de Sam. Mais où est sa mère ? demanda-t-elle en dégageant sa main. Peut-être aimerait-elle reprendre sa place auprès de lui.

— Elle est morte en Afghanistan, en le mettant au monde. Je croyais que tu le savais.

Pauvre Sam. Elle avait mal pour lui, et pour celle qui n'avait pas eu le bonheur de le bercer, de le câliner. A présent, elle comprenait mieux le comportement de papa poule de Jamie ; il essayait de remplir le vide laissé par cette femme dans le cœur de son fils. En revanche, son cœur à lui, il semblait résigné à le laisser saigner.

A sa tristesse se mêlait également une bonne dose d'apitoiement sur elle-même. Pauvre Kendry, tellement indésirable qu'un homme croyait pouvoir l'épouser sans même l'embrasser.

Elle se leva et, apparemment surpris par sa réaction, Jamie l'imita.

— As-tu besoin de temps pour y réfléchir ? On peut en parler…

— Inutile. Je comprends tout à présent : les déjeuners à la cafétéria, la rencontre avec ton frère, tes demandes systématiques pour que je t'assiste aujourd'hui quand le patient était un enfant. C'étaient des tests. Tu cherches une femme qui accepterait un mariage sans amour, et tu penses que je suis cette femme.

— Pas sans amour. Je veux que Sam soit élevé dans un foyer où ses deux parents l'aimeront à la folie.

Un mariage blanc. Sans sexe. Des mots qu'elle n'osait pas prononcer. Il croyait avoir trouvé en elle la candidate parfaite, une fille sans le sou, au physique ingrat, et il semblait persuadé qu'elle sauterait sur l'occasion, quitte à faire une croix sur sa vie de femme.

« Aucun autre homme ne t'a jamais demandé de l'épouser. Réfléchis. »

C'était tout réfléchi. Les portes coulissantes s'ouvrirent et restèrent ouvertes pour livrer le passage à un brancard vide poussé par des auxiliaires médicaux. Désireuse de limiter les dégâts, Kendry s'abstint de parler en leur présence, mais elle comprit que cela ne servait à rien quand des bribes de conversation lui parvinrent, en provenance du couloir des urgences. Le mal était, hélas ! déjà fait.

— Je vous le jure, les filles. Il lui a demandé de l'épouser !

— … pas ce genre de mariage, ajouta une autre voix hilare, suivie d'éclats de rire hystériques.

Et voilà. C'était le prix à payer pour avoir voulu se hisser au-dessus de sa condition, avoir aspiré à être autre chose que la fille endettée qui comptait ses sous à la fin du mois. Elle s'était imaginé un bel avenir au West Central, et maintenant il lui faudrait raser les murs.

— Peu importe ce que pensent les autres, dit Jamie d'un ton guindé, ayant certainement entendu aussi la conversation des infirmières. L'essentiel, c'est que l'arrangement nous convienne.

— L'opinion des autres m'importe, à moi. On me traitait déjà comme quantité négligeable, mais maintenant je vais être la risée de l'hôpital. Je te croyais mon ami, mais je me trompais.

— Kendry...

Elle esquiva la main qu'il tendait vers elle et recula.

— Il faut que j'aille pointer. Au revoir.

La tête haute, elle passa devant le groupe des commères pour gagner l'ascenseur, espérant que ses lunettes cassées cachaient ses larmes.

# 8

Jamie explora du regard la salle de la cafétéria. Où était Kendry ?

L'avant-veille, comme ses patients l'attendaient, il avait laissé une Kendry bouleversée quitter les urgences au lieu de courir derrière elle. Les moqueries des infirmières l'avaient manifestement blessée, et il aurait voulu la réconforter et lui dire qu'il désirait plus que tout l'avoir dans sa vie. En partant, elle lui avait lancé des mots durs qu'elle ne pensait sans doute pas.

Le lendemain, quand il avait amené Sam en salle de jeux, une aide-soignante inconnue du nom de Melanie les avait accueillis en lieu et place de Kendry.

Tout comme aujourd'hui, et Jamie se sentait déçu. Sam pleurait et faisait des caprices quand il le laissait avec quelqu'un d'autre que Kendry. Travaillait-elle désormais de nuit ?

Et ce midi, debout au milieu du réfectoire, il promenait son regard à la ronde à la recherche de Kendry sans se soucier des gens qui l'observaient. Ils avaient déjeuné ensemble ici tous les jours pendant un mois, et elle devait se douter qu'il la chercherait. L'évitait-elle à dessein ?

Elle n'avait aucune raison de le faire. Il lui avait dit qu'elle était la femme qu'il cherchait, que Sam l'aimait, qu'il lui paierait ses études, et il avait conclu en la demandant en mariage.

Sans obtenir de réponse. Sans doute effrayée par les commérages des chipies qui avaient surpris leur conversation, Kendry s'était enfuie. Elle n'allait tout de même pas lui en vouloir pour les propos stupides de ces femmes ?

Apparemment, si.

Il s'y était mal pris. Il aurait dû s'assurer qu'il n'y avait pas d'oreilles indiscrètes à proximité. Ce qui n'expliquait pas pourquoi elle continuait à l'éviter deux jours après les faits. Il croyait leur amitié solide, capable de résister à de petites turbulences de ce genre. De vrais amis ne s'évitaient pas ainsi.

Au bout d'un quart d'heure, quand il la vit enfin dans le parc de l'hôpital, il se sentait d'humeur nettement moins conciliante. Elle était assise lui tournant le dos, sur le banc le plus éloigné de la cafétéria, endroit qu'il avait scruté plusieurs fois sans la repérer. Et pour cause. Elle portait une blouse rose vif en lieu et place de sa sempiternelle blouse verte.

Mais c'était bien elle, ainsi que le prouvait le morceau de ruban adhésif aux lunettes, en train de se moucher, comme à l'accoutumée.

Pourquoi s'asseyait-elle sous les arbres si elle était allergique au pollen ?

— Ah ! te voilà ! dit-il, accusateur. Cela fait des heures que je te cherche.

Elle sursauta et le regarda de sous sa frange ; c'est alors qu'il se rendit compte qu'elle se mouchait, non à cause de son allergie, mais parce qu'elle pleurait. Des vraies larmes.

Son irritation s'envola aussitôt.

— Kendry, que se passe-t-il ?

Aussitôt, elle se cacha le visage dans un mouchoir en papier en lui faisant signe de s'en aller tandis que les sanglots faisaient trembler ses épaules.

Comme s'il pouvait s'en aller en laissant une amie dans la peine ! Il s'assit à côté d'elle et attendit qu'elle se calme.

Elle semblait si frêle dans cette tenue rose — neuve à en juger par ses plis encore impeccables — qui était trop grande et soulignait encore plus sa maigreur.

Qu'elle dise quelque chose, bon sang ! Ces larmes étaient insupportables, surtout de la part d'une personne d'habitude si positive, si enthousiaste sur tout, son travail, Sam, la vie...

Il lui tapota l'épaule, doucement, comme il le faisait avec son fils pour le calmer.

— Désolée, marmonna-t-elle enfin en repoussant les mèches de sa frange. Je ne pensais pas qu'on me trouverait ici.

— Tu étais bien cachée, je le confirme. Que se passe-t-il, Kendry ?

— Rien. J'étais juste en train de m'apitoyer sur mon sort.

Evitant son regard, elle se pencha pour émietter un cracker au pied de l'arbre pour les écureuils. Elle n'avait visiblement pas l'intention d'en dire plus.

— Et pourquoi éprouves-tu le besoin de t'apitoyer sur ton sort ?

— Oh ! pour rien ! dit-elle, avec un geste évasif.

Jamie sentit l'irritation monter en lui. Malgré les idées reçues de la gent masculine sur elles, les femmes ne pleuraient pas pour rien. Toutefois, de par son expérience, il savait aussi que quand on insistait pour connaître la cause de leur tourment, la plupart finissaient par la confier.

Pas Kendry. Elle chercha du regard une poubelle pour l'emballage plastique de ses crackers.

Devait-il lui poser la question une troisième fois ?

Il l'observa. Elle ne pleurait plus, mais ses yeux, verts, pas noisette, étaient encore humides, ainsi que ses cils qu'elle avait longs et épais…

Pourquoi s'attachait-il à des détails sans importance ? La seule chose qui comptait, c'était qu'elle avait du chagrin et qu'elle refusait de lui expliquer pourquoi. Sa bouche crispée qui tremblait indiquait qu'elle se retenait visiblement de pleurer devant lui.

Sur l'épaule de qui pleurait-elle d'habitude ? Franchement, il n'aimait pas l'idée qu'il puisse y avoir quelqu'un avec qui elle se sentait plus à l'aise qu'avec lui. Le détective privé qu'il avait engagé pour enquêter sur son compte lui avait remis son rapport : elle n'avait pas de casier judiciaire, il n'y avait rien à signaler hormis le fait qu'elle avait comparu devant une juridiction civile pour un accident de voiture. Elle n'avait pas le baccalauréat, juste un certificat validant la fin de ses études secondaires qu'elle avait accomplies par correspondance à cause des nombreux déplacements de ses parents. Elle n'avait jamais été mariée, et il n'y avait aucune trace de petit ami passé ou présent dans sa vie, ni aucun loisir connu. Elle passait son temps à l'hôpital et rentrait le soir dans un logement qu'elle devait certainement louer puisqu'aucune propriété ne figurait nulle part à son nom.

Bref, Kendry n'avait d'autre épaule pour pleurer que la sienne. Alors, pour la troisième fois, il lui posa la question.

— Kendry, qu'est-ce qui ne va pas ?

Jamie insistait. Par amitié, sans doute. Elle renifla, écarta les mèches de ses yeux et leva la tête vers le ciel. Comme dans un joli tableau, un bout d'azur s'encadrait entre les branches du sumac.

— Rien. L'un des enfants a vomi sur moi en salle de jeux, et j'ai dû me changer.

— Tu supportes courageusement la vue du sang, mais là, je comprends, cela n'a rien à voir avec le courage.

Il lui parlait si gentiment qu'il lui donnait envie de pleurer de nouveau. Non, il fallait qu'elle se ressaisisse.

— Je conçois que tu sois dégoûtée, mais de là à pleurer à chaudes larmes…

« Si je pleure, c'est parce que l'homme dont je suis amoureuse ne me considère pas vraiment comme une femme. »

Incapable de lui dire la vérité, elle fixa le pli parfait de son pantalon rose.

— Il ne restait plus que cette couleur dans la réserve. La coordinatrice m'a obligée à acheter la tenue.

— Elle t'a *obligée* ? Elle aurait pu te la prêter. On en a des dizaines en réserve aux urgences.

— Mais c'est pour les urgences. Chaque service gère ses fournitures et ne les partage pas avec les autres. En pédiatrie, si on n'a pas de tenue de rechange, on ne peut se rabattre que sur de petites blouses en cellulose avec des liens dans le dos.

— Celles qui sont réservées aux patients… C'est absurde. Tu aurais dû t'adresser au chef de service.

— Je crois que tu ne saisis pas, Jamie. Nous évoluons dans deux mondes différents ; je suis aide-soignante à l'échelon le plus bas, pas médecin. Il est facile pour toi de décrocher le téléphone pour demander qu'on t'envoie un lot de blouses, mais moi, il n'est pas question que je dérange le médecin-chef ni même la surveillante avec des revendications futiles de ce genre. Au mieux, on me rirait au nez.

— La prochaine fois, tu n'auras qu'à me demander.

— Il n'y aura pas de prochaine fois puisque j'ai désormais une tenue de rechange. Rose vif…

— Et alors ? Ça te va bien.

Comme s'il remarquait son apparence.

— Ils prélèveront le prix de la tenue sur mon salaire des huit prochaines semaines.

Il lui resterait juste assez pour payer le loyer. Mais elle survivrait. Les six heures supplémentaires qu'elle avait faites aux urgences auraient pu l'aider à mettre du beurre dans les épinards, sauf que la chef du personnel lui avait finalement dit qu'on ne pourrait les lui payer pour quelque obscure raison administrative.

La priorité était le loyer. Plus jamais, elle ne voulait retourner au foyer des sans-abri.

Elle était tellement plongée dans ses pensées qu'elle sursauta en sentant la main de Jamie se poser sur sa joue.

Sa première pensée fut que sa peau était chaude. Et si douce. Et cette douceur fut sa perte. Les larmes se remirent à couler sur ses joues.

Jamie lui posa la tête sur son épaule contre laquelle elle se blottit en oubliant ses résolutions.

Elle ne savait plus au juste pourquoi elle pleurait. Parce qu'elle était condamnée à cacher ses sentiments pour cet homme. Mais aussi parce que ses projets d'économiser pour les cours préparatoires au concours d'aide-soignante titulaire seraient retardés à cause de cet incident de la blouse. Durant les prochains mois, elle ne pourrait plus mettre chaque semaine cinq dollars de côté dans l'enveloppe prévue à cet effet.

Au terme d'un rapide calcul qu'elle accomplit dans sa tête, elle sentit l'angoisse monter en elle. Après déduction de la somme prélevée par l'Etat en remboursement de sa dette, de son loyer, et des trente dollars ponctionnés pour la blouse, il ne lui resterait pratiquement plus rien pour manger. Tant pis, ce ne serait pas la première fois qu'elle se serrerait la ceinture. Elle se passerait de repas à la cafétéria et pourrait peut-être prélever des biscuits, boissons et barres vitaminées dans les provisions réservées aux patients. Sa conscience s'insurgeait à cette idée, mais à la guerre comme à la guerre. Ne remplissait-elle pas déjà tous les jours ses poches de sachets de crackers gratuits qui l'aidaient à tromper la faim le soir ?

Même en se privant de repas, cela ne réglerait pas le problème de ses études. Il lui faudrait les repousser encore. Ce qui repousserait d'autant sa titularisation.

Comme elle esquissait un geste pour se dégager, Jamie l'en empêcha.

— Ne bouge pas. Détends-toi.

Se détendre ? Comment ? Avec autant de problèmes d'argent, c'était impossible. D'autant que Jamie était un homme bien trop séduisant pour qu'elle puisse se détendre dans ses bras. Peu importait la manière dont il la considérait, elle se sentait complètement femme chaque fois qu'elle se trouvait en sa compagnie. Il sentait bon, et l'épaule sur laquelle elle reposait son front était tout en muscles ; il lui suffirait de se tourner un peu pour poser les lèvres sur son cou, goûter sa peau.

Puisque l'embrasser était hors de question — elle n'osait penser à l'humiliation qui en résulterait pour elle —, elle feignit de se détendre du mieux qu'elle le put.

— Ne te laisse pas impressionner par cette coordinatrice, dit Jamie. Elle joue à la chef, mais ce n'est qu'une employée comme toi.

Il croyait que c'était son amour-propre qui était blessé, et il n'avait pas complètement tort. Elle était trop fière pour admettre qu'elle était pauvre et endettée. Le bon sens aurait voulu qu'elle dise à sa supérieure qu'elle n'avait pas les moyens d'acheter cette tenue de rechange, mais elle répugnait à pleurer misère auprès de quiconque.

Elle s'était mise elle-même dans cette situation et elle était décidée à s'en sortir seule. Entre-temps, elle, qui déjà ne mangeait pas le soir, devrait faire l'impasse sur les déjeuners à la cafétéria…

En parlant de déjeuners. Elle avait partagé ceux de Jamie pendant un mois en pensant qu'il était son ami. En réalité, il avait pitié d'elle. Jamais il ne lui aurait proposé de contracter un mariage blanc s'il ne l'avait pas crue désespérée.

Elle se redressa, et il fit de même en rajustant sa cravate et en chassant de son pantalon des miettes de crackers qui avaient dû s'échapper de l'emballage qu'elle tenait encore à la main.

Soudain très lasse, elle se pencha pour ramasser le sac où elle avait relégué sa blouse sale. Dès son retour chez elle, elle la mettrait à tremper, à condition que les trois autres personnes avec qui elle partageait la salle de bains n'aient pas besoin du lavabo.

— Ma vie est un beau gâchis, Jamie. *Je* suis un beau gâchis.

Cela lui avait échappé.

— Tu es une personne bien, Kendry. Courageuse, honnête, jamais en retard, pleine d'empathie envers les patients… Je ne peux pas te laisser parler ainsi de toi.

— Tu dis cela par gentillesse.

— Pas du tout. Crois-tu que je t'aurais demandé d'être la mère de mon fils si j'avais une piètre opinion de toi ?

Mais il ne la jugeait pas assez bien pour être sa femme ailleurs que sur le papier. Il n'y avait qu'à une fille aux abois qu'on pouvait proposer un tel arrangement.

— Tu veux simplement avoir une nourrice à demeure. Ta proposition ne ressemble pas vraiment à la demande en mariage du prince charmant à Cendrillon. « Viens dans mon château t'occuper de mon fils » change du scénario classique.

Tu m'offres le gîte et le couvert en échange de mes services « maternels ».

La douleur la rendait agressive.

— Je t'offre bien plus que ça. Nous formerons une véritable famille.

— Tu as déjà une famille. Il ne te manque qu'une baby-sitter. Si tu m'avais demandé d'être ta baby-sitter, j'aurais peut-être dit oui, à condition d'être mieux payée qu'à l'hôpital.

L'air offensé, Jamie se leva.

— Il ne s'agit pas d'argent. Et je ne veux pas d'une baby-sitter. Mais si tu le réduis à cela…

La colère prit le pas sur le chagrin.

— Oui, je le réduis à ça parce que tu es trop hypocrite pour l'admettre ! Tu m'as proposé le mariage pour avoir une nourrice gratuite à domicile et tu croyais que la pauvre petite Kendry était si démunie qu'elle accepterait. Eh bien, la réponse est non.

— Tu refuses ?

Il paraissait étonné, après tout ce qu'elle venait de lui dire !

A la décharge de Jamie, c'était elle qui lui avait parlé de ses difficultés à boucler ses fins de mois, et il en avait déduit, forcément, qu'elle ne roulait pas sur l'or.

— Je suis pauvre, mais pas au point d'accepter n'importe quoi, dit-elle, le menton levé avec défi. Bien sûr que je refuse.

Il s'éloigna. Sans un mot de plus. De sa longue foulée habituelle. Sans un regard en arrière. Ni un au revoir.

Le cœur lourd, elle le regarda disparaître au bout de l'allée. Il ne se dirigeait pas vers les urgences, mais vers le bâtiment central, sans doute pour déjeuner, ou monter dans la salle de jeux de pédiatrie embrasser son fils avant de reprendre sa garde.

Comme elle aurait voulu le suivre, prendre Sam dans ses bras, poser la joue sur ses boucles de jais et se sentir aimée.

En lieu et place, elle irait prendre son bus qui, quand il arriverait, serait bondé comme chaque fois.

Avec, dans son sac, une blouse répugnante qu'il lui faudrait laver et sécher pour le lendemain.

Et avec l'horrible impression d'avoir rembarré un homme qui ne le méritait pas.

# 9

Debout devant l'ardoise annonçant les menus de la semaine, Jamie lut le programme des réjouissances :

« - Enchilada.
- Ragoût de mouton.
- Lasagnes végétariennes.
- Soupe aux légumes verts. Les clients peuvent se resservir à volonté. Du lundi au vendredi. »

A volonté. Mais bien sûr…

Tel un puzzle, les pièces se mirent soudain en place. Les lunettes réparées à l'aide d'un bout de sparadrap, le refus de Kendry de se faire délivrer l'antihistaminique qu'il lui avait prescrit… et les bols de soupe qu'elle prenait à chaque repas. En se gavant de crackers qui étaient distribués gratuitement dans les présentoirs de la cafétéria.

Aujourd'hui, elle n'avait même pas bu de soupe et s'était contentée des seuls crackers. A cause du prix de la blouse qui allait être déduit de son salaire…

Il avait mis les larmes sur le compte d'une blessure d'amour-propre, un reproche de sa supérieure qu'elle aurait mal digéré, alors qu'en fait elle se demandait comment finir le mois.

Kendry n'était pas une étudiante qui recevait une bourse, ou qui vivait de largesses parentales. Son maigre salaire représentait son seul moyen de subsistance, et la moindre dépense imprévue devait lui occasionner des problèmes insurmontables.

A présent que tout s'expliquait, il eut l'impression de

recevoir un coup de poing dans l'estomac. Il tenait Kendry en haute estime. En très haute estime. Elle réunissait toutes les qualités pour faire une mère parfaite. Il appréciait de surcroît sa compagnie et sa bonne humeur qu'il avait crue à toute épreuve jusqu'à aujourd'hui.

La consternation le saisit. Lui qui avait grandi dans un ranch prospère, qui avait reçu de l'armée toutes sortes de primes pour avoir accepté de servir dans une zone de combat — primes qui étaient venues s'ajouter à son salaire élevé de médecin et au confortable héritage qu'il avait reçu de son père —, avait côtoyé durant un mois une femme qu'il considérait comme son amie sans s'inquiéter plus avant de sa maigreur alarmante ni du fait qu'elle ne consommait que des soupes — le seul mets dont on pouvait se servir à volonté à la cafétéria.

Par acquit de conscience, il sortit dans le parc pour voir si elle se trouvait encore sur le banc où il lui avait parlé tout à l'heure. Non.

De toute façon, il savait qu'elle avait fini sa garde — quand il était passé en pédiatrie, le personnel le lui avait dit. En ce moment, elle devait être en chemin vers l'arrêt de bus.

Il se mit à courir vers le parking en ignorant les têtes qui se tournaient sur son passage. Il fallait qu'il retrouve Kendry et qu'il s'excuse auprès d'elle. Mais il ne savait pas où elle habitait.

Avait-elle seulement un logement ?

Il avait été au-dessous de tout. Obnubilé par ses propres problèmes, il lui avait proposé de l'épouser sans se soucier de savoir si elle mangeait à sa faim.

Il enfourcha sa moto, coiffa son casque et démarra. Passant entre les différents bâtiments de l'hôpital, il arriva à la rampe de sortie.

Quelques minutes plus tard, alors qu'il débouchait sur le boulevard, il l'aperçut en train de monter dans un autobus. C'étaient bien elle, avec ses cheveux châtains raides et sa blouse rose reconnaissable de loin. Il l'appela, mais le casque étouffa sa voix.

Il suivit le bus, ce qui était facile, mais guère agréable en raison des fumées noires qui s'échappaient du pot d'échappement au ras du bitume chaque fois que le véhicule redémarrait après avoir pris des passagers. Or, il était obligé de rouler dans l'axe du pot afin de voir qui descendait à chaque arrêt.

La culpabilité le disputait en lui à la colère. Il se revoyait manger steaks, escalopes et autres ragoûts à la cafétéria alors que Kendry se contentait de son bol de soupe en lui assurant que c'était ce qu'elle préférait, jour après jour, semaine après semaine, sans que cela lui mette la puce à l'oreille. Fallait-il être égoïste !

Un sentiment plus primitif s'empara de lui. Elle était une femme. Il était un homme, et il aurait dû la protéger. Or, il avait failli lamentablement.

Il avait failli auprès d'Amina aussi, en échouant à la convaincre de venir avec lui aux Etats-Unis où elle aurait pu accoucher en toute sécurité.

Mais il était encore temps de sauver Kendry. Il se devait de tout essayer pour protéger celle qui, si tout allait bien, serait la seconde mère de Sam.

Son portable vibra dans sa poche. Il l'avait déjà senti vibrer une demi-douzaine de fois depuis qu'il s'était engagé dans la circulation, mais il n'était pas question de répondre — aux urgences, il en avait recousu des conducteurs qui avaient voulu voir qui les appelait tout en étant au volant.

Ils étaient parvenus aux faubourgs de la ville quand Kendry descendit enfin du bus. Le quartier était peu reluisant. Il ralentit et se rangea quelques mètres plus loin le long du trottoir.

Le cœur serré, il l'observa. La blouse rose pendant sur ses épaules maigrelettes, elle semblait avoir juste assez d'énergie pour mettre la main en visière afin de se protéger du soleil du Texas.

Il coupa le contact, ôta son casque et attendit qu'elle parvienne à sa hauteur, se protégeant toujours les yeux de la main. N'avait-elle même pas les moyens d'acheter des lunettes de soleil ?

— Kendry.

— Jamie ! Que fais-tu là ?

Pendant une seconde, il fut pris de court. Il était là parce qu'elle était là, mais il valait mieux ne pas le formuler ainsi.

— Je te demande pardon, Kendry, dit-il en commençant par le plus important. Tu avais raison. Ma proposition de mariage était déplacée.

Elle se rapprocha encore, et il resta assis sur sa moto afin d'être à hauteur de ses yeux.

— Tu n'avais pas besoin de me suivre pour me le dire. Je savais que tu changerais d'avis. Il faudrait être fou pour vouloir m'épouser.

— Oh ! je n'ai pas changé d'avis sur le fond…

Adossés au mur d'une station-service, des sans-abri de toute évidence alcoolisés les fixaient d'un air amorphe.

— Sam te veut, toi, et personne d'autre, et je suis plus que jamais décidé à t'épouser. Mais j'avais tout faux dans la manière de te…

Excédé par les vibrations de son portable, il le sortit de la poche de son blouson et fixa l'écran.

Sam.

Il l'avait laissé en salle de jeux de pédiatrie sous la surveillance de l'aide-soignante de garde, et il devait aller le récupérer vers 4 heures après une réunion de travail programmée en début d'après-midi, réunion à laquelle il n'assisterait pas pour cause de filature de Kendry.

Le message qu'il lut sur l'écran du mobile fit refluer le sang de son visage.

— Que se passe-t-il ? demanda Kendry.

— Sam… Il est aux urgences.

— Oh ! mon Dieu !

— Viens.

Il lui indiqua l'arrière de la selle, et elle ne sembla hésiter qu'une seconde avant de s'y installer. Il avait besoin qu'elle soit à son côté, ou plutôt Sam aurait besoin qu'elle soit près de lui.

Il lui tendit son casque puis remit les gaz.

— Non. Toi, mets-le ! hurla Kendry pour couvrir le bruit du moteur.

Il secoua impatiemment la tête. Dans l'Etat du Texas, il était permis de rouler en deux-roues sans casque, à ses risques et périls. De toute façon, en l'absence d'un casque supplémentaire, il n'avait pas le choix. Il était hors de question que Kendry voyage sur le siège arrière sans protection.

— Mets le casque et ne discute pas !

La voyant batailler pour enfiler le casque tout en coinçant le sac plastique contenant la blouse sale sous son bras, il le lui arracha des mains et le lança dans la poubelle de la station-service.

— Je t'achèterai une nouvelle tenue.

Il lui donnait des ordres, il en avait conscience, mais il n'avait pas le temps de prendre des gants. Sam l'attendait aux urgences.

Otant son blouson de cuir, il se tourna vers elle pour l'obliger à enfiler le vêtement.

Elle était fragile, et il ne voulait pas qu'il lui arrive du mal. C'était aussi simple que cela.

— Fais très attention, dit-elle en posant timidement les mains sur ses hanches.

— Tiens-toi mieux que ça.

Il tira sur les bras de Kendry pour les enrouler d'autorité autour de sa taille puis il s'écarta du trottoir et démarra.

« Tiens bon, Sam. Kendry et moi, nous arrivons. »

# 10

Allongé dans un lit des urgences, Sam avait une intraveineuse fichée dans le bras. Les barres de sécurité étaient en position, et des polochons avaient été calés autour de lui afin de l'empêcher de bouger. A la vue du petit masque à oxygène qui lui recouvrait le nez, Kendry sentit le cœur lui manquer.

— Oh ! Sammy ! dit-elle en se penchant au-dessus du lit. Comment va mon petit garçon préféré ?

Au son de sa voix, Sammy ouvrit les yeux, et elle vit les fossettes se creuser dans ses joues, de chaque côté du masque.

Malgré la situation, il l'accueillait avec le sourire ! Elle reconnaissait bien là le petit battant qu'elle avait appris à aimer.

C'était plus fort qu'elle, il fallait qu'elle le touche.

— Moi aussi, je suis contente de te voir, dit-elle en posant la main sur son ventre.

Jamie, qui venait de s'entretenir avec le médecin de garde, les rejoignit et resta un instant à les observer.

— Je crois qu'il a envie que tu le prennes dans tes bras.

Comme elle l'avait fait des centaines de fois en pédiatrie, elle abaissa la barre de sécurité. Mais, contrairement à son habitude, elle souleva Sam dans ses bras pour l'embrasser sur ses soyeuses boucles brunes tout en veillant à ne pas déranger le tuyau d'oxygène ni le cathéter de la perfusion. Les yeux fermés pour apprécier pleinement l'instant, elle le serra contre elle, et le sentit s'alourdir dans ses bras. Maintenant qu'il était en territoire connu, il était manifestement prêt à s'endormir.

— Que s'est-il passé ? demanda-t-elle en s'asseyant sur le lit avec son précieux fardeau.

— Détresse respiratoire... Quelqu'un l'a laissé sur le dos dans son berceau avec son biberon, et il a failli s'étouffer.

— Mais c'est contraire au règlement ! D'autant que tout le personnel de pédiatrie est au courant des problèmes de déglutition de Sam.

— Il y a apparemment une brebis galeuse là-haut, et dès que j'aurai trouvé de qui il s'agit, elle pourra dire adieu à son poste, crois-moi !

Le matelas s'enfonça sous le poids de Jamie comme il s'asseyait à côté d'elle pour caresser le dos de Sam. Leurs cuisses se touchaient. Après la proximité qu'ils avaient partagée sur la moto, elle commençait à s'habituer à son contact et le trouvait même réconfortant.

Il détacha le masque à oxygène du visage de Sam.

— Le lait du biberon a dû passer dans la trachée, et il est possible qu'une infime partie soit descendue dans les poumons. Comme il s'étouffait, il a commencé à hurler et à faire un début de cyanose, aggravée par son problème au cœur.

— Oh ! mon poussin ! dit-elle en posant la joue sur sa tête.

Elle n'avait plus envie de le lâcher. Jamais.

— Je suppose que tes collègues vont le garder pour la nuit.

— Non, je vais le ramener à la maison et le garder sous étroite surveillance.

Bien sûr. Il était médecin-chef des urgences. Qui mieux que lui pourrait veiller sur Sammy ?

— Tout risque d'atteinte des poumons n'est pas écarté, reprit-il. Peut-être que la toux et la régurgitation ont évité au lait de s'infiltrer dans les poumons, et la détresse respiratoire ne serait due qu'au problème cardiaque, mais il vaut mieux ne courir aucun risque.

— Pauvre petit Sammy. Si seulement j'avais été là...

Le visage de Jamie se durcit.

— Si seulement, *moi*, j'avais été là !

Il se leva soudain pour arpenter la pièce. Mais le box de

soins ne permettait guère à un homme de sa taille de faire plus de deux pas, alors il se rassit.

— Ne va surtout pas te culpabiliser, Kendry. C'est moi qui suis fautif.

— Fautif de quoi ? dit-elle en s'efforçant de ne pas élever la voix car Sammy commençait à s'endormir. Ce n'est tout de même pas ta faute si quelqu'un a laissé Sam sur le dos avec son biberon.

— Je ne parle pas de ça. J'aurais dû déceler le problème de la fente palatine à sa naissance.

— Ne sois pas ridicule. Je ne vois pas comment tu aurais pu le faire.

Elle connaissait désormais les circonstances tragiques de la naissance de Sam, mais elle ne voulait pas remuer le couteau dans la plaie en y faisant allusion. De toute façon, Jamie n'avait pas besoin d'elle pour s'en souvenir. Sans doute y pensait-il tous les jours depuis neuf mois.

— Pour commencer, Sam n'aurait pas dû naître dans cette situation. Depuis que je l'ai sorti d'Afghanistan, j'essaie de me comporter en père responsable, mais je me mens à moi-même. La vérité, Kendry, c'est que je n'ai pas la moindre idée de la façon d'élever un enfant. Au début, je ne savais même pas comment le tenir pour lui donner son biberon.

— Mais tu as appris. C'est ce qui compte…

— Je n'ai pas encore obtenu un numéro de sécurité sociale pour lui et je ne cesse de repousser les opérations dont il a besoin, car je ne sais comment je pourrais concilier mon travail et sa convalescence. Les membres de ma famille me reprochent de ne pas engager de nourrice, et peut-être ont-ils raison. Peut-être ont-ils compris, eux, que je suis incapable de m'occuper d'un enfant.

— Sottises… Tu es un père merveilleux.

— J'aime Sam. Mais je ne pourrai jamais lui donner tout ce dont il a besoin, notamment, l'amour d'une mère. Je détruis tout ce que je touche. Regarde, avec toi : je voulais que tu sois mon amie et, au lieu de ça, j'ai transformé ta vie en cauchemar.

A cause de moi, les commères vont te tailler en pièces, et en plus j'ai jeté ta tenue d'aide-soignante à la poubelle.

Ce problème qui pourrait paraître dérisoire à d'aucunes allait effectivement lui causer un souci. Mais il culpabilisait déjà suffisamment sans qu'elle en rajoute.

— J'y survivrai.

— C'est moi qui t'ai entraînée dans cette galère, et c'est à moi de t'en sortir.

La mine grave, le regard intense, il la dominait d'une tête. Heureusement, Sammy était entre eux.

— Je veux t'aider à résoudre les difficultés dans lesquelles tu te débats, et je veux également trouver une solution pour Sam. Pour une fois, je veux être capable d'influer en bien sur le cours des choses. Je suis fatigué d'enchaîner les catastrophes. La guerre, Amina qui tombe enceinte alors qu'elle n'aurait pas dû puis qui meurt en mettant Sam au monde, l'hospitalisation en urgence de Sammy pour une fausse route qui n'aurait jamais dû se produire, et toi qui meurs de faim en silence sans que je m'en rende compte. J'en ai assez de laisser tomber ceux que j'aime. Pour Amina, je ne peux plus rien, mais pour Sam et toi, je suis décidé à tout mettre en œuvre pour vous offrir une vie meilleure.

Le fait qu'il la place sur le même plan que Sam la touchait profondément. C'était un peu comme s'il la considérait de sa famille. Toutefois, ce constat ne devait pas faire naître en elle de faux espoirs.

— Mon fils est mon rayon de soleil, reprit-il d'un ton plus déterminé. Il est tombé amoureux de toi, Kendry, parce que tu es une femme merveilleuse. Que tu acceptes de m'épouser ou pas, je te jure que tes jours de disette sont terminés et que tu n'auras plus besoin de compter chaque sou à la fin du mois. Je t'aiderai. Mais je préférerais t'épouser car je veux non seulement offrir une mère à Sam, mais également avoir le droit, légal et moral, de veiller sur vous deux. Construire une famille est mon vœu le plus cher, mais il ne pourra se réaliser sans toi.

Il se pencha vers eux comme s'il voulait les enlacer, puis il sembla se raviser et se leva, les bras ballants.

— Mais tu ne m'aimes pas, murmura-t-elle en soutenant son regard.

Hélas ! ce n'était pas une question.

— Si, je t'aime beaucoup.

— Je veux dire que tu n'es pas amoureux de moi.

Très lentement, il secoua la tête.

— Mon cœur est enterré avec la femme à qui je l'ai donné, dit-il en lui caressant la joue. Ce qui ne signifie pas que je n'ai rien à te donner. Je t'offre tout ce qu'il me reste, y compris mon fils.

Ses doigts descendirent pour se poser sur les cheveux de Sam.

— J'ai conscience des contraintes que cela t'imposera. Sam a de nombreux problèmes de santé et il devra subir des opérations, des traitements au long cours et de la rééducation durant des années. Si tu l'aimes, et je crois que c'est le cas, ça ne te sera pas facile de le voir souffrir. Mais je crois que cela en vaudra la peine, qu'*il* en vaudra la peine. Je ne pourrais imaginer ma vie sans lui.

Le cœur de Kendry s'accéléra quand la main de Jamie se posa de nouveau sur sa joue.

— Et ces derniers temps, tu fais de plus en plus partie de cette vie, Kendry. J'aimerais tellement que tu deviennes ma femme.

— Oui.

Il ne lui posait pas la question, mais elle répondait quand même.

Jamie ne l'aimait pas. Il ne l'aimerait jamais.

Mais elle, elle l'aimait.

# 11

Assise sur la banquette arrière du 4x4 de Quinn, Kendry gardait un œil sur Sam qui dormait à côté d'elle. Le frère de Jamie leur avait prêté son véhicule en se chargeant de ramener la moto au ranch.

Après un arrêt dans un fast-food où Jamie avait insisté pour qu'elle prenne un hamburger et un milk-shake, ils roulaient en direction du bureau d'état civil de Travis County qui se trouvait dans une annexe du tribunal située à l'autre bout de la ville.

— Pourquoi remettre au lendemain ce qu'on peut faire le jour même ? avait dit Jamie.

Ils allaient donc se marier.

Le bureau était vide. Il n'y avait pas beaucoup de candidats au mariage en cet après-midi ensoleillé. Elle se dirigea vers le guichet dans le sillage de Jamie qui portait le siège-auto où Sam dormait toujours.

Ce n'était pas ainsi qu'elle avait imaginé « le plus beau jour de sa vie ». Vêtue de son affreuse tenue rose d'aide-soignante, elle allait signer à la va-vite des papiers qui l'uniraient à un homme qui, de son propre aveu, ne l'aimait pas.

Mais un homme qui l'estimait, la respectait et voulait plus que tout qu'elle devienne la mère de son fils. Et qui lui vouerait une reconnaissance éternelle, lui avait-il promis.

Elle avait conscience de se dévaloriser en acceptant ce marché. Il subviendrait à ses besoins, et elle, en échange, veillerait sur son fils. Encore une fois, elle se contentait d'un compromis. Elle avait été aide-soignante alors que son ambition était de devenir infirmière. Et maintenant, elle allait signer pour être mère et épouse, mais pas amante.

— Cela fera soixante et onze dollars pour la licence, déclara l'employée derrière son guichet après qu'ils eurent rempli les formulaires. Nous n'acceptons que les espèces.

Et de leur désigner l'écriteau qui indiquait que, en raison du nombre grandissant de chéquiers volés, les paiements en chèque étaient désormais interdits.

Jamie lui tendit quatre coupures de vingt dollars que l'employée recompta avant de les ranger dans sa caisse et de lui rendre la monnaie. Puis elle jeta un coup d'œil pour la forme à leurs permis de conduire et prit les formulaires.

— Il vous faudra attendre trois jours pour vous marier.

— Comment ça ? dit Jamie, la mine contrariée.

— Soixante-douze heures. C'est le délai légal.

Ainsi, elle ne se marierait pas en ce jeudi de septembre. Dans trois jours, Jamie aurait peut-être changé d'avis, et elle ne serait jamais sa femme.

Soudain, elle sut qu'elle ne voulait pas attendre et courir le risque de le perdre. Et de perdre Sam. Perdre le sentiment de leur être utile et indispensable.

Quitte à faire une croix sur son amour-propre, elle préférait un mariage blanc avec Jamie que pas de mariage du tout.

— Dans trois jours, c'est-à-dire dimanche ? demanda Jamie, le regard noir.

— Oui, dit l'employée. Les bureaux étant fermés dimanche et lundi matin, vous pourrez vous présenter à partir de lundi après-midi.

— Je suis médecin militaire et je dois rejoindre mon régiment de réserve demain, vendredi.

Il contenait manifestement mal son impatience.

— Oh ! si vous êtes en service actif dans l'armée, c'est différent ! dit l'employée en le gratifiant d'un sourire. Vous n'aurez pas à attendre. Il vous suffit de vous présenter dans n'importe antenne du tribunal avec votre pièce d'identité et votre carnet militaire. L'antenne la plus proche se trouve sur Guadalupe Street et…

Elle regarda l'horloge murale.

— Ses bureaux ferment à 18 heures. Si vous vous dépêchez, vous pourrez encore vous marier aujourd'hui.

— Ne perdons pas une minute, Kendry, dit Jamie en l'escortant déjà vers la porte.

Elle lui sourit, soulagée. Il voulait vraiment l'épouser.

Bien sûr, elle devinait pourquoi il était si pressé d'accomplir les formalités. Il voulait s'assurer que Sam ait une maman pour veiller sur lui pendant qu'il ferait son stage de réserviste.

Et voilà. Entre deux audiences, un juge, chichement rémunéré par l'Etat pour la « prestation », les avait mariés en quatrième vitesse. Sautant les formules d'échange de bagues et de promesses de fidélité et de soutien mutuel, il les avait déclarés mari et femme. Comme Jamie l'avait remercié avant qu'il puisse ajouter : « Vous pouvez embrasser la mariée », ils avaient également fait l'économie du baiser.

Quelques minutes plus tard, ils avaient déjà regagné le 4x4, et Jamie regardait impatiemment sa montre.

— Allons t'acheter une tenue de rechange puisque j'ai jeté ton ancienne blouse, dit-il après avoir arrimé le siège de Sam sur la banquette arrière.

Kendry commença donc sa vie de femme mariée dans un magasin d'usine spécialisé dans les vêtements professionnels en poussant un chariot géant dans lequel le siège de Sam avait trouvé place. Comme ils passaient dans le rayon des médicaments en vente libre, Jamie prit deux boîtes de comprimés.

— Ces antihistaminiques agissent vite, dit-il en ouvrant l'une des boîtes. Prends-en un maintenant, et ton nez cessera de couler avant qu'on ait quitté le magasin, ajouta-t-il sans délicatesse excessive.

Comme il lui mettait le comprimé dans la main, elle n'eut d'autre choix que de l'avaler.

Au rayon des uniformes, elle choisit une tenue à sa taille, et Jamie en prit quatre autres pour les jeter dans le chariot. Puis il l'entraîna vers les chaussures.

— Je ne crois pas que Sam nous laisse le temps d'essayer à loisir, dit-il en regardant le bébé qui commençait à s'agiter. Parons au plus pressé, il te faut quelque chose pour remplacer ça, ajouta-t-il en désignant sa paire de tennis éculés. Quelle pointure fais-tu ?

— Du 37.

Il lui tendit une très jolie paire couleur kaki qu'elle essaya.

— Elles sont parfaites.

— Adjugé, vendu.

Puis il sortit son canif pour couper l'étiquette et jeter la vieille paire dans la boîte qui alla rejoindre les blouses.

Ils firent ainsi plusieurs rayons où il lui demanda si elle avait besoin de chaussettes ou de collants. Des questions pour la forme car, quelle que fût sa réponse, les articles atterrissaient dans le Caddie. Puis ils passèrent au rayon des couches pour bébés où il prit une douzaine de paquets de couches et des petits pots — de quoi nourrir une armée de bambins. Rien que le prix des couches et du lait maternisé dépassait celui de son loyer, mais Jamie qui ne semblait pas regarder à la dépense ne cessait d'ajouter d'autres articles pour bébé dans le chariot, des biberons nouvelle génération avec tétine révolutionnaire, des lingettes extra-douces pour les nourrissons aux peaux sensibles, des biscuits spéciaux qui favorisaient prétendument la pousse des dents… Et il choisissait immanquablement le haut de gamme, sans même regarder le prix.

Cela faisait un an qu'elle n'avait pas mis les pieds dans un grand supermarché car tous ces magasins se trouvaient en périphérie. Du centre-ville, il lui aurait fallu changer plusieurs fois de bus pour y accéde, et, au prix du ticket de bus, l'aller-retour lui aurait presque coûté aussi cher que le prix de ses courses. Résultat, elle se fournissait dans des petits magasins de quartier ou dans l'épicerie de la station-service où le lait, le beurre et le paquet de céréales coûtaient plus cher qu'ailleurs, ce qui entamait tout autant, sinon plus, son maigre budget.

Elle avait oublié à quel point c'était agréable de se promener sous ces hauts plafonds, parmi ces allées colorées et ces étagères débordant de marchandises. Cela lui donnait le vertige. Et l'envie de pleurer.

En lieu et place, ce fut Sam qui commença à pleurer. Aussi le détacha-t-elle de son siège et, le prenant dans les bras, elle se sentit aussitôt réconfortée à son contact. C'était *pour lui* qu'elle était là.

— Donne-moi Sam, proposa Jamie. Ce qui te permettra d'avoir les mains libres pour choisir ce que tu veux.

D'autorité, il prit Sam avec un « Viens, mon grand » et attendit près du chariot.

Ils étaient dans l'allée des produits de beauté, rouges à lèvres, fards et autres blushs.

— Je ne me maquille jamais.

Elle se sentit devenir rouge écarlate sous son regard. Telle une loupe grossissante, les yeux de Jamie semblaient saisir les moindres défauts de sa peau, les rougeurs, les marques laissées par une varicelle infantile...

Incapable de le supporter, elle se couvrit le visage de ses mains.

— Ce qui est un tort, sans doute.

— Pourquoi devrais-tu te maquiller ?

— Je ne sais pas, dit-elle en laissant retomber ses mains. Je suppose que cela donne aux femmes une apparence plus professionnelle, plus soignée.

Et s'il n'y avait que le maquillage... Sa frange coupée à la diable et ses cheveux, de plus en plus ternes et secs à force d'être lavés au savon, auraient eux aussi bien besoin de soins cosmétiques.

— Aimerais-tu que Kendry change d'apparence ? dit Jamie, s'adressant à son fils.

— Nah, répondit Sam en fourrant ses doigts dans sa bouche.

— Je partage l'avis de Sam. Nous t'aimons comme tu es.

Si tu as envie de maquillage, ne t'en prive pas. Sinon, cela ne fera aucune différence pour nous. En tout cas, n'oublie pas le shampoing, ajouta-t-il en désignant les étagères derrière elle.

Du shampoing ! Cela faisait si longtemps qu'elle s'en passait qu'elle le considérait désormais comme un produit de luxe. Si elle lui avouait qu'elle n'avait pas goûté au plaisir d'un bon shampoing depuis des mois, il trouverait sans doute cela étrange.

Elle toucha les bouteilles et les déboucha pour humer leurs parfums floraux et fruités. Celui à la citronnelle était particulièrement délicieux — il pouvait l'être puisqu'il coûtait deux fois plus cher que les autres. Elle le fit sentir à Sam puis le reposa sur l'étagère et se baissa pour prendre le flacon premier prix.

— Et voilà, dit-elle en le plaçant dans le Caddie. On continue ?

— Kendry…, dit Jamie d'un ton sévère.

Prenant le shampoing à la citronnelle, il le plaça dans le Caddie. Puis il sélectionna aussi le baume démêlant de la même gamme.

Les larmes brûlaient les yeux de Kendry. C'était tellement humiliant d'être pauvre et de faire semblant de n'avoir pas besoin de tous ces produits qui étaient hors de sa portée.

Comme s'il sentait qu'elle avait besoin de réconfort, Sam gigota en tendant ses petites mains vers elle, et Jamie le lui donna.

— Tu as dû connaître des fins de mois difficiles, mais c'est fini, tout ça. Nous formons désormais une famille, et la mère de Sam mérite ce qu'il y a de mieux. Je t'en supplie, Kendry, prends tout ce qui t'est nécessaire.

Glissant un doigt sous son menton, il lui sourit.

— Ce ne sont pas deux bouteilles de shampoing de plus qui nous empêcheront d'envoyer Sam à l'université.

Elle se força à rire, histoire de lui montrer qu'elle n'était pas aussi pathétique qu'elle le paraissait et que ce n'était pas le mariage le moins romantique de toute l'histoire de l'humanité. S'enhardissant, elle choisit une lotion nettoyante pour le visage, un masque revitalisant et une crème de protection solaire — un écran total dont l'indice était aussi élevé que le prix.

Comme ils quittaient l'allée, elle saisit en tête de gondole un tube de gloss pour les lèvres, en se disant que cela n'avait rien à voir avec la douceur des doigts de Jamie.

# 12

Après le supermarché, l'opticien. Jamie était décidé à lui acheter une nouvelle monture avant son départ pour Fort Worths et Kendry dut donc se soumettre à une interminable séance où une jeune opticienne blonde très distinguée lui fit essayer toutes sortes de chefs-d'œuvre conçus par Versace, Gucci et d'autres stylistes de renom. Comme Kendry objectait qu'elle travaillait avec des tout-petits qui auraient tôt fait de lui arracher la merveille du nez et de la réduire en bouillie, la jeune femme lui montra des modèles plus raisonnables parmi lesquels Kendry choisit une fine monture en titane flexible qui résisterait aux outrages des petites mains. L'employée la plaça dans la boîte de la commande en y joignant les détails de la correction.

— Il faut d'habitude compter deux semaines mais, très exceptionnellement, pour le Dr MacDowell, nous raccourcirons le délai. Vous pourrez venir les chercher jeudi prochain.

« Pour le Dr MacDowell. »

Heureusement la beauté blonde ne savait pas qu'il était marié depuis quelques heures, sinon elle ne lui aurait peut-être pas accordé de traitement de faveur.

Sur le seuil de la salle d'attente, bien qu'elle eût la vision quelque peu brouillée — pour l'examen du fond de l'œil, l'opticienne lui avait injecté un produit pour dilater les pupilles —, Kendry s'arrêta pour observer Jamie et Sam. Assis sur les genoux de son père, Sam agitait son biberon vide dans tous les sens en tenant un discours très élaboré en langage bébé, comme s'il expliquait quelque chose à son papa, lequel riait. Pour la première fois depuis des jours, il semblait détendu et heureux.

Car il savait qu'il laisserait Sam en bonnes mains lorsqu'il partirait pour son stage de réserviste.

Sammy la vit et tendit les bras vers elle en laissant tomber son biberon au sol.

— Moi.

Jamie leva le regard, et son visage s'assombrit. Elle ne l'avait jamais vu en colère, vraiment en colère. Le jour de leur mariage, allait-elle découvrir un côté de sa personnalité qu'il lui avait soigneusement caché jusque-là ?

Il vint vers elle.

— Il te faut des lunettes de soleil.

Le soulagement l'envahit. Il s'inquiétait pour elle.

— Mais non. Dans deux heures, l'effet des gouttes se sera dissipé.

— Je te rappelle que nous sommes au Texas où le soleil tape fort. Il te faut des lunettes à indice de protection élevé pour te protéger des rayons UV.

Encore une fois, il décidait pour elle alors qu'elle n'était ni sa patiente ni son employée. Comme la vendeuse attendait à proximité, prête à les servir, elle s'abstint de toute protestation et essaya docilement les Ray-Ban et autres luxueuses paires que Jamie décrochait des présentoirs.

Contrainte et forcée, elle choisit des lunettes dont le prix dépassait celui de son loyer, et c'étaient les moins chères parmi toutes celles qu'elle avait essayées.

Tandis que son mari — c'était étrange de l'appeler ainsi — était occupé à régler les achats à la caisse, Sam commença à pousser des cris grognons qui indiquaient qu'il en avait assez d'être dans ce magasin.

— Moi aussi, mon chéri, lui murmura-t-elle en le calant sur sa hanche.

Ses lunettes de soleil flambant neuves sur le nez, elle attendait près de la sortie.

Jamie les rejoignit, et ils regagnèrent le 4x4 en silence. Elle sentait une tension dans l'air. Sammy était fatigué, elle aussi, et Jamie semblait irrité.

Parce qu'il avait passé l'après-midi à faire les magasins avec elle ? A qui la faute ?

Elle rassembla donc son courage pour dire enfin ce qu'elle n'osait lui dire depuis des heures.

— Je crois qu'il est temps pour moi de rentrer à la maison.

— On va d'abord dîner quelque part puis je te ramènerai chez nous.

Jamie se réjouissait d'avoir enfin Kendry à son côté, prête à prendre la relève auprès de Sam, mais il avait l'impression de tout faire de travers pour leur première journée en tant que mari et femme. Il l'avait obligée à le suivre partout, d'abord aux urgences, puis au bureau d'état civil, à l'annexe du tribunal, au supermarché, et chez l'opticien.

Il avait à peine eu le temps de reprendre son souffle, et sans doute en allait-il de même pour Kendry.

— J'ai déjà mangé un hamburger tout à l'heure et je n'ai plus faim, dit-elle. Par contre, j'ai très mal à la tête et je désirerais rentrer chez moi. A moins que tu sois de garde cette nuit et que tu aies besoin de moi pour veiller sur Sam.

Consterné, il secoua la tête. Cela ne faisait que quelques heures qu'ils étaient mariés, et elle voulait déjà être seule.

— Non, dit-il.

Elle avait sa vie, ses priorités, qui n'étaient pas les siennes. Le passé semblait se répéter. Amina, elle aussi, avait revendiqué son indépendance…

— Dans ce cas, aurais-tu la gentillesse de me reconduire chez moi ?

— Tu n'es pas ma baby-sitter, Kendry. Nous sommes mariés, bon sang, et nous allons habiter ensemble. Cela fait partie du contrat, et je croyais que tu l'avais compris.

— Je pensais que Sam était notre priorité. Or, tu as passé

tout l'après-midi à m'acheter des choses, sans y prendre d'ailleurs aucun plaisir.

Comme Sam essayait d'attraper ses lunettes de soleil, elle les ôta pour les mettre dans sa poche.

— Parce que tu peux lire dans mes pensées, maintenant ?

— Non. Parce que tu n'as pas cessé de faire grise mine et de me donner des ordres. Tu es en colère contre moi.

— C'est faux !

Cette discussion lui rappelait celles qu'il avait avec Amina, et leur souvenir faisait resurgir la douleur.

— Si j'en veux à quelqu'un, c'est à moi, reprit-il en baissant d'un ton. Pour n'avoir pas deviné tes difficultés financières. Semaine après semaine, je t'ai vue te nourrir de soupes sans me douter de rien.

Elle l'observait, ses pupilles dilatées soulignant le vert lumineux de ses iris. Elle avait de beaux yeux… Et il ne s'en était pas rendu compte non plus.

— Ce n'est pas ta faute si j'ai du mal à boucler mes fins de mois. En un sens, cela me flatte que tu n'aies rien remarqué.

Un peu soulagé par sa réaction, il s'appuya contre la portière du 4x4. Contrairement à Amina, Kendry semblait ouverte au dialogue.

— Comme je pars demain, j'étais pressé par le temps et j'ai voulu tout faire cet après-midi, quitte à me comporter comme un tyran. Mais si j'avais su qu'on te ferait un examen qui te brouillerait la vue, je ne t'aurais pas entraînée de force chez l'opticien.

— Ce n'est pas grave. L'effet du collyre se dissipe déjà.

C'était ce qu'il aimait chez elle, son côté positif, son absence totale de rancune. Elle était la femme la plus gentille qu'il ait jamais rencontrée.

Soudain, il eut envie de l'enlacer pour la serrer contre lui. Afin de ne pas céder à son impulsion, il croisa les bras sur sa poitrine.

— Dans l'idéal, comment aurais-tu aimé passer la journée de ton mariage ? demanda Jamie.

« J'aurais aimé que tu te montres souriant avec moi, tendre, que tu me soulèves dans tes bras pour me porter vers un beau lit tout blanc. »

Leur « contrat » ne prévoyait, hélas ! pas ce genre de mariage.

— Ecoute, Jamie, j'ai un mal de tête effroyable, dit-elle, bottant en touche. Par ailleurs, il me semble que, dans l'état de fragilité où il se trouve, Sam serait mieux dans son berceau. Voilà ce que nous allons faire : je vais rentrer avec vous et je veillerai sur Sam tandis que tu prépareras ton départ. Je sais que ma présence ne l'empêchera pas d'avoir un problème aux poumons, mais je me sentirai plus rassurée d'être à côté de lui.

— Tu es donc d'accord pour rentrer chez moi ?

La note d'espoir ne lui échappa pas. Il voulait qu'elle habite sous son toit.

— Si tu préfères, Sam et moi, on peut venir chez toi, si tu as la place pour nous accueillir, poursuivit-il avant qu'elle puisse répondre.

Oh non ! Elle ne voulait pas qu'ils voient le garage aménagé en studio où elle habitait faute de pouvoir louer un logement digne de ce nom.

— Non. Ce ne serait pas… Euh… pratique pour Sam.

— Dans ce cas, en route pour mon château, comme dirait le prince charmant, dit Jamie avec un sourire malicieux.

Il la taquinait car elle lui avait reproché il y a peu d'être aux antipodes dudit prince.

— Tu pourrais le formuler de manière un peu plus poétique, répondit-elle en souriant.

— Eh bien…, madame MacDowell, aimeriez-vous venir en mon logis vous étendre près de prince junior ? Pendant que vous veillerez sur lui, je vous préparerai une omelette. Il me semble qu'il reste quelques œufs dans le réfrigérateur du château et, sinon, nous pourrons toujours nous rabattre sur des petits pots pour bébé.

Elle adorait l'entendre plaisanter. Et le voir sourire. Elle lui sourit en retour, malgré la migraine qui lui vrillait les tempes.

— D'accord, dit-elle pour la énième fois de la journée.

# 13

Le vendredi matin, après une nuit dans la confortable chambre d'amis du ranch de Jamie, Kendry retrouva son mari et son fils à la table du petit déjeuner. Jamie avait le sourire, ce qui se concevait puisque la température de Sam était restée stable durant la nuit, ce qui n'aurait pas été le cas s'il avait couvé une infection pulmonaire. Tout risque semblait désormais écarté.

— Ce matin, on va t'acheter une voiture, Kendry, annonça-t-il tranquillement. On est à dix kilomètres du centre-ville, ici, et il faut que tu aies un moyen de te déplacer durant mon absence. Même si tu es de repos ce week-end, tu auras besoin de faire des courses ou de passer chez toi chercher des affaires.

Comme elle allait protester, il lui opposa un argument imparable.

— Et si Jamie tombait malade et que tu doives le transporter d'urgence à l'hôpital, comment ferais-tu sans moyen de transport ?

Après maintes négociations, elle parvint à le convaincre de couper la poire en deux et de seulement lui louer une voiture. Une heure plus tard, dans le bureau de l'agence de location, elle vérifia qu'ils avaient bien souscrit une assurance. Sur ce point, elle ne ferait pas de compromis.

A la sortie de l'agence, Jamie transféra le siège-auto de son pick-up à la Ford Focus de location. Puis il lui donna un iPhone flambant neuf, lui montra comment envoyer des photos, et lui dit que les numéros de Quinn, de leur mère et d'un autre frère nommé Braden dont elle n'avait jamais entendu parler étaient déjà programmés dans la liste des favoris. Il lui glissa ensuite deux cents dollars dans la main pour « les courses », et laissa les papiers et les clés du véhicule sur le tableau de bord.

Cela lui prit un peu plus de temps pour dire au revoir à Sam. Après avoir embrassé plusieurs fois son fils et l'avoir serré très fort contre lui, Jamie se résolut à le lui rendre.

— Je ne serai pas parti longtemps, dit-il comme s'il cherchait à s'en convaincre lui-même. Juste deux jours.

— Je sais, dit-elle du ton apaisant qu'elle employait avec les parents angoissés. Ne t'inquiète pas, tout se passera bien.

Il posa une main sur l'épaule de son fils et l'autre sur la sienne, comme pour les confier l'un à l'autre. Puis il recula.

— Merci. Cela me coûte de laisser Sammy, mais je pars tranquille en le sachant avec sa nouvelle maman.

Il ne semblait pas si tranquille…

Elle le regarda monter dans son pick-up et s'éloigner en direction de l'autoroute.

— Il a peur de te perdre, toi aussi, dit-elle à Sam qui jouait avec le col de son chemisier sans s'émouvoir outre mesure du départ de son papa. Mais cela n'arrivera pas. Je vais prendre bien soin de toi.

Telle une actrice tournant un film pour la sécurité routière, elle conduisit de manière exemplaire sur le chemin du retour. A l'arrivée au ranch, elle essuya ses mains moites sur son jean. Etant donné sa nervosité, c'était un miracle qu'elle n'ait laissé tomber que deux fois les clés de la voiture, et pas le bébé.

En cette fin du mois de septembre, les journées raccourcissaient, et Kendry se retrouva au dimanche soir sans avoir vu le temps passer. Loin d'être une corvée, les biberons et les changements de couche jour et nuit représentaient des moments privilégiés, car c'était une joie pour elle que d'être capable d'apaiser les pleurs de Sam et de lui rendre le sourire. Qu'il ait besoin d'un jouet, d'un biberon ou d'un câlin, elle était toujours là, prête à répondre à toutes ses demandes ; en retour, il la regardait avec des yeux emplis d'adoration, comme si elle était le centre de l'univers. Il cherchait aussi toutes les occasions de se blottir contre elle bien qu'il y eût partout des coussins nettement plus moelleux que son osseuse personne.

Elle se sentait chez elle et profitait des siestes de Sam pour goûter aux plaisirs de la luxueuse salle de bains. Le shampoing à la citronnelle redonnait santé et brillance à ses cheveux et, grâce à des rasoirs jetables qu'elle avait trouvés sous le lavabo, ses jambes étaient désormais presque aussi douces que celles de Sam.

Le réfrigérateur à double porte l'éblouissait avec son distributeur de glaçons et ses compartiments regorgeant de viandes, de légumes frais et de toutes sortes de merveilles. Jamie avait prétendu qu'il n'y avait plus grand-chose à manger dans la maison, mais dans le seul placard à provisions, il y avait une demi-douzaine de boîtes de céréales différentes, corn flakes, muesli, pépites croustillantes aux fruits rouges, au chocolat… Et que dire des sauces qui s'alignaient joliment sur un présentoir. Moutarde, salsa, curry, ketchup, barbecue, il y en avait pour tous les goûts.

Mais le summum, c'était la buanderie. Après avoir passé des mois à laver son linge à la main avec du savon, la machine à laver et le sèche-linge lui apparaissaient comme des miracles de technologie. Elle fit une machine avec le linge sale de Jamie, puis en refit une pour les tenues neuves qu'il lui avait achetées. Il suffisait de remplir le bac de lessive liquide, d'appuyer sur un bouton, et de s'en aller.

Jamais, elle n'avait connu un tel luxe. Et certainement pas durant son enfance où ses parents, en hippies attardés qu'ils étaient, vivaient de la manière la plus rustique possible, sans sacrifier aux « sirènes de la société de consommation ». Voyageurs infatigables, ils avaient préféré investir leur argent dans des cours de poterie donnés par les Indiens d'Amazonie plutôt que dans des biens de consommation. Quand ils faisaient une escale de quelques mois aux Etats-Unis, entre deux périples, ils lavaient leur linge dans les machines cabossées des laveries automatiques.

Grâce à Jamie, elle goûtait enfin au confort d'une vraie maison. Elle dormait dans un lit moelleux, mangeait des repas sains et équilibrés, faisait de siestes sur un canapé, jouait avec Sam… Bref, elle avait l'impression d'être en vacances dans un hôtel cinq étoiles.

A part les tenues professionnelles de rechange que Jamie lui avait achetées, et l'affreuse blouse rose et le pantalon assorti qu'elle portait à son arrivée, elle n'avait aucun autre vêtement puisqu'elle n'était pas retournée chez elle. Au fond, cela lui convenait car elle avait ainsi l'impression d'être une nourrice en uniforme, et elle se sentait ainsi moins coupable de manger la nourriture du maître des lieux et de dépenser son eau et son électricité.

La voiture de location n'avait pas bougé de l'allée depuis vendredi. Elle voulait profiter au maximum de son petit paradis sans penser à ses problèmes de fins de mois ni à ses dettes.

Se cachait-elle la tête dans le sable ? Sûrement. Jamie savait désormais qu'elle ne roulait pas sur l'or, mais il ignorait tout de ses dettes. A son retour, il allait bien falloir lui en parler.

— Vraiment, je ne comprends pas pourquoi tu as épousé cette Kendry. Est-elle jolie, au moins ?

Un soupir échappa à Jamie. En ce dimanche soir, sur le chemin du retour de son stage de réserviste, il s'était arrêté à River Mack Ranch pour voir sa mère et lui annoncer de vive voix son mariage. Et il le regrettait.

— J'en ai vraiment assez que les gens la jugent sur son physique. Elle aime Sam, et c'est tout ce qui compte à mes yeux.

— Décris-la-moi.

Les sourcils levés, la mine à la fois autoritaire et réprobatrice, elle lui rappelait Braden. Zut ! Braden. Il avait oublié de l'avertir de son mariage. Il le ferait par téléphone, car pas question de prendre l'avion pour aller à Manhattan pour communiquer la nouvelle à son frère aîné.

De toute façon, rien de ce que pourraient dire sa mère ou ses frères ne le ferait changer d'avis sur Kendry.

Kendry. Il avait hâte de rentrer retrouver son fils, sa femme, sa maison. Tout de suite.

— Eh bien, elle m'arrive à l'épaule, dit-il en s'exhortant à la patience, elle a des cheveux châtains mi-longs et des lunettes. Au début, à cause d'elles, je croyais que ses yeux étaient noisette, mais ils sont en réalité verts. Elle m'attend, maman. Il faut que je rentre.

— Tu ne passes pas la nuit au ranch ?

— Désolé, une autre fois. Tu comprends, n'est-ce pas ?

— Mais oui. Rentre retrouver ton épouse aux yeux verts. Je suis impatiente de la connaître.

Sa mère le raccompagna à son pick-up, paraissant plutôt contente, et il préféra ne pas pousser sa chance en lui demandant pourquoi.

Toutefois, il venait à peine de démarrer qu'elle lui fit signe d'arrêter.

Elle s'approcha de la vitre de la portière.

— Préviens-moi quand tu l'amèneras. Je ne veux pas de visite à l'improviste comme ce soir, compris ? Je tiens à accueillir ma nouvelle belle-fille comme il se doit, avec au moins un gâteau.

— D'accord, maman.

— Tu me le promets ?

— Oui.

Avec l'impression de s'en tirer à bon compte, Jamie descendit l'allée du ranch en regardant défiler le paysage de son enfance. C'était toujours avec un pincement au cœur qu'il venait ici car, étrangement, son père semblait plus présent dans cet endroit maintenant qu'il était mort que de son vivant.

Après les deux jours d'entraînement intensif, la conversation avec sa mère avait achevé de l'épuiser. Pourtant, pour la première fois, il partait d'ici avec un sentiment de sérénité, comme s'il avait fait la paix avec son père.

Sans pouvoir l'expliquer, il était sûr qu'il le devait à Kendry.

Il appuya sur l'accélérateur. Avec un peu de chance, il rentrerait à temps pour dîner en compagnie de sa femme.

# 14

Kendry entendit Sam se réveiller. Il poussait ce petit cri mi-plaintif mi-impatient qui signifiait : « Viens me chercher, je m'ennuie. »

— J'arrive, mon poussin, dit-elle en s'étirant dans son lit.

Depuis qu'elle était au ranch, elle dormait comme un bébé. Forcément, quand on avait le ventre plein, on trouvait plus facilement le sommeil. Hier soir, avec Jamie, ils avaient mangé du poulet frit accompagné de patates douces — un véritable festin.

Elle bascula les jambes hors du lit et, tirant sur le T-shirt emprunté à Jamie, se dirigea vers la chambre de Sam.

Jamie l'avait devancée. De dos, vêtu en tout et pour tout d'un pantalon de survêtement, il se penchait sur le berceau, et le jeu des muscles de son épaule sous sa peau bronzée éveilla de délicieuses sensations dans son corps encore ensommeillé.

« Il n'a pas de T-shirt parce que je le lui ai pris. »

C'était absurde, bien sûr, car il devait avoir des dizaines de T-shirts. Mais, en cet instant, on aurait dit qu'ils partageaient le même pyjama, lui le bas, et elle le haut.

Cette pensée acheva de la réveiller. Elle n'avait rien en dessous, strictement rien. Etant donné qu'elle était arrivée avec ce qu'elle portait sur le dos, elle lavait son slip et son soutien-gorge chaque soir, les mettait dans le sèche-linge et les récupérait le matin après sa douche. Se sachant seule dans la maison ce week-end, avec Sam pour seul spectateur, elle avait pris l'habitude de s'y promener quasi nue au réveil.

Le problème, c'était qu'elle n'était plus seule depuis la veille au soir, et que le regard amusé de Jamie la rendait encore plus consciente de sa tenue.

— Bonjour. Euh... Je vais m'habiller puisque tu t'occupes de Sam.

Elle recula jusqu'à la salle de bains où elle s'enferma, les joues en feu, le cœur battant à tout rompre. Son reflet dans le miroir la rassura un peu. Le T-shirt, qui lui arrivait à mi-cuisse, était parfaitement décent. Ce qui devrait bien plus l'inquiéter, en revanche, c'étaient ses cheveux en bataille.

Les disciplinant en deux coups de brosse, elle les attacha en queue-de-cheval puis se brossa les dents. Puis elle entrebâilla la porte pour voir si la voie était libre jusqu'à la buanderie. Personne en vue. Elle fonça.

Et comprit son erreur en arrivant à la buanderie... Jamie l'y avait devancée, et le sèche-linge était en train de tourner à plein régime, chargé de treillis et de tenues de camouflage visibles à travers le hublot.

A la vue de son slip et de son soutien-gorge posés sur la table, elle se sentit devenir rouge écarlate.

— Désolée, dit-elle en s'en emparant.

Puis elle battit en retraite vers sa chambre. Cinq minutes plus tard, elle en sortit, ayant revêtu l'une de ses tenues d'aide-soignante flambant neuve boutonnée jusqu'au cou, et rejoignit Jamie dans la cuisine. Lui aussi s'était habillé.

— Je ne savais pas que tu travaillais aujourd'hui, dit-il en jetant un coup d'œil à sa montre. A quelle heure commences-tu ta garde ?

Hier soir, ils auraient dû régler ces détails au cours du dîner au lieu de se raconter d'amusantes anecdotes sur leurs week-ends respectifs.

— Je ne suis pas de garde, dit-elle en prenant Sam sur ses genoux pour lui donner son biberon. J'ai pris ma journée pour rester avec Sam à la maison.

— Alors, pourquoi es-tu en tenue de travail ?

— Parce que c'est confortable.

— Tu n'es pas retournée chez toi ce week-end, n'est-ce pas ? Même pas pour chercher tes affaires ?

— Non. Je n'en avais pas envie.

La mine songeuse, Jamie regarda Sam boire son biberon.

— Et tu n'as pas non plus fait de courses. Il n'y a plus de pain ni d'œufs…

— Désolée. J'aurais dû t'en laisser pour ce matin.

— Là n'est pas le problème, je peux prendre mon petit déjeuner à l'hôpital. Si je comprends bien, la voiture de location ne t'a servi à rien ? Dis-moi si je me trompe, mais j'ai l'impression que tu n'aimes pas conduire, ajouta-t-il devant son silence.

— Je *déteste* conduire.

— A ce point… Malheureusement, il n'y a pas de bus qui passe par ici ; je veux bien me charger des courses, mais tu ne peux rester coincée ici des journées d'affilée, sans sortir. J'aimerais que tu t'entraînes sur un parking vide pour pouvoir être plus à l'aise derrière un volant. Tu me le promets ?

Le séjour de rêve en hôtel cinq étoiles était terminé.

— D'accord.

Les compromis reprenaient.

Ce soir-là, malgré les protestations de Kendry, Jamie l'emmena chez elle pour rapporter ses affaires, et il prit le pick-up, sans doute parce qu'il croyait que ses possessions ne tiendraient pas dans la Ford Focus. En quoi il se trompait. Pendant ce temps-là, Quinn gardait Sammy.

A l'approche de sa rue, elle n'en menait pas large. Qu'allait penser Jamie en découvrant son logement ?

— Es-tu sûr que ton frère s'en sortira avec Sam ?

— S'il est capable d'opérer à cœur ouvert, il est aussi capable de changer la couche d'un bébé.

Quand ils s'engagèrent dans sa rue, Kendry sentit son cœur se serrer à la vue des maisons de brique rouge délabrées, des façades couvertes de tags, des fenêtres et des portes condamnées, et des jardinets envahis de mauvaises herbes qui rampaient sur les trottoirs.

— Le n° 4, c'est ta maison ? demanda Jamie d'une voix neutre.

Un peu trop neutre. Il essayait de toute évidence de ne pas lui montrer son étonnement, ou son effroi.

— Je loue le garage, en fait.

Jamie ne dit rien, et elle lui en sut gré car elle se sentait déjà suffisamment malheureuse.

— J'aurais dû venir chercher mes affaires dans la Focus. Mais je n'avais pas envie d'amener Sam ici.

Même durant la journée, le quartier n'était pas sûr. Mais les vrais problèmes commençaient le soir : la fine fleur qui habitait le quartier se retrouvait dans la rue pour boire une bière et refaire le monde et, l'alcool aidant, les discussions viraient au pugilat, sans compter que deux gangs se disputaient le territoire. Enfermée à double tour dans son studio, Kendry avait passé des heures à attendre que les échauffourées se calment avant de grappiller un peu de sommeil.

A l'intérieur du garage, il régnait une chaleur de four. Elle ouvrit la fenêtre et mit le ventilateur en marche.

— On se sentira mieux dans quelques instants.

— Je sais. On avait aussi des ventilateurs en Afghanistan. On va d'abord charger les meubles les plus lourds dans le pick-up, dit-il en se dirigeant vers la commode.

— Non. Ils ne sont pas à moi. Le studio est meublé.

Elle l'avait toujours appelé son studio bien que la salle de bains, à partager avec les trois autres locataires de Mme Haines, se trouvât dans la cour.

Sortant ses deux valises de dessous le lit, elle entreprit de les remplir. Ce serait vite fait. Elle n'avait pas beaucoup de vêtements.

— As-tu écrit à tes parents pour les avertir de notre mariage ?

— Non, dit-elle, prise au dépourvu par la question. Pourquoi me demandes-tu ça ?

— Parce que j'aimerais bien les inviter à venir nous rendre

visite. Je leur paierai le billet d'avion, et s'ils veulent rester aux Etats-Unis, je les aiderai à s'installer.

— Tu n'as pas besoin de les aider, Jamie. Mes parents ne sont pas pauvres.

Il sembla se figer.

— Ne me dis pas qu'ils ont de l'argent !

— Ils ont choisi de mener une existence de nomades, mais ils ne manquent de rien.

— Et cela ne les gêne pas de te laisser vivre dans ce… cet endroit ? Ils cherchent à tester tes capacités de survie dans un environnement hostile, ou quoi ?

— J'ai vingt-quatre ans, Jamie, je ne suis plus à leur charge.

— Ce quartier est dangereux, et cela fait des mois que tu ne manges pas à ta faim… Quelle sorte de parents accepteraient de laisser leurs enfants vivre dans de telles conditions ?

— Ne les juge pas mal, Jamie. Ils m'ont donné de l'argent pour mes études lorsque je suis revenue aux Etats-Unis. Mais j'ai… j'ai tout perdu par ma faute.

— Que s'est-il passé ? J'ai du mal à croire que tu as dilapidé cette somme car tu es la personne la plus économe que je connaisse. On te l'a volé ?

Comme il finirait par apprendre la vérité tôt ou tard, autant la lui dire. Aussi lui raconta-t-elle l'accident de voiture, l'absence d'assurance, et les conséquences désastreuses que cela avait eues sur sa vie et ses projets.

— Le juge t'a condamnée à rembourser une Mercedes en trois ans ? dit Jamie quand elle eut terminé son récit. Mais c'est de la folie. La plupart des gens qui achètent à crédit ce genre de voiture s'endettent pour bien plus que ça. Je crois que tu t'es…

A cet instant, des détonations éclatèrent à l'extérieur. Vif comme l'éclair, Jamie se jeta sur elle et la plaqua au sol pour la recouvrir de son corps.

Un peu sonnée, elle avait du mal à reprendre son souffle, et le fait qu'il l'écrase de son poids ne l'y aidait guère.

— Lâche-moi, Jamie.

— Pas question ! Il y a des gens qui se tirent dessus dans la rue? et je ne veux pas que tu sois sur le chemin d'une balle perdue !

— Je ne suis pas stupide, je ne vais pas m'approcher de la fenêtre !

Bien que, de ses bras, Jamie eût amorti sa chute sur le sol en béton, elle avait l'épaule et la hanche endolories.

— J'ai mal.

Que n'avait-elle dit là... Aussitôt, il roula sur le côté pour lui palper les bras, la taille, les jambes.

— Où as-tu mal ?

Une lueur étrange brillait dans son regard.

— Je... Où sont mes lunettes ?

Les doigts de Jamie plongèrent dans la poche de sa blouse pour en retirer les lunettes et, à la grande surprise de Kendry, les jeter à l'autre bout de la pièce. Puis sa main revint se poser sur son sein pour l'entourer cette fois, puis en caresser le téton d'un doigt expert.

Son gémissement de plaisir fut étouffé par la bouche de Jamie. Il l'embrassa d'abord doucement puis lui entrouvrit les lèvres du bout de sa langue pour approfondir le baiser. Submergée par les sensations qu'il provoquait en elle, elle se cambra contre lui pour réclamer plus.

Mais, soudain, il s'écarta.

Elle resta quelques instants allongée au sol, perdue et frustrée de ne plus sentir sa chaleur. Il l'aida à se redresser et à s'appuyer contre son torse.

— Je suis désolé, murmura-t-il dans ses cheveux. Je n'aurais pas dû, pas avec toi.

Pourquoi pas avec elle ? Et avec qui, sinon ?

Elle aurait voulu lui hurler la question au visage. Sauf qu'elle connaissait la réponse.

Avec Amina.

Même s'il l'avait épousée, elle, Kendry, elle viendrait toujours en second.

Le baiser ne changeait rien.

— Ce n'est pas grave, dit-elle, s'efforçant de refouler ses larmes. Ces tirs de pistolet t'ont fait penser à l'Afghanistan et à Amina, c'est normal.

Elle se retourna pour le tapoter sur l'épaule puis se leva.

— Sur le chemin du retour, il faudra faire un tour par le supermarché pour remplir les placards.

# 15

La semaine suivante, lors de sa journée de repos, Kendry décida de se prendre en main. Sur les conseils de Bailey et armée d'un chéquier tout neuf — Jamie lui avait ouvert un compte qu'il avait généreusement approvisionné —, elle alla chez un coiffeur visagiste se faire couper les cheveux. Et elle ne fut pas déçue.

A la sortie du salon de coiffure, elle s'admira, oui, elle s'admira dans le premier miroir venu, celui de la devanture d'une pharmacie. Incroyable, comme une coupe de cheveux pouvait vous allonger la silhouette en dégageant la nuque ! Elle avait toutefois insisté pour conserver sa frange que le coiffeur avait affinée et « déstructurée » afin qu'elle épouse l'ovale de son visage et souligne ses pommettes, et le résultat était bluffant. Elle avait du mal à se reconnaître dans le joli reflet que lui renvoyait la glace.

Décidée à ne pas s'en tenir là, elle fit ensuite des emplettes dans un magasin de vêtements. Rien de très extravagant, juste un jean taille basse et un pull rouge près du corps qui la changerait de ses chandails informes.

C'est ainsi transformée qu'elle alla chercher son mari à l'hôpital.

— En quel honneur ? demanda-t-il en la regardant de la tête aux pieds.

Il semblait ravi.

— En l'honneur de mon fils et de mon mari. Afin qu'ils soient fiers de moi.

Quand il se pencha pour l'embrasser sur le bout du nez, le bonheur de Kendry fut à son comble.

Un miracle n'arrivait jamais seul. Le lendemain, Jamie reçut par la poste un courrier du State Department comprenant le certificat de naissance de Sam avec la précieuse mention « citoyen américain » ainsi que son numéro de sécurité sociale, ce qui signifiait qu'il pourrait enfin donner le feu vert pour les opérations de son fils. De *leur* fils. Car il était désormais aussi celui de Kendry.

Il restait une seule ombre au tableau. De taille... Le commandant du régiment auquel il était officiellement encore rattaché lui avait fait parvenir en avant-première le DVD d'un documentaire de guerre où des journalistes d'Associated Press avaient suivi le quotidien d'une équipe de médecins américains en Afghanistan. Dans plusieurs plans, on voyait Amina en compagnie d'un médecin, un certain caporal Schroeder, et leur complicité sautait aux yeux. Il était clair qu'il s'agissait de l'homme qu'elle avait aimé avant lui, celui qui était mort au combat. Ce film serait projeté dans quelques jours au cours d'une soirée en hommage aux victimes de guerre qui aurait lieu dans un hôtel d'Austin.

Jamie supportait de moins en moins le doute. Il fallait qu'il sache si Amina l'avait trompé en lui faisant croire que Sam était son fils. Il voulait être fixé sur ce point car, pour le reste, cela ne changeait rien. Il aimait Sam, qu'il soit ou non de son sang. Mais il fallait qu'il sache.

En fin de semaine, à la fin de leur garde, Kendry accompagna Jamie et Sam au laboratoire d'analyses génétiques pour le test de recherche en paternité. Les prises de sang furent faites, et le technicien les avisa qu'ils auraient le résultat vingt-quatre heures plus tard.

Au retour au ranch, elle prépara le dîner comme si de rien

n'était, mais l'angoisse montait en elle. Jamie avait beau lui assurer que le résultat ne changerait rien en ce qui concernait leur famille, elle ne pouvait s'empêcher de s'inquiéter.

Si le test était négatif, Jamie, homme honnête et droit s'il en était, ne se sentirait-il pas obligé de contacter les parents du caporal Schroeder ?

Auquel cas, elle perdrait l'enfant qu'elle aimait. Et l'homme qu'elle aimait puisqu'il n'aurait plus aucune raison de rester marié avec elle.

Elle ne voulait pas perdre sa nouvelle famille.

Après le dîner, elle tenta de se changer les idées en regardant la télévision, mais en vain. Elle ne cessait de tourner et de retourner ses angoisses dans sa tête.

Epuisée, elle finit par éteindre et entra sur la pointe des pieds dans la chambre de Sam. A la vue de Jamie penché sur le berceau, elle étouffa un cri. Cette fois, elle portait un pyjama, mais lui n'avait qu'un pantalon de survêtement qui tombait bas sur ses hanches, et son dos bronzé semblait se parer d'or à la lueur de la veilleuse.

Elle sentit son sang s'accélérer dans ses veines et dut faire un effort considérable pour résister à l'envie de nouer les bras autour de sa taille et de se blottir contre lui.

Il était en train de chantonner une berceuse à son fils en lui caressant le dos, et elle resta immobile, à regarder ses deux hommes. Le corps ô combien viril de Jamie éveillait son désir, et l'entendre chanter une comptine à son bébé lui ravissait le cœur.

Demain, elle pourrait tout perdre si le résultat du test ADN était négatif.

Sauf qu'elle ne pouvait perdre quelque chose qu'elle n'avait jamais possédé. Or, elle voulait Jamie. Elle voulait être sa femme, ne serait-ce que pour cette nuit.

Il se tourna vers elle, et leurs yeux s'aimantèrent dans la pénombre.

— Toi non plus, tu ne parviens pas à dormir ? murmura-t-il.

— Quel dommage que tu ne puisses pas me caresser et me border ainsi.

Il l'observa d'un air intrigué, comme s'il se demandait si elle lui faisait des avances, et elle soutint son regard.

Soudain, il fit deux pas vers elle et la prit par les épaules.

— T'ai-je déjà dit ce que je comptais faire si le test prouvait que Sam n'était pas mon fils ? Je m'enfuirais avec lui à l'étranger, aux antipodes, dans quelque paradis fiscal où j'aurais au préalable placé mon argent…

Il lui caressa la nuque, ses doigts laissant une traînée de feu sur sa peau.

— Toi qui as vécu dans tellement d'îles avec tes parents, dis-moi laquelle choisir, et nous nous enfuirons ensemble.

Ses doigts descendirent le long de son dos.

— Tu ne le penses pas vraiment, murmura-t-elle.

— Non ? Chiche…

Sa main atteignit l'élastique de son pantalon de pyjama et son pouce glissa au-dessous.

— Dis-moi le nom d'une île, et nous prendrons l'avion demain. De préférence un endroit où le soleil brille trois cent soixante-cinq jours par an, loin de toutes les routes maritimes afin que personne ne nous retrouve jamais…

Ses lèvres lui frôlèrent le cou, mais si légèrement qu'elle crut l'avoir imaginé.

— Nous dormirons à l'ombre des cocotiers, à même le sable de la plage…

Son désir ne faisait que grandir à chaque mot et chaque caresse. Il jouait avec elle, sans se douter de l'effet qu'il produisait sur ses sens.

Cela suffisait.

— Non, Jamie. Tu ne supporterais pas le soleil de plomb, le sable brûlant ni tous ces habitants se promenant nus. Moi aussi, je serais seins nus sous le cocotier, et je ne crois pas que cela te plairait…

Les yeux de Jamie s'assombrirent.

— Qu'en sais-tu ?

Enfouissant les doigts dans ses cheveux, il s'empara de sa bouche. Quand il approfondit le baiser, elle sentit ses jambes flageoler.

— Je te désire depuis le jour de notre mariage.

— Ne mens pas.

— Je ne mens pas, dit-il en déposant des baisers fiévreux le long de sa gorge. Cela fait des semaines que je lutte contre mon désir et, à l'époque, tu avais encore tes vieilles lunettes et ta queue-de-cheval, ce qui montre bien que c'est toi, la personne que tu es, que je veux. Toi, ma femme.

Ses lèvres descendirent vers sa poitrine et, à travers le coton du pyjama, elle sentit la moiteur de sa bouche envelopper son sein.

Encore une fois, il ne lui avait pas posé de question, mais elle répondit tout de même.

— Oui.

Le lendemain, Kendry se réveilla dans un lit vide. Normal, tenta-t-elle de se raisonner. C'était l'inconvénient d'être mariée à un médecin urgentiste.

Elle donna son biberon à Sam, l'emmena en promenade, et, au retour, le coucha pour sa sieste.

Toutes les cinq minutes, elle sortait son portable de sa poche pour y jeter un coup d'œil. Mais il n'y avait aucun message de Jamie. Sans doute n'avait-il pas encore reçu le résultat du test ADN.

Elle passa toute la journée sur des charbons ardents. Même sans nouvelles du labo, Jamie l'aurait sûrement appelée si la nuit dernière avait représenté quelque chose pour lui.

Enfin, à 6 heures, elle reçut un texto lapidaire.

> Journée de folie aux urgences. Pas eu le temps de t'appeler. On se retrouve au Four Seasons. Toujours pas de nouvelles du labo.

Le Four Seasons. Le palace où se tenait la soirée en hommage aux victimes de guerre.

Le cœur lourd, elle enfila l'élégante robe de soie noire qu'elle avait achetée pour l'occasion. Ponctuelle, Bailey arriva à l'heure dite pour garder Sam.

Assise dans la salle de projection de l'hôtel entre Jamie et un général de l'armée, Kendry réprimait ses larmes. Une Amina non voilée était en train de parler à l'écran dans un anglais parfait, et Kendry comprenait à présent pourquoi Jamie l'avait aimée. Cette femme avait allié beauté, intelligence, cœur et audace. Comment elle, Kendry Harrison, petite chose insignifiante et timide, avait-elle cru pouvoir rivaliser avec elle ?

Elle jeta un coup d'œil à Jamie et le vit très ému.

Quand elle ne put plus retenir ses larmes, elle sentit la main du général se poser sur la sienne. Sans doute croyait-il que son émotion était due à la dureté des images.

Un imposteur. Voilà ce qu'elle avait l'impression d'être.

Il fallait qu'elle sorte d'ici. Tout de suite.

— Kendry ! Attends !

Jamie courait derrière elle dans le parc de l'hôtel.

Consciente qu'il allait falloir tôt ou tard lui faire face, elle s'arrêta près de la piscine.

— Ça va ? demanda-t-il.

— Dis-moi si tu as des nouvelles du labo.

Il était arrivé juste quelques secondes avant le début de la projection, et elle n'avait pas eu le temps de le lui demander.

— Oui. J'étais en retard parce que j'y suis passé sur le chemin, et… Sam est mon fils.

Le soulagement la rendit pantelante. Au moins, Sam aurait un papa, des oncles et une grand-mère pour veiller sur lui.

— Je suis tellement contente pour vous deux.

— Et pour toi, j'espère !

— Jamie, il faut que je te parle.

— Je t'écoute, ma chérie.

— Je ne peux continuer à être ta femme.

A la lumière des réverbères, elle vit son visage se décomposer.

— Pourquoi ? Notre famille est tout pour moi, tu le sais.

— Ce soir, j'ai compris ce qu'Amina représentait pour toi. C'était une personne charismatique comme on n'en rencontre qu'une fois dans une vie, que tu n'oublieras jamais. Et cela me détruira de rester mariée à toi tout en sachant que je ne serai jamais qu'un lot de consolation.

— Un lot de consolation ? C'est ainsi que tu te considères ?

Elle s'approcha du bord de la piscine, les reflets de l'eau ondulant sur la soie noire de sa robe.

— Je ne suis pas quelqu'un de très intéressant. Je suis simple, terne, sans attrait.

— C'est là que tu te trompes. Chaque fois que je te regarde, je te trouve différente. Ce soir, tes yeux paraissent bleus. Tu es une mystérieuse brune au bord d'une piscine.

— Je *suis* brune.

— Non. L'autre jour, dans le parc de l'hôpital, tes cheveux avaient les couleurs de l'été indien. Et cette nuit, sur mon oreiller, ils semblaient de jais.

Elle sentit ses joues s'enflammer.

— Quand nous nous sommes rencontrés, poursuivit-il, j'ai cru que tes yeux étaient noisette. Puis j'ai remarqué qu'ils étaient verts, un jour où tu tenais notre fils dans tes bras. Sais-tu ce que je me suis dit lors de notre premier repas ensemble à la cafétéria ?

Elle secoua la tête.

— Que cela ne me dérangerait pas de t'avoir à table en face de moi pour le restant de mes jours. Tu es une vraie personne, un être profond et complexe, et tu me fascines. Dès le premier jour, je me suis senti attiré par toi, mais je refusais de l'admettre.

— Parce que tu aimes toujours Amina.

— Et je continuerai à chérir son souvenir. Mais elle est le passé, alors que tu es mon présent, Kendry, et j'espère mon avenir.

— Tu le penses vraiment ?

Pour toute réponse, il mit un genou à terre et sortit de sa poche une bague en diamants qui accrocha la lumière du réverbère et scintilla dans la nuit.

Lui prenant la main, il embrassa la modeste alliance qu'elle portait à l'annulaire.

— Cette alliance signifie que nous sommes mariés. Mais cette bague signifie que je t'aime, poursuivit-il en la glissant à son majeur.

— Et moi aussi, je t'aime, Jamie.

— Et tu acceptes d'être ma femme pour de vrai, et la mère de Sam ?

— Oui. Et maintenant, relève-toi et donne-moi un vrai baiser de mari.

Il s'exécuta pour se pencher vers elle avant de se raviser, la mine malicieuse.

— Avant, j'ai une dernière question. Que dirais-tu d'un voyage de noces sous les tropiques ? Depuis tout à l'heure, j'ai cette image de toi sous un cocotier qui me rend fou.

— Je dis que je suis partante !

Sa récompense fut le baiser d'un mari passionnément amoureux.

CARO CARSON

# Seconde chance au West Central Hospital

INTÉGRALE

SÉDUCTION AU WEST CENTRAL HOSPITAL

*Traduction française de*
MARCELLE COOPER

SAGAS

HARLEQUIN

*Titre original :*
THE DOCTOR'S FORMER FIANCÉE

*Ce roman a déjà été publié en 2014*

# 1

C'était la partie de son travail que Braden MacDowell aimait le moins. Annoncer aux gens qu'il ne donnait pas suite à leurs demandes, que leur travail n'avait servi à rien.

Briser des rêves au nom de contingences budgétaires.

Sous le regard intrigué d'infirmières qui s'étonnaient sans doute de voir un homme en costume cravate dans la zone de soins, il poussa les portes battantes et remonta le couloir qui menait à l'ascenseur. Il se rendait en salle de réunion à l'étage directorial.

Peut-être les infirmières le prenaient-elles pour son frère Quinn, le directeur des personnels médicaux, ou pour son autre frère Jamie qui, de retour du Proche-Orient, travaillait désormais ici, aux urgences du West Central Texas Hospital d'Austin. Elles auraient également pu lui trouver une ressemblance avec Charles MacDowell, leur illustre père, fondateur de cet établissement. Son portrait grandeur nature trônait dans le hall.

Contrairement à Quinn ou à Jamie, toujours fidèles au serment d'Hippocrate, Braden avait troqué depuis six ans sa blouse blanche et ses santiags pour un costume et des chaussures Armani. Il avait quitté Austin pour brasser des millions dans l'univers des biotechnologies.

Si les membres du personnel se posaient des questions sur son identité, ils n'allaient pas tarder à être fixés. Il n'était pas là pour soigner, mais pour trancher dans le vif. Supprimer des projets, couper le robinet des crédits, tuer les rêves, c'était sa partie.

Plutôt que d'attendre l'ascenseur, il prit l'escalier. Le bâtiment avait été sa seconde maison durant ses années d'internat, il connaissait par cœur les raccourcis qui lui éviteraient de passer par la chapelle.

Il affronterait ce souvenir plus tard. Inutile d'exacerber ses émotions avant une réunion où il avait besoin de garder la tête froide. Il allait annoncer à une équipe de chercheurs qu'il réduisait leurs espérances à néant. Il avait déjà prononcé de nombreuses fois ce genre de sentences de mort, et il serait amené à le refaire tant qu'il travaillerait dans l'industrie des biotechnologies. La suppression de ce programme qui ne produisait pas assez de résultats libérerait des millions pour d'autres recherches plus prometteuses. Dans son domaine, la fin justifiait les moyens. Le double objectif de fournir de meilleurs soins pour le plus grand nombre et de veiller à ce que l'entreprise soit rentable balayait les velléités de culpabilité qu'il aurait pu avoir.

A chacun son travail. Les chercheurs produisaient des recherches qui, sur le papier, semblaient susceptibles de produire des molécules ou des vaccins révolutionnaires capables de guérir tel ou tel fléau. Mais leur intelligence visionnaire s'assortissait rarement du sens des affaires nécessaire pour transformer leurs idées en réalités. Il fallait des millions de dollars pour financer leurs études, faire des essais en laboratoire, puis des tests sur un panel de volontaires. S'ils étaient concluants, tout ce travail débouchait enfin sur un prototype final et la commercialisation.

Force était de constater que, la plupart du temps, les efforts déployés par le génial inventeur, et les millions investis par Plaine Laboratory International, l'employeur de Braden, étaient dépensés en pure perte. Souvent, aucun brevet, ni le moindre résultat concret, n'émergeait au bout de plusieurs années de recherche.

A quel moment pouvait-on raisonnablement déclarer que le

projet n'aboutirait pas ? C'était là que Braden entrait en piste. Il avait pour mission de savoir quand arrêter les frais, couper les crédits et décider de renoncer aux recherches thérapeutiques dans le domaine en question.

Parfois, comme aujourd'hui, lui revenait en plus la lourde tâche d'annoncer à l'équipe concernée qu'ils pouvaient faire une croix sur leur rêve.

Arrivé en haut de l'escalier, il ne retrouva plus ses repères d'antan. De nouvelles ailes avaient surgi de terre depuis son départ, et le bâtiment principal avait subi un lifting. Braden dut se fier aux indications fléchées postées à l'angle des couloirs pour parvenir au centre de conférence qui remplaçait désormais les anciennes salles de réunion.

La chapelle avait-elle également été rénovée, ou déplacée ? Son cœur se serra à l'idée qu'il ne pourrait peut-être pas s'y rendre pour un dernier adieu.

S'efforçant de chasser cet élan de nostalgie, il se dirigea vers le centre de conférence. Cette visite à la chapelle aurait été purement symbolique, en hommage à son ex-fiancée. De l'eau avait passé sous les ponts depuis, et il sortait désormais avec une magnifique jeune femme qu'il avait l'intention de demander bientôt en mariage. Dire adieu au souvenir de celle qu'il avait aimée jadis n'était pas vraiment nécessaire.

Mais retirer le financement de son entreprise à ce projet l'était.

Il se sentait étranger dans ces nouveaux couloirs ; rien ne distinguait plus le West Central d'Austin des établissements médicaux qu'il visitait aux quatre coins des Etats-Unis. Au lieu de passer sa vie dans les hôpitaux, il hantait désormais les salles d'escale des aéroports. Mais P.L.I. le payait grassement, lui octroyant de surcroît de généreuses primes pour qu'il ne soit pas tenté par les offres de concurrents désireux de le débaucher.

Tous les P.-D.G. ne pouvaient pas se vanter d'avoir dans leur personnel un médecin expérimenté doublé d'un diplômé de Harvard en commerce et gestion. C'était une combinaison rare, que convoitaient les entreprises mondiales de biotechnologies.

Depuis sa promotion à la tête du service recherche et développement de P.L.I., Braden voyageait moins. Il déléguait à ses directeurs régionaux le soin d'aller prospecter les lieux de recherche et les candidats potentiels. Ils devaient construire un réseau solide où les maillons faibles n'avaient pas leur place.

Lui se déplaçait en personne lorsque les enjeux étaient élevés, qu'il s'agissait d'investir beaucoup d'argent dans l'espoir de bénéfices à la hauteur. Ou, en l'occurrence, de mettre un terme à un programme qui avait été longtemps l'un des projets-phares de P.L.I.

Aujourd'hui, les contingences de sa carrière le ramenaient au point de départ, au Texas, sa terre natale.

Il était là pour tuer un rêve, dans l'hôpital qui avait vu mourir le sien, le plus cher et le plus précieux de toute sa vie.

Le Dr Lana Donnoli poussa un soupir. La réunion allait débuter dans cinq minutes et le secrétariat venait seulement de l'avertir.

Quelques semaines auparavant, son prédécesseur et ancien professeur à la faculté de médecine, le Dr Montgomery, avait fait un infarctus du myocarde qui l'avait obligé à envisager une retraite anticipée. Du fond de son lit d'hôpital, il l'avait appelée à l'hôpital de Washington D.C. où elle exerçait, pour lui proposer son poste. C'était une occasion unique et rapide de gravir les échelons, elle avait donc accepté. Même si revenir au Texas ne l'enchantait guère.

Elle avait donc présenté sa démission puis, à l'issue de la période de préavis de deux semaines, mis ses quelques possessions dans une camionnette de location et quitté les berges enneigées de la rivière Potomac pour les plaines vallonnées du centre du Texas. En ce lundi matin, le Dr Montgomery l'avait accueillie avec une brève poignée de main, puis il avait aussitôt tiré sa révérence, « avant d'avoir une autre crise cardiaque », lui avait-il dit. Il n'avait même pas pris la peine de lui offrir un aperçu des dossiers en cours ni celui de la visite guidée de circonstance.

Pour sa prise de fonctions en tant que chef de l'unité de recherche et d'études cliniques du West Central Hospital, elle avait vraiment l'impression de faire un saut dans l'inconnu.

Le West Central. Le nom lui-même était un paradoxe.

« S'il est à l'ouest, il ne peut pas être au centre. »

Chaque fois qu'elle voyait un panneau portant le nom de l'hôpital, elle entendait cette remarque, prononcée par une affectueuse voix masculine. Celle de son ex-fiancé.

Ils en avaient si souvent plaisanté ensemble que, six ans après qu'il eut abandonné son internat pour partir à Boston, la phrase lui venait encore machinalement à l'esprit. Six ans après qu'il eut renoncé à la blouse blanche et au stéthoscope pour des études de commerce dans la prestigieuse université de Harvard. Six ans après qu'il l'eut laissée tomber, elle, sa soi-disant fiancée adorée.

Son rire résonnait encore à ses oreilles.

« On ne peut être à l'ouest et au centre. Il faut choisir ! »

Comme elle poussait énergiquement les portes battantes, les infirmières l'observèrent, peut-être surprises de tant de vigueur chez une femme si petite. Son grand-père italo-américain était tombé amoureux de sa grand-mère polynésienne durant son service dans le Pacifique Sud, au cours de la Seconde Guerre mondiale. Lana avait hérité de la peau brune de ses deux aïeux, mais elle devait la raideur de ses cheveux noirs et la forme d'amande de ses yeux à sa grand-mère. Tout comme sa petite taille.

« Italo-Américano-Asiatico-Polynésienne, je suis la preuve vivante que les contraires s'attirent. Alors pourquoi l'hôpital n'aurait-il pas le droit d'être à l'ouest *et* au centre ? » avait-elle coutume de répliquer à Braden. « A moins que je ne sois un exemple de l'échec du mélange des genres ? »

« Bien sûr que non. Tu es l'incarnation du métissage réussi. En toi, les contraires se marient pour donner la perfection, une femme à la fois sexy, intelligente, ravissante… »

« N'en jette plus, s'il te plaît… »

« Tu es sublime. Et c'est pour ça que je veux te faire mienne avant qu'un autre ne te vole. »

Ce jour-là, il avait tapoté le diamant qu'elle portait au doigt et qui symbolisait la force de son amour pour elle. Un matin de leur troisième année d'internat, alors qu'ils étaient en chemin pour le bloc opératoire, il l'avait attirée dans la sombre et fraîche chapelle de l'hôpital. Il avait mis un genou à terre et lui avait posé la question dont elle rêvait. Elle avait passé le reste de la journée sur un nuage, la bague cachée dans son soutien-gorge — port des gants de latex oblige. Son cœur exultait malgré les crampes au bras à tenir des heures durant les écarteurs chirurgicaux tandis qu'un spécialiste de chirurgie thoracique réparait le cœur d'un autre.

Pendant l'année qui avait suivi, tandis qu'elle arpentait ces mêmes couloirs, un simple coup d'œil à la bague suffisait à l'emplir de bonheur, malgré la fatigue des interminables gardes d'interne.

Cela suffisait. Elle se sermonna, frappant le dossier qu'elle tenait à la main. L'évocation de ces souvenirs ne servait qu'à la rendre malheureuse, et ce n'était pas le moment de se mettre en position de vulnérabilité.

En venant ici, elle savait que ces flash-back seraient inévitables, mais elle avait tourné la page depuis longtemps. Elle avait décidé de ne laisser en aucun cas le passé l'empêcher de profiter de cette promotion inespérée. C'était un pas de géant pour sa carrière et l'occasion d'être à la pointe de la recherche. Elle allait créer de nouveaux médicaments qui redonneraient de l'espoir aux malades.

Avec un peu de chance, elle marquerait la science de son empreinte et son nom serait cité dans les manuels de médecine. Elle était devenue plus ambitieuse depuis qu'elle était célibataire, et visait désormais rien moins que le sommet.

C'était un juste retour des choses. En rompant ses fiançailles avec Braden, elle lui avait dit comprendre qu'il fasse passer sa carrière avant elle. Elle était désormais comme lui, sauf qu'elle ne sacrifierait personne pour se consacrer corps et âme à son travail.

Elle prit un couloir, un raccourci qui avait de plus l'avantage de lui éviter de passer par la chapelle.

Voilà. Les salles de conférences étaient en vue. L'enjeu de la réunion de ce matin était important : il s'agissait de reconduire les crédits pour le projet de recherche, *son* projet, désormais, bien qu'elle eût été bien en peine de dire en quoi il consistait. Si les résultats n'étaient pas au rendez-vous, Plaine Labs International, leur sponsor, pourrait retirer ses billes. C'était tout ce qu'elle savait par la secrétaire qui l'avait informée, tardivement, de la tenue de la réunion.

Il allait falloir qu'elle joue serré devant le représentant de Plaine Labs. Elle devrait donner l'impression de savoir de quoi elle parlait si d'aventure il lui posait des questions sur le programme de recherche mené à West Central.

West Central. A l'ouest ou au centre ? La question jaillissait automatiquement en elle, mais l'heure n'était pas aux souvenirs.

Heureusement.

# 2

Braden tambourinait sur la table, impatient. Une interne — une jeune femme empotée du nom de Stacey — essayait de régler l'interface entre son ordinateur portable et le projecteur. Elle en était à sa troisième tentative et, entre chaque essai, évoquait le Dr Montgomery — qu'il avait eu comme conseiller pédagogique à la fac de médecine. Elle précisait immanquablement que celui-ci lui avait demandé, à elle, de présenter le rapport de mi-parcours sur le programme de recherche.

Quand l'écran du portable apparut enfin avec succès sur le mur, Braden n'en perdit pas une miette. Ces quelques minutes, avant que Stacey n'appuie sur l'icône pour lancer la projection, étaient précieuses pour glaner des informations. Par exemple pour savoir si les chercheurs utilisaient les ordinateurs offerts par P.L.I. strictement pour les besoins de la recherche, ou s'il y avait des fichiers d'ordre personnel.

Rien de tel, en l'occurrence. Il nota le nombre d'images qui allaient être projetées. Quarante-trois.

Sans le savoir, Stacey condamnait ses collègues et elle-même à une mort lente.

Par politesse, et pour ne pas prolonger l'agonie, il attendrait quelques minutes avant d'interrompre l'exposé. Il connaissait déjà toutes les données essentielles pour en avoir fait personnellement l'analyse. Les résultats de ce programme étaient à peine légèrement meilleurs que ceux de « l'équipe *placebo* », sans différence significative.

Le sort de l'unité de recherche du West Central d'Austin

était scellé, P.L.I. n'avait aucune intention d'injecter encore 1,2 million de dollars sur dix-huit mois pour des recherches si peu productives.

C'était dommage car la recherche de West Central était axée sur le développement d'un nouveau médicament contre la migraine. Celui-ci était censé remplacer la dihydroergotamine — retirée du marché pour ses effets secondaires. A titre personnel, il aurait bien voulu que cette molécule voie le jour car son père avait souffert de migraines handicapantes. Enfant, Braden avait été effrayé de voir Charles MacDowell, véritable force de la nature, terrassé en quelques minutes par d'atroces crises de migraine ophtalmique avec scotomes scintillants, qui l'obligeaient à s'allonger dans le noir. La crise, qui s'accompagnait parfois de cécité partielle et provisoire, durait généralement une demi-heure et vidait littéralement son père de toutes ses forces.

Las, il fallait se faire une raison. La molécule du West Central d'Austin n'était qu'un mirage ; il était temps pour P.L.I. d'arrêter les frais et de se retirer.

A charge pour lui d'annoncer à l'équipe de chercheurs la fin du financement. Et la mort de leur rêve.

Derrière lui, la porte s'ouvrit à toute volée et Stacey leva la tête de son ordinateur, l'air soulagé.

— Ah, voici le Dr Donnoli, le nouveau directeur de notre programme de recherche et d'études cliniques, dit-elle à son adresse. Elle va pouvoir répondre à toutes les questions que vous aurez après la projection.

Le Dr Donnoli ? Elle était au West Central Texas Hospital d'Austin ? Impossible. Elle était à Washington D.C., en train de travailler dans le saint des saints de la recherche. Intégrer l'unité qui employait Lana Donnoli était le rêve de tous les médecins. Il était bien placé pour le savoir, c'était son métier de répertorier les laboratoires de recherche les plus performants dans le but de leur proposer un partenariat.

Pensant qu'il s'agissait d'un homonyme, il se retourna

pour saluer le médecin, et resta sans voix. Il s'agissait bien de Lana Donnoli.

La perfection faite femme.

Du diable s'il y comprenait quelque chose.

Lana foula la moquette beige en s'efforçant de ne pas trembler sur ses hauts talons. Improviser sans connaître le sujet à fond n'était pas dans ses habitudes, mais à la guerre comme à la guerre…

— Docteur Donnoli ? dit Stacey Everson, la jeune interne. Voudriez-vous présenter le rapport au Dr MacDowell ?

MacDowell ? Son regard alla de Stacey à l'homme en complet sombre assis dos à la porte. Justement, il était en train de se retourner.

Son sang se glaça dans ses veines. C'était Braden MacDowell. *Son* Braden.

Le vertige s'empara d'elle. Outre la foule de souvenirs, son retour en ces lieux semblait avoir comme par magie fait se matérialiser son ex-fiancé, par un tour de passe-passe cruel de son subconscient.

Mais il ne s'agissait pas d'une chimère. C'était bien Braden, assis en chair et en os devant elle.

Son assistante, Myrna, une boule d'énergie aux cheveux grisonnants que personne n'aurait osé qualifier de « senior », entra à son tour dans la salle.

— Désolée d'être en retard. Ah, je vois que vous êtes parvenue à faire fonctionner le projecteur, dit-elle à l'intention de Stacey.

Lana n'entendit même pas la réponse de cette dernière, bouleversée qu'elle était par la présence de Braden. Il n'avait pas changé. Un seul coup d'œil à son visage et elle se rappela le grain de sa peau, la texture drue de ses cheveux bruns lorsqu'elle les caressait, le parfum de sa lotion après-rasage…

Tout en continuant à bavarder, Myrna était en train de

distribuer des bloc-notes. Lana lui sut gré de cette diversion qui lui permettait de se composer une contenance.

— Vous devez être le P.-D.G. de Plaine Labs, dit Myrna à Braden. Cheryl m'a appelée ce matin pour m'informer de votre venue, mais je ne savais pas que vous étiez déjà dans nos murs. Bienvenue dans notre centre de conférence flambant neuf, je vous présente le Dr Lana Donnoli, la nouvelle directrice de notre unité de recherche et d'études cliniques. Docteur Donnoli, voici M. MacDowell.

Braden se leva pour lui adresser un signe de tête impersonnel.

Comment parvenait-il à rester de marbre ? Ne représentait-elle rien de plus pour lui qu'un souvenir de jeunesse, une ex-petite amie de l'époque de la fac ?

— Docteur Donnoli.

La froideur de son ton lui serra le cœur. Toutefois, elle sentit très vite la colère prendre le dessus en constatant qu'il avait encore le pouvoir de la blesser, six ans après leur séparation.

Elle lui tendit la main, déterminée à afficher l'image d'une professionnelle. Elle n'était plus la pauvre fille éplorée qui avait sangloté au téléphone la dernière fois qu'ils s'étaient parlé.

— *Monsieur* MacDowell ? dit-elle en haussant les sourcils. Ce n'est pas Dr ?

— Je n'utilise pas mon titre.

Sa poignée de main fut ferme, et brève.

— Après toutes ces années d'études, tu as pourtant gagné le droit d'accoler Dr à ton nom.

— Ce n'est qu'un titre académique. Comme je ne pratique pas la médecine, je préfère le laisser de côté.

— On dirait que vous vous connaissez, tous les deux ? dit Myrna à qui le tutoiement n'avait pas échappé.

— Pas du tout.

— Très bien, dit Braden en parfaite synchronie.

— Je vois, fit Myrna.

A la mine perplexe de son assistante, Lana craignit d'autres questions, qui ne vinrent pas. Myrna avait de toute évidence trop de jugeote pour poursuivre sur le sujet au milieu d'une réunion de travail.

— Docteur Everson, je vous laisse vous charger de la présentation du rapport, dit Lana, répondant enfin à la question de Stacey.

— Ma carte, dit Braden en lui tendant un petit rectangle cartonné.

— Merci.

Elle aurait dû lui offrir la sienne en retour, mais elle n'avait pas eu le temps de commander de cartes mentionnant ses nouvelles attributions.

S'asseyant de l'autre côté de la table, face à lui, elle fit signe à Stacey de commencer la projection.

Tandis que l'interne commentait la première diapositive, Lana baissa les yeux vers la carte qu'elle avait entre les mains. Le logo de P.L.I. se découpait en élégantes lettres or et bordeaux. C'était le *nec plus ultra* en matière d'encres et de typographie — elle le savait pour avoir prospecté jadis les imprimeries et ateliers de photogravure afin de faire imprimer les cartons d'invitation de leur mariage. Vivant sur des prêts d'étudiant, Braden et elle n'avaient pas eu les moyens de s'offrir des cartes aussi luxueuses, ils s'étaient résignés à des caractères standard à l'encre noire, comme ceux du nom sur la carte.

Braden MACDOWELL,
docteur en médecine,
diplômé de Harvard en sciences
économiques, commerce et gestion.
Directeur en recherche et développement.

C'était sans doute très impressionnant pour ceux qui admiraient le succès, mais elle préférait de loin quelqu'un qui sauvait des vies à une grosse tête bardée de diplômes qui gagnait des millions. Jamais elle n'avait aimé les jeunes loups aux dents longues, et, six ans auparavant, elle avait été anéantie que Braden soit prêt à sacrifier sa vocation, la médecine, pour l'appât du gain.

Tandis que les diapositives défilaient, elle lui jeta des regards à la dérobée. Il écoutait les commentaires appliqués de Stacey. Il portait une cravate de soie dans des tons raffinés, et la montre qui ornait son poignet devait valoir à elle seule plus que sa vieille voiture. Mais son visage ne reflétait aucune joie de vivre et un pli amer marquait en permanence sa bouche.

Pour lucrative qu'elle fût, la carrière qu'il avait choisie ne semblait pas lui apporter le bonheur.

Elle avait bien fait de rompre leurs fiançailles ; elle n'aurait certainement pas été la femme adéquate pour un personnage avide d'argent et de pouvoir. Il y avait six ans, il montrait déjà des velléités d'homme d'affaires, plus préoccupé par la rentabilité que par l'aspect humain de la médecine. Cela ne pouvait qu'avoir empiré depuis qu'il occupait son poste de directeur. Non, elle n'avait aucun regret à avoir.

Le mieux était d'ignorer Braden et de se concentrer sur les diapositives et l'exposé qui les accompagnait afin d'en apprendre le plus possible sur le programme de recherche. Sa mission était de persuader P.L.I. de continuer à financer le projet de West Central, elle ne l'oubliait pas.

Malgré tout, elle ne pouvait s'empêcher de le regarder. Son visage était d'une beauté classique, avec un nez droit et des traits harmonieux. Mais ce qui l'intéressait, c'étaient les imperfections qu'elle avait tant aimées jadis : les pattes d'oie précoces autour des yeux, dues à une jeunesse passée à travailler dans un ranch sous le soleil du Texas, les cicatrices au menton et au front, résultats de chutes de cheval, de vigoureuses mêlées de football et autres équipées sauvages avec son frère. Dans son costume fait sur mesures, il ressemblait à un citadin sophistiqué, un P.-D.G. « branché », mais ses cicatrices témoignaient de l'homme qu'il avait été. Elle savait ce qu'il cachait sous son complet veston.

Oh oui, elle ne le savait que trop. Sous son costume, il y avait de la peau bronzée et brûlante, et un corps tout en muscles, des pieds jusqu'à la tête…

Consternée de s'être de nouveau laissé distraire, elle s'efforça de reprendre le fil de l'exposé de Stacey Everson. Le sort des chercheurs présents dans cette salle dépendait d'elle, elle devait se concentrer sur sa mission.

L'enjeu était d'un million de dollars. Pour débuter sa carrière à Austin sous les meilleurs auspices, elle avait tout intérêt à ce que P.L.I. renouvelle son contrat de sponsoring.

Accessoirement, elle se fixait un second but : blinder son cœur contre le charme toujours ravageur du Dr MacDowell.

— Merci pour cet exposé très complet, dit Lana à Stacey.

Plus tard, en privé, elle lui conseillerait de faire des présentations plus concises, mais il n'était pas question de critiquer la jeune interne devant le directeur de P.L.I. Non sans soulagement, elle avait découvert que le programme de recherche portait sur un médicament qui avait également été testé par l'équipe de Washington. Connaissant le sujet à fond, elle reprenait confiance.

— C'est formidable, n'est-ce pas ? dit-elle, enthousiaste. Le pentagab tient toutes ses promesses à mi-parcours.

Ce qui garantissait le maintien du financement.

— J'ai le regret de vous annoncer que P.L.I. se retire de ce projet, dit Braden à la ronde.

C'étaient les premières paroles qu'il prononçait depuis trois quarts d'heure. Sa voix si familière était désormais sèche, dénuée de toute affection. Il fallut à Lana un moment pour s'extraire de ses souvenirs et enregistrer le sens de ces mots.

— Je ne comprends pas. Le médicament affiche de bons résultats lors des tests.

— Des résultats moyens. Cela ne suffit pas.

— Mais les chiffres prouvent le contraire. Par exemple, le dernier diagramme…

— … présente habilement la situation à votre avantage en citant les chiffres bruts. Il manque le ratio *p* qui aurait réduit l'écart entre Austin et le groupe *placebo*. Non, ces statistiques ne prouvent strictement rien.

Etonnée, elle regarda le diagramme, qui était encore affiché au mur. Il avait raison : le pourcentage qui aurait permis de souligner une différence significative, ou pas, entre les deux groupes, ne figurait pas dans le tableau. Si cent patients réagissaient positivement à un médicament et quatre-vingt-dix à un *placebo*, la différence de dix ne signifiait rien en termes scientifiques.

— Le ratio se trouve sur un autre schéma, dit-elle en feuilletant désespérément le cahier de présentation. Voilà !

Elle fit triomphalement glisser vers lui le cahier ouvert à la page en question.

— Le chiffre me semble au-delà des prévisions raisonnables, dit-elle.

— 30 %... Il est faux, déclara-t-il comme s'il énonçait une évidence du genre « le ciel est bleu ».

— Comment peux-tu en être sûr ?

Un haussement de sourcils condescendant lui répondit. Il savait qu'elle savait qu'il avait toujours eu la bosse des maths. Il lui suffisait d'un coup d'œil à un diagramme pour détecter le point faible et en tirer les conclusions qui s'imposaient. A la fac, il avait été capable de calculer de tête des pourcentages à la décimale près, sans parler des pages d'équations qu'il résolvait comme s'il s'agissait de vulgaires additions à deux chiffres.

— Qui a préparé les diapos et les diagrammes ? demanda-t-elle, se tournant vers Stacey qui ne semblait pas en mener large.

— Euh, c'est moi, répondit la jeune interne. Et le Dr Montgomery a supervisé mon travail.

Le Dr Montgomery, qui n'avait même pas pu rester une heure de plus pour assister à la réunion. Lana sentit un horrible soupçon s'insinuer en elle : son mentor avait-il truqué les chiffres pour s'assurer le financement de Plaine Labs ?

Non, elle se refusait à le croire. Il devait tout simplement s'agir d'une erreur mathématique. Une erreur qui faisait pencher le dossier en leur faveur...

Une erreur qui, si elle n'avait pas été décelée, aurait fait tomber un million de dollars dans l'escarcelle de l'hôpital.

Le service de recherche et d'études cliniques était-il déficitaire, voire au bord de la faillite ? Dans quelle mesure la suppression de ce programme affecterait-elle son fonctionnement ? L'emploi des chercheurs, et le sien, serait-il menacé ?

Elle préférait ne pas le savoir. Le Dr Montgomery lui avait confié les rênes du service et elle allait faire tout ce qui était en son pouvoir pour sauver ce programme de recherche.

— Myrna, docteur Everson, cela vous dérangerait-il de sortir et de me laisser en tête à tête avec le Dr MacDowell ?

# 3

Lana ne s'était jamais abaissée à supplier Braden, même à l'époque où elle aurait désespérément voulu qu'il reste au Texas plutôt que d'aller s'installer à l'autre bout du pays, à Boston. En ce lundi matin, pourtant, elle mit sa fierté de côté et le supplia dans l'espoir de le faire changer d'avis.

— S'il te plaît, laisse-moi une journée pour refaire les calculs. Je viens d'arriver de Washington, où j'ai participé à l'étude pédiatrique sur le pentagab. Nos résultats étaient très encourageants. Si les tests sur les enfants étaient bons, il y a de fortes chances que ceux sur les adultes le soient aussi. Tout ce que je te demande, c'est vingt-quatre heures pour vérifier les chiffres…

— Ne te fatigue pas Lana. Je les ai épluchés avant de venir, en personne.

— Parce que tu savais que je serais là ? demanda-t-elle, incapable de ne pas se sentir personnellement visée. Cela fait longtemps que je n'ai plus besoin de ton aide en maths, figure-toi. Je sais interpréter les statistiques aussi bien que toi !

— Faudrait-il encore que ces statistiques soient fiables. Et elles ne le sont pas. Je vérifie toujours les chiffres moi-même lorsqu'il s'agit d'investir des millions de dollars dans un projet.

Comment conserver son calme alors que les souvenirs la narguaient ?

— J'aurais dû savoir qu'il n'y avait que l'argent qui t'intéressait !

Il demeura impassible, mais sa mâchoire se crispa, cela ne lui échappa pas.

Elle devait faire attention à ne pas dire de choses qui aliéneraient définitivement Braden et rendraient tout compromis impossible. Elle devait se souvenir que le sort du département reposait sur ses épaules.

— Je dirigeais le projet pédiatrique à Washington, dit-elle en s'efforçant de faire abstraction de ses sentiments. Les recherches sur le traitement de la migraine chez les enfants sont rares ; et ce qui est encore plus rare, c'est que nos recherches étaient sur le point d'aboutir. Lorsque je suis partie, les résultats de mon équipe laissaient entrevoir l'émergence d'une nouvelle génération d'antimigraineux. Je t'en supplie, Braden, laisse une seconde chance au programme d'Austin, permets-nous au moins de passer à l'étape suivante.

— Cela ne servirait à rien.

— Comment peux-tu le savoir ? Les études montrent que les antimigraineux pour les adultes n'ont que peu d'effet sur les enfants, mais le pentagab pourrait être l'exception qui confirme la règle. Même si les tests sur adultes échouent, nous aurons au moins mis au point une molécule efficace pour les enfants. Tu ne trouves pas que le jeu en vaut la chandelle ?

— Désolé, mais P.L.I. n'investira pas un sou de plus pour un projet qui fera doublon avec celui de Washington.

— Pourquoi ?

— Parce que le marché des antimigraineux pour enfants n'est pas rentable.

— Il ne génère pas assez de bénéfices ?

— Dans la plupart des cas, les ventes ne permettent même pas de couvrir les coûts de production et d'acheminement des médicaments vers les pharmacies.

— Tu parles rentabilité alors que je te parle santé publique ! Les enfants migraineux ne sont sans doute pas aussi nombreux que les adultes, mais ils souffrent, Braden ; leur mal les empêche de jouer, d'aller à l'école, de vivre normalement. Peux-tu m'affirmer froidement que tu es prêt à les sacrifier parce qu'ils ne constituent pas une part de marché suffisamment importante ?

Braden détestait ce qu'il était en train de faire. S'il avait su qu'il s'agissait de briser le rêve de Lana, il aurait laissé quelqu'un d'autre se charger de cette mission.

Elle tentait de le culpabiliser, de lui faire endosser le rôle du méchant. D'une manière typiquement féminine, elle mêlait les sentiments aux affaires. Le pire, c'était qu'il se sentait obligé de se justifier.

— Tu m'accuses de faire passer le profit avant la santé des patients, mais tu as tort. Cet argent, que P.L.I. aurait versé en pure perte à West Central, sera bien mieux utilisé pour d'autres causes. Que crois-tu ? Que notre budget de sponsoring est inépuisable et qu'un million de plus ou de moins ne fait pas de différence pour Plaine Labs ? Notre entreprise a les reins solides, certes, mais elle a aussi des priorités. Austin n'en fait plus partie.

Ils se levèrent en même temps pour se fusiller du regard, et il eut l'impression de faire un bond en arrière. Il était revenu à l'époque où elle lui reprochait de préférer la gestion et les affaires à la médecine. Le passé se répétait, y compris dans le choix des invectives.

— Vaut-il mieux investir de l'argent dans la recherche cardiaque qui pourra sauver des millions de vies, ou financer un programme qui ne concernera au grand maximum que quelques centaines de milliers de malades ? demanda-t-il en s'efforçant de prendre un ton conciliant.

— C'est bien ce que je disais ! Tu as une logique comptable.

Un soupir lui échappa. Pourquoi se laisser embarquer dans ce dialogue de sourds ? Il s'en voulait. Lana campait sur ses positions, elle était persuadée de détenir la vérité, comme autrefois. Il ne servait à rien d'essayer de faire appel à son bon sens.

Ils n'étaient pas sur la même longueur d'onde, ils ne l'avaient jamais été. Il avait eu six années pour comprendre que leurs différences étaient irréconciliables.

Alors pourquoi les critiques et les reproches de Lana le blessaient-ils toujours autant ?

Parce qu'il tenait encore à elle.

La ferveur et la passion avec lesquelles elle plaidait la cause de West Central faisaient affluer le sang à ses joues, briller ses yeux. Il aurait eu tellement envie de mettre un terme à cette discussion en l'embrassant.

Surpris, il découvrait qu'il la désirait toujours autant. Avant son départ, les derniers temps, leurs rapports sexuels étaient devenus une échappatoire, la seule chose qui les liait encore alors qu'ils n'étaient d'accord sur rien d'autre. Ces moments magiques passés au lit leur faisaient oublier un temps les divergences sur leurs carrières et leurs manières d'envisager l'avenir.

Leur dernier rapport intime avait d'ailleurs eu des conséquences qu'aucun d'eux n'aurait pu prévoir.

Il se languissait toujours de sa peau, des courbes de son corps, des soupirs de plaisir qu'elle poussait en s'abandonnant à lui. Six ans n'avaient pas suffi à tuer son désir pour Lana Donnoli, il lui en faudrait six de plus. Et il n'avait certainement aucune intention de lui demander pardon alors que c'était elle qui avait rompu. Il n'allait pas plus essayer de l'amener à de meilleures dispositions envers lui.

— Je te répète que Plaine Labs ne renouvellera pas son contrat pour votre programme de recherche sur le pentagab. Ton équipe et toi, vous pouvez d'ores et déjà vous considérer comme libérés des clauses qui vous liaient à Plaine, et commencer à chercher un nouveau sponsor, si le cœur vous en dit. Sur ce, je te souhaite une bonne journée.

Il sortit en se retenant de claquer la porte derrière lui.

Lana avait échoué sur toute la ligne. Le financement de P.L.I. ne serait pas renouvelé et elle allait devoir en assumer l'entière responsabilité, même si la faute se situait en amont. Dans sa hâte à prendre une retraite anticipée, le Dr Montgomery avait manifestement pris des libertés avec l'éthique et arrangé les chiffres à sa convenance afin de s'assurer le renouvellement du sponsoring. Comment le professeur de médecine, si pointilleux et soucieux des règles, avait-il pu les enfreindre lui-même ? Les récents problèmes cardiaques dont il avait souffert avaient peut-être altéré son discernement. Quoi qu'il en soit, il ne servait plus à rien de le déplorer. Braden avait prononcé sa sentence, et elle était sans appel : le West Central d'Austin pouvait faire une croix sur le programme de recherche concernant le pentagab.

Toutefois, tout n'était peut-être pas perdu. Leurs locaux, leurs structures, leurs chercheurs qualifiés pourraient servir à P.L.I. pour d'autres types de recherches. Et elle pourrait ainsi assurer la pérennité du service.

Ni une ni deux, elle sortit à son tour de la salle et rattrapa Braden aux portes de l'ascenseur.

— Braden, ne t'en va pas !

Comme il se retournait vers elle sans toutefois s'écarter des portes coulissantes, elle posa la main sur son bras pour le retenir.

— S'il te plaît, accorde-moi une seconde chance.

Les portes se refermèrent sur l'ascenseur vide et il le laissa partir. Une émotion indéfinissable se lisait sur son visage.

— Donne-moi une bonne raison de le faire.

— J'aimerais te soumettre une idée.

— N'espère pas me faire changer d'avis. La décision est irrévocable ; votre contrat ne sera pas reconduit. Si tu ne comprends pas, c'est ton problème.

Il appuya sur le bouton pour rappeler la cabine.

— Si, je comprends, et j'accepte la décision, Braden. Mais j'ai autre chose à te proposer.

Les portes coulissèrent et il entra dans l'ascenseur, heureusement toujours vide, où elle le suivit sans hésiter.

— Ecoute, Braden, je viens d'arriver à Austin. Le

Dr Montgomery est parti comme s'il avait le diable aux trousses et il faut encore que je prenne mes marques. Mais je sais que le service dispose d'atouts indéniables : des labos à la pointe de la technologie et du personnel de premier plan. Les choses ont bien changé, ici, depuis que nous étions internes.

Elle avait son attention, de force ; il fallait qu'elle joue son va-tout avant d'arriver au rez-de-chaussée.

— Laisse-moi le reste de la journée pour faire le tour du service et affiner ma proposition. P.L.I. et West Central ont encore beaucoup à s'apporter, j'en suis sûre. Vous avez des dizaines de recherches à mener, nous pourrions vous louer nos locaux et nos chercheurs.

Ne disant ni oui ni non, il se contentait de la regarder.

— Une petite journée, est-ce trop demander ? demanda-t-elle en posant de nouveau la main sur son bras. Tu me dois bien une seconde chance, non ?

Dès qu'elle eut prononcé ces mots, elle les regretta. Et bien sûr, il ne les laissa pas passer.

— Pourquoi ? Parce que tu es mon ex-fiancée ?

La cabine s'arrêta au second étage pour laisser entrer un couple âgé. L'homme était dans un fauteuil roulant que sa compagne manœuvrait avec adresse ; une fois le fauteuil calé, il fit un geste vers la droite et elle tira sur une liasse de documents coincés contre l'accoudoir pour les lui tendre. Point besoin de mots entre eux pour se comprendre.

Braden et elle avaient-ils jamais su communiquer ainsi ?

Oui. Quand ils faisaient l'amour.

Et ils avaient conçu un bébé. Sans efforts. Sans le vouloir.

Une fausse couche avait mis un terme à la grossesse.

Dans l'espoir de prendre de vitesse les souvenirs qui la submergeaient, elle reprit la parole.

— West Central est l'endroit idéal pour conduire des recherches. Si tu n'es pas intéressé par mon offre, d'autres le seront. Mais je voudrais te laisser la priorité, étant donné que P.L.I. et West Central ont toujours eu une collaboration fructueuse jusqu'à présent. Dans quelques heures, je reviendrai vers toi avec du concret, une offre chiffrée. J'aimerais simplement que tu l'étudies d'un œil objectif.

Toujours pas de réponse. Les portes s'ouvrirent au rez-de-chaussée.

Ils laissèrent sortir le couple, puis elle emboîta le pas à Braden dans le hall.

— Tu sais que je vais avoir besoin de rentrées financières pour compenser les crédits que tu viens de nous supprimer ; je n'hésiterais pas à faire appel à d'autres entreprises de biotechnologies, ou à des laboratoires pharmaceutiques qui, crois-moi, saisiront l'occasion sans se faire prier. Je t'accorde la primeur, tu devrais en profiter.

Il s'arrêta pour se tourner vers elle.

— Je rentre à New York. Si tu veux faire une offre, contacte Cheryl Gassett, la représentante de P.L.I. pour le Texas. Je suis sûr que ton assistante a ses coordonnées.

Et il s'éloigna à grands pas vers la sortie, la laissant K.O.

La mort dans l'âme, elle remonta s'enfermer dans son bureau. Elle aurait pu hurler, sangloter, donner des coups de poing dans le mur, mais ce n'était pas le moment de s'abandonner au désespoir.

Braden avait déjà décidé du cours de sa vie six ans auparavant. Il n'était pas question de le laisser lui remettre des bâtons dans les roues.

# 4

Braden avait hâte de quitter l'enceinte de l'hôpital. Il en avait fini avec le West Central Texas Hospital d'Austin. Terminé. L'endroit évoquait trop de souvenirs, trop de *mauvais* souvenirs.

Tout lui rappelait Lana. De plus elle était là, de retour sur les lieux, en chair et en os, vibrante, passionnée, plus belle que jamais.

Il était à un âge où on ne confondait plus amour et désir. Son désir pour Lana avait surgi après toutes ces années, intact, ce qui n'avait rien d'étonnant étant donné la relation passionnée qu'ils avaient entretenue.

Même s'il le reléguait à sa juste place, ce désir, impérieux, ardent, était si intense qu'il en était presque douloureux.

Furieux contre lui-même de ne pouvoir mieux résister à sa libido, il passa près de la chapelle sans ralentir, sans même y jeter un coup d'œil. Dire que c'était pour faire un pèlerinage dans cette chapelle qu'il était venu en personne à West Central alors qu'il aurait fort bien pu laisser Cheryl Gassett s'acquitter de la mission de clore le contrat.

Il avait demandé Lana en mariage ici et il s'était imaginé, Dieu savait pourquoi, qu'en disant adieu à ce souvenir sur le lieu même, il s'en libérerait et pourrait ensuite s'engager auprès d'une autre.

Quelle idée stupide ! Et y avoir donné suite en faisant le voyage était encore plus stupide ! Quand il serait prêt à lier son sort à celui d'une autre femme, il le ferait, sans se soucier de s'affranchir du souvenir de son amour de jeunesse ! Lana n'avait certainement pas eu de tels scrupules quand elle lui avait annoncé par téléphone qu'elle rompait leurs fiançailles. Quelques jours plus tard, elle lui avait renvoyé sa bague dans une enveloppe libellée à son adresse de Harvard, sans même un mot d'explication.

Six années avaient passé. Il sortait désormais avec Claudia St. James, une femme élégante et racée qui ferait une épouse parfaite pour un directeur en recherche et développement bien placé pour devenir un jour P.-D.G.

Mais revoir Lana lui avait causé un choc. Il avait été frappé par sa phrase, « Ne t'en va pas ! » Au ton suppliant de sa voix, il s'était retourné pour laisser filer l'ascenseur. Un vieux réflexe. Qui témoignait du pouvoir qu'elle possédait encore sur lui.

Absorbé dans ses souvenirs, il faillit percuter la fontaine en pierre. Au lieu de le libérer, cette visite à West Central l'avait perturbé, ébranlé dans ses certitudes.

Comme si cela ne suffisait pas, le portrait de son père dans le hall lui rappelait le désaccord de celui-ci quand à son choix d'abandonner l'exercice de la médecine pour se mettre au service d'un géant de la biotechnologie. En dignes fils de leur père, Quinn et Jamie avaient suivi les traces de Charles et figuraient sur le tableau du personnel de West Central. Mais Braden, l'aîné de la fratrie, avait dérogé à la tradition familiale, ce que son père ne lui avait jamais pardonné. Il l'avait considéré comme un renégat, même s'il s'était remis à lui adresser la parole au cours des derniers mois de sa vie.

Braden aurait voulu lui prouver qu'il pouvait améliorer le sort des patients de là où il était. Lui aussi apportait sa contribution à la médecine en mettant au point des médicaments et des traitements qui sauveraient non seulement les patients du West Central d'Austin, mais aussi ceux des hôpitaux de la terre entière. Las, son père était mort avant que le premier brevet ne soit commercialisé. Il n'avait pas pu prescrire à ses malades les médicaments conçus par son fils.

Lana non plus n'avait pas compris les raisons de sa reconversion. Elle l'avait accusé de préférer l'argent à la médecine et elle lui avait renvoyé sa bague sans autre forme de procès.

A son âge, il avait déjà une carrière impressionnante, des centaines de brevets à son actif et autant de millions à la banque. Mais personne, à part son comptable et son percepteur, ne semblait apprécier son succès.

Si. Une personne l'appréciait. Claudia. Elle aimait les gens qui réussissaient.

Voilà. Il fallait qu'il revienne au présent. Il comptait bientôt faire sa demande à Claudia…

A l'approche du bâtiment des urgences, il se rappela que le programme de sa journée incluait une visite rapide à son frère cadet Jamie, qui y travaillait.

Il déclina son identité à la réceptionniste, qui lui ouvrit le sas menant aux salles de soins.

— Où puis-je trouver le Dr MacDowell ? demanda-t-il à la première infirmière qu'il croisa dans le couloir.

— Vous êtes… ? demanda la jeune femme, un sourcil légèrement levé.

— S'il vous plaît, dit-il en lui servant un sourire professionnel mâtiné d'une pointe de malice, allez dire au Dr MacDowell que le Dr MacDowell veut le voir.

— Je me disais aussi qu'il y avait une ressemblance, dit-elle, lui souriant en retour. Vous tombez bien, il vient de revenir de son voyage de noces ; vous seriez passé hier, vous l'auriez raté. Vous devez être le frère célibataire ?

Elle finit sa phrase sur un clin d'œil.

Ouf. Les choses rentraient dans l'ordre. Les femmes avaient toujours eu un faible pour lui. Et il le leur rendait bien. Il n'y avait que Lana qui l'irritait et éveillait en lui colère et regrets.

— C'est toi, Braden ? fit la voix de Jamie derrière eux. Pas possible ! C'est la troisième fois en un an que tu viens au Texas ; on en a, de la chance.

Ils se donnèrent l'accolade.

— En quel honneur ? demanda son « petit » frère d'un

mètre quatre-vingt-dix. Commencerais-tu à en avoir assez de New York ? Ne me dis pas que c'est moi qui te manque ?

En temps normal, Braden aurait répliqué sur le même mode taquin, mais il resta cette fois bouche bée. Il venait de se rendre compte que Jamie lui manquait *vraiment*. Ils s'étaient vus lors d'un gala de charité à l'automne et Braden était revenu pour quelques jours en décembre afin de faire la connaissance de la nouvelle épouse de Jamie et de leur bébé. Eh oui, son petit frère avait déjà fondé sa propre famille.

Après avoir tourné le dos à la médecine, Braden n'avait accordé que la portion congrue, c'est-à-dire des e-mails et quelques coups de fil, à sa mère et à ses frères. Il avait évité pendant des années de mettre les pieds au Texas, principalement à cause de Lana. Il ne voulait pas raviver les blessures qu'il conservait de leur rupture. Mais tout cela était sur le point de changer. Qu'elle soit là ou pas, il avait désormais envie de rentrer chez lui.

Il allait bientôt annoncer officiellement que P.L.I. avait décidé d'investir des millions dans un nouveau centre de recherche qui, grâce aux efforts acharnés qu'il avait déployés durant des mois, verrait le jour à Austin. Restait à choisir l'emplacement du bâtiment, à recruter l'architecte, et à embaucher le personnel.

Son père avait offert un hôpital aux habitants d'Austin ; la contribution de Braden à sa ville natale serait un centre flambant neuf de biotechnologies.

*Regarde, papa, je marche dans tes pas.*

Si son père avait été vivant, il aurait sans doute été fier de lui. Et il espérait que sa mère et ses frères le seraient aussi, lorsqu'ils apprendraient la nouvelle.

Mais il était encore trop tôt pour la divulguer, même à ses proches. La Commission d'opérations de Bourse interdisait les fuites, afin de prévenir tout délit d'initiés. Pour le moment donc, motus. Il se contenterait de taquiner son petit frère avec le genre de remarques vachardes et affectueuses qu'ils avaient coutume d'échanger.

— Tu crois que c'est pour voir ton portrait que j'ai traversé la moitié du pays ? Par contre, cela ne me dérangerait pas de revoir la jolie fille qui a accepté de lier son sort à un gaillard de ton espèce. Kendry travaille aujourd'hui ?

— Elle est à la maison, en train de réviser pour un examen. L'école d'infirmières, ce n'est pas une partie de plaisir, mais elle s'en sort très bien. Elle est première de sa promotion, et ses professeurs lui prédisent un bel avenir.

— Belle, intelligente, ambitieuse. Mon genre de femme.

— Manque de pot pour toi, elle est déjà prise. Alors, sérieusement, qu'est-ce qui nous vaut le plaisir de ta visite ?

— Les affaires, dit-il en restant délibérément vague. J'espérais faire la connaissance du Dr Montgomery.

— Ce vieux schnock ? C'est pour lui que tu as traversé la moitié du pays ? Là, tu vas vraiment me vexer…

— J'aurais pu m'économiser le déplacement si *quelqu'un* avait pris la peine de m'informer qu'il ne dirigeait plus le service de recherche.

— Ne me regarde pas comme ça. Jusqu'à hier, j'étais en train de me dorer la pilule sur une plage des Caraïbes. Et puis, ce n'est pas un aller-retour en avion qui va mettre Plaine Labs sur la paille.

Il se tourna vers l'infirmière restée à côté d'eux.

— Démarrez le traitement au nébuliseur dans le box 4. Et appelez-moi quand la perfusion d'azotromycine sera terminée. Je serai dans la cuisine.

Braden suivit Jamie dans la kitchenette du personnel.

— J'ai eu tout à l'heure une surprise dont je me serais bien passé.

— Quelle surprise ?

— Le remplaçant de Montgomery est Lana Donnoli.

Jamie haussa les sourcils.

— La Lana avec qui tu sortais en fac de médecine ?

— Elle-même. Tu n'étais pas au courant ? demanda-t-il en dévisageant son frère d'un air sceptique.

— Je te l'ai dit, je reviens de ma lune de miel.

— La direction n'a pas pris la décision de l'embaucher en un jour.

— Si tu crois qu'on consulte un petit médecin urgentiste comme moi… Va plutôt faire tes reproches à Quinn ; il siège au conseil d'administration, lui.

Braden refusa la tasse de café que Jamie lui tendait, et celui-ci ajouta lait et sucre avant d'y tremper les lèvres.

— Après une semaine sous les cocotiers, c'est dur de reprendre le collier.

— Pauvre Jamie, tu vas me faire pleurer.

Malgré son ton sarcastique, il se réjouissait du nouveau bonheur de son frère. Jamie avait traversé une période très sombre après la mort d'Amina, la femme qu'il aimait, en Afghanistan. Grâce à Kendry, il avait retrouvé le sourire, et Braden s'en réjouissait pour lui, même s'il n'avait aucune envie d'entendre le récit détaillé de la lune de miel.

— Le café n'est pas trop mauvais. Sûr que tu n'en veux pas ?

Changeant d'avis, Braden s'en versa une tasse et se laissa tomber sur une chaise qui avait connu des jours meilleurs — tous les rebuts de la salle d'attente finissaient probablement ici.

— Lana est trop jeune pour diriger le service de recherche d'un hôpital de cette taille.

— Plains-toi à Quinn. Ce matin, j'ai vu qu'un Dr Donnoli figurait sur le planning des astreintes des urgences. Comme le nom n'est pas courant, je me suis demandé s'il s'agissait de ta Lana.

— Cela fait des années qu'elle n'est plus *ma* Lana, alors je te prierais de ne plus l'appeler ainsi. Bon sang, j'espère que Quinn ne lui a pas donné ce poste en croyant rendre service à une amie de la famille, dit-il en avalant une gorgée de son café noir.

— Tu lui en veux de quelque chose ?

A l'époque où Braden sortait avec Lana, Jamie faisait ses études loin d'Austin, il ignorait sans doute le fin mot de l'histoire.

— C'est elle qui a rompu, Jamie. Elle m'a renvoyé la bague

dans une enveloppe et ne m'a plus jamais donné de nouvelles, jusqu'à aujourd'hui.

— Cela a dû te faire un choc de la voir en salle de réunion ?

La note de compassion qui teintait la voix de son frère l'irrita. Il ne manquerait plus que le petit dernier ait pitié de lui !

— Là n'est pas la question, répondit-il sèchement. Je ne veux pas que Quinn ni toi pensiez qu'elle a droit à un traitement de faveur en raison de ce qu'elle a naguère représenté pour moi.

— Quinn n'est pas du genre à nommer les gens à des postes clés par favoritisme. L'intérêt de l'hôpital prime sur tout le reste pour lui. Il est dans la droite ligne de la route tracée par papa, il considère cet endroit comme un don laissé en héritage à la communauté.

Une route dont lui, Braden, le fils aîné, s'était écarté. Non content d'avoir abandonné le fief familial et l'exercice de la médecine, il venait de retirer un million de dollars à cet hôpital que leur père avait porté sur les fonts baptismaux et considéré en quelque sorte comme son quatrième enfant.

Le café avait un goût de poussière. Il le vida dans l'évier et écrasa le gobelet vide entre ses doigts.

— Encore heureux qu'il prenne son travail au sérieux. Un hôpital public est une bénédiction pour une ville.

Le 14 février très exactement, le nouveau projet de P.L.I. serait rendu public. Il avait hâte d'annoncer à sa famille la naissance d'un nouveau centre de recherche dans leur ville, et de leur prouver qu'il perpétuait ainsi l'héritage paternel, contrairement à ce qu'ils croyaient depuis six ans.

Jusque-là, il pouvait bien laisser subsister quelques jours le malentendu, la réprobation latente, la méfiance de ses proches. Car tous étaient convaincus qu'il avait répudié les valeurs de la famille en allant s'installer à l'autre bout du pays, d'abord à Boston, puis à New York où il préférait faire carrière dans l'industrie pharmaceutique et brasser des millions plutôt que de sauver des vies.

Lana partageait leur opinion.

« Ne t'en va pas, Braden, je t'en supplie. Laisse-moi une seconde chance. »

Ses mots l'avaient bouleversé, bien que la seconde chance à laquelle elle faisait allusion concernât le programme de recherche. Après avoir rompu avec lui, elle ne lui avait plus donné signe de vie. Si elle avait prononcé ces paroles six ans auparavant — ou cinq ou quatre —, il l'aurait reprise sans hésiter. Mais aujourd'hui, il était trop tard.

Aujourd'hui, il avait tourné la page. En plus d'annoncer la création du centre de recherche le jour de la Saint-Valentin, il ferait coup double en présentant Claudia St.James à ses proches. Et il comptait bien faire sa demande en mariage dans les semaines suivantes.

Après une absence de six années, il revenait à Austin pour y installer ses bureaux et prendre femme, comme il l'avait toujours voulu. La boucle était bouclée, même si aucune plaque de médecin n'ornerait sa porte, et que sa fiancée ne s'appelait plus Lana.

Il jeta le gobelet à la poubelle. P.L.I. et Claudia représentaient désormais son avenir, et cela lui convenait parfaitement.

Jamie finit son café d'un trait.

— Inutile de me dire que cet hôpital est une bénédiction pour les habitants d'Austin. Je le sais, et Quinn aussi. Il est possible qu'il se soit opposé au recrutement de Lana, mais le reste des administrateurs a voté pour. Tu n'auras qu'à lui demander, puisque tu sembles soudain très préoccupé de savoir qui dirige quel service.

Le petit frère se rebiffait, il avait bien grandi…

— Réfléchis, Braden. On n'avait pas trente-six options après l'annonce du départ en retraite de Montgomery, et Lana avait exactement le profil requis pour le poste. De plus, sa jeunesse constitue un avantage, elle pourra venir donner un coup de main aux urgences lorsque nous serons en sous-effectifs. Eh oui, les temps sont durs. Les nouvelles recrues ont intérêt à être polyvalentes.

Ce fut le tour de Braden de hausser les sourcils. Les finances étaient sa partie. Celles de West Central semblaient prospères en apparence, mais les comptes étaient-ils dans le rouge ? Y avait-il des services déficitaires ?

— Lana a la force et l'énergie nécessaires pour travailler sur le terrain et remplacer des médecins comme moi, poursuivit Jamie. Et malgré ses années de recherche, elle ne peut pas prétendre à un salaire égal à celui de Montgomery. Non, crois-moi, West Central a fait une très bonne affaire en l'embauchant.

— Si elle occupe le poste de Montgomery, elle devrait toucher son salaire. La jeunesse n'empêche pas la compétence.

Lana était plus que compétente. Au temps de leurs études, elle avait été l'élève la plus brillante de leur promotion, à égalité avec lui. Ils avaient rivalisé à qui aurait les meilleures notes, les meilleures appréciations, toujours en une saine émulation, et elle avait été une adversaire à sa taille. La vérité l'obligeait d'ailleurs à reconnaître qu'elle avait eu le dessus sur lui à plus d'une occasion.

— Quinn a finement négocié, dit Jamie. Le connaissant, il a dû lâcher un peu de lest sur le salaire, mais obtenu en échange qu'elle signe pour les week-ends d'astreinte.

Braden n'avait aucune envie de rester là à discuter de Lana Donnoli alors qu'il se préparait à présenter Claudia à sa famille. Un changement de conversation s'imposait.

— Alors, comment va Sammy ?

Son neveu. Le fils de Jamie et d'Amina.

— Bien. Ses opérations ne sont plus qu'un souvenir et, à le voir, on a du mal à reconnaître l'enfant malade du cœur qu'il était l'an dernier. Il commence à marcher. Côté petits pots, il met les bouchées doubles. Il nous arrache la cuillère de la main pour se nourrir lui-même, au cas où nous aurions l'intention de le tromper sur les rations.

Sa voix débordait de fierté paternelle. Le petit garçon avait dû faire face à de nombreux problèmes de santé — une pathologie cardiaque et une fente palatine — qu'il avait surmontés avec succès grâce à l'amour de Jamie et de Kendry.

Braden se réjouissait des progrès de son neveu. Il adorait les enfants. Fut une époque où il aurait voulu fonder une famille avec Lana, avant la fausse couche et le reste, mais Claudia serait sûrement d'accord pour avoir un enfant après le mariage.

— C'est maman qui s'est occupée de Sammy pendant notre voyage de noces, dit Jamie ; mais la pauvre a eu du mal à tenir le rythme. Il était temps qu'on rentre. Quand tu seras passé la voir, appelle-moi pour me dire comment tu la trouves. J'aimerais savoir si tu remarques chez elle des signes de fatigue anormale.

— Je n'aurai pas le temps d'aller lui rendre visite — je dois rentrer à New York en fin d'après-midi.

— On demande toujours aux passagers d'arriver deux heures avant l'embarquement. Tu n'as qu'à rogner dessus pour accorder un peu de temps à notre mère.

— C'est un jet privé affrété par P.L.I. Et ce n'est pas du luxe, dit-il devant le regard impressionné de son frère ; juste un gain de temps.

Jamie poussa un long sifflement.

— Tu es venu en jet privé pour voir le Dr Montgomery ? Ç'aurait été pour Lana, j'aurais compris…

— Je ne gaspille pas l'argent de la compagnie.

Pourtant, il avait bel et bien eu Lana à l'esprit en venant ici. Plutôt que de déléguer la mission à l'un de ses directeurs, il était venu en personne. Pour annoncer la non-reconduction du contrat à Montgomery, mais aussi et surtout pour dire adieu à Lana, pas à la femme de chair et d'os, mais à son souvenir.

— J'ai l'intention de revenir pour le week-end de la Saint-Valentin. As-tu l'impression que la santé de maman décline ?

— Pourquoi ne vas-tu pas l'examiner ? Tu prendras ton jet demain. Si maman est trop fatiguée pour avoir de la compagnie, tu n'auras qu'à venir chez nous. Notre chambre d'amis est libre.

— Non, merci. Je n'ai aucune envie de me retrouver sous le même toit que de nouveaux mariés qui roucoulent.

— Si le spectacle de la félicité maritale te chagrine, tu n'as qu'à aller camper dans le studio de Quinn.

— J'ai passé l'âge de dormir dans des canapés pourris, dit-il de son ton lapidaire de grand frère. Je descendrai aux Quatre Saisons.

Après avoir quitté son frère, Braden consulta son agenda et passa un coup de fil à son assistante. Il lui demanda de lui réserver une chambre d'hôtel et de prévenir le pilote du changement de programme. Chaque fois qu'il voyageait, il emportait dans l'avion une valise avec des vêtements de rechange et quelques affaires de toilette ; il demanda que le bagage soit livré aux Quatre Saisons. Une fois n'était pas coutume, son planning de la semaine n'affichait aucun rendez-vous important et il avait décidé de rester jusqu'au 14 février.

Il raccrocha et, en homme d'affaires qui se respecte, réfléchit au meilleur parti à tirer de ce séjour prolongé à Austin.

Quelques minutes lui suffirent pour composer le programme : il irait chez un joaillier commander une bague de fiançailles pour Claudia. Les bijoutiers ne manquaient pas sur la Cinquième Avenue, pourtant il n'avait rien trouvé à New York qui soit digne d'elle. Mais d'abord, il rendrait visite à sa mère pour s'assurer qu'elle était en état de recevoir sa future belle-fille.

Le jour de la Saint-Valentin, il ferait ainsi d'une pierre deux coups. Il avait hâte d'y être.

# 5

Lana voyait flou. Après plusieurs heures à fixer l'écran d'ordinateur, ses yeux criaient grâce. Dans l'espoir de les reposer, elle les fixa sur les petits cœurs en papier rose que Myrna était en train de coller laborieusement autour de la fenêtre.

Peine perdue. Quand elle reporta son attention sur les chiffres affichés à l'écran, ils continuèrent à flotter devant ses yeux. Avait-elle besoin de lunettes de lecture ? Peut-être le Dr Montgomery en avait-il laissé une paire. Tandis qu'elle ouvrait le tiroir du bureau, les larmes lui brouillèrent définitivement la vue. Elle s'était retenue de pleurer après son entretien avec Braden, mais la pensée d'avoir besoin de lunettes était la goutte d'eau qui faisait déborder le vase.

Etait-elle donc si vieille ?

Aujourd'hui, elle avait l'impression d'être âgée et fatiguée. Normal, après le manque de sommeil de ces deux dernières semaines, le déménagement et le long voyage en voiture depuis Washington D.C. Tout cela pour découvrir que le service dont elle prenait la direction était en décomposition et en danger de disparaître si elle ne parvenait pas à redresser rapidement la situation. Rien d'étonnant à ce qu'elle se sente épuisée.

L'étude de ces colonnes de chiffres s'imposait, pourtant, si elle voulait proposer une solution alternative à Braden MacDowell et décrocher un autre contrat de recherche avec P.L.I.

Revoir Braden lui avait causé un choc. Chaque année passée loin de lui avait semblé une décennie, voilà pourquoi elle se sentait si vieille ; mais le choc était passé et elle aurait désormais à traiter avec Cheryl Gassett, la représentante de P.L.I. pour le Texas. Peut-être ne serait-elle plus jamais obligée de revoir son ex-fiancé.

Cela l'attristait. Braden faisait partie de sa jeunesse perdue...

Elle devait cesser de s'apitoyer sur son sort. Elle avait trente-quatre ans, et toute la vie devant elle.

Au travail. Elle glissa ses pieds dans les mocassins qu'elle avait discrètement retirés sous la table et rajusta la veste de son tailleur bleu marine, qui n'avait vraiment rien d'affriolant. Braden avait dû lui trouver l'air bien strict et sévère dans cette tenue. Peut-être s'était-il senti soulagé de ne pas l'avoir épousée.

Les questions se bousculaient en elle. Et les regrets. Ce n'était pas ainsi qu'elle allait pouvoir se concentrer sur son tableau comptable. Se détournant de son écran, elle ouvrit le classeur qui contenait les dossiers des patients participant au programme de recherche sur le pentagab, le traitement antimigraineux. Il faudrait les contacter pour leur annoncer la fin du protocole d'essai, et leur demander de rendre les comprimés de molécules actives ou de *placebo* qu'ils avaient encore en leur possession.

Du doigt, elle parcourut la liste des noms. Comme les chiffres, ceux-ci flottaient devant ses yeux. Tous ces gens qui avaient mis leurs espoirs dans ce traitement allaient être atrocement déçus. Comment Braden pouvait-il être aussi cruel ?

Naguère, il n'aurait pas agi ainsi. Son fiancé avait été un homme à l'écoute de ses patients, un être doux qui n'enfonçait jamais les éperons dans les flancs des chevaux de son ranch, et qui lui avait toujours témoigné une tendresse infinie, même en ne dormant que deux heures par nuit et en travaillant d'arrache-pied à ses examens.

Puis il s'était détaché d'elle et de leur projet de travailler ensemble ; et elle avait eu le cœur brisé de le voir succomber à l'appât du gain.

Soigner des migraines ne rapportait pas d'argent, lui avait-il dit, et ces mots lui revenaient en tête tandis qu'elle parcourait la longue liste des malades qui devraient se résigner à supporter leur mal puisqu'on ne les jugeait pas suffisamment rentables.

Un nom lui sauta aux yeux. Marion MacDowell. Elle n'allait pas pouvoir bénéficier du traitement pilote à cause du veto de son fils.

Comment Braden pouvait-il faire cela à sa propre mère ?

Du tiroir, elle exhuma la carte qu'il lui avait donnée. Il lui avait signifié clairement qu'elle devait désormais traiter avec Cheryl Gassett, mais cette dernière n'avait pas le pouvoir de revenir sur les décisions prises par la direction de P.L.I. Contrairement à Braden.

La présence de Marion dans le panel des « cobayes » ne changerait peut-être rien, mais cela valait la peine d'essayer.

Même un homme qui sacrifiait depuis des années au dieu dollar ferait peut-être passer les sentiments avant le profit lorsqu'il s'agissait de sa mère. Du moins voulait-elle le croire.

Elle décrocha le téléphone et composa le numéro.

— Excuse-moi, dit Braden à sa mère qui était assise en face de lui à la table de la salle à manger. Il faut que je prenne cet appel.

Où qu'il soit dans le monde, son assistante prenait tous ses appels, notait les messages ou faisait barrage afin de décourager les importuns. Il était toutefois convenu qu'elle ne décrochait qu'après la cinquième sonnerie, ce qui lui laissait le temps de décider s'il voulait répondre ou non à son correspondant.

Les quatre premiers chiffres du numéro d'appel étaient ceux de West Central. Ce pouvait être Jamie ou Quinn. Ou…

— MacDowell, dit-il en répondant à la quatrième sonnerie.

— C'est Lana. J'aimerais te parler, j'ai réuni des informations plus complètes sur le protocole expérimental du pentagab.

Son ex-fiancée, de retour dans sa vie juste au moment où il avait décidé de chasser les derniers souvenirs d'elle.

Il se leva de table et passa dans la cuisine.

— Je t'écoute.

— Maintenant ? Cela risque d'être assez long et tu dois être dans ton avion. Mon intention était de convenir d'une plage horaire pour demain, à l'heure de ton choix.

— C'est maintenant ou jamais. Vas-y.

Ne savait-elle pas qu'il fallait battre le fer tant qu'il était chaud, quand on faisait des affaires ?

— Je ne te dérange pas ?

Elle le croyait en plein ciel en direction de Manhattan et il se garda bien de la détromper. Il était devant l'évier du ranch familial, à regarder le soleil se coucher sur le corral et les enclos, mais cela ne la regardait pas.

— Je n'aurais pas répondu au téléphone si je ne voulais pas être dérangé.

— Désolée, mais mon intention n'est pas d'expédier mon exposé en trente secondes, répondit-elle, manifestement guère intimidée par son ton impatient.

Il la reconnaissait bien là. Elle n'avait jamais peur de rien ni de personne, à l'époque où ils sortaient ensemble.

Elle avait bien fait de conserver la même combativité, elle allait en avoir besoin dans son nouveau poste. Le sort de Lana ne le préoccupait pas, évidemment, ni celui de West Central d'ailleurs. En tant que directeur de la recherche et du développement, il s'intéressait à la vue d'ensemble de son programme et déléguait la gestion individuelle de chaque site, et les problèmes éventuels qu'elle posait, à ses représentants régionaux.

— Eh bien, tu n'auras qu'à présenter ton rapport dans son intégralité à Cheryl Gassett, comme je te l'ai déjà conseillé.

— Je constate que l'hôpital que ton père a fondé t'indiffère désormais royalement, dit-elle, rivalisant de froideur avec lui. Mais je voulais attirer ton attention sur un point qui ne regarde pas Mme Gassett.

Braden sourit malgré lui. Mentionner son père était habile de la part de Lana. Dans les négociations difficiles, lorsque tous les arguments rationnels avaient été utilisés en vain, il était parfois possible de débloquer la situation en faisant appel au facteur émotionnel. Il avait pratiqué cette stratégie plus d'une fois vis-à-vis d'interlocuteurs coriaces tout en restant lui-même hermétique à toute attaque insidieuse de ce genre. Dans les affaires, il fallait se forger une carapace et ne *jamais* céder aux sentiments.

En tentant de le culpabiliser, Lana perdait son temps.

— J'ai vu que ta mère faisait partie des patients volontaires pour le programme sur l'antimigraineux, dit-elle.

Sa mère sur la liste des cobayes de West Central ? Celle-ci entrait justement dans la cuisine et il lui jeta un coup d'œil.

— Tu dois te tromper, dit-il à Lana. Les parents des membres du personnel médical sont exclus d'office des programmes de recherche. Il n'est donc pas possible que ma mère en soit.

L'air surpris, cette dernière pointa un doigt sur sa poitrine comme pour dire : « Vous parlez de moi ? »

— De plus, elle ne souffre pas de migraines, dit-il. Qu'irait-elle faire dans ce protocole expérimental ?

— Je ne sais pas, mais elle s'y trouve, dit Lana avec une pointe d'irritation dans la voix. Elle a reçu la molécule active, pas le *placebo*. Alors, je te demande de reconsidérer ta décision. Ne mets pas un terme à un programme susceptible d'aider ta mère.

— Même si elle se trouvait parmi les cobayes, cela ne changerait pas ma décision : j'arrête cette recherche car elle est i-ne-ffi-cace. Et je suis sûr que ma mère n'y participe pas.

Il chercha du regard la confirmation de la principale intéressée qui, en lieu et place, se contenta d'articuler silencieusement « Lana ? »

Dans un effort désespéré pour se concentrer, il se retourna vers la fenêtre.

— L'adresse qui figure sur mon listing pour Marion MacDowell est celle de ton ranch, Braden. Ta mère y habite toujours, n'est-ce pas ?

Une tempête couvait sous son crâne. Etait-il possible que les chercheurs aient administré le pentagab à sa mère pour une raison autre que des migraines ?

C'était la question à cent mille dollars à laquelle il allait s'efforcer d'obtenir une réponse, dès qu'il aurait raccroché.

— Marion a peut-être demandé au Dr Montgomery de la traiter pour autre chose que des migraines, dit Lana comme si elle lisait dans ses pensées.

— Je vais tirer cela au clair. Demain, je passerai à ton bureau chercher les dossiers.

— Comment cela ? Tu ne seras pas à New York ?

— Mon programme a changé, dit-il sans autre explication. A 8 heures, à l'hôpital.

Et il mit fin à la communication sans même dire au revoir. Puis il se tourna vers sa mère.

— Etait-ce Lana Donnoli ? demanda celle-ci. Vous vous parlez de nouveau ?

— Procédons dans l'ordre, maman ; je veux d'abord savoir quel genre de comprimés t'a donnés le Dr Montgomery, et pourquoi.

Elle chassa cette question d'un geste vague de la main.

— Lana Donnoli, fit-elle sur sa lancée. Après toutes ces années, je suis bien contente de voir que vous avez renoué.

— Nous n'avons pas renoué. Elle me téléphonait pour des raisons strictement professionnelles. Que t'a prescrit exactement le Dr Montgomery ?

— Des raisons professionnelles, reprit-elle, n'entendant de toute évidence que ce qui l'intéressait. Ce qui signifie que vous travaillez ensemble ?

— Ne change pas de sujet !

— Lana Donnoli est le sujet dont je désire parler. Et je te prierais de baisser d'un ton, jeune homme.

Au temps pour lui. En tant que directeur chez P.L.I., il fixait l'ordre du jour des réunions et quand il décidait de discuter d'un sujet, tout le monde se rangeait comme un seul homme à son avis. Mais, au ranch, il n'y avait qu'un seul patron, sa mère ; il avait intérêt à filer doux.

Autant tout lui dire, afin qu'elle daigne l'éclairer.

— Le Dr Montgomery t'a semble-t-il prescrit un traitement

expérimental contre les migraines conçu par Plaine Labs. Or, en tant que parente de membres du personnel, tu n'aurais pas due être choisie pour les tests. Le règlement est formel, et toute violation à la clause restrictive peut être signalée au ministère de la Santé ainsi qu'au conseil de l'ordre. Montgomery risque gros, et moi aussi puisque ma responsabilité est engagée en tant que fabricant du produit.

— Qui ira le rapporter ? Je n'en ai soufflé mot à personne !

— Les proches collaborateurs du Dr Montgomery sont forcément au courant, sans parler des secrétaires qui éditent les listes. Lana a lu ton nom sur l'une d'elles.

— Lana ne te dénoncerait jamais.

Un soupir lui échappa.

— Maman, on n'est plus à l'école. Dans le monde de l'industrie pharmaceutique, on ne se fait pas de cadeaux. Imagine le scandale si les médias venaient à apprendre que le directeur d'un grand groupe de biotechnologies diligente des essais de médicaments sur sa propre mère. Si Lana voulait me nuire, elle pourrait vendre l'information au plus offrant.

— A force d'évoluer dans un monde de requins, tu deviens paranoïaque, mon pauvre garçon ! Lana, elle, n'est pas un requin, elle ne te fera jamais de mal.

Son portable sonna. C'était le même numéro d'appel que précédemment.

— MacDowell.

— Je sais. Tu m'as raccroché au nez, Braden, je n'aime pas beaucoup cela !

Lana semblait en colère. Si elle laissait ses émotions la dominer, ce serait facile d'avoir le dessus sur elle. Mais il n'y avait rien à négocier, ni même à discuter. De plus, sa mère était en train de lui faire les gros yeux, comme s'il était un garnement pris la main dans le pot de confiture.

— Je ne t'ai pas raccroché au nez. Nous avions terminé notre conversation et je t'ai dit que je te verrai demain pour discuter *affaires*, dit-il en appuyant sur ce mot à l'intention de sa mère.

Celle-ci le foudroyait du regard et Lana était en train de lui crier dans l'oreille. Heureusement, ses employés, qui le surnommaient « Monsieur-J'ai-le-Contrôle-Sur-Tout », ne pouvaient le voir en ce moment.

— Braden, je serai dans l'incapacité de te rendre les dossiers à 8 heures du matin.

— Ce ne sont pas tes dossiers, ils appartiennent à P.L.I.

— J'en suis consciente. Ce que je veux dire, c'est que Myrna, mon assistante, ne sera pas là à 8 heures. Elle est la seule à savoir où se trouvent les dossiers, et la clé du bureau. Je te rappelle que je ne suis ici que depuis un jour.

Le problème était facile à régler.

— Dis à Myrna d'arriver en avance.

Il appuya sur la touche de fin d'appel, tout en évitant soigneusement de croiser le regard de sa mère.

— Encore Lana ? demanda celle-ci. Tu pourrais être plus aimable envers elle. Cette fille a toujours été folle de toi.

— Elle ne l'est plus. Elle se force à m'adresser la parole car elle est la directrice du programme de recherche et d'études cliniques de West Central.

— Depuis quand ?

— Depuis ce matin. Je viens de lui retirer un financement d'un million de dollars, et elle essaie par tous les moyens de me faire revenir sur ma décision. Crois-moi, elle aurait toutes les preuves en main pour me nuire, si elle le voulait.

— Elle n'en fera rien.

— J'aimerais bien avoir autant confiance que toi en mon ex-fiancée.

— Tu devrais, pourtant. C'est une fille bien.

— Peut-être. Quoi qu'il en soit, j'ai besoin de savoir pourquoi tu faisais partie de ce protocole expérimental. Le pentagab est un antimigraineux.

— Je ne souffre pas de migraines.

— Alors, pour quelle raison consultais-tu le Dr Montgomery ?

— Je vais te faire la même réponse qu'à tes frères : tu es médecin, Braden, mais tu n'es pas *mon* médecin.

Elle souriait, sans doute pour adoucir la réponse, mais d'un air sibyllin qui ne lui disait rien qui vaille.

— Puis-je savoir ce qui t'amuse tant ?

— Eh bien, la Saint-Valentin est dans quelques jours et j'espère bien que tu amèneras une invitée pour le week-end.

— Ah non, maman ! Je te vois venir et je préfère t'arrêter tout de suite. Pas Lana !

Pas cette femme qui lui avait brisé le cœur. Sa mère se trompait sur toute la ligne en croyant Lana encore éprise de lui.

— Attrape-moi un torchon ! dit-elle en commençant à laver la poêle qui avait servi à faire frire les escalopes de poulet. Ou plutôt non, retourne en ville voir Lana.

— Pour ce que j'ai à lui dire, elle peut bien attendre demain matin.

Le regard maternel vira de nouveau à l'orage.

— Je n'arrive pas à croire qu'un de mes fils puisse être aussi grossier avec une femme au téléphone. A moins que... Mais oui, dit-elle après quelques secondes de réflexion, je crois que je commence à comprendre. Allez, avoue.

— Avouer quoi ?

— Désolée de gâcher la surprise, mais je vois clair dans ton petit jeu. Lana appelle, tu quittes la pièce pour répondre puis tu prends l'air fâché quand j'arrive et tu raccroches. Tiens, donne-moi ce torchon, dit-elle en le lui prenant d'autorité. Ce soir, tu ne dormiras pas ici, mais dans ta chambre du Quatre Saisons... Donne mon bon souvenir à Lana. Inutile de lui dire que j'ai tout compris. Quand tu l'amèneras pour le week-end, je ferai celle qui tombe des nues.

— Maman, je t'assure que tu te...

Sa mère était censée être une frêle sexagénaire à la santé fragile, mais elle lui prouva qu'il lui restait des forces insoupçonnées en le poussant vers la porte.

— Je suis ravie de vous savoir de nouveau ensemble. Tu ne pouvais me faire plus plaisir.

Sur le seuil, jugeant que le malentendu avait assez duré, il se retourna vers elle.

— Je compte en effet me marier, maman, mais pas avec Lana.

La sonnerie du portable couvrit la seconde partie de la phrase.

— Oh ! il faut l'annoncer le jour de la Saint-Valentin, ce sera tellement romantique ! dit sa mère qui n'avait de toute évidence pas saisi les derniers mots. Maintenant, sauve-toi, il ne faut pas faire attendre Lana, et je ne supporterai pas d'entendre une autre de vos fausses disputes au téléphone.

Excédé, il jeta un coup d'œil à l'écran et constata qu'encore une fois, c'était Lana. Cette fois, il allait laisser son assistante prendre l'appel.

— Maman, ne t'emballe pas. Tu risques d'être déçue.

— Je n'en soufflerai mot à personne, et je prendrai mon air le plus surpris lorsque tu l'amèneras. Bonne nuit, mon chéri.

A peine se fut-il glissé derrière le volant de sa voiture de location que le mobile sonna de nouveau. Sa mère croyait qu'il faisait semblant de se disputer au téléphone avec Lana. Cela aurait été comique si cela n'avait pas été triste. En leur temps, ils avaient eu leur lot de disputes homériques, avec reproches et imprécations incendiant la ligne entre Austin et Boston. Il attendit la cinquième sonnerie qui ferait basculer l'appel vers son assistante. Enfin, le portable se tut.

Pour resonner quelques secondes plus tard.

Cette fois, c'était du harcèlement. Il allait lui dire sa façon de penser, et sans mâcher ses mots !

D'un doigt vengeur, il appuya sur la touche pour prendre l'appel.

— Cela suffit, Lana ! dit-il sans quitter des yeux la route. Je ne vais pas passer ma soirée à discuter avec toi ; cette époque est terminée !

Le silence lui répondit. Son coup de colère l'avait-il rendue muette ?

— Lana ? dit enfin une voix de femme au bout du fil. Qui est Lana ?

Trop tard, il regarda le nom et la photo qui s'affichaient sur l'écran du portable.

— Excuse-moi, Claudia. Ce n'est rien, une… relation d'affaires.

— Depuis quand tutoies-tu tes relations d'affaires ? Dis-moi qui est cette Lana.

Un soupir lui échappa. Lui qui espérait passer une soirée tranquille à décompresser, il en était pour ses frais.

# 6

Les patients inscrits dans leur programme de recherche ne souffraient pas d'hypertension, mais Lana avait l'impression que sa pression artérielle à elle allait crever le plafond.

Son portable restait désespérément muet. Braden n'avait de toute évidence aucune intention de la rappeler. L'assistante qui lui avait répondu avait semblé très compétente et transmettrait à coup sûr son message. La journée de travail de Braden semblait terminée, contrairement à celle de la pauvre femme qui assurait sa permanence téléphonique.

Jamais Lana ne forcerait son personnel à travailler jusque pas d'heures. Et elle n'allait certainement pas demander à Myrna de venir une heure plus tôt le lendemain pour remettre ses précieux dossiers à Braden. Rien que de penser à la manière cavalière dont il le lui avait suggéré, non, *ordonné*, elle sentait sa tension monter encore d'un cran.

Il était presque minuit, largement temps pour elle aussi d'éteindre son ordinateur et de rentrer chez elle. Braden pouvait bien venir à l'heure qu'il lui plairait le lendemain matin, elle ne serait pas là. Il rongerait son frein dans le couloir en cherchant sans doute à la joindre sur son portable, en vain. Le West Central, lui, n'avait pas les moyens de payer des assistants à ses chefs de service vingt-quatre heures sur vingt-quatre, et Braden en serait réduit à converser avec sa boîte vocale. Peut-être comprendrait-il alors qu'elle n'était pas là pour faire ses quatre volontés.

Le scénario lui plaisait. Ce serait une petite vengeance,

à défaut d'autre chose, mais elle savait qu'elle ne la mettrait pas à exécution. Oh ! ce n'était pas pour les beaux yeux de Braden qu'elle serait là à 8 heures, mais pour les malades qui souffraient. Pour eux, elle se devait de tout tenter afin de sauver le programme.

Entre-temps, elle n'en avait pas terminé avec ses recherches. Cela faisait des heures qu'elle épluchait les dossiers des patients qui expérimentaient le pentagab dans l'espoir de trouver des points communs entre Marion MacDowell et au moins l'un d'entre eux. Tous avaient précisé les différents maux dont ils souffraient, en plus de leurs migraines. Jusqu'à présent, rien n'avait retenu son attention.

Son estomac chanta. Mais elle n'était pas pressée d'aller retrouver les cartons qui encombraient son nouvel appartement. Le lit n'était pas monté, les panneaux en kit s'alignaient contre le mur, et le matelas était posé à même le sol.Une fois chez elle, sa seule ambition serait de localiser le carton contenant le micro-ondes, de se réchauffer un plat sous vide puis de s'écrouler sur le matelas.

Elle n'avait que ce soir pour essayer de recouper les informations contenues dans ces dossiers, puisque Braden avait insisté pour les récupérer le lendemain à la première heure. Après avoir grappillé tout au plus deux ou trois heures de sommeil, elle devrait enchaîner sur une journée de travail. Les patients comptaient sur elle. L'adrénaline la ferait tenir.

La perspective de la confrontation avec Braden la stimulait. Comme autrefois à la fac de médecine, ils seraient en compétition — une pensée qui l'aidait à garder les yeux ouverts mieux que le jus de chaussette qui tenait lieu de café au West Central.

— A nous deux, docteur Montgomery, dit-elle dans le silence de son bureau. Voyons pourquoi, en violation flagrante avec le règlement, vous avez inscrit Marion MacDowell dans le programme de recherche de P.L.I.

La demi-heure qui suivit ne lui apprit rien de nouveau. Il fallait qu'elle étudie la question sous un angle nouveau. Censé soigner les migraines ophtalmiques, le pentagab avait peut-être des effets secondaires qui se révélaient bien plus thérapeutiques que l'effet initial, pour certaines pathologies qui n'avaient rien à voir avec la cible de départ. L'exemple le plus connu dernièrement était celui d'un médicament contre l'asthme qui s'était révélé souverain dans la régulation du taux de glucose sanguin et donc le traitement du diabète sucré.

Peut-être le Dr Montgomery avait-il administré le pentagab à Marion car il savait que l'une de ses propriétés lui serait bénéfique.

L'hypothèse restait à vérifier. Elle s'y employa pendant les instants qui suivirent, en pure perte. Rien.

Au train où elle progressait, elle risquait d'être encore là, dans son tailleur de la veille, froissé et fatigué, quand Braden arriverait. Il remarquerait au premier coup d'œil qu'elle avait passé la nuit au bureau.

Il n'en serait d'ailleurs probablement pas outre mesure étonné, car ils avaient passé de nombreuses nuits blanches à travailler de conserve durant leur internat. A l'époque, ils relevaient les défis les plus insensés ; eux deux, seuls contre le monde entier et les médecins résidents qui voulaient les tuer à la tâche. Elle se souvenait de leurs gardes épuisantes de quarante-huit heures, et de la manière dont ils exorcisaient ensuite la fatigue, ensemble toujours, dans la salle de réserve…

Elle ferma les yeux et appuya la tête contre le dossier de l'immense fauteuil club du Dr Montgomery. Quand elle les rouvrit, elle crut rêver. La silhouette de Braden s'encadrait dans la porte ouverte, entre les petits cœurs roses.

Il avança dans la pièce.

— Que fais-tu ici ? demanda-t-il d'un ton impérieux.

Elle se leva. Il lui était difficile de prendre un air digne alors qu'elle était pieds nus — ses mocassins traînaient quelque part sous le bureau —, d'autant qu'elle perdait en centimètres, elle qui n'était déjà pas grande. Comme pour en profiter, il vint vers elle pour l'écraser de toute la hauteur de son mètre quatre-vingt-dix, avec la mine sévère d'un professeur s'adressant à un élève indiscipliné.

Pieds nus ou pas, elle n'allait pas se laisser faire !

— Je suis dans *mon* bureau. C'est plutôt à toi que je devrais poser cette question.

— Je passais par là et j'ai vu de la lumière, dit-il, un rictus aux lèvres.

S'il avait voulu faire une plaisanterie, c'était raté.

— Tu passais dans le couloir du service à minuit ?

— Quinn et moi, nous avons dîné en ville, je viens de le déposer à l'hôpital pour sa garde de nuit.

Elle se mordit la lèvre, envahie par une déception absurde. Il ne venait donc pas pour elle.

— Pendant que certains s'amusent en ville, il y en a d'autres qui travaillent…

— Que fais-tu de si urgent qui ne puisse attendre demain ?

— Je travaille sur le pentagab.

— Tu perds ton temps sur un programme qui n'existe plus.

— Change de disque, tu me l'as déjà répété une demi-douzaine de fois ! répondit-elle, excédée. N'as-tu donc aucune envie de savoir pourquoi ta mère faisait partie des patients ?

— Tu enquêtes sur elle en pleine nuit ?

— J'y suis bien obligée, puisque tu vas me retirer ces dossiers à 8 heures du matin, dit-elle en le foudroyant à son tour du regard. Je n'ai toujours pas découvert pourquoi Montgomery administrait ce médicament à ta mère, mais j'ai déjà pu éliminer plusieurs pistes, dont les troubles cardio-vasculaires, pulmonaires, rénaux…

— Laisse-moi voir ce que tu as trouvé.

Contournant son bureau, il se pencha sur l'écran d'ordinateur, la délogeant presque de sa place. Il envahissait son espace, si près d'elle que leurs bras se frôlaient. Il avait troqué son costume pour un jean et un polo à manches courtes, elle sentait la chaleur de sa peau, et ses muscles d'acier.

Après avoir vécu de souvenirs pendant six ans, elle était soudain confrontée à la réalité de ce corps chaud et athlétique, et elle se sentait… elle se sentait…

Indignée. C'était le mot qu'elle cherchait. Comment osait-il faire irruption dans son bureau et réclamer le résultat de ses recherches comme si c'était son dû ?

Elle glissa son épaule entre lui et l'ordinateur, et pressa une touche pour éteindre l'écran. Puis elle se retourna vers lui.

— Tu n'as qu'à repasser à 8 heures, comme c'était convenu. D'ici là, laisse-moi travailler tranquille. Soit dit en passant, je trouve tes manières déplorables.

— Mes manières ?

— As-tu l'habitude de forcer la porte des gens et d'examiner le contenu de leur ordinateur ?

Elle était de mauvaise foi, c'était elle qui avait laissé la porte ouverte, mais peu importait. A New York, il était probablement entouré de bénis-oui-oui qui le brossaient dans le sens du poil. Cela ne lui ferait pas de mal d'être confronté à quelqu'un qui lui rappelle les bonnes manières.

— Ces données m'appartiennent, dit-il, le doigt pointé vers l'écran noir. Et j'ai parfaitement le...

— Ces données appartiennent pour le moment à West Central, dit-elle, le défiant de toute la hauteur de son mètre soixante. Jusqu'à 8 heures, moment où je te les restituerai, j'ai le droit de les consulter sans avoir à te rendre de comptes.

Elle était si près de lui qu'elle vit ses pupilles s'écarquiller.

— C'est ce que tu veux, la guerre ?

Acculée contre le bureau, elle n'avait pas de place pour s'éloigner, à moins de se pencher en arrière et de s'allonger sur la table.

Pour conflictuelle qu'elle fût, leur posture pouvait également conduire à un rapprochement qui le serait nettement moins. Y songer était complètement déplacé, et être tentée par l'idée encore plus.

— Tout ce que je veux, c'est que tu me laisses travailler, dit-elle, les dents serrées. Recule.

*Ou embrasse-moi.*

A son insu, les mots surgirent dans son esprit, dictés par son subconscient.

Il s'écarta.

— Je voulais en savoir plus, car il s'agit de la santé de ma mère, dit-il d'un ton plus conciliant.

Soudain, elle regretta de l'avoir pris de haut. Elle avait été stupide. Elle s'était crue personnellement visée alors qu'il était tout simplement inquiet pour sa mère. Pire, elle avait imaginé qu'il avait peut-être des vues sur elle après toutes ces années.

Elle ralluma l'ordinateur et tourna l'écran vers lui.

— Je suis en train de consulter le fichier patients dans l'espoir de trouver d'autres pathologies communes, si l'on exclut les migraines. Tu n'as aucune idée de la raison pour laquelle Montgomery avait prescrit du pentagab à ta mère ?

— Aucune. Et elle refuse de me le dire.

— Dommage. Cela me faciliterait le travail. J'ai l'impression de chercher une aiguille dans une botte de foin.

— Tu comptes y passer la nuit ?

— Peut-être. Ne serait-ce que pour m'assurer que personne ne ferme à clé. Je ne voudrais pas que tu te casses le nez sur la porte à 8 heures.

Il lui lança un coup d'œil surpris avant de sourire, comprenant sans doute qu'elle le taquinait.

— Si le cœur t'en dit, fit-elle, on pourrait travailler ensemble, comme au bon vieux temps.

Le regard de Braden se voila de nostalgie, signe que lui aussi se souvenait.

— A mon avis, ce ne sera pas ta première nuit blanche cette semaine, dit-il en retrouvant son ton lapidaire. Tu as l'air prête à t'écrouler. A quand remonte ton dernier repas ?

Au matin, où elle avait pris un bol de céréales, sans lait puisqu'elle n'avait pas eu le temps de faire les courses. Non, à midi, où la charitable Myrna lui avait offert une pâtisserie danoise.

— Bon sang, Lana, dit-il sans attendre sa réponse, tu as toujours poussé trop loin ton dévouement envers les patients. Rentre chez toi manger un morceau, et profites-en pour dormir un peu.

Les souvenirs affluèrent à sa mémoire. Il avait toujours veillé à ce qu'elle ne présume pas de ses forces, tirant la sonnette d'alarme chaque fois qu'elle commençait à fonctionner à la seule adrénaline.

— N'as-tu rien appris en six ans ? Tu n'es qu'un être humain comme nous tous, qui a besoin de nourriture et de sommeil pour fonctionner, dit-il, l'air furieux en lui montrant la porte. Rentre chez toi.

Il se trompait, elle avait beaucoup appris sur elle-même, et notamment sur la raison pour laquelle elle travaillait d'arrache-pied et enchaînait les heures supplémentaires : ce n'était pas tant par dévotion envers ses patients que pour prouver à ses collègues qu'elle était la meilleure. C'était l'esprit de compétition qui l'avait poussée à dépasser ses limites, à croire que plus elle travaillerait, meilleur médecin elle serait.

Il avait tenté de lui apprendre à se détendre et à s'amuser, et, durant quelques années trop brèves, elle s'était laissée aller à croire qu'il y avait de la place pour autre chose que le travail dans sa vie. Puis il était parti.

Sans lui pour la tempérer, elle était retombée dans ses excès et s'était abîmée dans le travail au point de tout perdre : le sommeil, la santé et le bébé qui commençait à grandir en elle. Depuis, sa vie n'avait plus jamais été la même.

Elle avait retenu la leçon de ses erreurs. Ce soir, elle ne faisait pas d'heures supplémentaires pour être « la meilleure » ni même parce que le service ne pouvait se permettre de perdre un financement d'un million de dollars. Si elle était là, passé minuit, devant son ordinateur, c'était pour permettre aux enfants malades de continuer à recevoir du pentagab, car elle seule pouvait y parvenir.

Si elle cédait aux ordres de Braden et rentrait chez elle s'occuper de ses propres besoins, des centaines d'enfants d'Austin et de Washington D.C. perdraient le médicament susceptible de les guérir.

— Si je m'en vais maintenant, promets-tu de maintenir le programme jusqu'à ce que je termine mon enquête ?

— J'ai annoncé la fin du programme aujourd'hui, Lana.

Tu peux rentrer te coucher sans regrets, rien de ce que tu pourras trouver ne rendra par un coup de baguette magique le pentagab efficace contre les migraines.

— Pour les adultes, j'en conviens. Mais nous ne disposons pas du recul nécessaire pour affirmer que la molécule du programme pédiatrique est sans effet. Reste également le mystère concernant ta mère, que j'aimerais bien percer. Tout ce que je te demande, c'est un peu de temps.

— Nous en reparlerons demain matin.

— Mais…

— Demain. Et pas à 8 heures. Offre-toi une grasse matinée, pour changer. Je refuse de négocier avec quelqu'un à moitié mort de fatigue.

Il avait dit « négocier » !

Jubilant en son for intérieur, elle prit son sac, son manteau, et se dirigea vers la porte.

— On est mort de fatigue ou pas, ne put-elle s'empêcher de dire en passant près de lui. Moitié mort, cela n'existe pas.

Naguère, ils en avaient fait un jeu. Las, à en juger par son haussement d'épaules, il n'avait pas envie de le reprendre.

— A demain, dit-il.

Il s'éloigna sans même attendre qu'elle eût refermé la porte. Le Braden gentil et attentionné de naguère aurait proposé de la raccompagner sur le parking, à cette heure avancée de la nuit. Mais l'homme d'affaires impitoyable qu'il était devenu n'avait visiblement que faire des bonnes manières.

Elle prit le chemin de son appartement de location. Le passé était bien mort. Il fallait l'accepter et ne plus s'appesantir sur des souvenirs qui ne servaient qu'à lui faire du mal.

# 7

C'était un dîner d'affaires, pas un rendez-vous d'amoureux.

Lana avait beau se le répéter, elle vida tous ses cartons de vêtements à la recherche de la tenue idéale. Ce matin, à 9 heures, à son arrivée à l'hôpital, Myrna lui avait transmis le message de Braden MacDowell qui annulait leur rendez-vous de la matinée pour lui proposer, en lieu et place, un dîner au Viejo Mundo, un restaurant hispanique très chic d'Austin.

— Quelle chance vous avez ! avait ajouté l'assistante. Le Viejo Mundo est connu pour son cadre très romantique.

— Je n'ai que faire du romantisme, mais je vais bien avoir besoin de chance pour obtenir un sursis pour notre programme de recherche.

Après sa journée de travail, elle était donc en train de passer en revue sa garde-robe, en vain. La plupart de ses tenues étaient d'un style trop décontracté, et celles qui étaient élégantes péchaient par leur côté austère. Ainsi, la robe à col montant qu'elle avait exhumée du dernier carton lui donnait l'air d'une vieille fille coincée.

Qu'elle était peut-être devenue. Mais Braden n'avait pas besoin de le savoir.

Il y avait bien une tenue qui ne se rangeait dans aucune de ces catégories : une robe de soie à fines bretelles. Elle la disqualifia également comme étant trop sexy. Il croirait, à tort, qu'elle essayait de se trouver un partenaire pour la nuit.

Il ne savait pas qu'elle avait perdu toute confiance en son

pouvoir de séduction depuis leur rupture. Et il valait mieux qu'il ne l'apprenne pas.

En désespoir de cause, elle se rabattit sur la classique petite robe noire, et laissa ses cheveux lâchés dans son dos. Un maquillage faussement naturel et un collier, très sobre, autour du cou, feraient l'affaire. Pour les chaussures, elle écarta les escarpins aux talons hauts et leur préféra des ballerines de cuir noir qui auraient le mérite d'être confortables si elle était appelée en urgence pour remplacer un médecin.

Dans son gros porte-documents en cuir, elle emporta deux copies de la liste des éléments qu'elle avait réunis au cours de ses recherches, ainsi que les dossiers sur le pentagab qui étaient la propriété de P.L.I. Sa mission de ce soir serait double : arracher une reconduction de l'expérimentation de l'antimigraineux, et parvenir à négocier un contrat supplémentaire — ou deux, ou trois — avec P.L.I. Aujourd'hui, elle avait eu vent de rumeurs selon lesquelles le géant des biotechnologies avait l'intention de construire un nouveau centre de recherche à Austin. West Central devait de toute urgence obtenir quelques contrats avant que ce projet voie le jour.

En se préparant pour la soirée, elle se sentit vivante comme elle ne l'avait pas été depuis bien longtemps. La difficulté du défi qu'elle s'apprêtait à relever ne faisait qu'ajouter à son excitation.

A l'heure dite, elle arriva au restaurant par ses propres moyens — Braden n'était pas venu la chercher — et fut conduite par l'hôtesse d'accueil à la table où il l'attendait. Heureusement, elle savait qu'il ne s'agissait pas d'un rendez-vous amoureux car il y avait de quoi se méprendre : éclairée par des bougies, la table pour deux était séparée du reste de la salle par des paravents. Il n'y avait que la table, deux chaises, les bougies et la fenêtre donnant sur le patio et la nuit étoilée.

Et Braden, plus séduisant que jamais en chemise cravate. Il avait tombé la veste et retroussé les manches de sa chemise jusqu'aux coudes. Quand il se leva pour lui avancer sa chaise, la popeline de coton s'étira sur ses muscles.

Elle connaissait par cœur ce qui se cachait sous la chemise et le reste, mais y penser risquait de lui faire perdre ses moyens. Il fallait qu'elle se concentre sur le but à atteindre, à l'exclusion du reste.

— Finalement, cela tombait bien que tu repousses le rendez-vous de ce matin, dit-elle, s'efforçant d'adopter un ton détaché. J'avais besoin d'une journée pour prendre mes marques dans le service, et terminer mes recherches sur tes dossiers. Je suis contente que nous puissions nous voir ce soir avant ton départ pour New York…

— Si j'y retourne, ce ne sera que pour un voyage éclair. Je vais installer mon quartier général à Austin.

— Pour superviser la construction du nouveau centre de recherche de P.L.I. ? J'ai entendu des rumeurs à ce sujet, dit-elle devant son air surpris.

— Je ne peux rien confirmer ni infirmer pour le moment. Cela risque d'être les montagnes russes à Wall Street durant les jours à venir.

Incroyable. Son ex avait le pouvoir de faire fluctuer le cours des actions d'une entreprise à la Bourse.

— Si la rumeur est exacte, et mon petit doigt me dit qu'elle l'est, félicitations, dit-elle. Ce sera aussi une excellente nouvelle pour la ville d'Austin ; outre l'opération de prestige que cela représente, cette implantation va créer de nombreux emplois.

Dans la droite ligne du « *no comment* », il ne dit rien.

— C'est ta mère qui va être contente de t'avoir à demeure à Austin.

Elle ne pouvait en dire autant pour elle-même. Le croyant basé à Manhattan, elle était revenue à Austin en se pensant à l'abri ; et voilà qu'elle risquait de le croiser quotidiennement en ville ou à l'hôpital.

— As-tu fini par découvrir pourquoi ma mère fait partie du programme de recherche du pentagab ?

C'était une manière détournée de lui demander si Marion MacDowell souffrait d'une maladie grave. Il s'inquiétait de toute évidence pour sa mère.

— Non, pas encore. Je suis désolée.

— Tu prends ton temps pour gagner un sursis pour ton programme ?

Dire que, quelques secondes à peine auparavant, elle ressentait de la compassion pour lui ! Il ne la méritait vraiment pas.

— Comment peux-tu insinuer une chose pareille ?

Ce n'était pas étonnant qu'il l'ait laissée rompre sans essayer de la retenir, s'il la considérait comme une manipulatrice, comme une personne capable de jouer avec la santé et les sentiments des autres.

— Contrairement à ce que tu prétends, dit-elle, blessée, je n'ai pas ménagé ma peine pour avancer sur le dossier. Et j'ai découvert qu'en plus de son action contre les migraines, le pentagab possédait des propriétés dermatologiques contre certains types d'eczéma.

— Sa *prétendue* action contre les migraines, dit-il. Car rien ne prouve à ce jour qu'il soit efficace. L'argent de P.L.I. a été investi en pure perte et ces vertus dermatologiques, qui restent à vérifier, ne vont certainement pas me faire changer d'avis. Quand tes recherches seront enfin bouclées, je mettrai officiellement un terme au programme pentagab, adultes *et* enfants.

— On verra.

— C'est tout vu. Ce médicament ne vaut pas mieux qu'un *placebo.* A moins que la brillante Lana Donnoli, major de sa promotion, ne prouve le contraire, fit-il d'un ton féroce. A quoi rime cette croisade pour sauver le pentagab, Lana ? Tu ne travailles même pas pour la compagnie qui le fabrique.

— Et toi, pourquoi te mets-tu en colère ?

— Parce que je ne supporte pas le gâchis. Et que tu es en train de gâcher ton talent, et ton temps, à vouloir à tout prix démontrer l'efficacité d'une molécule chez les adultes afin d'en faire bénéficier en réalité une poignée d'enfants migraineux. Par obstination ou par fierté, tu refuses de voir que tu fais fausse route.

— Toi qui es tellement soucieux des deniers de P.L.I., tu

devrais être content que je travaille gratuitement pour ton entreprise.

— Je te connais, Lana. Tu vas investir tous tes efforts pour une recherche stérile, en perdre l'appétit, la santé, le sommeil.

— Et alors ? En quoi cela te regarde-t-il, désormais ?

Elle se tut, horrifiée par ce qu'elle venait de dire. Cette fois, si elle se tuait au travail, il n'y aurait pas de conséquences fâcheuses pour leur couple, pour la bonne raison qu'il n'y avait plus de couple. Elle ne risquait plus de faire une fausse couche et d'empêcher Braden d'être père. Elle savait que le surmenage avait tué l'enfant qu'elle portait en elle, même s'il l'avait mis sur le compte de la fatalité.

Cette fois, elle pourrait se priver de sommeil et de nourriture sans que Braden ait rien à perdre dans l'affaire. Et tout à gagner si elle parvenait à démontrer l'efficacité du pentagab.

— Parce que je m'inquiète pour ta santé, dit-il. Combien d'heures as-tu dormi la nuit dernière ?

Elle sentit la colère monter en elle. En acceptant de reprendre sa bague, il avait perdu tout droit sur elle, y compris celui de s'inquiéter pour sa santé, ou de critiquer ses habitudes de travail.

— Si cela ne te dérange pas, j'aimerais revenir au sujet qui nous occupe, dit-elle en sortant ses dossiers du porte-documents. Quand Myrna m'a informée que tu reportais notre rendez-vous à ce soir, j'en ai profité pour préparer une liste de tous les avantages de West Central en tant que centre de recherche.

Le visage de Braden se referma comme une huître.

— Tu n'auras qu'à les soumettre à Cheryl Gassett.

La serveuse s'approcha pour prendre la commande. Tout à leur conversation, ils n'avaient même pas jeté un coup d'œil aux menus. Lana plaqua un sourire poli sur ses lèvres alors qu'elle bouillait à l'intérieur.

— Nous n'avons pas encore choisi.

Dès que la serveuse se fut éloignée, elle attaqua.

— Pourquoi m'adresserais-je à Cheryl alors que je t'ai, là, en face de moi ?

— Parce qu'en tant que directeur de la recherche et du

développement de P.L.I., j'ai autre chose à faire que de m'intéresser au sort de l'unité de recherche du West Central Texas Hospital d'Austin.

— Alors, pourquoi t'es-tu déplacé en personne pour nous informer de l'arrêt du programme ?

Il sembla pris de court.

— Parce que… je voulais revoir West Central, dit-il, visiblement embarrassé ; et j'ai utilisé le programme du pentagab comme prétexte. Il fallait que je revienne ici une dernière fois.

Elle se garda bien de lui demander pourquoi. Sans doute la raison était-elle personnelle, en rapport avec elle, et elle ne se sentait pas prête à l'entendre. Cela pourrait ouvrir quelque boîte de Pandore dont les secrets seraient autant de pièges. Or, elle était venue parler affaires, et rien d'autre.

— D'accord, je contacterai Cheryl Gassett. Tant que le nouveau bâtiment n'est pas sorti de terre, j'espère qu'elle conservera West Central comme centre de recherches.

— Vois avec elle. Nous deux, on a plus important à discuter.

Son ton grave confirma ses inquiétudes.

— Braden, si tu fais allusion au passé, je t'arrête tout de suite.

— J'ai besoin de savoir ce qui n'a pas marché entre nous, il y a six ans. Nous étions fiancés, tout allait bien, puis tu m'as appelé en pleurs pour me dire que tout était terminé, et tu m'as renvoyé ma bague.

— Non, dit-elle. C'est faux, tout n'allait pas bien, et… je n'ai pas envie d'en parler.

— C'est ce que tu m'as déjà dit il y a six ans. Tu pleurais, mais je n'ai jamais compris pourquoi.

— Le moment est mal choisi pour te l'expliquer.

— C'est maintenant ou jamais. J'ai besoin d'avoir des réponses, Lana.

Elle eut soudain le sentiment d'être prise au piège et tourna le regard vers la porte.

— Si tu t'en vas, dit-il, je te suivrai. Et nous continuerons cette conversation sur le parking. A toi de voir.

— Tu m'as attirée ici en utilisant un prétexte, dit-elle,

accusatrice. Tu n'as jamais eu l'intention de poursuivre ta collaboration avec West Central.

— Détrompe-toi. Comme tu l'as toi-même souligné fort pertinemment, P.L.I. sera obligé d'avoir recours aux locaux de l'hôpital tant que le nouveau centre ne sera pas construit. Et Cheryl vous confiera certaines missions à court terme, j'en suis certain.

Là-dessus, il eut le toupet de prendre les dossiers et de les remettre d'autorité dans le porte-documents, qu'il referma pour le poser sur le rebord de la fenêtre.

— Et maintenant, j'aimerais parler à Lana, la femme que j'avais l'intention d'épouser.

— Elle n'a aucune envie de te parler.

— Tu me dois une explication, dit-il en se penchant vers elle.

— Moi ? C'est toi qui es parti, qui as quitté le Texas, ton internat et moi, pour aller faire des études à Harvard !

Tel un barrage qui cédait, les mots jaillissaient après avoir été retenus pendant des années.

Il resta assis, l'air médusé, comme s'il ne comprenait pas un traître mot de ce qu'elle racontait. Pendant un instant, il se contenta de secouer la tête en silence d'un air incrédule.

— Alors, tu es parvenue à déformer la vérité, dit-il enfin, à te convaincre durant toutes ces années que c'était toi la victime ?

— Mais je suis la victime ! Du moins, je l'étais.

— Je suis parti à Harvard, c'est vrai, mais cela ne remettait pas en cause nos fiançailles. Je ne t'ai jamais quittée, c'est toi qui as rompu, toi seule !

Leur table avait beau être dans une alcôve, à l'abri des regards, leurs voix s'entendaient probablement dans la salle, et elle baissa la sienne d'un ton.

— Tu es parti à Boston au lieu de rester avec moi au Texas.

— Il le fallait bien, pour passer mon diplôme de commerce et de gestion. Mais c'était seulement pour deux ans.

— Deux ans, c'est long quand on est fiancés.

— Tu passais tout ton temps à l'hôpital, on se serait à peine vus, de toute façon.

— Faux, puisque nous aurions travaillé dans la même équipe.

— Je ne voulais pas être médecin, Lana, répondit-il d'une voix sourde. Combien de fois faudra-t-il te le dire ? Dès ma seconde année d'internat, je savais que je me trompais de voie. Mais j'avais tellement investi de travail et d'efforts pour arriver là où j'étais que j'ai continué encore.

— Je n'ai pas le souvenir que tu m'en aies parlé, à l'époque. Ce n'est qu'après nos fiançailles, au cours de notre troisième année d'internat, que tu as commencé à me confier tes doutes.

Il baissa les yeux, et elle en éprouva une absurde satisfaction.

— Au début, je ne voulais pas t'en parler, dit-il en gardant le regard tourné vers la fenêtre, car j'étais tombé amoureux de toi au cours de cette seconde année. Et rien ne m'aurait éloigné de toi.

Les souvenirs des moments heureux qu'ils avaient passés ensemble ne faisaient qu'accentuer sa peine. Fut une époque où elle avait été la priorité de cet homme.

— Ensuite, j'ai compris que je ne pouvais pas persévérer dans cette voie qui ne me convenait pas, même par amour pour toi.

— Pourtant, tu as fini ton internat, en pure perte d'ailleurs. Tes études, ta formation, tout cela n'a servi à rien. Quel dommage. Tu aurais fait un bon médecin.

— Non. *Toi*, tu es un bon médecin, tu es faite pour ce métier. Tu as la vocation, contrairement à moi.

— Pourtant, tu étais le premier de la classe…

*Ex æquo* avec elle.

— Parce que j'étais intelligent et que je cherche toujours à être le meilleur dans ce que j'entreprends. Comme toi. En termes de connaissances et de technique, j'avais le bagage requis pour exercer, mais il me manquait le feu sacré. Dans une salle de soins, face aux patients, je n'aurais pas eu les qualités d'écoute ni l'empathie nécessaires.

— Alors, au lieu de travailler avec moi, la fiancée dont tu avais promis de partager la vie pour le restant de tes jours, tu as préféré partir.

— Pour faire des études dans un domaine qui m'intéressait vraiment. Mes parents m'avaient poussé à faire médecine, et j'ai obéi pour perpétuer la tradition familiale, pour leur faire plaisir. En un sens, ils ont eu ce qu'ils voulaient puisqu'ils ont pu dire à leurs amis sans mentir que j'étais médecin. Le diplôme était là pour l'attester. En réalité, ce sont Jamie et Quinn qui sont les dignes successeurs de mon père.

Elle sentit son cœur se serrer à la mention des noms des frères de Braden. En le perdant, lui, elle avait aussi perdu sa famille, et les deux hommes qui la considéraient déjà comme une sœur. Quand il avait décidé de changer d'orientation professionnelle, tout avait aussi changé pour elle. Tout.

— Je nourrissais des projets, je rêvais d'ouvrir un cabinet avec toi. Nous avions même envisagé de racheter celui du Dr Forrest lorsqu'il partirait à la retraite…

— Lors de notre dernière année d'internat, tu étais parfaitement au courant que j'avais envoyé un dossier de candidature à Harvard. Enfin, j'avais eu la sagesse de comprendre que nous ne pourrions être heureux ensemble qu'à condition de nous épanouir dans nos carrières respectives.

Mais son monde à elle s'était alors écroulé. Avec ses nouveaux projets, Braden bouleversait complètement les siens ; dès lors la rancune et les reproches avaient empoisonné leur relation. Même s'il lui avait assuré que son départ pour Boston ne changeait rien pour eux deux, elle l'avait vécu comme une trahison.

Puis elle avait découvert qu'elle était enceinte, au pire moment, alors qu'il n'était plus qu'une voix au téléphone. Lui revint à la mémoire le souvenir de ce jour où, le test de grossesse dans une main et le combiné dans l'autre, elle lui avait annoncé la nouvelle, espérant qu'il viendrait sur-le-champ la retrouver. Hélas, il n'en avait rien été. Alors, quand elle avait perdu le bébé, elle avait préféré rompre. Sans lui parler de la culpabilité qu'elle ressentait.

Aujourd'hui, elle ne pouvait pas davantage lui en parler, pas après toutes ces années de silence.

— Je pensais qu'une vie de bonheur à ton côté valait bien

le sacrifice de deux années, dit-il. Il n'est, certes, jamais facile de maintenir une relation à distance, mais j'étais sûr de la force et de la constance de mon amour, sûr que mes sentiments pour toi seraient les mêmes au bout de ces deux années.

— Eh bien, cela fait maintenant six ans. Et tes sentiments ont changé du tout au tout, n'est-ce pas ?

Elle le dit sur le ton du constat, mais la réponse n'était peut-être pas si évidente. Quelque chose dans le regard et la voix de Braden montrait qu'il avait souffert de cette rupture autant qu'elle, qu'il en souffrait peut-être encore.

— Eh bien, tu ne réponds pas ? dit-elle en retenant son souffle.

— Lana, je… Il y a une autre femme dans ma vie. Toi et moi, cela fait six ans. Six longues années. Je compte lui offrir bientôt une bague de fiançailles.

Mettrait-il le genou à terre devant la nouvelle élue de son cœur, en lui promettant amour et fidélité pour le restant de sa vie ?

Dans la chapelle, elle l'avait cru lorsqu'il lui avait fait serment de l'aimer toujours. Quelque part, une petite partie d'elle-même voulait croire qu'il l'aimait encore.

— Lana, si je suis revenu à West Central hier, c'était pour affronter mes souvenirs. Je voulais en finir une fois pour toutes avec eux afin de pouvoir tourner la page. Je voulais être sûr de ne plus rien éprouver à ton égard.

A ces mots, les quelques illusions qu'elle conservait encore s'évanouirent ; et l'espoir céda la place à la honte et au chagrin. La honte d'avoir été assez naïve pour y croire, et le chagrin de savoir que tout était fini. La colère commença à poindre. Pour très vite enfler et balayer tout le reste. Etait-ce pour l'humilier et la faire souffrir qu'il l'avait invitée au Viejo Mundo ? Pour lui dire qu'elle était de l'histoire ancienne et raviver les blessures qui commençaient tout juste à se refermer ?

Elle prit son porte-documents et se leva.

— Lana, attends.

Il lui attrapa le bras, mais elle se dégagea violemment.

— Tu crois que je vais rester assise à t'entendre rompre avec moi une seconde fois ? Comment peux-tu être aussi cruel, Braden ? Jamais je ne te pardonnerai ce que tu m'as fait ce soir !

La tête haute, elle traversa la salle d'un pas furieux sans se soucier d'être le point de mire des clients.

A la pâle lueur des réverbères, Braden repéra Lana comme elle essayait d'ouvrir la portière d'un vieux cabriolet Chevrolet. Les phares des voitures qui passaient illuminaient brièvement sa silhouette et son profil.

Seigneur, qu'elle était belle ! De face, de profil, sous tous les angles, et quelle que fût son humeur, elle était la femme la plus magnifique qu'il eût jamais connue.

Mais sa beauté ne devait pas lui faire perdre la tête. Ce soir, il était venu chercher des réponses, et il comptait bien les obtenir.

— Lana ! cria-t-il sans chercher à contenir sa colère.

Elle tentait d'insérer la clé dans la serrure. Plus personne ne faisait cela à New York, l'ouverture automatique des portières était devenue la norme.

— Va-t'en !

Comme elle se retournait, les clés tombèrent sur le trottoir. Posant le porte-documents sur le toit de la Chevrolet, elle se baissa pour les rattraper. Ses soyeux cheveux noirs tombèrent sur ses épaules et son visage tandis qu'elle se tournait vers lui.

— Je n'ai plus rien à te dire ! On s'est tout dit il y a six ans.

Il avait été tellement en colère, alors, qu'il ne l'avait pas écoutée. S'il ne voulait pas que le passé se répète, il avait intérêt à se ressaisir.

— S'il te plaît, ne pars pas. Tout à l'heure, tu ne m'as pas laissé finir.

Il ramassa les clés, prit Lana par les épaules et la força à se tourner vers lui. Ils étaient à quelques centimètres l'un de l'autre, séparés par le souffle sec du vent du Texas. Il brûlait d'envie de l'embrasser. Jadis, c'était une habitude, la seule manière qu'ils connaissaient de régler leurs différends, et il se languissait du goût de sa bouche.

Une autre voiture passa, dangereusement près.

— L'endroit est mal choisi pour bavarder, Braden. Toi et moi, c'est terminé. Alors va retrouver ta fiancée à New York. Tu as ma bénédiction. C'est bien ce que tu voulais, n'est-ce pas ?

Il la sentait vibrer de colère entre ses mains, ce qui ne faisait qu'aiguiser son désir. Mais six années de questions sans réponses lui avaient appris que rien ne se réglait sur l'oreiller.

— Je veux savoir pourquoi tu as rompu avec moi autrefois. Nous avions des désaccords, bien sûr, mais qu'est-ce qui a précipité ta décision ? Si tu n'étais pas tombée enceinte, te serais-tu séparée de moi ?

Le sang reflua du visage de Lana, preuve que sa question avait touché un point sensible. Mais elle garda le silence.

— Si tu n'avais pas fait cette fausse couche, aurais-tu accepté de m'épouser pour l'enfant ? Ou m'aurais-tu quitté de toute façon car tu ne pouvais plus me supporter ? Quel rôle la perte de ce bébé a-t-elle joué dans ta décision ?

— Je n'ai pas envie d'en parler.

Lui arrachant le trousseau des mains, elle chercha de nouveau à insérer la clé dans la serrure.

— Bon sang, Lana, j'étais ton fiancé, le père de ton bébé. J'ai tout de même le droit de savoir, non ?

— Non, tu n'as aucun droit. Tu es parti en rompant tes promesses et en me mettant devant le fait accompli : tes études à Harvard passaient avant moi et tu espérais que j'accepterais, que je m'adapterais, comme une fiancée docile… Mais j'en ai déjà trop dit. Je ne veux plus jamais évoquer cette période de ma grossesse, cela fait trop mal.

A lui aussi, cela lui faisait mal. Il était venu avec l'intention de se mettre à nu et de lui dire ce qu'il avait sur le cœur. Dans l'espoir qu'elle fasse de même et l'éclaire enfin sur les raisons pour lesquelles elle lui avait renvoyé sa bague de fiançailles. Ravalant sa fierté, il était allé jusqu'à lui avouer qu'il avait fait le voyage dans ce but, mais il y avait des limites à ce qu'un homme pouvait encaisser.

Si elle refusait de lui parler, tant pis. Il essaierait de se résigner à ne jamais avoir de réponses.

Ces six dernières années, cela ne lui avait guère réussi.

Ce soir, il avait le sentiment que c'était sa dernière chance de savoir, et d'être libéré de ces questions qui le tourmentaient sans cesse.

Il fallait mettre sa fierté de côté. Jusqu'à présent, elle l'avait plutôt desservi dans sa quête de la vérité.

— Je comprends, Lana. Mais moi, j'ai besoin de parler à quelqu'un. Et tu es la seule à qui je puisse me confier puisque tu as vécu la même perte que moi. Ma mère et mes frères ne sont pas au courant de ta grossesse, ni de ta fausse couche. De toute façon, je n'aurais pas envie de me tourner vers eux. Tout ce que je te demande, c'est d'accepter de m'écouter.

# 8

Lana était au supplice. Son intention avait été de couper court à la conversation et de filer, mais voilà que Braden se faisait humble et la suppliait de rester. Dans le cas d'une fausse couche, le père souffrait autant que la mère et il avait de toute évidence eu du mal, lui aussi, à faire son deuil de cet enfant mort *in utero.*

*S'il te plaît, Lana…*

Resterait-elle sourde à sa supplique ?

La peur s'empara de nouveau d'elle. Si elle l'écoutait et s'ils avaient l'explication qu'il réclamait, s'ils parvenaient à conjurer les fantômes du passé et à se pardonner mutuellement, il ferait table rase de leurs souvenirs communs pour commencer sa vie avec cette autre femme. Mais elle ne se sentait pas prête à laisser partir ces vestiges de leur amour passé. Ils étaient tout ce qu'il lui restait, même s'ils lui faisaient terriblement mal.

Ou peut-être avait-elle une raison moins avouable de refuser le dialogue. Peut-être ne voulait-elle pas qu'il sache que la fausse couche avait été entièrement sa faute. S'il l'apprenait, il la détesterait encore davantage.

Il attendait sa réponse, mais elle ne pouvait se résoudre à accepter de lui parler, tétanisée qu'elle était par l'enjeu. Elle était en train de basculer dans un état second, comme si elle se dédoublait pour assister en simple observatrice à la suite de la confrontation, quand un bruit retentissant la ramena sur terre.

Le bras de Braden s'enroula aussitôt autour d'elle, protecteur, mais elle le repoussa pour voir ce qui s'était passé.

De l'autre côté de la rue, un pick-up venait d'emboutir la façade d'un magasin de vêtements. Des corps — sans doute ceux des passagers qui voyageaient sur la plate-forme du camion — gisaient sur la chaussée. Quelques personnes sortaient du magasin, enjambant les débris de métal et de verre qui avaient été la vitrine.

Mus par le même élan, Braden et Lana se mirent à courir vers la zone de l'accident, à contre-courant des passants qui la fuyaient d'instinct.

— Appelle le 911, lui ordonna-t-elle.

Appeler les secours était le premier réflexe à avoir. Même si les dizaines de témoins présents sur les lieux l'avaient peut-être fait aussi, il ne fallait jamais en faire l'économie en comptant sur les autres.

— Je suis en train, répondit-il.

Il avait son portable à l'oreille et l'autre main posée au creux de sa taille pour l'aider à traverser la quatre voies, où le trafic était dense.

Elle s'agenouilla près du premier blessé, étalé face contre terre devant le magasin. Surtout, ne pas le retourner, des os brisés pourraient perforer des organes vitaux. Elle posa deux doigts contre son poignet, mais ne sentit aucun pouls, et répéta en vain le geste à l'artère carotide. L'homme d'une trentaine d'années avait été éjecté plus loin que ses compagnons, et les éclats osseux témoignaient de son crâne brisé.

— Hélas, on ne peut plus rien pour lui. Il est mort.

En mode urgentiste, elle passa au blessé suivant sans perdre de temps : une femme couchée sur le dos, inconsciente. Son pouls était régulier, et la dilatation des pupilles normale, ce qui écartait tout risque d'hémorragie cérébrale.

— Niveau un, dit-elle comme si un assistant était à son côté pour prendre des notes. Il faut la transporter en traumatologie.

Il n'y avait que Braden pour l'entendre, et quelques badauds qui commençaient à s'attrouper.

S'écartant d'elle, Braden alla se poster à quelques mètres

de là, sur un coin de trottoir épargné par la projection des bris de verre.

— Si vous avez besoin d'aide, dit-il en mettant les mains en porte-voix, venez me trouver.

Sans s'être concertés, ils appliquaient les principes du triage : pendant qu'un urgentiste se portait au secours des blessés graves, l'autre regroupait les blessés légers capables de marcher qui seraient acheminés à l'hôpital dans un second temps, après l'évacuation des urgences vitales.

L'hélicoptère des secouristes ne disposait que d'un espace réduit ; il lui appartenait donc de décider qui y prendrait place en priorité et qui pouvait attendre les ambulances. Braden lui facilitait la tâche.

La victime suivante était un homme qui hurlait de douleur. La jambe droite de son jean était ensanglantée. En l'absence de gants de latex pour se protéger d'une contamination éventuelle, elle prit la casquette de base-ball qui dépassait de la poche du blessé et s'en servit pour palper la jambe et remonter à la source de l'hémorragie.

L'artère fémorale était lésée ou sectionnée, et le sang jaillissait à gros bouillons. Il fallait absolument stopper l'hypovolémie.

— Pansement de compression, dit-elle tout haut.

Elle continuait à donner des ordres car les auxiliaires médicaux allaient arriver d'un instant à l'autre en réponse à l'appel de Braden.

— Lana.

Penché sur elle, Braden lui tendait un sweat-shirt plié en quatre qu'il avait sans doute récupéré dans la vitrine. Elle en recouvrit la blessure et appuya dessus de toutes ses forces.

— Je vais prendre le relais, dit-il. Occupe-toi des autres.

Quelques minutes plus tard, elle était en train de prendre les constantes d'un blessé inanimé quand elle entendit Braden donner des consignes à quelqu'un.

— Appuyez aussi fort que possible. Ne relâchez pas jusqu'à ce qu'un médecin vous le dise.

Puis il la rejoignit de nouveau avec une veste qu'il avait dû demander à un passant et qu'il roula avant de la glisser sous la tête du patient inconscient.

— Niveau un, dit-elle machinalement.

Ils essayaient d'accéder aux blessés coincés dans la cabine du pick-up quand des sirènes résonnèrent au loin et se rapprochèrent. Maintenu par sa ceinture de sécurité, le chauffeur couvert de sang semblait dans un état épouvantable, mais un examen rapide permit à Lana de déterminer qu'aucun organe vital n'avait été touché par les éclats de verre. La femme qui l'accompagnait avait été protégée par l'airbag.

— Niveau trois, dit-elle.

Cette fois, un jeune homme vêtu de l'uniforme bleu des pompiers secouristes lui répondit.

— O.K. On s'en charge.

Il enfila des gants de latex et, aidé d'un collègue, entreprit de dégager les occupants de la cabine qui allèrent rejoindre les blessés légers.

— Nous avons deux blessés graves, lui dit-elle après s'être rapidement présentée ; dont un qui souffre d'un traumatisme cérébral. Il faudra l'évacuer par les airs.

— L'hélico est en chemin.

— Bien. C'est tout pour les blessés à l'extérieur. Je n'ai pas encore eu le temps d'estimer l'état de ceux qui se trouvent dans le magasin.

— Une équipe s'en occupe déjà.

Elle resta à proximité pour le cas où il faudrait pratiquer des gestes de réanimation cardiaque, mais à mesure que les ambulances arrivaient, déversant leur lot de personnel médical, sa présence devenait moins nécessaire.

Braden, lui, était en train d'aider les auxiliaires médicaux à glisser un matelas-coquille sous un blessé puis à le transférer sur un brancard. Il travaillait à leurs côtés comme s'il avait fait cela toute sa vie. Puis il accompagna le brancard, maintenant un pansement de fortune contre la poitrine du blessé et ne le relâchant qu'au dernier moment pour laisser un secouriste y substituer un pansement stérile. Dans les règles de l'art.

Il aurait fait un excellent médecin.

Quand la dernière ambulance fut partie avec les accidentés souffrant de plaies et de bosses, il scanna la zone du regard et elle sut, sans l'ombre d'un doute, qu'il la cherchait dans la foule. Elle lui fit un signe.

— Tu as fait du bon travail, dit-il en la rejoignant.

— Toi aussi.

Comme ils se dirigeaient vers leurs voitures respectives, elle sentit la main de Braden s'enrouler autour de sa taille. Elle aurait tant aimé s'appuyer contre lui, maintenant que l'adrénaline se retirait, laissant la place à une intense fatigue.

Et à une infinie tristesse. Il aurait dû être médecin. Ils auraient dû être mariés, et exercer ensemble dans un cabinet dans une banlieue tranquille d'Austin. Au début, ils auraient connu quelques années de vaches maigres, le temps de se constituer une clientèle et de rembourser leurs emprunts d'étudiants ; puis ils auraient fondé une famille. Ç'aurait été une vie idéale, celle dont elle avait rêvé quand il avait mis un genou à terre dans la chapelle pour lui offrir la bague de fiançailles.

Hélas, il avait décidé qu'il ne voulait pas de cette vie-là. Même si, ce soir, il avait soigné des blessés avec compétence et dévouement, elle ne devait pas oublier qu'il avait signé la veille l'arrêt de mort d'un médicament qui aurait pu se révéler efficace pour les enfants migraineux. Fut une époque où ils avaient formé une bonne équipe, qui avait fonctionné de nouveau, pour un soir. Mais elle ne devait pas perdre de vue qu'ils ne suivaient pas le même objectif, qu'ils n'obéissaient pas aux mêmes valeurs.

Braden l'avait déjà compris car il voulait « tourner la page », selon ses propres mots. La meilleure preuve en était qu'il allait offrir une bague de fiançailles à une autre. Il était prêt à demander la nouvelle femme de sa vie en mariage après avoir eu une dernière conversation avec elle. Il voulait en quelque sorte « liquider » leur contentieux.

Il se marierait avec une autre ; et il allait falloir qu'elle l'accepte ; tôt ou tard.

Plutôt tard que tôt.

— Viens par là.

Braden attira Lana vers l'entrée du restaurant et, à la lueur des réverbères, examina ses mains.

— Tu n'avais pas de coupures avant l'accident ? Et tu ne t'es pas coupée ce soir sur des bris de verre ? demanda-t-il d'une voix inquiète. Nous avons prodigué les premiers soins à nos blessés à mains nues, j'espère qu'aucun d'eux n'était porteur du virus du sida ou de l'hépatite C.

— Tu raisonnes comme un médecin.

— Je suis toujours médecin, même si ma carrière s'est orientée vers la recherche et le développement. On dirait que cela te surprend.

— En tout cas, je te rassure. Je n'ai aucune coupure, ni d'avant ni d'après.

A son tour, elle lui prit les mains pour observer attentivement ses paumes.

— Pas une égratignure, dit-il en les retournant pour les lui montrer. Par contre, nous faisons peur à voir. Je crois qu'un détour s'impose par la salle de bains d'El Viejo Mundo.

Leurs vêtements étaient tachés et salis, et leurs visages ne valaient pas mieux.

— Hum, je ne suis pas sûre qu'on nous réserve un bon accueil. Nous avons fait une belle scène avant de partir, et ceux qui n'ont pas entendu la collision ont peut-être cru que c'étaient nous qui nous crêpions le chignon.

Il prit un air exagérément offensé.

— Se crêper le chignon, c'est bon pour les femmes.

— Alors disons qu'ils ont pu penser que nous nous flanquions la correction du siècle. C'est assez viril pour toi ?

— Je n'ai jamais frappé une femme.

Il semblait si indigné qu'elle éclata de rire et il rit avec elle, poussant la porte du restaurant.

— Au moins, nous aurons eu le mérite d'alimenter les conversations.

Le rire partagé lui sembla aussi intime qu'un baiser. Mais

Braden était fiancé à une autre, mieux valait éviter ce genre de complicité.

Elle alla donc se réfugier dans les toilettes pour femmes. Elle fit un brin de toilette et remit de l'ordre dans ses cheveux et sa tenue, avant d'appliquer un soupçon de blush et de rouge à lèvres. Ils allaient finalement avoir la conversation qui devait servir de catharsis à Braden et lui permettre de refermer le dossier de leur histoire. Elle ne voulait pas qu'il garde comme dernier souvenir d'elle l'image d'une femme fatiguée, au bout du rouleau, même si c'était ce qu'elle ressentait.

Quand son beeper vibra dans son sac, elle eut l'impression d'obtenir un sursis de dernière minute. Elle regarda le numéro et alla rejoindre Braden qui l'attendait près du bar.

— J'ai reçu un appel des urgences. Il faut que j'y aille.

— Je m'en doutais, dit-il, indiquant le poste de télévision suspendu au-dessus du bar. Un incendie s'est déclaré dans une usine au nord d'Austin, West Central est en première ligne pour recevoir les blessés.

— C'est vrai, dit-elle, rire amer à l'appui, puisqu'il n'est situé ni à l'ouest ni au centre, mais au nord. Je me demande qui a eu la brillante idée de nommer cet hôpital ainsi.

— Mon père, sans doute.

Son rire s'effilocha.

— Je vais appeler un taxi, dit-elle. Je crois que la batterie de ma voiture est à plat. Les portières ne se sont pas ouvertes tout à l'heure, quand j'ai actionné la télécommande.

— Voilà pourquoi tu t'escrimais avec ta clé.

A cet instant, le barman vint poser un sac en papier blanc devant Braden, qui lui glissa quelques billets en lui disant de garder la monnaie.

— Allons-y, dit-il. Je t'emmène à l'hôpital. Ma voiture sera plus propre et plus confortable qu'un taxi.

— Ne te sens pas obligé.

Pour toute réponse, il lui prit le coude et l'escorta vers la porte.

— Moins tu discuteras, plus vite nous serons arrivés.

Il avait raison. Des blessés, victimes de brûlures, d'intoxications par la fumée ou les gaz toxiques, avaient besoin d'elle. Même si elle appréhendait de se retrouver seule en voiture avec Braden, elle devait faire passer l'intérêt des patients avant ses états d'âme. Elle le suivit donc jusqu'à une voiture de sport noire garée à quelques mètres de son cabriolet.

Il lui ouvrit la portière passager.

— Assieds-toi. Je vais aller chercher nos affaires.

Elle avait complètement oublié qu'ils avaient laissé son porte-documents et la veste de Braden sur le toit de son cabriolet.

Il revint avec le tout, se glissa derrière le volant et posa le sac en papier blanc sur ses genoux.

— Ton dîner.

— Je n'ai rien commandé.

— Moi, si, pendant que tu te refaisais une beauté. Tu vas être debout une partie de la nuit, et tu as besoin de prendre des forces. Tu tires trop sur la corde, à te priver de nourriture, de sommeil, comme autrefois.

La culpabilité la submergea de nouveau. Elle ne s'était pas ménagée lors de ses premières semaines de grossesse, enchaînant les gardes sans manger, sans se reposer ni prendre les congés qui lui étaient dus…

— C'est très gentil d'y avoir pensé.

S'il avait su ! Elle ne méritait pas tant de sollicitude…

Mais à quoi bon ressasser le passé ? Braden et elle, c'était terminé depuis longtemps, et il s'apprêtait à passer la bague au doigt d'une autre femme.

Elle, elle avait droit à un sandwich.

Cela remettait les choses à leur place.

Braden roulait aussi vite que la limitation de vitesse le lui permettait. Il se sentait coincé et enrageait de ne pouvoir se sortir d'une situation dont il était, au demeurant, le seul responsable.

Il avait invité Claudia à rencontrer sa famille durant le week-end de la Saint-Valentin, elle allait arriver à Austin le lendemain soir. Elle avait sans doute deviné qu'il allait faire sa demande en mariage. N'ayant trouvé aucune bague à son goût chez les joailliers de New York, il avait décidé de se rendre en pèlerinage à la chapelle du West Central d'Austin, non par nostalgie, mais pour rompre définitivement avec son passé. Une fois libéré de ses souvenirs, il pourrait sans problème acheter une bague pour Claudia, avait-il cru.

Le projet avait été contrarié par la rencontre inopinée avec Lana. Et il n'avait finalement pas acheté de bague pour Claudia, bien qu'il eût été en peine d'expliquer pourquoi. Sans doute avait-il repoussé la visite chez les joailliers car il ne se sentait toujours pas libéré de ses souvenirs, bien au contraire. Ses souvenirs étaient d'ailleurs assis à côté de lui en cet instant, en train de manger un sandwich en silence.

Ce soir, Lana et lui avaient travaillé main dans la main à sauver des vies. Et, comme à la belle époque de leur internat, il avait endossé le rôle du protecteur, celui qui veillait à ce qu'elle se nourrisse et parvienne sans encombre à l'hôpital, quitte à lui servir de chauffeur.

Non seulement il ne se forçait pas, mais il se sentait parfaitement à sa place.

Un seul souvenir le tourmentait en cet instant. Ce n'était pas celui de la promesse qu'il avait faite six ans auparavant dans la chapelle, ni celui du choc de recevoir sa bague sous enveloppe. Non, c'était un souvenir plus récent, qui datait de la veille, en fait. Dans l'ascenseur de l'hôpital, Lana avait prononcé une phrase qu'il ne parvenait pas à oublier.

« Si tu n'es pas intéressé par ce que j'ai à offrir, quelqu'un d'autre en voudra. »

Bien sûr, elle faisait allusion à ses compétences professionnelles et aux atouts de West Central, mais il ne pouvait ignorer sa jalousie à l'idée qu'un autre homme la possède.

Pourquoi ne supportait-il pas l'idée qu'un autre épouse un jour Lana Donnoli ?

Il avait vingt-quatre heures pour voir clair en lui-même et décider si Claudia était toujours la femme qu'il lui fallait, ou pas. S'il ne parvenait pas à une décision, il mettrait sa famille et Claudia dans une situation très embarrassante. Surtout cette dernière, la pauvre. Elle venait pour être présentée à sa mère et, en lieu et place, subirait une cuisante humiliation.

*La pauvre*. Comment pouvait-il penser à sa fiancée en ces termes ? Il y avait encore quelques jours, il la considérait comme la future mère de ses enfants, et, à présent, il éprouvait de la pitié à son égard à la perspective de ce qu'il s'apprêtait à lui infliger… peut-être.

Il devait parler à Lana sans attendre pour savoir s'il avait encore une chance de la reconquérir, mais ils se garaient déjà sous l'auvent des urgences.

Des blessés avaient besoin de ses soins. Et ils avaient la priorité sur lui. Il attendrait.

# 9

— Je vais t'attendre, dit Braden.

— Cela va sans doute me prendre une partie de la nuit, répondit Lana, un pied déjà hors de la voiture.

— Pas de problème.

— C'est ridicule, j'en ai pour des heures. Je demanderai à un collègue de me ramener.

A quoi jouait-il en se montrant soudain si attentionné ? Elle lui avait déjà dit adieu six ans auparavant, au téléphone. Elle n'avait aucune envie de lui dire adieu de nouveau.

— Je ne veux pas que tu m'attendes, dit-elle, se décidant à mettre les points sur les *i*.

— Je le ferai quand même, sinon je n'aurai peut-être plus jamais l'occasion de te parler. Et c'est important pour moi.

Un soupir lui échappa.

— J'avais oublié. Il faut que tu puisses me *parler* pour exorciser mon souvenir avant d'épouser quelqu'un d'autre, fit-elle dans un élan de colère. Eh bien, excuse-moi, mais pour l'heure j'ai plus urgent à faire.

— Je sais. C'est pour ça que je vais t'attendre.

Secouant la tête d'un air excédé, elle sortit et claqua la portière puis se dirigea au pas de course vers la zone de soins.

Les blessés n'étaient pas aussi nombreux qu'elle le craignait, et la plupart souffraient de brûlures au second degré. Au côté des collègues qui avaient été appelés en renfort comme elle, elle débrida les plaies, les désinfecta, posa des tulles gras en passant d'un box à l'autre.

Au bout de trois heures, ses pieds commencèrent à lui faire mal. Bien qu'elles lui eussent permis de courir sur la route, d'enjamber la tôle froissée et d'effectuer toutes sortes d'acrobaties pour parvenir aux accidentés du pick-up, ses petites ballerines lui comprimaient de plus en plus les orteils. Elle aurait tout donné pour les troquer contre ses Crocs — ses sabots en plastique.

L'une des victimes de l'accident de la route passa près d'elle, allongée sur un chariot-lit que poussait un brancardier. Il s'agissait d'un jeune homme, l'un des clients du magasin à la vitrine pulvérisée. On venait de lui faire des radios qui révélaient qu'il avait encore, après être passé deux fois sur la table d'opération, un morceau de verre fiché en profondeur dans le bras. Pendant que l'infirmière préparait le kit chirurgical, Lana, debout à l'entrée du box, ôta discrètement une ballerine. Mmm, le carrelage froid soulageait sa plante de pied.

— Tiens. En plus, ils iront à la perfection avec ta blouse blanche.

Elle tourna la tête pour découvrir Braden, sa paire de Crocs blancs à la main.

— Où les as-tu trouvés ? lui demanda-t-elle, interloquée.

— Dans ta voiture, bien sûr.

— Mais…

— Si tu veux les mettre, ne discute pas.

L'endroit, un couloir où se bousculaient soignants, brancardiers et chariots divers était mal choisi. Elle suivit Braden derrière le poste infirmier et elle enfila ses sabots en s'appuyant sur son bras.

— Je suis retourné à ton cabriolet voir si la batterie démarrait.

— J'avais laissé mes clés dans ta voiture ?

— Ainsi que ton porte-documents. Ta batterie était morte, j'en ai acheté une autre.

— Tu as trouvé un garage ouvert à cette heure de la nuit ?

— L'hypermarché à la sortie nord de la ville est ouvert vingt-quatre heures sur vingt-quatre, on y vend de tout, y compris des batteries. Changer la tienne n'a pas été bien compliqué. Je te raccompagnerai à ta voiture quand tu auras terminé ici.

— Eh bien… merci. Je te rembourserai.

Il secoua la tête.

— Tu m'as fait faire l'économie d'un dîner au Viejo Mundo qui, entre parenthèses, aurait coûté bien plus cher, alors accepte au moins cela.

Il avait pris la peine de retourner à la Chevrolet, de la remettre en état de marche. Pour la première fois depuis des années, quelqu'un s'occupait d'elle.

Non, se sermonna-t-elle. S'apitoyer sur son sort ne servait à rien. Elle avait choisi de rester célibataire, de se consacrer à sa carrière et de ne dépendre de personne.

Décidée à montrer à Braden qu'elle était désormais une femme indépendante, elle se tourna vers lui, cet homme qui avait eu la délicatesse d'aller lui chercher ses Crocs, mais aussi celui qui avait failli à sa promesse il y avait six ans pour céder à l'appât du gain.

— Personne ne t'a demandé de badge à l'entrée ?

— Non. Il faut croire que certains membres du personnel se souviennent de moi.

D'autant que le nom de MacDowell ouvrait toutes les portes.

— Il faut que j'y retourne, j'ai un patient à opérer, dit-elle. Je vais être le troisième médecin cette nuit à lui retirer du verre du bras. Il était dans le magasin au moment où la vitrine a éclaté.

— Vas-y. Je t'attends dans ma voiture avec ces jolies ballerines noires.

— Le mieux serait de me laisser les clés de ma voiture, dit-elle sans sourire. Je demanderai à un collègue de me déposer devant El Viejo Mundo. Et merci encore pour la batterie. J'en ai pour des heures, il vaut mieux que tu t'en ailles.

— Je n'ai aucune intention de rentrer à New York avant de t'avoir parlé, dit-il, l'air soudain inflexible. Alors, il va bien falloir que tu me supportes comme chauffeur. Je vais t'attendre dans un endroit tranquille. La chapelle. On en profitera pour parler.

La chapelle n'était pas le havre de paix et de recueillement qu'il s'était imaginé dans ses souvenirs, mais une petite pièce carrée aux murs gris, quelques rangées de bancs et un autel nu, sans croix ni signe religieux distinctif.

Cela faisait une heure que Braden y était assis, à penser non pas à sa fiancée d'il y avait six ans, mais à la Lana d'aujourd'hui. Pourtant, ses questions n'avaient toujours pas obtenu de réponses.

Il était parti à Harvard dans le but de revenir deux ans plus tard avec son master de commerce et de gestion, mais un coup de téléphone de Lana avait mis fin à ses projets d'une vie à deux. Elle lui avait annoncé qu'elle n'était plus enceinte et qu'elle rompait leurs fiançailles. Et elle avait raccroché avant qu'il ait le temps de lui demander des explications. Le souvenir faisait resurgir sa colère, et le profond sentiment d'injustice qui s'y était mêlé.

Non sans amertume, il était en train de repenser à la manière dont elle avait tué son rêve quand elle apparut sur le seuil.

— Est-on obligés d'avoir cette conversation ici ? demanda-t-elle.

Il se leva, s'efforçant de ravaler sa colère.

— Ici, au moins, nous ne risquerons pas d'être dérangés par un véhicule qui défoncera la façade.

Sa plaisanterie ne lui arracha pas un sourire. Elle semblait épuisée.

Il serra les poings au fond de ses poches.

— Ça va ? L'accident de tout à l'heure a dû te secouer.

— Je te rappelle que je suis médecin. J'en ai vu d'autres, à Washington.

Elle ne lui demandait pas si lui allait bien. Mais pourquoi espérait-il de la sollicitude en retour ? Ils ne formaient pas un couple. Tout de même, qu'elle le traite comme s'il ne méritait aucun égard l'attristait.

Quand elle lui avait téléphoné pour lui annoncer sa fausse couche, elle avait agi de même. Puis elle n'avait plus pris ses appels, qui avaient tous basculé sur sa boîte vocale. Cela lui avait fait mal. Comme elle ne répondait pas non plus à ses e-mails, il avait pris un papier et un stylo, à l'ancienne, pour lui écrire, mais ses lettres étaient revenues par la poste.

— Alors, pourquoi tiens-tu tant à me parler ? dit-elle d'une voix lasse.

Elle ne portait plus sa blouse blanche et elle était ravissante dans sa petite robe noire. Même les sabots en plastique blanc ne parvenaient pas à enlaidir le tableau. Outre la fatigue, son visage trahissait également de l'impatience. Il avait intérêt à ne pas tourner autour du pot.

— Je veux savoir pourtant tu as rompu nos fiançailles, il y a six ans.

— J'aurais cru que la raison était évidente, dit-elle. J'ai fait une fausse couche et nous nous étions tellement éloignés l'un de l'autre qu'il valait mieux rompre.

— Eloignés géographiquement ou émotionnellement ?

— Tu plaisantes ? dit-elle d'un ton agressif.

— Pas du tout. A l'époque, je n'ai rien vu venir ; et ensuite, il était trop tard. Je veux savoir ce que j'ai fait de mal.

— Tu oses me le demander ? Tu es parti à Boston puis tu m'as mise enceinte !

— On dirait que tu m'accuses d'avoir prémédité la chose.

— Tu es revenu durant le week-end de Thanksgiving alors que je ne t'attendais pas, que je pensais ne plus te revoir avant des mois. J'avais arrêté ma contraception.

— Je ne t'avais pas prévenue car je voulais te faire la surprise. Qu'est-ce qui te dérangeait, au juste ? demanda-t-il, haussant lui aussi le ton. D'être enceinte ou que je sois le père ? Peut-être avais-tu déjà décidé que tu ne voulais plus de moi ?

— Je t'ai déjà dit que je ne voulais pas parler de cette période ! Cela fait trop mal.

Cette fois, il n'allait pas se contenter de cette réponse.

— Pourquoi, Lana ? Parce que tu ne voulais pas tomber enceinte de moi ou parce que tu as perdu l'enfant ?

Soudain très pâle, elle le fixa d'yeux suppliants, et il sentit un horrible soupçon s'insinuer en lui. Il y avait déjà pensé, mais avait toujours écarté l'idée. Ce n'était pas possible, jamais elle n'aurait pu faire cela.

— Ce qui est fait est fait, murmura-t-elle d'une voix blanche.

— Ce qui est fait est fait ? répéta-t-il, indigné, en s'approchant tout près d'elle. Mais qu'as-tu fait au juste, Lana ?

Un gémissement qui ressemblait à un sanglot lui répondit.

— Tu as avorté ? C'est cela ?

La gifle qu'elle lui donna résonna dans la chapelle. Il ferma les yeux, soulagé.

— Comment oses-tu me croire capable d'une chose pareille ?

Il ne savait pas comment il en était arrivé à soupçonner la femme à qui il aurait naguère confié sa vie. Ni pourquoi elle l'obsédait toujours, au bout de tant d'années, pourquoi sa seule vue suffisait à mettre tous ses sens en émoi. Et pourquoi évitait-il de voir la vérité en face, depuis quarante-huit heures ? Depuis l'instant où elle était entrée dans la salle de conférence, il avait su qu'il ne ferait pas sa demande à Claudia.

— Je suis désolé, Lana. A force de ne pas avoir de réponses à mes questions, je me suis imaginé le pire.

Elle tremblait comme une feuille. La main qui l'avait giflé était maintenant plaquée contre sa bouche, tandis que des larmes coulaient sur ses joues.

— Ne pleure pas, je t'en supplie, dit-il en l'attirant contre lui. Ne pleure pas.

A son grand étonnement, elle ne tenta pas de se dégager. Bientôt, il la sentit se détendre dans ses bras.

— Excuse-moi. Mais tu semblais tellement malheureuse en apprenant que tu étais enceinte. Alors, quand tu m'as appelé pour me dire que tu ne l'étais plus et que tu rompais nos fiançailles, je ne savais plus que croire. J'étais anéanti, je me posais dix mille questions et tu ne voulais plus me parler.

— S'il te plaît, arrête.

— C'est la colère et le désespoir qui m'ont mis cette horrible idée en tête. Jamais, je ne t'ai sérieusement crue capable d'un tel acte. Je suis désolé, Lana.

Il ne le répéterait jamais assez.

— Il ne faut pas, dit-elle en s'écartant doucement de lui. Ta réaction se conçoit. J'étais sous le choc quand j'ai appris que j'étais enceinte. Dès que j'ai su que je portais ce bébé en moi, j'ai pris des vitamines prénatales, mais sinon… je n'ai rien changé à mon mode de vie.

Sa voix s'était mise à trembler. Elle poursuivit :

— Rien du tout. Je n'ai pas ralenti mon rythme de travail alors que j'aurais pu demander un mi-temps à mon chef de service. J'ai continué à sauter des repas, à manger avec un lance-pierre entre deux consultations, à grappiller quelques heures de sommeil par-ci par-là. Quand j'ai commencé à perdre du sang…

Sa voix se brisa, mais il voulait qu'elle continue. Cette explication lui apportait enfin les réponses qu'il cherchait depuis des années.

— C'était trop tard pour y remédier, dit-elle enfin.

Elle baissa la tête, comme si elle attendait qu'il la juge. Elle se croyait coupable.

— Lana, ce n'était pas ta faute. La grossesse n'était pas viable. En tant que médecin, tu es bien placée pour savoir que les fausses couches se produisent pour des dizaines de raisons différentes, y compris chez des femmes qui ont un mode de vie complètement sédentaire.

Pas de réponse.

— Tu le sais, mais cela ne t'empêche pas de te sentir coupable, n'est-ce pas ?

Jamais il ne lui avait vu l'air si défait, si vulnérable. Il résista à l'envie de la reprendre dans ses bras.

— Toi et moi, nous avons vu des femmes sans domicile fixe mener leur grossesse à terme alors qu'elles cumulaient tous les handicaps, l'usage de drogues, la malnutrition, le manque d'hygiène. Te souviens-tu de cette héroïnomane qui est venue accoucher aux urgences lors de notre dernière année d'internat ? A côté de cela, il y a des femmes qui ont des modes de vie parfaitement sains, qui ne fument pas, ne boivent pas, qui appliquent à la lettre toutes les recommandations prénatales et qui vont quand même faire des fausses couches. Tu es d'accord, oui ou non ?

La tête toujours baissée, elle acquiesça.

— C'est un processus physiologique naturel qui se met en marche au cours du premier trimestre d'aménorrhée, poursuivit-il. Le corps élimine ce qui n'est pas viable…

L'explication scientifique semblait terriblement cruelle, mais c'étaient les faits.

— Je sais tout cela, dit-elle enfin. Mais j'avais vécu cette grossesse comme une catastrophe lors des premières semaines et tellement regretté d'être tombée enceinte… Je me suis dit que j'avais peut-être provoqué cette fausse couche.

Elle avait dû endurer le martyre, pendant toutes ces années. Elle se croyait fautive, à tort, et tous les raisonnements du monde n'y changeaient rien.

N'y tenant plus, il prit son visage baigné de larmes entre ses mains et essuya ses joues du revers de ses pouces.

— Je ne t'en veux pas pour cette fausse couche, Lana. Alors tu ne devrais pas t'en vouloir non plus.

— Oh.

Le timide sourire empli d'espoir qu'elle lui adressa le bouleversa et il retomba amoureux d'elle comme au premier jour.

Amoureux de la plus belle fille du monde.

Pourtant, ce soir, au restaurant, il lui avait annoncé qu'il allait épouser quelqu'un d'autre. Il était temps de faire face à ses contradictions et d'en tirer les conséquences.

Braden ne lui en voulait pas.

En théorie, Lana savait qu'elle n'était pas responsable de sa fausse couche, mais aurait-elle pu inverser le cours des choses en se reposant davantage, en mangeant et en dormant de manière plus régulière ?

Les fausses couches étaient, hélas, monnaie courante au cours des premières semaines de grossesse, sans que la moindre imprudence ait été commise. Elle le savait, mais entendre Braden le dire la libérait d'un poids énorme.

Il l'exonérait de toute faute. Et elle se sentait légère, presque étourdie de soulagement.

— Tu ne m'en as jamais voulu ?

— Jamais.

Soudain, il ferma les yeux et son visage se crispa, comme sous l'effet d'une douleur intense. Son front vint s'appuyer contre le sien.

— Tu as rompu car tu croyais que je t'estimais responsable de la mort de notre bébé ? Ne me dis pas que nous avons perdu six ans sur un malentendu !

Un regret intense teintait sa voix.

A cet instant, elle eut la certitude qu'il l'aimait toujours.

# 10

— Tu avais raison, dit Lana. Nous avions besoin de parler.

A présent, elle y voyait clair, comme si un voile s'était déchiré, le voile de sa culpabilité. En quelques mots, Braden avait su exorciser les images tristes du passé. C'étaient à présent les souvenirs heureux qui émergeaient.

Posant les mains sur ses poignets, elle plongea les yeux dans les siens et n'y lut que tendresse. Et tristesse.

Il y avait une autre femme, lui avait-il dit. Il était allé lui acheter une bague.

Cette pensée la fit retomber sur terre.

— C'est tout ce que tu voulais savoir ? demanda-t-elle doucement. Te sens-tu à présent libre de t'engager avec une autre ?

— Non. Il me reste une dernière chose à savoir.

Et il s'empara de sa bouche. Cela faisait si longtemps que personne ne l'avait embrassée, qu'*il* ne l'avait embrassée, qu'elle fut surprise par ces lèvres chaudes et douces, à la fois si exotiques et si familières, qui se posaient sur les siennes. Il s'écarta une fraction de seconde, juste le temps de lui laisser murmurer « Oh », puis leurs bouches s'unirent et leurs langues se mêlèrent en un ballet sensuel qui la laissa pantelante de désir.

Effaçant toute pensée rationnelle, les souvenirs de leurs baisers et de leurs ébats d'antan la submergeaient, faisant naître une délicieuse petite douleur dans les plis les plus intimes de sa chair. Jadis, elle avait été le prélude au plaisir. Le serait-elle cette fois ? Toutes les fibres de son corps le réclamaient.

Gouvernée par ce désir tout-puissant qui annihilait sa raison, elle se cambra contre lui pour lui signifier qu'elle voulait plus qu'un baiser. Elle voulait sentir sa peau, ses muscles, apprivoiser de nouveau ce corps dont elle connaissait tous les secrets, et le faire vibrer…

— Dites donc, vous deux ! tonna une voix masculine depuis l'entrée. Vous croyez que c'est un endroit pour roucouler ?

Elle rouvrit les yeux et s'écarta à la hâte de Braden.

Le nouveau venu, un homme d'une soixantaine d'années tenant un Stetson à la main, éclata de rire.

— Je sais que le bon Dieu en a vu d'autres, mais tout de même.

Mortifiée d'être surprise en train de « roucouler » dans la chapelle de l'hôpital où elle travaillait, elle sentit le sang lui monter aux joues. Heureusement, l'homme, habillé comme un cow-boy, ne faisait pas partie du corps médical de West Central.

— Désolé, dit Braden, pas embarrassé pour un sou. On vous laisse la place.

Le cœur cognant à tout rompre, elle se laissa escorter hors de la chapelle.

Petit à petit, la raison reprenait ses droits. Succomber de nouveau au charme de Braden serait une erreur.

Naguère, c'était ce qui avait causé le naufrage de leur relation. Ils avaient cru régler leurs différends par des réconciliations sur l'oreiller qui ne réglaient en fait rien du tout. Leurs corps communiaient alors qu'un fossé séparait leurs cœurs et leurs esprits. Et la mésentente était toujours là au réveil, plus vivace que jamais. Le sexe avait été une échappatoire pour eux, mais la réalité avait fini par les rattraper.

Quand ils traversèrent le parking, les premières lueurs de l'aube commençaient à colorer le ciel. La température était hivernale et Lana frissonna dans sa petite robe noire, sans veste.

Braden lui ouvrit la portière passager de sa voiture de sport.

— Monte, dit-il, posant la main au creux de son dos. Je vais te ramener devant El Viejo Mundo, tu reprendras ton cabriolet. Et j'aimerais que l'on se revoie ce soir, après ta garde.

— Non, nous ne devrions pas.

— Braden, enfin, te voilà ! fit une voix féminine à quelques mètres d'eux.

Lana se tourna pour voir une ravissante jeune femme blonde se diriger vers eux. Sa veste était bordée de fourrure blanche, et son souffle dessinait un panache dans l'air.

— J'ai pris le premier avion pour te faire la surprise, mais tu n'étais pas à ton hôtel. Le réceptionniste m'a dit que je te trouverais peut-être à l'hôpital. Aux urgences où travaille ton frère, ils m'ont dit que tu étais déjà parti. Bref, je commençais à désespérer…

Son regard se tourna vers Lana et la portière ouverte.

— Claudia…, dit Braden.

A son ton coupable, Lana sut qu'elle se trouvait en face de la future Mme MacDowell.

— … je ne t'attendais pas avant le week-end.

— La surprise n'en est que plus agréable, j'espère, dit Claudia, avec un sourire dévoilant des dents parfaites. Qui est cette… personne ?

Etant tout près de Braden, Lana l'entendit pousser un soupir résigné.

— C'est Lana Donnoli, mon ancienne fiancée.

— Ton ancienne fiancée ?

Le sourire de Claudia s'était figé.

— Celle dont tu n'avais pas pris la peine de me parler avant hier soir ?

Pourquoi aurait-il parlé de son ancienne petite amie à la nouvelle ?

— C'était il y a longtemps.

Ces mots d'une maladresse insigne risquaient de froisser les deux parties.

— Combien de temps ? demanda Claudia.

A sa grande surprise, Lana le devança pour répondre.

— Un peu plus de six ans. Nous ne nous étions pas revus, jusqu'à hier.

— C'est bon à savoir.

Claudia semblait éprouver moins de méfiance envers Lana qu'envers lui.

— Je vois que vous évoquiez le bon vieux temps.

Son regard se posa sur sa main, toujours au creux de la taille de Lana.

Il laissa tomber son bras et chercha une réponse diplomate, qui ne vint pas.

Claudia s'avança vers eux et s'arrêta tout près de Lana.

— On dirait que vous avez pleuré.

Soudain, ses grands yeux bleus s'emplirent eux aussi de larmes.

— Claudia, dit-il dans un murmure, déchiré par la culpabilité. J'aurais voulu t'épargner ceci.

Encore une mauvaise réponse.

— M'épargner *quoi* ? Que suis-je censée comprendre ? Cela fait neuf mois que nous sortons ensemble. Si tu as quelque chose à me dire…

— Il voulait vous éviter d'avoir à me rencontrer, répondit Lana d'un ton ferme. Il éprouve des sentiments très forts pour vous et tenait à m'en informer avant de s'engager auprès de vous.

C'était en effet ce qu'il lui avait dit la veille, mais un baiser avait, depuis, changé la donne. Voulait-il encore se fiancer à Claudia ? La réponse était non.

— Pourquoi jugeait-il bon de vous en informer ?

— Par correction, répondit Lana avec un aplomb qui l'étonna. Il savait que j'étais de retour ici et que nous nous croiserions fatalement. Il a préféré prendre les devants et m'en parler.

A en juger par l'expression rassérénée de Claudia, l'explication de Lana l'avait convaincue. Heureusement, Lana n'avait pas prononcé le mot de « fiançailles », qui aurait éveillé de faux espoirs en Claudia.

Pourtant, le mal était fait. Claudia venait ici en sachant pertinemment qu'elle allait être présentée à sa famille ; et elle espérait sans doute des fiançailles dans la foulée. C'était la suite logique, d'autant que le calendrier s'y prêtait.

Rompre avec elle allait être difficile et il redoutait le moment où il allait devoir lui annoncer que tout était fini. Si seulement elle n'avait pas avancé son arrivée, il aurait pu prétexter un changement de programme pour lui dire de rester à New York.

Lana se tourna vers lui.

— Au revoir, Braden, et bonne chance. Merci pour… pour avoir réparé ma voiture. Et pour le reste, fit-elle en fixant un regard intense sur lui. Cela m'a beaucoup aidée.

Elle commença à s'éloigner, mais il la rattrapa par le bras.

— Où vas-tu ? Je vais te ramener devant le restaurant, là où nous avons laissé ta voiture.

Une gifle cinglante retentit sur sa joue. Cette fois, c'était Claudia qui la lui donnait. Et elle lui fit moins mal que celle de Lana dans la chapelle.

— Quel restaurant ? demanda Claudia. Je croyais que tu avais une réunion de travail dans les bureaux de Cheryl Gassett.

C'était l'excuse qu'il lui avait donnée pour qu'elle ne l'appelle pas durant son dîner avec Lana. Zut, il s'était trahi.

— Et vous, dit Claudia à Lana, je ne sais pas comment vous vous y êtes prise pour vous faire inviter, mais si vous croyez le récupérer, vous allez être déçue ! Braden n'est pas le genre d'homme à mener sa petite amie en bateau…

Après l'avoir giflé, elle prenait sa défense. Les femmes étaient décidément bien difficiles à suivre.

— Je vous assure que je n'ai aucunes vues sur Braden ! dit Lana, indignée.

— Je n'en suis pas si sûre. Cela ne m'étonnerait pas que vous ayez monté cette histoire de panne de voiture, pourquoi pas retiré une pièce du moteur, pour l'obliger à vous ramener la nuit.

— C'est absurde. Je ne supporterai pas vos insultes une minute de plus !

Certains hommes auraient été excités à la vue de deux belles femmes prêtes à en découdre. Pas lui. La journée et la nuit avaient été épuisantes, ils se trouvaient à l'aube sur un parking froid et humide, et ni Lana ni Claudia n'avait la moindre idée de ce qu'il ressentait pour l'une et l'autre. Lui-même ne venait d'en prendre conscience que durant la dernière heure.

Mais il avait eu six ans pour s'en douter.

Claudia se jeta soudain dans ses bras.

— Je t'aime, Braden, dit-elle, levant vers lui ses jolis yeux brillant de larmes. Et tu m'aimes aussi. Cette femme ne pourra pas se mettre entre nous. Ce week-end, nous irons voir ta mère dans son ranch comme nous l'avons prévu, et tout rentrera dans l'ordre.

Comment pouvait-elle être sûre qu'il l'aimait alors qu'il ne le lui avait jamais dit ? Bien sûr, il avait envisagé d'inclure les trois mots dans le discours qui aurait accompagné la bague. Cette bague qu'il ne s'était pas résolu à acheter.

Quel imbécile d'avoir cru qu'il apprendrait à aimer Claudia avec le temps ! Seulement parce qu'il le fallait, parce qu'il était fatigué de son célibat et qu'elle paraissait en tout point parfaite pour partager la vie d'un P.-D.G. en devenir comme lui. Il n'aimait pas Claudia et il ne lui avait jamais menti. Enfin, il lui avait menti une fois, en lui disant qu'il travaillerait tard avec Cheryl Gassett alors qu'il avait prévu de dîner en compagnie de Lana.

Se haussant à peine sur la pointe des pieds — elle était presque aussi grande que lui —, Claudia déposa un baiser mouillé sur ses lèvres, sans doute pour montrer à l'ex-fiancée qu'elle était disqualifiée, de l'histoire ancienne.

Sans vouloir être cruel, Braden ne lui rendit pas son baiser, ce qui n'empêcha pas Claudia de rester collée à ses lèvres de longues secondes. Estimant que la comédie avait assez duré, il se dégagea doucement.

Trop tard. Lana était déjà loin sur le parking. Elle retournait vers l'hôpital en se frottant les bras pour combattre le froid.

L'hôpital avait toujours été son refuge.

Il la laissa partir.

A 8 heures, quand les équipes de nuit débauchèrent, Lana se fit raccompagner par une infirmière à l'endroit où elle avait laissé sa voiture la veille. Il n'y avait plus aucune trace de l'accident, hormis un grand panneau de contreplaqué qui remplaçait la vitrine.

Quand Lana appuya sur la télécommande, les portières se déverrouillèrent. Braden avait toujours su tout réparer, résoudre les problèmes…

— Cela va aller, se dit-elle en jetant le porte-documents sur le siège passager.

Braden et elle, c'était terminé. Et elle ne se sentait plus coupable pour la fausse couche. Ce problème aussi, il l'avait réglé, et il l'aurait fait depuis longtemps si elle lui en avait laissé l'occasion. Alors pourquoi avait-elle l'impression d'avoir un trou béant dans le cœur, un peu comme cette vitrine ?

Braden allait démarrer une nouvelle vie avec sa Claudia. Une vie qui s'annonçait prometteuse. Claudia avait de l'estime pour lui. Sa réaction à propos du rendez-vous clandestin au restaurant en attestait. Elle en avait attribué tous les torts à Lana, sans douter à aucun moment de la fidélité de Braden. Elle prendrait soin de lui et l'aiderait à gravir les quelques échelons qui le séparaient du poste suprême. Avec une telle femme à ses côtés, toutes les ambitions lui seraient permises. Tant mieux pour lui.

Lana aussi avait l'intention de réussir sa vie professionnelle, à la seule différence qu'elle resterait célibataire. Elle ne s'était jamais sentie l'âme d'une mère de famille nombreuse, et la charge de ses patients ne lui aurait de toute façon laissé ni le temps ni l'énergie de se consacrer à ses propres enfants. Or, Braden voulait des enfants, il ne le lui avait jamais caché autrefois. Claudia lui donnerait la famille de ses rêves, des bambins parfaits, beaux et blonds comme elle. Elle les habillerait à la dernière mode et les promènerait dans Central Park tandis que Braden signerait des contrats pour des millions de dollars dans la tour de P.L.I.

Lana baissa la vitre pour chasser le léger parfum de lotion

après-rasage qui flottait encore dans l'habitacle. Braden s'était assis dans ce siège pour faire des essais de moteur, après avoir remplacé la batterie. Sans doute avait-il fait le tour du pâté de maisons pour s'assurer que tout allait bien.

Tout allait bien.

Pourtant, elle n'avait pas envie de passer le restant de sa vie seule. Elle voulait quelqu'un pour l'aimer, veiller sur elle, lui porter des sandwichs lorsqu'elle aurait faim, des chaussures confortables lorsqu'elle aurait mal aux pieds. Quelqu'un qui saurait lui éviter les heures d'attente chez le garagiste.

En un mot, elle voulait Braden.

Trop épuisée pour rentrer chez elle, elle appuya la tête contre le volant. Là où il avait sans doute posé les mains… Et elle laissa libre cours à son chagrin.

Deux heures plus tard, un coup frappé à la vitre la réveilla. Un homme en tenue de cuisinier la regardait d'un air inquiet. Elle lui sourit pour le rassurer et s'empressa de mettre le contact. Comme elle reculait pour sortir du parking, elle le vit ouvrir la porte de service du restaurant.

Une nouvelle journée de travail commençait, même pour les gens qui avaient passé la nuit dans leurs voitures. En plus d'être courbaturée de partout, elle se sentait aussi épuisée que la veille.

Ce ne serait pas la première fois qu'elle enchaînerait sur une garde dans cet état. A moins qu'elle ne fasse l'école buissonnière. Pas complètement, bien sûr, mais elle pourrait aller chercher les dossiers dont elle avait besoin pour travailler chez elle.

Elle était son propre patron dans l'unité de recherche et d'études cliniques et n'avait de comptes à rendre qu'à l'administrateur en chef de l'hôpital. D'après les quelques conversations téléphoniques qu'ils avaient échangées, il ne rendait jamais de visites impromptues à l'hôpital, et ne convoquait pas de réunions-surprises.

En entrant dans le hall de West Central quelques instants

plus tard, toujours vêtue de sa robe noire, ses sabots blancs aux pieds, elle avait conscience du spectacle incongru qu'elle offrait. Mais le personnel médical ne s'étonnait plus des tenues originales des uns et des autres. La veille au soir, un médecin d'astreinte portait un maillot et un pantalon de base-ball sous sa blouse blanche, et il avait eu droit à des « Jolies chaussettes » moqueurs, sans plus.

Heureusement, elle ne croisa personne de sa connaissance jusqu'au secrétariat de son bureau où Myrna était là, fidèle au poste.

Après avoir salué cette dernière, elle entra dans son bureau et s'immobilisa à la vue d'un vase à col étroit qui contenait trois roses à longues tiges de couleurs différentes.

— Elles sont magnifiques, n'est-ce pas ? dit Myrna qui l'avait suivie. C'est de la part de ce directeur de P.L.I. qui dit si bien vous connaître et que vous ne connaissez en revanche pas du tout. Au fait, comment s'est passé votre dîner, hier soir ?

Dans l'état de fatigue où elle se trouvait, Lana n'avait vraiment pas envie de se lancer dans des explications. Sans mot dire, elle rassembla ses dossiers.

— C'est inhabituel de faire livrer trois roses, reprit Myrna qui ne semblait pas se formaliser de son silence. D'habitude, on les offre à l'unité ou à la douzaine. Alors, je suis allée voir sur internet ce qu'un bouquet de trois signifiait. Devinez.

Lana s'appuya contre la table. Si elle s'asseyait dans le fauteuil, elle s'endormirait.

— Je n'en ai aucune idée.

— Trois, pour un couple et leur amour. Il croit que vous formez un couple.

Le couple, c'était Braden et Claudia. Elle était de trop.

— Vous êtes sûre que ces fleurs viennent de lui ? demanda-t-elle, se retenant de dire à son assistante que ses explications étaient farfelues.

Quand Braden aurait-il eu le temps de passer chez un fleuriste, alors qu'il l'avait laissée à l'aube sur le parking de l'hôpital ? D'autant que Claudia ne le quittait certainement pas d'une semelle, depuis.

— Elles pourraient venir d'un autre admirateur ? dit Myrna, impressionnée. Oh ! je sens que je vais aimer travailler avec vous si nous recevons des bouquets tous les jours !

Lana rit malgré elle. La familiarité taquine de Myrna lui plaisait ; elle avait besoin de chaleur et d'amitié après le tourbillon de ces premiers jours à West Central.

— Rouge, blanc et orange, c'est une combinaison étrange, dit Lana. Peut-être le fleuriste se débarrassait-il des invendus.

— Vous ne savez pas ce que ces couleurs signifient ? demanda Myrna.

La rose rouge signifiait : « Je vous aime. » C'était toute l'étendue de ses connaissances en langage des roses. Claudia recevait sans doute des brassées de roses rouges.

— La rose rouge signifie « Je vous aime », la blanche que ses intentions sont honorables, et l'orange exprime la passion.

— Rien que ça, dit Lana, s'efforçant de prendre un ton sarcastique pour cacher son émotion.

— Tous les sites internet le confirment. Vous ne lisez pas la carte ?

De ses doigts tremblants, Lana détacha l'enveloppe qui était collée sur le vase et lut les deux lignes inscrites sur la carte.

« Pourquoi es-tu au travail ? Tu as fait suffisamment d'heures supplémentaires cette nuit. Rentre chez toi. »

Un rire lui échappa. Le ton était davantage celui d'un mari grognon que d'un admirateur romantique.

— Désolée, Myrna. Il ne parle ni d'amour ni de passion.

D'une manière détournée, le message montrait qu'il s'inquiétait de son bien-être, plus qu'elle-même ne s'en inquiétait. La connaissant bien, il savait qu'elle ne se ménageait pas, et il la rappelait à l'ordre.

La culpabilité revint la narguer — les vieux réflexes avaient la vie dure —, mais elle parvint à la chasser. La fausse couche n'était pas sa faute. Braden le lui avait assuré.

— J'ai été appelée aux urgences cette nuit, dit-elle à Myrna. Je vais travailler de chez moi, aujourd'hui.

Elle alluma l'ordinateur et copia les cinq fichiers dont elle avait besoin sur une clé USB.

— C'est étrange que le Dr Montgomery n'ait pas laissé d'ordinateur portable. Je n'arrive pas à croire qu'il n'ait eu que ce P.C.

Elles fouillèrent dans les placards, et jusque dans les classeurs à tiroirs, au cas où son prédécesseur y aurait caché un portable contenant des données de recherche ultra-confidentielles. Elles ne trouvèrent rien.

— Peut-être utilisait-il son portable personnel. Je lui poserai la question lorsqu'il rentrera de vacances.

Prenant aussi une dizaine de classeurs et dossiers papier, elle se dirigea vers la porte, chargée comme un mulet. Le vase à la main, Myrna la prit de vitesse pour tourner la poignée.

— Vous alliez oublier vos fleurs. Donnez-moi quelques dossiers, dit-elle en s'emparant d'autorité de classeurs qu'elle glissa sous son bras libre. Je vais vous aider à porter tout cela jusqu'au parking.

Contrairement à ses appréhensions, Lana n'était pas seule ce matin. Myrna veillait sur elle.

Braden, lui, avait Claudia.

# 11

— Je ne suis pas en état d'avoir une conversation civilisée avant d'avoir pris mon café, dit Claudia en gonflant ses cheveux blonds devant le miroir. Attends que le service d'étage arrive, d'accord ?

Elle revint vers lui en défaisant la ceinture du peignoir de courtoisie de l'hôtel.

En ce mercredi après-midi, ils étaient dans la suite présidentielle du Quatre Saisons et Braden rongeait son frein. Ils avaient dormi six heures et cela suffisait. Maintenant, il avait hâte d'avoir une conversation sérieuse avec Claudia afin de mettre un terme à leur relation. Plus vite ce serait fait, plus vite il pourrait remettre sa vie sur des rails qu'elle n'aurait jamais dû quitter.

Laissant le peignoir glisser de ses épaules, Claudia s'allongea sur le canapé-lit à côté de lui. Dans son audacieux déshabillé en satin ivoire incrusté de dentelles, elle offrait un spectacle qui n'aurait laissé aucun homme insensible.

Braden était un homme normalement constitué. Qui souffrait d'un mal de dos carabiné pour avoir passé la nuit, ou plutôt la matinée, sur ce canapé de malheur.

En sortant de la salle de bains, il avait trouvé Claudia endormie, ou feignant d'être endormie, dans le lit *king size* de la chambre. Après la réserve avec laquelle il l'avait traitée, sans doute avait-elle compté sur ses charmes pour remettre leur relation d'aplomb. Mais, pressentant le piège, il s'était sagement retranché dans le salon de la suite, et avait déplié ce luxueux canapé-lit qui s'était révélé des plus inconfortables.

Claudia posa la joue sur l'oreiller près de la tête de canapé où il était adossé, vêtu en tout et pour tout de son pantalon de pyjama. Un sourire ensommeillé aux lèvres, elle tendit le bras pour caresser du bout des doigts son torse nu.

— Non, Claudia. Il faut que l'on parle.

Elle lui adressa un regard langoureux.

— Tu es sûr ?

Il se pencha pour ramasser le peignoir et le remettre sur elle. Le sourire de sirène de Claudia disparut aussitôt, remplacé par l'expression dure et déterminée de quelqu'un qui s'apprêtait à mener une négociation serrée.

Avait-elle vraiment eu envie de faire l'amour avec lui, ou n'était-ce que simulé ? Et avait-elle toujours simulé depuis qu'ils se connaissaient ?

Quels que fussent les véritables sentiments qu'elle éprouvait pour lui, elle n'allait pas céder sans se battre. Qu'elle soit venue au Texas prouvait qu'elle tenait à lui, sinon à sa personne, du moins au statut social, à la fortune et au futur titre de Mme MacDowell.

On frappa à la porte.

— C'est le garçon d'étage.

Elle se leva, enfila le peignoir et se dirigea gracieusement vers le vestibule.

— Tu devrais replier le canapé, dit-elle. Tout le monde saura que nous avons eu une dispute d'amoureux.

Pour avoir une dispute, encore aurait-il fallu qu'ils se parlent. Elle avait évité toute discussion sérieuse depuis qu'ils avaient quitté Lana sur le parking. Sans doute sentait-elle, grâce à son sixième sens féminin, qu'il était sur le point de prendre ses distances, et elle avait fait semblant de s'endormir dès leur arrivée afin de ne pas lui laisser l'occasion d'aborder le sujet qui fâchait.

Il lui laissa le temps qu'il fallait pour congédier le serveur et se préparer le café au lait sucré — trois sucres, écœurant — sans lequel elle ne pouvait démarrer la journée.

Pleine de sollicitude, elle lui apporta une tasse — de café noir — et se rassit à côté de lui.

Il attaqua.

— Hier, au plutôt ce matin, tu as dit que tu m'aimais.

— Eh bien, c'est ce qui s'appelle entrer dans le vif du sujet.

— J'aimerais savoir ce que cela signifie pour toi, dit-il sans se laisser émouvoir par son ton ironique.

Elle sirota son café.

— Dès le premier jour où je t'ai vu, j'ai su que j'avais rencontré mon double masculin, mon égal. Nous visons tous les deux l'excellence, et les mêmes buts, le succès, la réussite…

Sentant peut-être que sa réponse manquait de romantisme, elle poussa un soupir et se leva pour poser sa tasse sur la table basse — table qu'il avait dû pousser pour déplier le lit.

Puis elle revint vers lui et s'assit en ramenant les jambes sous elle, telle une geisha s'apprêtant à servir le thé à son maître.

— Je te ferai grâce des phrases sentimentales du genre « Tu es ma moitié », ou « Tu me complètes. » Je préfère dire que nous sommes complémentaires. A deux, nous sommes capables d'atteindre des sommets que nous ne pourrions gravir seuls. Ta réussite dépend de moi, et vice versa.

Quelques jours auparavant, il pensait de même. Jusqu'à ce qu'il revoie Lana et comprenne que son cœur n'avait jamais battu pour Claudia. Qu'il avait continué d'appartenir à Lana durant ces six années.

— Tout ce que tu dis décrit très bien un partenariat d'affaires. Mais où est l'amour dans tout cela ? Je suis désolé, Claudia, mais il faut que l'on arrête de se voir. Toi et moi, nous avons vécu de bons moments, et il vaut mieux rester sur ce…

— Je me battrai pour te garder, Braden, car tu en vaux la peine. Je suis là pour ça, alors, écoute-moi. Ne laisse pas une ex-petite amie de lycée te tourner la tête. Cet engouement est passager, ce serait stupide de renoncer à moi pour une fille qui n'a même pas essayé de te retenir hier soir. Cette Lana est une perdante, tu n'as rien à faire avec elle.

Claudia marquait un point en le faisant s'interroger sur les sentiments de Lana à son encontre. Rien ne lui garantissait qu'elle voudrait encore de lui, qu'elle lui accorderait une seconde chance, six ans après.

— Ou était-ce ce matin, et pas hier soir ? fit Claudia. Seigneur, j'en perds la notion du temps.

Dans une envolée de peignoir blanc, elle se leva pour aller chercher son portable et revint s'asseoir près de lui.

— Ton assistante ne pourra pas tenir indéfiniment le fort, dit-elle en faisant glisser son index sur l'écran de son smartphone. Rentre avec moi à New York, chéri. Il y a une réception à l'ambassade indienne demain, j'ai hâte de voir des saris au lieu des sempiternels tailleurs Stella McCartney ou Vivien Westwood.

De toute évidence, Claudia pensait obtenir gain de cause en insistant. Comédienne chevronnée, elle parvenait à conserver un calme olympien et à ne pas montrer le moindre signe de colère alors qu'il venait de lui déclarer son intention de rompre. Loin de hausser le ton, elle lui parlait patiemment pour le ramener dans le droit chemin, un peu comme une mère à un gamin qui aurait été tenté de faire des bêtises.

En son for intérieur, il saluait son cran, mais il ne céderait pas. Claudia et lui, c'était terminé, qu'elle le veuille ou non.

— Mon assistante ne me remplace pas. Je suis assez grand pour diriger mon service à distance, ce que je vais d'ailleurs continuer à faire puisque j'ai l'intention de revenir m'installer de manière permanente à Austin.

Cette fois, elle accusa le choc.

— Mais notre vie est à Manhattan. Tous nos amis se trouvent là-bas.

— *Ta* vie est là-bas, Claudia. Fut une époque où je croyais que tu serais contente de me rejoindre ici. Je t'imaginais évoluant à mes côtés dans la bonne société d'Austin.

— Parce qu'il y a autre chose que des cow-boys, ici ?

Le sarcasme faillit lui arracher un sourire.

— Austin est la capitale du Texas. Il y a une vie mondaine, le gouverneur donne des bals en son palais, où se côtoient magnats du pétrole et politiciens. La ville est un centre financier, culturel…

— On ne dirait pas, dit-elle en s'approchant de la fenêtre pour jeter un coup d'œil dédaigneux à la ville située sur l'autre rive de Lady Bird Lake. Bien sûr, je prendrai l'avion pour te rejoindre aux réceptions, mais rien ne nous oblige à établir notre résidence principale ici. Après tout, tu as un jet à ta disposition, et les quartiers généraux de P.L.I. ont toujours été à New York.

Elle ne comprenait pas. Il allait falloir lui mettre les points sur les *i*.

— Ne vois-tu pas que tout nous sépare, Claudia ? Je suis prêt à quitter New York alors que toi, tu n'en supportes pas l'idée. Nous ne sommes complémentaires qu'en surface, la vie ne se résume pas à s'afficher ensemble à des soirées pour offrir l'image d'un couple à qui tout réussit.

— Parce que tu crois que ton ancien amour de lycée sera prête à te suivre ici ? Je n'en suis pas si sûre. Depuis que j'ai appris son existence, j'ai fait quelques recherches sur internet : elle a travaillé à Washington D.C., et son *curriculum vitæ* montre qu'elle a des ambitions. Entre une promotion intéressante et rester à Austin pour tes beaux yeux, elle n'hésitera pas longtemps.

Faux. Lana aimait Austin. Elle avait toujours rêvé d'y ouvrir un cabinet de généraliste et de suivre les familles texanes sur des générations.

Il était sur le point de répliquer à Claudia qu'elle se trompait quand un doute s'immisça dans son esprit. Leur rupture n'aurait pas dû empêcher Lana de réaliser son projet dans cette ville qui l'avait toujours fascinée. Elle adorait ses cow-boys et ses *hipsters*, ses nostalgiques de la *Beat Generation* désormais aux avant-gardes de l'informatique et de la musique. Or, au lieu d'ouvrir son cabinet ici, elle avait déménagé à Washington D.C., une ville pour laquelle elle n'avait jamais manifesté d'intérêt particulier. Elle y avait abandonné ses premières amours, la médecine généraliste, pour se tourner vers la recherche et prendre ses distances avec les patients.

Ce qui était dommage. Il lui avait suffi de la voir aux urgences pour constater qu'elle avait un contact et une empathie incroyables avec les malades.

Quelque chose lui échappait dans le parcours qu'elle avait choisi.

Perplexe, il frotta son menton où la barbe commençait à poindre.

— Tu es en train de te demander si ta Lana sacrifierait sa carrière pour soutenir la tienne, n'est-ce pas ?

Claudia semblait jubiler. Son excitation était telle qu'elle en oubliait de lui cacher sa colère.

— Je sais une chose, Claudia. C'est que je me suis menti à moi-même toutes ces années en croyant ne plus aimer Lana. Quand je t'ai rencontrée, je voulais sincèrement construire quelque chose avec toi, mais je me leurrais. Excuse-moi pour la peine que je te cause. Je ne t'accompagnerai pas à la réception de l'ambassade demain, mais il faut tout de même que je rentre à New York. Je suppose que tu comptais revenir dans le jet ?

— Tu me vois voyager en classe touriste dans un avion de ligne ? répondit-elle, le foudroyant du regard.

— Dans ce cas, fais ta valise. Je compte partir dans une demi-heure.

Lana s'adossa à l'immense fauteuil en cuir de son prédécesseur. En ce jeudi après-midi, elle venait de relire les analyses préliminaires du Dr Montgomery concernant les recherches en cours et, il n'y avait pas de doute. Il s'était trompé sur les chiffres de deux d'entre elles, le pentagab et un autre programme expérimentant un médicament contre le syndrome du côlon irritable. Dans les deux cas, il avait conclu que les molécules actives avaient de meilleurs résultats que les *placebos*.

Or, elle avait refait les calculs elle-même, et le résultat était sans appel. Braden avait eu raison : le pentagab n'avait aucune efficacité réelle pour les adultes.

Restait à comprendre pourquoi le Dr Montgomery affirmait le contraire. S'agissait-il d'erreurs de calcul ? Une erreur aurait pu se concevoir, mais plusieurs… Non, il fallait se rendre à l'évidence, son mentor de jadis avait délibérément falsifié les chiffres pour cacher l'échec de ses programmes. Le stress qu'il avait dû ressentir en se rendant coupable d'un tel acte avait dû entraîner sa crise cardiaque.

La porte s'ouvrit et Myrna entra, portant d'une main la corbeille du courrier — la troisième de la journée.

— Vous, vous avez votre tête des mauvais jours, dit-elle. J'ai quelque chose pour vous remonter le moral.

De son autre main, elle sortit de derrière son dos un panier en osier contenant une composition florale de jacinthes, narcisses et renoncules.

— Etes-vous allée voir sur internet ce qu'elles signifient ? demanda Lana.

A son grand dam, sa voix se teintait d'une note d'espoir.

— Non. Ce ne sont pas des fleurs coupées, mais des plantes entières. Vous pourrez replanter les bulbes au printemps.

Dans l'affreuse jardinière en ciment de son appartement du second étage ? Non, ces fleurs seraient mieux dans le jardin de Myrna.

— Je me demande ce qu'il enverra le jour de la Saint-Valentin, dit Myrna, que ces livraisons florales semblaient beaucoup amuser.

— *Il* ne m'enverra rien du tout pour la bonne raison qu'il est fiancé à une autre.

Le sourire de son assistante s'évanouit.

— Vous êtes sûre ?

— J'ai vu sa fiancée.

— Le salaud !

Lana tendait la main vers l'enveloppe épinglée au bolduc quand Myrna, rapide comme l'éclair, saisit la carte et se précipita dans le couloir pour abreuver d'insultes, en espagnol, quelqu'un qui y attendait.

Pourquoi s'en prenait-elle à un innocent livreur de fleurs ? A moins que…

Lana sortit dans le couloir juste à temps pour voir Myrna administrer une claque retentissante à Braden.

— Espèce de vil séducteur ! dit Myrna en revenant à la langue de Shakespeare. Si j'avais su que vous étiez fiancé à une autre, je ne vous aurais jamais aidé !

— Je ne suis *pas* fiancé, Myrna, dit Braden en se frottant la joue. C'est justement ce que j'expliquais dans la carte que vous tenez.

En jean et chemise à carreaux, il ressemblait au Braden dont elle était tombée amoureuse autrefois, et plus au directeur de P.L.I. en costume cravate qui avait signé l'arrêt de mort du service le lundi précédent.

— Comment cela, tu n'es pas fiancé ? demanda Lana en s'avançant.

Sur le parking, l'autre matin, Claudia avait clairement affirmé ses droits sur lui, et il n'avait pas démenti.

— Allons dans un endroit tranquille et je t'expliquerai tout.

— Je ne peux pas, j'ai du travail.

— Mais si, allez-y, dit Myrna, visiblement passée en quelques secondes de la colère à l'attendrissement.

Décidant pour eux deux, Braden prit le bras de Lana et l'entraîna dans le bureau dont il referma la porte.

— Que fais-tu ici ? dit-elle. Je te croyais à New York.

— J'y étais, le temps de déposer Claudia dans sa ville d'élection, de régler deux trois affaires au bureau et de faire ma valise pour revenir définitivement dans *ma* ville d'élection. Le P.-D.G. de P.L.I. a annoncé officiellement aujourd'hui qu'un nouveau site de recherche allait voir le jour à Austin. Les locaux devraient être livrés en fin d'année, ils accueilleront entre autres mes bureaux.

Elle avait du mal à y croire. Son cœur cognait à tout rompre.

— Ecoute, il est 5 heures, dit-il, et je n'ai pas mangé grand-chose de la journée. Poursuivons cette conversation dans un restaurant ; ou mieux encore, tu rendrais ma mère très heureuse en acceptant de venir dîner au ranch.

— Ce soir ?

Sur la défensive, elle croisa les bras sur sa poitrine. Elle avait peur d'y croire. Allait-elle au-devant d'une nouvelle désillusion ?

— Nous pourrons parler de l'avenir de ton service, dit-il comme pour l'amadouer. J'ai réfléchi et j'ai peut-être trouvé un moyen de sauver le programme pentagab pour les enfants.

— La molécule des adultes est inefficace, tu avais raison, dit-elle par souci d'honnêteté.

— Mais sur les enfants, l'effet thérapeutique semble bel et bien exister. Bien sûr, il faut poursuivre les recherches pour s'en assurer.

— Si j'ai bien compris, dit-elle en souriant, tu me fais du chantage : le dîner chez ta mère contre la poursuite des recherches.

— Et que réponds-tu ?

— Que c'est un faible prix à payer pour sauver des enfants. En route pour le ranch !

# 12

Le dîner fut moins embarrassant que Lana ne l'avait craint. Marion ne semblait pas surprise par son arrivée. En fait, elle s'étonna de la voir arriver sans valise.

— Je croyais que vous deviez passer le week-end au ranch.

— Maman, dit Braden en lançant à cette dernière un regard où Lana lut un avertissement. Lana et moi sommes ici uniquement pour parler affaires.

— Comme vous voudrez, dit leur hôtesse avec un sourire entendu. En tout cas, ma chère, vous serez toujours la bienvenue à River Mack Ranch.

Au cours du dîner, la conversation dériva naturellement vers le Dr Montgomery qui, en plus d'être un ami proche des MacDowell, était le médecin attitré de Marion. A sa grande surprise, Lana apprit que le bon docteur n'avait plus donné signe de vie à Marion depuis quelques semaines.

Etait-il possible que ses vacances n'en soient pas vraiment ? Qu'il ait pris la fuite, craignant que l'on découvre ses agissements ?

Refusant d'envisager cette hypothèse, Lana s'efforça de participer à la conversation autour de la table, mais le cœur n'y était pas.

Lana aida son hôtesse à débarrasser la table et à charger le lave-vaisselle.

— Allez donc retrouver Braden, dit Marion. Il doit être à

l'écurie. A chacune de ses visites, il va dire bonjour à Thunder, son cheval.

Se retrouver en tête à tête avec Braden était son souhait le plus cher, mais elle appréhendait également cet instant. Et si ses espoirs étaient de nouveau déçus ?

Elle le trouva en effet dans l'écurie. Il avait coiffé son Stetson, qui le rendait encore plus séduisant. Entouré de ses chevaux qui renâclaient et hennissaient, il incarnait le cow-boy dans toute sa virilité.

Les odeurs de foin et de cuir firent affluer les souvenirs du temps où ils se cachaient là pour s'embrasser, et plus.

— Tu as nourri les chevaux ? demanda-t-elle en s'approchant du box d'un pur-sang à la robe d'un noir d'ébène.

— Oui. Ils sont prêts pour la nuit.

Comme s'il était sur la même longueur d'onde qu'elle, il l'enlaça et elle s'abandonna à son étreinte en silence. L'heure n'était pas aux discours, mais au langage des corps, au désir. D'un geste, il défit le bouton de sa veste et posa une main, douce et chaude, sur sa hanche pour l'attirer contre lui tandis que l'autre glissait sous sa veste pour aller se poser au creux de son dos.

— Je t'aime, Lana, murmura-t-il contre ses lèvres. Je n'ai jamais cessé de t'aimer durant toutes ces années.

— Moi aussi, je t'aime, Braden.

Elle noua ses bras autour de son cou, non sans avoir au préalable envoyé valser le Stetson, prérogative de toute Texane qui se respectait. Le chapeau disparut dans le dos de Braden, mais elle ne l'entendit pas tomber sur le sol de terre battue pour la bonne raison que Braden s'empara de sa bouche. Son propre soupir d'acquiescement emplit ses oreilles.

Le sang cognait à ses tympans. Cela faisait si longtemps… Emportée par le désir, elle se rendit compte qu'elle avait les deux mains sur la boucle de ceinture de Braden, comme si son corps, en pilotage automatique, s'était rappelé qu'une main seule ne suffisait pas à défaire la ceinture d'un cow-boy.

Six ans qu'elle attendait ce jour… Et pourquoi ?

Parce qu'il était parti. En faisant passer ses ambitions avant elle. Avant leur amour.

Soudain refroidie par cette pensée, elle recula et alla cogner contre la porte du box. Dérangé dans son repos, l'énorme pur-sang passa la tête par-dessus la porte pour la pousser de son museau.

Un cri lui échappa.

— Lana, ma chérie, ce n'est rien. Thunder ne te ferait pas de mal. Tout va bien ?

— Non.

Elle s'écarta de lui et du cheval.

— Non, ça ne va pas. Que sommes-nous en train de faire ?

— Nous reprenons là où nous nous étions arrêtés il y a six ans. Jamais nous n'aurions dû nous séparer.

— A qui la faute, Braden ? Qui est parti à l'autre bout du pays parce que la médecine et moi ne lui suffisions plus ?

— C'est faux. La médecine n'était pas ma voie, certes, mais je n'ai jamais eu l'intention de te quitter. Je croyais que tout était clair, nous n'allons pas revenir sur le passé indéfiniment, Lana. Il faut désormais regarder vers l'avenir, *notre* avenir.

— Parce que tu crois que notre amour peut renaître de ses cendres ?

— Il n'est jamais mort. La preuve, ce baiser que nous venons d'échanger.

— Ce n'était que de l'alchimie physique. Je ne te parle pas de notre compatibilité au lit, mais d'amour.

— Mais moi aussi ! Je veux que tu deviennes ma femme et la mère de mes enfants.

— Il y a quelques jours, c'est à Claudia que tu voulais passer la bague au doigt.

— Je ne lui ai jamais acheté cette bague. Dès l'instant où je t'ai revue, dans la salle de réunion, j'ai su que je ne pourrais pas me fiancer avec Claudia. C'est toi que j'aime, Lana. Cela a toujours été toi, dit-il en s'approchant doucement pour la prendre dans ses bras.

Posant sa joue contre son épaule, elle se mit à pleurer.

Sur le chemin du retour, Lana avait repris ses esprits.

— Je ne peux pas être ta femme, Braden, dit-elle comme la voiture était arrêtée à un feu rouge. Nous n'avons pas les mêmes objectifs dans la vie. Ce qui nous séparait il y a six ans n'a pas disparu d'un coup de baguette magique.

— Eh bien, nous serons un couple atypique. Qui a dit qu'on avait besoin d'embrasser la même carrière pour être heureux ?

— Alors, tu veux qu'on s'épouse pour le seul but égoïste d'être ensemble ?

— Tu connais une meilleure raison de s'épouser ? D'ailleurs, nous ne serons pas ensemble tout de suite. Le nouveau centre de recherche d'Austin ne sortira pas de terre avant un an, et entre-temps, je serai amené à faire la navette entre New York et ici.

Elle sentit sa gorge se serrer.

— Un an, il y a du progrès, dit-elle, s'essayant à la dérision pour cacher son amertume. Jadis, tu me demandais d'attendre deux ans. Non, Braden, cela ne marchera pas.

Il ne répondit pas car le feu passa au vert. Il avait probablement besoin de toute son attention pour naviguer dans la circulation, dense à cette heure du soir. A moins qu'il n'ait renoncé à la convaincre.

Braden déposa Lana sur le parking de l'hôpital. Elle avait encore du travail à terminer, lui avait-elle dit, et il préférait ne pas insister pour la raccompagner chez elle. C'était Lana, dévouée à ses patients de jour comme de nuit, et il devait l'accepter comme elle était.

— Je ne te fixe pas de nouveau rendez-vous, dit-il après avoir coupé le moteur. Il vaut mieux s'en tenir là.

Non sans soulagement, il vit la déception s'inscrire sur son visage. Tant mieux. Cela lui donna le courage de jouer son va-tout.

— Je ne veux pas sortir avec toi.

— Je croyais que tu voulais une seconde chance ?

— Pour t'épouser. Pas pour recommencer le rituel des

sorties. Je veux être de retour dans ta vie de plain-pied, pas repartir de zéro. Je veux savoir ce qui t'intéresse, ce qui te tracasse, m'immerger dans ton quotidien. Et j'ai aussi quelques questions à te poser. Pourquoi n'as-tu pas ouvert le cabinet dont tu rêvais jadis ? Qu'est-ce qui t'en a dissuadée et pourquoi as-tu choisi la recherche ? Et regrettes-tu ton choix ?

— Il faudrait des heures pour répondre à toutes tes questions.

— Des jours.

Elle avait ouvert sa portière, et semblait hésiter. A charge pour lui de la rassurer.

— Accorde-moi le week-end de la Saint-Valentin pour te faire changer d'avis. Juste toi et moi. Tu verras, c'est en réalité plus simple qu'il n'y paraît.

— Demain, vendredi 14 février, j'ai une réunion avec le directeur de l'hôpital. S'il me demande de travailler sur un dossier en urgence, je serai bloquée dans mon bureau durant tout le week-end.

Le portable de Braden sonna et il s'empressa de l'éteindre. Son père aussi détestait ces maudits appareils qui avaient le chic pour sonner au mauvais moment. Quand Charles voulait échapper à son travail et à l'hôpital, il débranchait son portable et emmenait ses fils camper au bord du lac.

Un déclic se fit dans sa tête.

— Voilà ce que je te propose : demain, tu as ta réunion, et moi, j'ai des dossiers à étudier. Mais samedi matin, je viendrai te chercher et nous irons camper en pleine nature en laissant nos portables derrière nous.

— On va geler en cette saison.

Malgré son objection, une lueur d'excitation brillait dans ses yeux.

— Pas dans une tente. Nous prendrons les chevaux.

— Je ne suis pas montée à cheval depuis des siècles, dit-elle, une note de regret dans la voix.

C'était lui qui l'avait initiée à l'équitation autrefois, et elle s'était révélée une élève très douée.

— A Washington D.C., j'avais tellement de travail que

je n'ai même pas eu le temps de chercher des adresses de centres équestres.

— Maintenant que tu es de retour au Texas, il va falloir t'y remettre. Et si cela peut aider ma cause, je te prêterai mes chevaux. J'en ai de toutes sortes, des dociles, des intrépides, tu choisiras. Alors, c'est décidé, dit-il, poussant son avantage. Réserve ton samedi et ton dimanche pour moi. Pour nous.

— Mais nous parlerons ? Le but de cette expédition est de nous permettre d'aplanir nos différends, n'est-ce pas ?

— Nous parlerons. Sous les étoiles. Autour du feu.

Et il comptait bien ne pas s'en tenir là.

# 13

Debout près du feu, Braden regardait les hectares de prairies vallonnées qui descendaient en pente douce vers la berge des rapides de River Mack. C'était la terre que ses frères et lui avaient hérité de leur père, et il était content d'être de retour, pour de bon. Jamais plus il ne s'éloignerait de ses racines. Boston et New York faisaient partie de son passé ; le ranch de son enfance était son avenir.

Lana se trouvait à sa place, ici. Ils étaient venus pour parler et ne s'en étaient pas privés. Laissant sa voiture de sport au ranch, ils avaient pris l'un des véhicules tout-terrain auquel ils avaient attaché la remorque des chevaux — Thunder et Queenie, une jument alezane très docile.

Lana lui avait parlé de son entrevue de la veille avec le directeur de l'hôpital, qui lui avait demandé d'obtenir des « résultats » dont dépendrait le sort du service de recherche. La menace voilée n'avait pas semblé l'impressionner outre mesure, mais Braden se promettait de suivre le dossier de près. Lui aussi était un actionnaire de l'hôpital et, pas n'importe quel actionnaire ; il était un MacDowell dont la parole avait du poids au conseil d'administration.

Durant la promenade à cheval, Lana lui confia ses soupçons sur le Dr Montgomery. D'après elle, il l'avait engagée uniquement pour payer les pots cassés, c'est-à-dire répondre de ses fautes à lui. Soupçonner leur ancien professeur lui répugnait visiblement, mais le long silence de ce dernier ne plaidait pas en sa faveur.

Il restait toujours injoignable, sa croisière durait décidément bien longtemps. Sans doute avait-il avec lui l'ordinateur contenant les données incriminantes. Une confrontation était inévitable. Lana allait devoir réclamer l'ordinateur, qui appartenait à West Central. Si ses soupçons se confirmaient, elle devrait également engager des poursuites contre leur ancien professeur afin de sauver sa propre tête.

A la tombée de la nuit, le froid s'accentua et Lana s'assit en face du grand feu que Braden avait allumé. Elle avait du mal à détacher son regard de lui tandis qu'il préparait les chevaux pour la nuit, étalant une couverture sur leur dos après avoir raccourci les longes. Plus tôt dans la soirée, elle l'avait aidé à tendre une corde entre deux arbres afin de délimiter un périmètre sécurisé pour Thunder et Queenie.

Si leur enfant avait vécu, il aurait eu cinq ans et Braden lui aurait peut-être appris à faire ces nœuds compliqués autour des troncs et des brides. Il lui aurait offert un poney, ainsi qu'une petite tenue de cow-boy, ou de cow-girl si ç'avait été une fille…

Ces pensées ne servaient qu'à lui faire du mal. Elle reporta son attention sur le feu tandis que Braden allait chercher quelque chose dans le 4x4. Elle ne devait pas oublier que, six ans auparavant, il avait choisi de vivre à Boston pour y faire ses études et que leur enfant n'aurait vu son père qu'une fois tous les six mois, au cours des vacances universitaires. Hélas, rien n'avait changé aujourd'hui. S'ils avaient un enfant, Braden ne le verrait qu'entre deux voyages car, même s'il avait l'intention de s'installer à demeure à Austin, ses responsabilités l'amèneraient à sillonner les Etats-Unis. P.L.I. ne mettait pas un jet à sa disposition pour rien.

Il revint vers elle, deux flûtes de champagne à la main.

— Joyeuse Saint-Valentin avec un jour de retard.

Un sourire forcé aux lèvres, elle prit le verre qu'il lui tendait.

— Quelle bonne surprise !

Assis côte à côte, ils burent leur champagne en silence. Le

feu crépita bruyamment et Thunder secoua sa crinière. Lana finit son verre. Par où commencer ?

— Alors, dis-moi pourquoi tu n'as pas ouvert ton cabinet de généraliste une fois ton internat terminé ? demanda-t-il, lui évitant la peine de trouver une entrée en matière. Qu'est-ce qui t'a empêchée d'acheter le cabinet du Dr Forrest ?

— Sans toi, ce projet ne rimait plus à rien…

Elle choisit de parler franchement, quitte à le faire culpabiliser.

— Dans ma tête, j'avais imaginé notre avenir : nous aurions travaillé et vécu ensemble, sans jamais nous quitter. Et puis, tu as…

Ah non, pas question de reprendre ses récriminations. Elle lui avait dit une fois pour toutes ce qu'elle pensait de son comportement ; elle n'allait pas y revenir, telle une épouse acariâtre rappelant sans cesse ses manquements à son mari.

— Je sais, je t'ai laissée assumer ta grossesse seule. Mon départ pour Boston était dû à mon immaturité. Je n'avais pas besoin d'aller à Harvard pour passer un diplôme de commerce et de gestion, l'Université du Texas proposait un fort bon cursus également. Excuse-moi pour ce que je t'ai fait subir.

C'étaient les mots qu'elle voulait entendre. Suffiraient-ils à effacer sa peine ?

— Harvard a un prestige que n'ont pas Baylor ou Rice au Texas, dit-elle s'obligeant par honnêteté à prendre sa défense. Je ne qualifierais pas ton projet d'immature. Egoïste, peut-être, mais pas immature.

— A l'époque, Harvard était un mot magique pour moi. Seuls les meilleurs y sont admis. Quelque part, j'étais fier de te montrer que je faisais partie de l'élite. Encore une fois, j'étais trop occupé à t'impressionner, à rivaliser d'excellence avec toi, au lieu de tout simplement t'aimer.

Elle n'avait même pas besoin de lui faire de reproches, il s'en chargeait.

Incapable de lui en vouloir plus longtemps, elle se tourna vers lui pour plonger dans son regard.

— Braden, j'accepte tes excuses. Et j'ai quelque chose à te demander.

— Tout ce que tu voudras, ma chérie.

— Puis-je ravoir ma bague ?

Cette nuit, ils couchèrent dans le même sac de couchage, emmitouflés jusqu'au cou. Même si l'envie d'aller plus loin ne manquait pas à Lana, le froid plaidait pour l'abstinence. Pour faire l'amour sous la tente, il faudrait attendre des températures plus clémentes, ce qui ne les empêcha pas de s'embrasser, et de beaucoup parler entre deux baisers.

— Veux-tu vivre au Texas une fois que nous serons mariés ? lui demanda Braden. Pour moi, c'est une évidence, mais qu'en est-il de toi ?

— Bien sûr. Rien ne me fera plus quitter Austin.

— Je t'y rejoindrai aussi souvent que possible cette année. Et je n'emploierai pas le jet de P.L.I. pour mes voyages privés.

— Tu peux te payer des allers-retours en première classe maintenant que tu es un riche homme d'affaires, dit-elle, un léger ton de mépris dans la voix.

— Tu n'aimes pas l'idée d'être mariée à un homme riche ?

— Cela complique les choses. Même avec un cabinet tournant à plein régime, aucun médecin ne pourra gagner le dixième des sommes que te rapporte ton travail. Il y aura un déséquilibre dans nos revenus. Et si un jour P.L.I. a besoin de t'envoyer ailleurs ou de t'obliger à réintégrer New York, il faudra que j'abandonne mon emploi pour recommencer de zéro ailleurs…

Ils partageaient le même oreiller, et leurs visages se touchaient presque.

— Ce n'est pas une compétition, dit-il, déposant un baiser à la commissure de ses lèvres. Plus jamais je n'entrerai en compétition avec toi. Si nous voulons vivre au Texas, nous vivrons au Texas.

— Tu ne m'as pas laissée terminer. Si d'aventure, tu devais

être nommé ailleurs, je quitterais mon poste sans regret car je ne supporterais plus d'être séparée de toi. Tu m'as trop manqué au cours de ces années. Maintenant que tu es de retour, je vais avoir du mal à te laisser partir, même pour un voyage d'affaires. Pense à me rendre ma bague. Durant ton absence, je veux pouvoir montrer au monde entier que nous nous appartenons l'un à l'autre. Tu l'as toujours, n'est-ce pas ?

Elle devina son sourire dans l'obscurité.

— Oui, je n'ai pas pu la vendre. Nous avons appris beaucoup sur nous-mêmes durant ces années, acquis une expérience précieuse ; et ta bague est également plus précieuse. Attends.

Il se redressa sur le coude, alluma la lampe de camping et tendit le bras vers son sac à dos pour en sortir une petite boîte en velours noir qu'il lui tendit.

— Je l'ai fait retoucher hier.

Il ouvrit le couvercle et dévoila une bague qui ne ressemblait en rien à l'anneau serti d'un solitaire qu'il lui avait offert jadis. Le diamant du centre était à présent entouré de deux cercles de topazes bleus du Texas.

— Oh ! Seigneur !

— Ces pierres ont été extraites des mines de nos collines, là où nous nous sommes rencontrés et aimés ; et là où nous vivrons.

— Et où nous élèverons nos enfants.

— Oui, ma chérie. Quel dommage qu'il fasse un froid de canard sous cette tente…

— Moi, je connais un moyen de faire monter la température.

Elle se redressa, et, les bras pliés au-dessus de sa tête, retira le sweat-shirt qui lui servait de pyjama avant de retourner se blottir contre lui sous le sac de couchage.

— Tu as raison, je sens l'atmosphère se réchauffer.

Non sans contorsions, elle l'aida à enlever à son tour son pantalon et son T-shirt. A peine avait-elle ôté sa culotte qu'il l'attira contre ses hanches pour plonger en elle.

Elle poussa un cri qui voulait dire oui. Et elle le répéta tandis que la ronde sensuelle s'accélérait, l'entraînant dans un vertige de sensations impérieuses. C'était si bon qu'elle ne pourrait tenir longtemps avant d'atteindre le point culminant du plaisir. Elle lâcha prise quelques minutes plus tard pour basculer sur l'autre versant et retomber dans les bras de l'homme qu'elle n'avait jamais cessé d'aimer.

Le lundi suivant, Braden repartit à New York en promettant à Lana de revenir en fin de semaine. Une promesse qu'il ne tint pas.

Vendredi, il l'appela de Los Angeles pour lui dire qu'il devait se rendre de toute urgence au bureau de P.L.I. à Bangalore, en Inde ! Elle passa les jours suivants à calculer le décalage horaire avant de décrocher le téléphone pour l'appeler.

Elle ne cédait pas pour autant au découragement. Il l'avait prévenue qu'il serait amené à voyager aux quatre coins du globe durant l'année à venir. Mais ensuite, elle espérait être moins souvent séparée de lui.

La semaine en Inde se prolongea. Au bout de quinze jours, il n'était toujours pas rentré. Lana avait une fâcheuse impression de déjà-vu. Une chose était sûre, ce n'était pas ainsi qu'ils allaient construire une famille.

Elle avait beau porter la plus belle bague du monde, elle n'en demeurait pas moins une fiancée solitaire.

Pour ne pas commettre l'erreur de six ans auparavant, elle prit rendez-vous avec un médecin, dans un autre hôpital, afin de se faire prescrire une pilule contraceptive. Cette fois, il n'était pas question de tomber enceinte lors d'un passage éclair de Braden en ville. Elle attendrait qu'il ait définitivement posé ses valises à Austin pour songer à fonder une famille avec lui.

Avant de rédiger l'ordonnance pour une pilule, le gynécologue effectua un test de grossesse. Simple formalité, lui dit-il.

Bien sûr.

Le test se révéla positif.

Le lundi suivant, Lana arriva en retard à West Central, ce qui commençait à être une habitude en raison de ses nausées matinales. Bref, elle montait quatre à quatre les marches de l'entrée principale quand elle vit des officiers de police sortir des portes coulissantes, encadrant le directeur de l'hôpital qui avait des menottes aux poignets.

Quelques minutes plus tard, Myrna lui donna les détails. Le directeur avait, paraît-il, détourné de l'argent à son profit en commettant des escroqueries aux assurances. West Central était au bord de la faillite.

Les administrateurs avaient du souci à se faire, mais c'était leur faute, pour avoir nommé à la tête de l'établissement un homme qui n'avait aucune expérience du terrain et qu'ils avaient cru manipuler à leur guise. Résultat, c'étaient eux qui s'étaient fait manipuler.

Le père de Braden, qui avait fondé l'hôpital, devait se retourner dans sa tombe. Jamie, Kendry et Quinn parviendraient-ils à sauver l'établissement de la banqueroute ? Elle unirait en tout cas ses efforts aux leurs, d'autant qu'elle serait bientôt une MacDowell. Le mariage avait été fixé pour la fin de l'année.

Le lendemain matin, des reporters de la télévision et des cameramen campaient en dehors de l'hôpital. Lana passa devant eux en opposant un « Sans commentaire » à leurs questions. Dans l'ascenseur, elle croisa Jamie qui l'embrassa sur la joue en un baiser très fraternel qui lui fit chaud au cœur. Il la considérait déjà comme faisant partie de la famille.

Dans l'attente de ce que deviendrait l'hôpital, il ne fallait pas se croiser les bras. Elle employa la matinée à consolider le soutien des sponsors — autres que P.L.I. — qui participaient aux différentes recherches de son service.

A midi, elle s'accorda une pause. Elle allait rester dans son bureau pour manger — une salade équilibrée qu'elle s'était préparée à la maison et qu'elle accompagnerait d'un verre de lait. Puis elle se remettrait aussitôt au travail, ce qui lui permettrait de partir plus tôt ce soir, de prendre un repas sain et de se détendre. Maintenant qu'une petite vie grandissait en elle, il n'était plus question d'enchaîner les heures supplémentaires en carburant au café.

Myrna passa la tête dans son bureau pour lui annoncer qu'elle allait déjeuner.

— Avez-vous besoin que je vous rapporte quelque chose, docteur Donnoli ?

— Non, merci, Myrna. A tout à l'heure.

Myrna referma la porte. Pour revenir quelques minutes plus tard, tout excitée.

— Des *bluebonnets* du Texas ! dit-elle triomphalement en déposant devant elle une corbeille de fleurs mauve foncé plantées dans un riche terreau.

Cette variété de grands lupins, qui était devenue l'emblème de l'Etat du Texas, fleurissait à la fin du printemps. Il était rare d'en trouver en fleurs au mois de mars, au sortir de l'hiver. D'aucuns disaient qu'ils portaient chance, au même titre que les trèfles à quatre feuilles.

— Laissez-moi voir sur internet ce qu'ils signifient, dit Myrna.

— Inutile.

Les *bluebonnets*, symboles du Texas, ne pouvaient avoir été envoyés que par Braden, et le message était clair : elle lui manquait et il regrettait de ne pouvoir être avec elle au pays.

— Si vous êtes déjà au courant de leur signification, alors, je m'en vais. Bon appétit tout de même, dit Myrna en jetant un coup d'œil apitoyé à son bol de salade.

— Merci, Myrna.

Une voix masculine rauque et profonde fit écho à la sienne.

— Merci, Myrna.

Braden !

Elle se précipita dans ses bras sans lui laisser le temps de fermer la porte et l'embrassa fougueusement. C'était Braden, l'homme de sa vie, son âme sœur, sa moitié !

— Ferme la porte à clé, dit-elle en commençant à desserrer sa cravate.

Il se dégagea en riant.

— Patience, ma chérie, attends jusqu'à ce soir. Je dois prendre dans quelques minutes la parole devant le conseil d'administration. Enfin, nous avons des nouvelles du Dr Montgomery et de son ordinateur disparu.

Lana retint son souffle.

— Il se trouve que l'ordinateur contenait les preuves pour confondre le directeur de l'hôpital, dit-il. C'est pour cela que Montgomery l'avait emporté avec lui. L'ordinateur est à présent à Quantico, entre les mains du F.B.I.

— Le Dr Montgomery n'est donc lui-même coupable d'aucune malversation ?

— Eh bien, il faudra qu'il s'explique sur les erreurs qui présentaient le pentagab comme un médicament prometteur pour les adultes. Mon idée est qu'il a truqué les chiffres afin de vouloir aider ma mère à qui le médicament réussissait. Ses motifs étaient nobles, même si ses méthodes l'étaient nettement moins.

— Risque-t-il une radiation ?

— Il a pris sa retraite, elle serait donc uniquement symbolique, mais j'espère que les administrateurs n'iront pas jusqu'à la réclamer auprès du conseil de l'ordre. Je vais de ce pas plaider sa cause et réclamer leur indulgence. Mais ces M. les administrateurs veulent également me voir pour autre chose.

Son ton lui fit dresser l'oreille.

— Toi, tu as une nouvelle importante à m'annoncer !

— Exact. Je vais présenter ma démission à P.L.I. pour accepter le poste de directeur de West Central. C'était la seule solution pour vivre avec toi sept jours sur sept, trois cent soixante-cinq jours par an.

— Et tu ne regretteras pas ton salaire mirobolant ?

— Ni le salaire ni le jet ! J'en avais assez d'être le fossoyeur des programmes de recherche. Ici, je m'attaque à un défi autrement plus excitant, qui consiste à redresser une situation désespérée. Mais j'ai fait mon enquête, elle ne l'est pas tant que ça. Les banques me suivront et j'ai bon espoir de sortir l'hôpital du rouge dans un an.

— Alors, c'est à toi, désormais, que je devrai rendre des comptes ?

— Exactement. Quand je te dirai de monter dans mon bureau, tu auras intérêt à obtempérer dare-dare.

Le cœur battant, elle décida de se lancer.

— Alors, monsieur le directeur, j'ai une faveur à vous demander.

— Déjà ?

— J'ai l'intention de travailler à mi-temps dans, disons trois mois, et j'aimerais engager celle qui me secondera : il s'agit de Marcy Lewiston, qui avait fait son internat avec nous.

— Je me souviens d'elle. C'était l'un des éléments les plus brillants de la classe. Mais pourquoi veux-tu travailler à mi-temps ?

Comme elle posait instinctivement la main sur son ventre, les yeux de Braden s'écarquillèrent.

— Ma chérie ! Tu es enceinte ?

— Oui !

— Décidément, je suis le plus heureux des hommes ! Je vais marcher dans les pas de mon père en présidant aux destinées de l'établissement qu'il a fondé. Et je vais devenir mari et père.

Elle, elle était la plus heureuse des femmes. Ce que l'on disait sur les vertus porte-bonheur des *bluebonnets* devait être vrai.

CARO CARSON

# Une danse avec le Dr MacDowell

INTÉGRALE

SÉDUCTION AU WEST CENTRAL HOSPITAL

SAGAS

HARLEQUIN

*Titre original :*
THE BACHELOR DOCTOR'S BRIDE

*Ce roman a déjà été publié en 2014*

# 1

Diana Connor fit claquer le couvercle de son poudrier, satisfaite.

Pour accentuer le style années 1920 de sa tenue, elle avait coiffé ses cheveux brun-roux à la Jeanne d'Arc et fixé sur le côté une barrette ornée de fausses perles. Sa jolie robe verte scintillante était sans doute un peu trop courte, mais elle avait craqué devant ses rangées de franges qui semblaient danser au moindre mouvement.

Elle était ravie d'assister à ce bal. Un gala en tenue de soirée par une belle nuit d'été, c'était l'endroit rêvé pour se sentir heureux : élégance, romantisme, excitation, tout ce qu'elle aimait dans la vie !

Le grand hôtel d'Austin, le Driskill, avait bien fait les choses, avec son décor victorien rehaussé par la présence sur chaque table d'un candélabre en cristal orné de vraies bougies. Les fêtes auxquelles elle se rendait habituellement offraient rarement un tel raffinement.

Le gala avait attiré tout le gratin de la région. La salle de bal, les petits salons et la grande mezzanine étaient noirs de monde. Les gens circulaient, dansaient, dînaient, s'arrangeant pour voir et être vus. Cette belle assemblée était là pour soutenir le nouveau projet de recherche en pédiatrie lancé par le West Central Hospital. Le bal avait été organisé pour collecter des fonds au bénéfice d'une belle cause, tout en offrant une délicieuse soirée aux généreux donateurs.

Le patron de Diana avait acheté un seul billet, pour la

somme de mille dollars. C'était le minimum pour parer sa société immobilière d'une image philanthropique. L'un après l'autre, les meilleurs agents de l'entreprise avaient décliné l'offre d'utiliser cet unique billet. Lorsque l'invitation était arrivée à Diana, placée en neuvième position parmi les dix employés de l'agence, elle s'était empressée d'accepter. Aller seule au bal ne lui posait aucun problème. Ces soirées servaient justement à se faire de nouveaux amis.

Son patron lui avait donné le billet en accompagnant ce geste de quelques consignes lancées d'un ton bourru.

— Laissez votre carte de visite à tous les médecins que vous rencontrerez, et surtout, dites-leur que vous avez vendu une maison aux MacDowell !

Elle avait acquiescé poliment, mais n'avait pas voulu encombrer sa jolie et minuscule pochette du soir avec des cartes de visite professionnelles. Si Lana et Braden MacDowell avaient envie de parler d'elle à leurs amis, ils le feraient sans qu'elle ait besoin d'intervenir.

Tous deux étaient là ce soir, ce qui n'avait rien d'étonnant puisqu'ils travaillaient l'un et l'autre comme médecins au West Central. La seule surprise, c'était qu'elle les connaisse.

Cela s'était fait par hasard. Elle avait rencontré Lana dans la boutique d'un fleuriste. La jeune femme, une jolie créature dotée d'une belle chevelure noir de jais, avait attiré son attention par son expression perdue.

Arrivée récemment à Austin pour y prendre un nouveau poste tout en ayant à organiser son mariage, Lana avait quelques raisons d'avoir l'air débordé !

Diana lui avait proposé de l'aider à choisir les bouquets pour la cérémonie. Lorsque Lana lui avait demandé si elle ne connaissait pas aussi un bon DJ, elle avait pu facilement lui rendre ce service, car danser était son occupation favorite du vendredi soir. Ravie, Lana lui avait alors demandé en riant si elle pouvait aussi, par un tour de magie, lui procurer une maison de rêve. Le destin avait bien fait les choses : ce jour-là,

Diana avait sa carte de visite dans son sac, et elle avait trouvé pour Lana et son mari la maison dont ils rêvaient.

Ce soir, les MacDowell dansaient sous la coupole bleu ciel de la salle de bal. Ils souriaient, donnant l'image d'un couple très amoureux. D'ailleurs, tout le monde ici affichait un air radieux.

Tout le monde sauf…

Un beau brun vêtu d'un smoking était assis seul à une table au bord de la piste de danse, immobile alors que tout le monde s'agitait autour de lui.

Tout en sirotant une coupe de champagne, elle l'observa discrètement.

Peut-être attendait-il le retour de sa femme ou de sa petite amie, partie danser avec un autre ?

Lorsque la musique s'arrêta, les danseurs se dispersèrent, mais l'homme resta seul à sa table. Aucune femme ne vint le rejoindre.

Elle n'aimait pas voir cet homme afficher un air aussi triste. De manière générale, elle ne supportait pas de voir les gens malheureux, et elle était assez douée pour leur remonter le moral.

Pourquoi pas ? Un bel homme en smoking, la tâche n'avait rien de rebutant. C'était comme si elle avait l'occasion de remonter le moral de James Bond…

Alors qu'elle souriait toute seule de ses folles pensées, James Bond croisa son regard. Ses yeux verts la fixèrent avec insistance, bien qu'il reste immobile, le visage inexpressif.

Elle devait faire quelque chose.

— Bonsoir, lança-t-elle alors qu'elle se trouvait encore à quelques pas de lui.

Il haussa les sourcils, l'air surpris.

— Merci de m'avoir gardé une place, ajouta-t-elle.

Elle tira sur l'ourlet de sa robe afin de rester décente tout en s'asseyant sur la chaise voisine de la sienne.

— Je m'appelle Diana, dit-elle en tendant la main à James Bond.

— Et moi, Quinn, répondit-il d'un ton morne en échangeant avec elle une brève poignée de main.

Il détourna les yeux, et elle le vit crisper la mâchoire.

Elle suivit la direction de son regard.

Ce qui le rendait malheureux, c'était… Lana MacDowell.

Aïe !

— Je suis désolée de vous le dire, mais elle est mariée. Et c'est un mariage heureux.

— Je vous demande pardon ?

Il avait dit cela sur le ton de la dignité offensée. Avec une pointe d'accent texan traînant, bien que tout chez lui dénote l'appartenance à un milieu aisé.

— Elle est mariée, répéta-t-elle. Ne pensez plus à elle.

— Mais elle ne m'obsède pas ! protesta-t-il sans quitter Lana des yeux.

Diana soupira et avala une gorgée de champagne.

— Je déteste briser les rêves des gens, mais ce mariage-là est fait pour durer.

Il se tourna vers elle, la fixant de nouveau de son regard vert.

— Comment le savez-vous ?

— Lana et moi, nous sommes amies. Et nous faisons des affaires ensemble, ajouta-t-elle sans réfléchir.

Pourquoi avoir dit cela ? Essayait-elle de lui faire croire qu'elle était du même niveau social que le Dr Lana MacDowell ? Ce n'était pas le cas, bien sûr. Alors, pourquoi voulait-elle que James Bond ait cette impression ? De toute évidence, elle n'était pas son type de femme. Tout au plus pourrait-il la considérer comme une amie. Ou comme une petite sœur. Une petite sœur agaçante…

Mais non, elle n'était pas agaçante, juste amicale. Peu importe s'il l'avait d'abord trouvée agaçante. Elle allait devenir son amie, la bonne copine qui l'encouragerait à sortir de sa coquille et à s'amuser. C'était le rôle qu'elle endossait la plupart du temps, les gens l'appréciaient pour cela.

Le malheureux continuait de fixer d'un air farouche Braden et Lana qui évoluaient sur la piste de danse.

— Vous laissez un peu trop voir vos sentiments, reprit-elle. Quel est votre nom, déjà ?

— Quinn.

Elle claqua des doigts.

— Maintenant, je sais qui vous êtes ! Je vous ai vu dans le trombinoscope des médecins de l'hôpital. Je ne vous avais pas reconnu ce soir, dans cette tenue.

— Comment ? dit-il, l'air décontenancé.

— Je plaisante, dit-elle en riant. Sur la photo, vous étiez en blouse blanche, vous comprenez ?

Il esquissa un mince sourire poli.

Il devait préférer un humour plus raffiné, plus intellectuel… Eh bien, elle était là pour changer cela.

— Ecoutez, je suis une excellente marieuse, et je pense pouvoir trouver quelqu'un qui vous fasse oublier Lana. Nous devons sauver votre soirée.

— Vraiment ? Je n'avais pas l'impression d'être dans une situation aussi désespérée.

— Il y a certainement ici la femme qu'il vous faut. Lana n'est pas pour vous.

— Je le sais. Nous sommes simplement amis, elle et moi. Je suis parfaitement conscient qu'elle n'est pas libre.

— Et elle ne le sera jamais.

— Hum, le taux de divorce chez les médecins atteint un chiffre astronomique.

— Les MacDowell forment un couple solide. Chassez Lana de votre esprit pendant que nous nous mettons en quête d'une femme exceptionnelle.

Quinn émit une sorte de ricanement, qu'elle feignit de ne pas remarquer.

Elle le savait, si un homme se montrait dur ou grincheux, c'était souvent pour masquer sa tristesse et sa solitude.

— La bonne nouvelle, dit-elle, c'est que vous êtes loin d'être un cas désespéré. Pour commencer, vous êtes un homme, donc nous n'aurons pas beaucoup de mal à vous envoyer sur la piste de danse.

— Je ne comprends pas, mademoiselle… ?

— Appelez-moi Diana, je vous en prie. Mlle Connor ferait bien trop vieux jeu.

— Mademoiselle Connor. Qu'est-ce qui vous fait penser que j'ai besoin de vos talents de marieuse ?

— Parce que vous êtes assis là, l'air boudeur. Comme un enfant.

Sa franchise eut l'effet attendu. Elle eut presque envie de rire en voyant l'air offensé de Quinn.

— Allons, détendez-vous ! Je suis une amie de Lana et vous aussi, ce qui fait que vous et moi sommes des amis. C'est à ce titre que je veux vous aider à profiter de la soirée.

Il s'adossa à sa chaise, les bras croisés. Il semblait se retenir de sourire.

— J'ai vraiment de la chance ! lança-t-il d'un ton ironique. Je pensais ne jamais pouvoir y arriver. Et ça me préoccupait beaucoup.

— Ravie de constater que nous sommes d'accord ! Bon, je disais donc que vous jouissiez d'un grand avantage du simple fait que vous êtes un homme.

— Vraiment ?

— Mais oui. Si une fille vous plaît, vous pouvez l'inviter à danser. Vous n'imaginez pas quel avantage cela représente ! Pour une femme, c'est beaucoup plus compliqué. Si on repère un cavalier potentiel, il faut élaborer toute une stratégie afin qu'il vous remarque. Il faut attirer son regard, flirter de loin, espérer qu'il vienne vous inviter à danser…

— Je doute fort que vous ayez connu ce genre d'expérience. Je ne vous imagine pas en train de faire tapisserie.

— Je ne demanderais jamais à un homme de danser avec moi ! Si je vous ai abordé, c'est uniquement parce qu'il m'a paru évident que vous aviez besoin d'un coup de main.

— Merci, dit-il d'un ton moqueur.

— Vous me remercierez plus tard, croyez-moi. Maintenant, dites-moi quel genre de femme vous plairait ?

Quinn tourna son regard vers la piste de danse, mais Lana

et Braden l'avaient quittée. Sans doute avaient-ils pris une chambre à l'hôtel — ils étaient encore en pleine lune de miel.

Diana poussa un soupir.

— D'accord, vous croyez que Lana est l'incarnation de la femme parfaite. Eh bien, cherchons une femme qui lui ressemble.

Elle balaya la salle du regard.

— Tout le monde est si beau, ce soir ! Ils sont tous magnifiques. C'est génial, non ?

Comme il ne répondait pas, elle se tourna vers lui.

— Vous ne trouvez pas que c'est une merveilleuse soirée ?

Quinn haussa les épaules sans rien dire.

— Mais si, reprit-elle. Tous ces gens sont superbes, et ils ont l'air heureux. Et vous aussi, poursuivit-elle en pointant l'index sur le revers de la veste de smoking, vous allez être heureux ce soir.

Elle s'attira un regard offusqué de la part de l'intéressé.

— Qu'est-ce qui vous fait croire que je ne suis pas heureux ?

Elle commença par rire, avant de comprendre qu'il avait posé sa question sérieusement. Il avait vraiment besoin qu'on lui tende un miroir.

Eh bien, elle allait lui rendre ce service et lui renvoyer l'image qu'il donnait de lui-même.

Croisant les bras sur sa poitrine, elle prit un air renfrogné.

— Qu'est-ce qui vous fait croire que je ne suis pas heureux ? répéta-t-elle d'une voix caverneuse.

Quinn la dévisagea moment, puis il décroisa les bras et détourna le regard

— Suis-je aussi sinistre ? demanda-t-il.

— Oui. Mais plus pour longtemps. Laissez-moi seulement vous trouver la parfaite partenaire.

— Offrez-vous souvent vos services de marieuse à des gens qui vous sont complètement étrangers ?

— Tout le temps !

En réalité, tous les week-ends. Elle travaillait le week-end comme bénévole dans un refuge pour animaux où elle aidait les gens à trouver l'animal de compagnie qui leur conviendrait le mieux. Evidemment, elle n'allait pas confier ça à James Bond, il n'apprécierait peut-être pas d'apprendre qu'elle exerçait ses talents avec des chiens. Pourtant, avec les humains, ce n'était guère différent. Il s'agissait toujours de trouver des tempéraments qui se complètent et, dans ce domaine elle remportait un certain succès, car elle accordait moins d'importance à la parole qu'au langage du corps.

Oui, elle était confiante en ses compétences de marieuse. Et elle savait que même si Lana avait été libre, elle n'aurait pas convenu à Quinn, même si celui-ci ne l'admettrait jamais.

Peut-être devait-elle le laisser faire cette découverte lui-même ?

— Regardez, dit-elle, il y a là-bas une femme qui ressemble beaucoup à Lana. Allez l'inviter à danser.

Comme Quinn ne bougeait pas, elle lui posa la main sur l'épaule et le poussa.

Il se leva en secouant la tête.

— Je n'arrive pas à croire que je vais faire une chose pareille.

Mais il le fit.

La femme était petite et mince, avec de beaux cheveux noirs lisses et brillants. Elle avait l'air très sûre d'elle. Elle tendit gracieusement la main, et Quinn l'emmena vers la piste de danse.

Ils se révélèrent tous deux d'excellents danseurs, en parfaite harmonie tandis qu'ils suivaient avec élégance le standard de Frank Sinatra joué par l'orchestre. Pourtant, elle ne fut pas surprise de voir Quinn revenir à sa place après une seule danse.

Non, les femmes ressemblant à Lana n'étaient pas ce qu'il lui fallait.

— Eh bien ? demanda-t-elle.

— C'est une femme parfaite — vous n'avez qu'à le lui demander : elle préside le conseil d'administration d'un musée et s'occupe de jardinage. Tout cela à titre bénévole, bien sûr. Elle a si bon cœur !

— Lana, elle aussi, s'investit certainement dans des œuvres charitables.

— Oui, mais jamais elle n'irait s'en vanter.

— C'est vrai. De toute façon, cette femme était trop vieille pour vous.

Quinn devait avoir la trentaine, ce serait plus sain pour lui de pratiquer le surf ou l'escalade, plutôt que de faire partie du conseil d'administration d'un musée avec une épouse à la recherche d'une vie sociale intense.

— Oh ! regardez, à votre droite ! La blonde en robe fourreau. Elle est magnifique et n'a certainement pas vingt-cinq ans. Elle doit adorer le saut à l'élastique.

James Bond toussota discrètement.

— Le saut à l'élastique est-il devenu un critère de sélection, à présent ?

— Allez l'inviter !

Il s'exécuta, mais, là encore, il vint se rasseoir une fois la danse terminée.

— Non ? demanda-t-elle.

— Non.

— Expliquez-moi ce qui n'allait pas.

— Elle vit encore chez son papa. Un papa très riche. Elle m'a demandé si je croyais qu'un voyage en Europe serait vraiment plus formateur qu'un séjour dans les Caraïbes — ce que pense papa.

— Vous avez raison, elle ne ressemble en rien à Lana. Vous souhaitez quelqu'un de plus cultivé, n'est-ce pas ?

— Je veux une femme qui ne soit pas une croqueuse de diamants.

Diana ressentit une certaine irritation.

— Jamais je ne vous aurais mis dans les pattes d'une croqueuse de diamants !

— Je vous assure, cette fille à papa est tout à fait capable de vous ruiner un homme.

De leur place, ils pouvaient observer la jolie blonde, entourée d'un groupe d'amis. Elle fit tomber sa luxueuse pochette. Elle ne fit pas un geste pour la récupérer, mais la regarda en faisant la moue, comme si la pochette était responsable de sa chute. Une de ses amies la ramassa et la rendit à sa propriétaire.

— Ce n'est pas une croqueuse de diamants, Quinn, dit Diana, amusée. Si elle aime la vie facile, c'est qu'elle n'a jamais connu autre chose. Elle croit que tout le monde autour d'elle est aussi riche qu'elle. Ce n'est pas la même chose qu'une croqueuse de diamants, qui cherche l'homme le plus riche de la soirée pour lui courir après.

Quinn fit mine de vouloir discuter, puis il renonça et ébaucha un sourire.

— Vous avez raison, il y a une différence.

Il se pencha vers elle.

— Mais malgré tout je ne suis pas intéressé, lui glissa-t-il à l'oreille.

Sa voix était chaude, son ton assuré, mais elle en ressentit surtout l'ironie. Et ça l'énerva.

La perspective de passer sa soirée à le regarder danser avec d'autres femmes n'avait rien de très excitant. Elle devait lui trouver une partenaire. Ensuite, elle pourrait de nouveau passer une bonne soirée. Elle n'était pas venue à ce bal pour distribuer ses cartes de visite professionnelles, et encore moins pour broyer du noir en regardant un homme qui broyait du noir en regardant Lana MacDowell.

L'orchestre attaqua un morceau au rythme entraînant.

Voyant que Quinn ne bougeait pas, elle se leva et le prit par la main, l'obligeant presque à quitter sa chaise.

— A votre gauche, la femme en robe blanche ! Elle ne vit certainement pas chez son papa. Elle a l'air d'avoir un très bon niveau d'études, et elle est encore assez jeune pour faire du saut à l'élastique avec vous.

— N'ai-je pas déjà dansé avec un nombre de femmes suffisant ?

— La troisième sera la bonne. Elle me semble parfaite.

— Très bien.

Il se leva et se dirigea vers la jeune femme, qui lui sourit et le suivit sur la piste.

Cette fois, Quinn semblait prendre plaisir à converser avec sa cavalière, observa Diana avec satisfaction.

Parfait, ça l'aiderait à oublier Lana. Ils partageraient quelques délicieuses soirées, discuteraient de leurs centres d'intérêt communs, et puis… Et puis, quand Quinn aurait franchi cette étape et ne penserait plus à Lana, peut-être s'intéresserait-il à un autre type de femme ? Par exemple, à celles qui adoraient les soirées festives et les chiots abandonnés ?

Elle se secoua.

Elle n'avait rien d'une conspiratrice. Elle était une fille spontanée qui se fiait à son instinct, et elle avait senti que cet homme avait besoin de prendre un peu de bon temps. C'était ce qui l'avait poussée vers lui — le désir d'aider un être humain à profiter de la vie. Rien de plus. La femme avec qui il dansait était exactement ce qu'il lui fallait pour l'instant. Elle le voyait rien qu'en observant leur langage corporel. Ils allaient parfaitement l'un avec l'autre.

Mission accomplie, Quinn n'avait plus besoin d'elle.

Elle avala une gorgée de son champagne qui avait perdu de ses bulles et regarda autour d'elle, espérant voir quelqu'un avec qui engager la conversation.

Ce serait génial si elle trouvait un homme avec qui passer un agréable moment, comme Quinn et la femme en robe blanche. Mais elle, elle était la bonne copine, comme toujours. Elle connaissait bien ce rôle, il y avait toujours un personnage de ce genre dans les films et les feuilletons télévisés. Une fois que la bonne copine avait aidé le héros à passer à l'action, elle disparaissait, on ne la revoyait plus.

Elle se leva et se dirigea vers la grande mezzanine.

Peut-être y avait-il là quelqu'un qui attendait simplement un coup de pouce pour prendre la bonne direction ?

# 2

Quinn MacDowell s'amusait beaucoup.

Il s'amusait à un gala de bienfaisance organisé au bénéfice de l'hôpital ! Si sa famille l'apprenait, elle en serait très étonnée. Lui-même en était le premier surpris.

Il devait cela à cette jeune femme pleine de hardiesse et de gaieté, avec des cheveux couleur whisky et une robe verte à franges qui, au moindre mouvement, déclenchait chez lui une certaine excitation.

C'était plutôt déstabilisant.

A trente et un ans, il avait appris à se connaître. Il était cardiologue et faisait partie du conseil d'administration de l'hôpital fondé par son père. Il taquinait ses frères qui s'étaient mariés et donc, selon lui, passé la corde au cou. Il sortait avec des femmes cultivées, compétentes, qui attachaient de l'importance à leur carrière. Si jamais, lors d'une soirée de gala, une parfaite inconnue lui ordonnait à lui, le Dr Quinn MacDowell, de danser avec telle ou telle femme, il ne lui obéirait jamais.

Pourtant, c'était exactement ce qu'il faisait.

Sa cavalière lui adressa la parole d'une voix ronronnante et raffinée dénotant une excellente éducation.

— C'est si rafraîchissant de pouvoir danser sur de la vraie musique, avec un vrai orchestre, ne trouvez-vous pas ?

Elle était d'une beauté stupéfiante. C'était le cas de toutes les femmes que Diana avait choisies pour lui. De toute évidence, cette jeune personne montrait un certain talent de marieuse. Il avait exagéré les défauts de ses partenaires après chaque danse, mais en fait, elle avait su trouver les femmes auxquelles il s'intéressait d'habitude.

Il avait peaufiné ses critères au fil des années, et il connaissait exactement le type de femme qui correspondait au style de vie que sa carrière lui dictait. Jugeant que les liaisons prolongées faisaient économiser du temps et de l'énergie, il sortait généralement avec la même femme pendant six mois. Quand sa petite amie lui annonçait son besoin de passer à autre chose en évoquant les impératifs de son horloge biologique ou son désir de trouver quelqu'un d'assez mûr pour se marier, ils se séparaient sans état d'âme en échangeant un baiser.

Son dernier baiser était déjà loin.

Le West Central Hospital avait connu des moments difficiles en raison d'une direction défaillante, et il avait dû mobiliser ses forces pour maintenir le navire à flot. Il était le seul MacDowell vivant encore à Austin. Malgré son aversion pour les politiques d'entreprise, il n'avait pas supporté de rester les bras croisés à regarder l'héritage paternel s'effondrer, et il avait rejoint le conseil d'administration. Ça ne lui avait plus laissé beaucoup de temps pour s'intéresser aux femmes

Aujourd'hui, l'hôpital était sauvé. Sur son insistance, son frère aîné Braden avait quitté Manhattan pour revenir à Austin, et il était difficile d'imaginer un directeur général plus compétent pour le West Central. Sa belle-sœur Lana était en train de remettre sur pied la section recherches. Enfin, son plus jeune frère avait terminé son service dans l'armée et travaillait maintenant aux urgences de l'hôpital.

Tout cela lui allégeait un peu la tâche. Sans doute le moment était-il venu d'avoir une nouvelle liaison. En fait, c'était à cela qu'il songeait quand il regardait Braden et Lana danser : il lui manquait quelque chose dans sa vie.

Et, à cet instant, surgissant de nulle part, Diana Connor était apparue.

La jeune femme avec qui il était en train de danser pourrait parfaitement lui convenir. Il la connaissait un peu car ils avaient des amis communs. En réalité, il aurait pu se passer des services de Diana. Sans elle, il aurait sans doute été amené à inviter cette femme à danser, et tout se serait passé naturellement.

Toutefois, c'était surprenant qu'une parfaite inconnue comme Diana ait pu, d'un seul coup d'œil, lui choisir cette femme parfaite pour lui.

Alors, pourquoi ne s'intéressait-il pas davantage à la charmante cavalière qui se pressait contre lui ?

Parce qu'il avait un sujet de distraction : Diana. Il ne cessait de penser aux franges vertes chatoyantes qui révélaient les courbes délicieuses d'un corps débordant d'énergie.

Danser avec elle. Serrer dans ses bras une femme aussi pleine de vie…

Il ne fallait pas y penser. Diana Connor n'était pas son type. Sans doute ne la reverrait-il jamais après cette soirée. A sa connaissance, elle ne travaillait pas au West Central. Ils n'évoluaient pas dans les mêmes milieux, même si elle prétendait être en relations d'affaires avec sa belle-sœur. Bien sûr, ces relations pouvaient concerner un autre domaine que la médecine, mais rien dans le comportement de Diana ne pouvait laisser penser qu'elle était vraiment une femme d'affaires. Elle était trop directe, trop spontanée dans sa façon de s'adresser à un inconnu.

Mais elle le faisait rire. Elle l'asticotait et le bousculait — au sens propre du terme — sans même se rendre compte de l'attirance physique qu'elle exerçait sur lui, au point de lui faire perdre la tête. Il avait passé la dernière demi-heure à guetter les moments où les franges vertes dévoilaient un peu plus les jolies cuisses de la jeune femme.

En effet, cela faisait trop longtemps qu'il se consacrait uniquement à son travail, s'interdisant toute distraction. Il n'allait pas laisser cette jeune personne bien faite et pleine de vie lui filer entre les doigts sans avoir dansé au moins une fois avec elle !

Et si elle lui refusait cette danse et insistait pour lui trouver une autre cavalière ?

Eh bien alors, Mlle Connor, qui semblait convaincue qu'il

était nul avec les femmes, découvrirait combien un MacDowell pouvait se montrer persuasif lorsqu'il faisait usage de tout son charme.

Il sourit, et l'élégante jeune femme qu'il tenait dans ses bras l'imita, croyant que ce sourire lui était destiné.

Il accéléra le rythme afin que sa partenaire s'intéresse davantage au mouvement de ses pieds qu'à son sourire, et il jeta un regard vers les chaises que Diana et lui avaient occupées.

Elle n'était plus là.

— Troisième échec.

En entendant ces mots prononcés d'une voix grave, Diana s'arrêta net et se retourna d'un mouvement vif.

Quinn l'avait rejointe sur la mezzanine.

Troisième échec ? Pourtant, cette femme lui avait paru convenir parfaitement à un homme comme lui. Et le plus étrange, c'était qu'il ne semblait guère affecté par la situation.

— Quel était le problème ? s'enquit-elle, déconcertée.

Il la saisit par le coude et s'approcha tout près d'elle, la coinçant contre un pilier de la salle.

— Retournons nous asseoir.

Ils regagnèrent la salle de bal et retrouvèrent leurs chaises.

— Ne me dites pas que cette femme n'est pas assez cultivée pour vous, attaqua-t-elle. Il suffit de la voir pour deviner qu'elle a un excellent niveau d'études.

— Vous avez raison, c'est une femme extrêmement cultivée. Elle ne comprend pas pourquoi le comité du Prix Nobel n'a pas distingué les travaux de deux scientifiques dont je n'ai jamais entendu parler et qui ont découvert une nouvelle molécule dont j'ignore tout. Or, je vous rappelle que je suis médecin.

Diana hocha la tête.

Oui, Quinn était un médecin. Elle le savait déjà puisqu'elle avait vu sa photo dans le calendrier de l'hôpital, et le métier qu'il exerçait expliquait aussi en grande partie son comportement.

Elle n'enviait pas la vie des médecins. Ils avaient trop souvent l'air soucieux, devaient affronter trop d'aléas dans leur travail. Il fallait bien que des gens se dévouent pour lutter contre la maladie et soigner les blessés, mais elle était ravie de laisser ce combat à d'autres. Sa vocation de marieuse la comblait d'aise. Pour gagner sa vie, elle assortissait des gens et des maisons. Durant son temps libre, elle appariait des gens et des chiens. Et, ce soir, elle s'était donné beaucoup de mal pour mettre ce médecin en relation avec une personne qui l'aide à se dérider.

— Il faut voir le bon côté des choses, dit-elle en prenant une coupe de champagne sur le plateau que lui tendait un serveur. Au moins, elle sait ce qu'est une molécule.

Cette boutade fit naître l'esquisse d'un sourire chez son compagnon, ce dont elle fut enchantée.

C'était une de ses qualités : elle aidait les gens à s'amuser. Dans n'importe quel groupe, elle se montrait bavarde et débordant de vie, ce qui détendait immanquablement l'atmosphère. Parfois, elle se demandait ce qu'il se passerait si elle cessait de se comporter de cette façon. Si elle était de mauvaise humeur, si elle rabrouait un voisin ou faisait la tête devant un inconnu, y aurait-il une autre Diana pour tenter de lui remonter le moral ? Si elle portait une petite robe noire passe-partout et restait assise seule dans son coin, remarquerait-on son existence ?

Elle n'avait jamais cherché à le savoir. Elle continuait de rendre les gens heureux, et eux continuaient de l'intégrer dans leur univers, tout comme le faisait Quinn ce soir. Elle avait fait sienne la devise de sa mère : « laisse le monde meilleur que tu ne l'as trouvé ». Et elle essayait toujours de laisser les gens plus heureux qu'elle ne les avait trouvés.

— Nous allons poursuivre nos recherches jusqu'à ce que nous trouvions la cavalière qu'il vous faut pour ce soir, déclara-t-elle avec un grand sourire.

Elle balaya la salle d'un regard circulaire, observant les jeunes femmes qui lui semblaient avoir des chances de plaire à Quinn. Elle étudia la façon dont elles étaient vêtues, leur maintien, leur sourire ou leur absence de sourire.

— Que pensez-vous de la fille en robe rouge ? demanda-t-elle.

— Je ne la trouve pas très jolie. Si nous cherchons quelqu'un qui ressemble à Lana, elle doit être très attirante physiquement.

— Je vous dirais bien qu'il ne faut pas s'arrêter aux apparences, mais l'attirance physique est essentielle. Ce soir, lorsque vous tiendrez enfin dans vos bras la femme qu'il vous faut, vous saurez que c'est elle. Et comme elle se retrouvera avec James Bond, elle aussi aura le coup de foudre, c'est sûr.

— James Bond ?

— Oh… J'en vois une, juste derrière vous. Retournez-vous discrètement.

— Je n'ai plus pratiqué ce genre d'espionnage depuis que j'ai quitté le lycée.

Derrière son visage impassible, Quin cachait un certain sens de l'humour. En fait, elle le trouvait absolument charmant. Certes, il était plus sérieux qu'elle, mais il avait perdu son air bourru et semblait bien plus détendu. Peut-être avait-elle rempli sa mission, même si elle n'avait pas réussi à lui trouver la cavalière idéale ?

Elle lui tendit sa coupe de champagne.

— Allez, buvez. Vous en avez besoin, après avoir échangé quelques mots avec des inconnues durant les trois dernières danses.

Quinn avala une gorgée.

— Il est chaud, fit-il observer.

— Mais il est gratuit. C'est compris dans le prix du billet. Vous devez apprendre à voir le bon côté des choses.

Il prit un air songeur.

— Vous avez raison, bien sûr. Excusez-moi un instant. Ne vous envolez pas, surtout !

Et il quitta la table.

Pour passer le temps, elle s'amusa à décerner des prix d'élégance aux plus belles robes qu'elle voyait autour d'elle. Apercevant une jeune femme qui remontait nerveusement le haut de sa robe bustier et se tenait le dos voûté, elle eut envie de courir vers elle et de la serrer dans ses bras pour la réconforter. Il était évident que cette jeune personne n'avait pas conscience qu'elle était ravissante. Si seulement elle pouvait lui dire de redresser les épaules et de sourire…

En grandissant, elle avait appris qu'elle ne pouvait pas prendre tout le monde dans ses bras. Parfois, les gens se méfiaient lorsqu'ils voyaient une inconnue leur proposer ses services. Elle avait appris à s'approcher des humains comme elle le faisait avec les chiens qu'elle ne connaissait pas : en adoptant une attitude bienveillante et en tendant la main de façon engageante.

Elle vit Quinn qui revenait vers elle, si élégant dans son smoking, fendant la foule qu'il dominait de sa haute stature.

Sous ses airs d'indépendance, c'était surtout un homme seul, elle le sentait. Et lui aussi, inconsciemment, il le savait. Voilà sans doute pourquoi il avait accepté son aide ce soir.

Il fallait regarder le bon côté des choses. Il participait à la fête, maintenant. Il n'était plus tout seul dans son coin.

Il salua d'un signe de tête des gens qu'il connaissait, mais ne prit pas le temps de s'arrêter pour échanger quelques mots avec eux. Il se dirigeait droit vers elle.

Dommage qu'ils ne soient pas faits l'un pour l'autre, songea-t-elle, troublée, en jouant avec les franges de sa robe. Il était vraiment très beau.

— Désolé de vous avoir laissée toute seule, mais il le fallait si vous vouliez vraiment boire du champagne.

Il brandit une bouteille décorée de fleurs peintes sur le verre et deux flûtes, qu'il posa sur la table. S'emparant d'une serviette qui traînait sur la nappe, il l'enroula autour de la bouteille et versa le champagne dans les flûtes.

— Vous faites ça très bien ! Avez-vous été serveur ? s'enquit-elle.

Ce simple compliment acheva de briser la glace entre eux, et Quinn se mit à rire.

Elle se figea sur place.

Cet homme était fait pour elle !

Un homme qui riait, qui savait profiter de la vie, voilà ce qu'il lui fallait. Peu importe s'ils n'appartenaient pas au même milieu social. Si seulement il n'était pas un amoureux déçu ! Si seulement il pouvait ne pas être attiré par une femme comme Lana, qui ne lui ressemblait en rien, à elle, Diana.

Elle prit la flûte qu'il lui tendait et but une gorgée.

— C'est bien meilleur quand c'est frais, vous avez raison.

Il porta sa flûte à ses lèvres, et quand il sourit, elle sentit son cœur faire une embardée.

Cet homme était éperdument amoureux de Lana MacDowell, elle ne devait pas l'oublier. La prochaine femme avec qui il sortirait ne marquerait qu'une étape dans sa vie, une transition avant qu'il ne s'engage dans une relation sérieuse. Jouer les intérimaires avec lui serait dévastateur pour elle. Il valait mieux qu'ils restent amis.

— Je reconnais que le champagne est meilleur lorsqu'il est frais, dit Quinn, mais c'est aussi meilleur s'il s'agit d'un *vrai* champagne.

— Je ne suis pas sûre de comprendre…

— Le champagne doit venir d'une région de France qui s'appelle la Champagne.

En l'entendant prononcer le mot « Champagne » avec un délicieux accent français, elle faillit se pâmer.

Ça ne lui était encore jamais arrivé. Cet homme était réellement dangereux.

— Ce qu'on nous a servi jusqu'ici, reprit Quinn, c'est tout juste du mousseux. Et encore, je suis indulgent.

— Ah ? dit-elle en jetant un coup d'œil à la bouteille qu'il avait rapportée.

— Celui-ci a davantage de bulles tout en ayant une agréable saveur fruitée. Goûtez-le encore, et dites-moi ce que vous en pensez.

Ce qu'elle en pensait ? Eh bien, c'était que cet homme et elle vivaient sur deux planètes différentes.

Si elle savait apprécier le cristal et l'éclairage dispensé par de vraies bougies, elle pouvait aussi s'amuser à la lumière de simples ampoules LED. Quinn, lui, n'aimait que ce qu'il y avait de meilleur, de plus beau. Ils n'étaient vraiment pas faits l'un pour l'autre, quelle que soit l'attirance qu'elle éprouvait pour lui. Par exemple, il se moquait du champagne servi dans cette superbe fête — chose qu'elle n'aurait jamais eu l'idée. Et ça lui déplaisait.

Pour la première fois de la soirée — en fait, pour la première fois depuis des semaines —, elle fronça les sourcils et regarda Quinn d'un air désapprobateur.

— Je vous trouve d'une ironie excessive. Si l'on vous offre gratuitement du champagne dans une soirée, vous avez juste à vous détendre et à vous amuser, sans chercher à tout critiquer. La vie est alors bien plus agréable.

Il haussa un sourcil.

— Me critiquez-vous parce que vous me trouvez trop critique ? Ce serait assez drôle, ajouta-t-il en souriant.

— Non. Enfin… Si.

Cet homme avait vraiment un sourire éblouissant. Elle ferait sans doute mieux de passer à une autre mission ce soir.

Elle chercha du regard la jeune femme timide qui se tenait le dos voûté.

— Mademoiselle Connor, serait-ce encore me montrer trop critique de vous faire remarquer que vous avez dans votre flûte du champagne frais, gratuit, et surtout *vrai* ?

Quinn trinqua avec elle, affichant de nouveau son irrésistible sourire.

— Vous avez raison. Tout ce que nous avons à faire, c'est de nous détendre et de nous amuser.

Très bien. De toute évidence, l'homme était suffisamment détendu pour commencer à jouer de son charme. Si elle l'orientait vers la femme susceptible de lui convenir et qu'il lui souriait ainsi, elle aurait rempli sa mission.

Ce champagne avait vraiment un goût délicieux… Qui sait ? Peut-être lui serait-il utile un jour de connaître le nom d'un bon champagne ?

Discrètement, elle souleva du bout des doigts la serviette qui enveloppait la bouteille.

— Bon. A présent, Quinn, revenons à nos moutons. Voyons

qui il y a d'autre dans cette salle. Vous ne m'avez toujours pas dit ce que vous pensiez de cette belle créature qui porte une robe rouge.

Quinn lui prit sa flûte et la posa sur la table à côté de la sienne.

— Elle ne m'intéresse pas, déclara-t-il.

— Ce n'est pas le moment de baisser les bras. La nuit ne fait que commencer. Nous allons vous trouver quelqu'un avec qui vous aimerez danser.

— J'ai déjà trouvé, Diana. La seule femme avec qui j'ai envie de danser, de parler, ou de boire du champagne, c'est vous.

— Moi ?

Elle sentit son cœur faire un bond dans sa poitrine tandis que sa respiration devenait saccadée.

— Oui, vous. Voulez-vous m'accorder cette danse ?

L'orchestre attaquait les premières mesures de *Sonate au clair de lune*. Tout était tellement parfait. Le champagne, le cavalier, la musique, la soirée…

Elle se sentit frissonner.

Et si sa vie n'atteignait plus jamais ce degré de perfection ? Danser avec Quinn était dangereux. Risqué.

« Etre heureux exige du courage ».

C'était l'une des maximes favorites de sa mère.

Elle s'était toujours efforcée de faire preuve de courage dans sa vie, profitant de chaque instant de bonheur qui se présentait, comme par exemple lorsqu'elle s'était emparée du billet qui lui permettait d'assister à cette merveilleuse soirée. Elle pouvait bien se permettre une danse parfaite avec un homme parfait sur une musique parfaite. Ça ne changerait rien à sa vie. Ce serait juste un souvenir heureux auquel se raccrocher dans les moments difficiles.

— J'adore ce morceau, avoua-t-elle.

Quinn abandonna son air sérieux pour prendre une expression plus douce. A cet instant, une voix de femme s'éleva derrière elle.

— Ah, tu es là, Quinn MacDowell ! Je pensais que tu t'étais éclipsé.

Comme elle tournait la tête pour voir à qui appartenait cette voix, une grande femme qui paraissait très sûre d'elle s'avança vers Quinn et l'embrassa sur la joue.

Deux faits attirèrent l'attention de Diana.

Premièrement, la nouvelle venue conviendrait sûrement à Quinn. Elle arborait une coiffure sophistiquée qui rassemblait tous ses cheveux sur le sommet de sa tête, lui donnant une allure sculpturale et pleine d'assurance. Elle était vêtue d'une longue robe bleue au drapé spectaculaire, avec un col tube que seule une femme dotée d'un long cou mince pouvait se permettre de porter. L'exact opposé de Diana.

Le second fait était plus inquiétant : le nom de famille de Quinn était MacDowell.

MacDowell, c'était un MacDowell ! Il *ne pouvait pas* être amoureux de Lana ! Ça devait être horrible d'être amoureux d'une femme mariée à quelqu'un de sa famille. La situation devait être affreuse pour lui.

Cette réflexion l'amena à se réjouir que la femme en bleu puisse être celle qu'il fallait à Quinn.

Celle-ci traînait dans son sillage deux femmes qui semblaient effacées à côté d'elle. L'une d'elles, nettement plus âgée, portait une veste de style classique sur une longue jupe droite. L'autre, beaucoup plus jeune, était la jeune femme au dos voûté.

Diana lui sourit en lui adressant un petit signe de tête destiné à l'encourager.

La femme en bleu posa sa pochette sur la table juste à côté de la sienne et parut prête à engager la conversation. Diana se poussa un peu pour lui faire de la place. Ce faisant, elle sentit le tissu de la nappe frotter sa jambe nue.

Des jambes nues. Elle n'avait pas la tenue qui convenait pour ce genre de soirée. Elle s'en était rendu compte dès qu'elle était entrée dans la salle de bal, mais elle n'y avait guère attaché d'importance. Cependant, maintenant qu'elle se trouvait à côté de cette élégante amie de Quinn, elle regrettait de ne pas avoir mis de robe longue. Dommage qu'elle n'en possède aucune. Il est vrai que les occasions d'aller dans de grandes réceptions comme celle-ci étaient rares.

— Je remercie le ciel que tu sois resté, dit la femme en bleu en s'adressant à Quinn. A part toi, il n'y a personne à qui parler, ici. Fais-moi danser.

Quinn la regarda en haussant les sourcils, mais sans animosité aucune. Ces deux-là étaient visiblement de vieux amis.

— Cette invitation est tout à fait charmante, dit-il, mais il se trouve que j'ai demandé à Diana de m'accorder cette danse. Diana, ajouta-t-il, je vous présente Patricia Cargill.

Diana se sentit aussitôt devenir le point de mire du petit groupe. Patricia la regarda de haut en bas, s'attardant un bref instant sur l'ourlet de la robe à franges vertes.

Oui, elle le savait, que tout le monde était en robe longue.

Quinn poursuivait les présentations.

— Patricia, voici Diana Connor, une amie de Lana.

Patricia parut surprise.

— Une amie de Lana… Vous vous êtes connues à la faculté de médecine ?

Diana lutta pour ne pas piquer un fard.

Cette partie de la soirée allait bientôt prendre fin. Quinn se retrouvait avec ses amis, il n'avait plus besoin d'elle. Même pas comme cavalière pendant une danse ou deux.

— J'ai été l'agent immobilier de Lana, jeta-t-elle.

Elle jeta un rapide coup d'œil du côté de Quinn puis regarda sa flûte de champagne à présent presque vide.

Il n'y avait aucune honte à exercer le métier d'agent immobilier, bien sûr, mais lorsqu'elle avait fait la connaissance de Quinn, elle s'était présentée comme faisant des affaires avec Lana. Avait-il cru qu'elle travaillait dans le milieu médical ? Lorsqu'il l'avait invitée à danser, pensait-il avoir en face de lui une femme-médecin ou une infirmière ?

En tout cas, il n'avait sûrement pas imaginé qu'elle gagnait sa vie en vendant des maisons.

Elle étouffa un soupir et, se tournant vers les deux autres femmes, elle tendit la main à la plus jeune, qui ne put faire autrement que de la lui serrer.

— Enchantée de faire votre connaissance. C'est une merveilleuse soirée, n'est-ce pas ?

# 3

Quinn suivit du regard Diana qui emmenait la jeune femme timide à l'autre bout de la salle de bal. L'autre femme qui accompagnait Patricia était Karen Weaver, la nouvelle directrice de l'antenne de Texas Rescue and Relief à Austin.

Lui-même travaillait depuis longtemps comme bénévole dans cet organisme mis en place par l'Etat du Texas pour offrir une assistance médicale en cas de catastrophe naturelle. L'été précédent, ils s'étaient installés sous des tentes à la frontière de l'Oklahoma afin d'apporter leur aide aux habitants d'une petite ville ravagée par le passage d'une tornade.

Sans quitter Diana des yeux, il conversait avec Karen, soulignant l'importance qu'avait Texas Rescue en période de crise.

Il aurait voulu que Diana l'entende. Elle aurait pu ainsi constater qu'il n'était pas toujours aussi bourru qu'il l'avait été lorsqu'elle lui avait adressé la parole pour la première fois. Il savait se conduire en société. Sa mère lui avait donné une bonne éducation.

Karen lui répondait avec la même courtoisie. Elle complimenta Patricia sur la qualité des médecins bénévoles qu'elle recrutait pour Texas Rescue, comme Quinn.

Il la rassura.

— Je me suis déjà engagé à participer aux secours cette année encore. Espérons que l'été sera chaud, sec et ennuyeux.

Comme il faisait mine de porter un toast avec sa flûte, Patricia le tira par la manche.

— Donne-moi du champagne, veux-tu ?

Il fit signe à un serveur qui passait avec un plateau chargé de verres déjà remplis.

Patricia se servit, Karen déclina l'offre.

Cherchant Diana des yeux, Quinn vit qu'elle s'était réfugiée derrière un palmier en pot avec la jeune femme qu'elle avait prise sous son aile.

— Quelle est cette jeune personne qui t'accompagne ? demanda-t-il à Patricia.

— La belle-fille de la deuxième femme de mon père, ou quelque chose de ce genre. Je refuse de la présenter comme étant une Cargill. En plus, elle est affublée du prénom de Becky, ce qui ne lui va pas du tout.

Elle n'avait pas touché au mousseux que lui avait donné le serveur. Soudain, elle transvasa le contenu de sa flûte dans une autre, qui était vide. C'était la flûte de Diana.

— Je croyais que ton père en était à sa troisième épouse ?

Il rapprocha de lui le verre de Diana, à présent plein.

— Et je te signale en passant que cette flûte était à quelqu'un.

Patricia haussa les épaules.

— Je ne crois pas que ton agent immobilier se souciera de savoir ce qu'il y a dans son verre. Et c'est bien parce que mon père en est à son troisième mariage que je ne me sens pas obligée de jouer les baby-sitters pour les enfants de l'épouse n°2.

Elle lui tendit son verre.

— Sers-moi quelque chose de buvable.

Il pouvait difficilement refuser, bien qu'il ait prévu de garder cette bouteille pour un meilleur usage.

— Tu es redoutable, dit-il en lui remplissant sa flûte.

— Vraiment ? répondit Patricia en riant. Ne me dis pas que le Dr Quinn MacDowell, du West Central fondé par un MacDowell, a besoin de sortir le grand jeu pour éblouir une femme agent immobilier, surtout quand elle est habillée d'une façon… Ou alors, peut-être es-tu ce soir Quinn le cow-boy du River Mack Ranch ?

Ce soir, il n'avait pas essayé de mettre en avant l'une ou l'autre de ces deux identités. Diana lui avait adressé la parole sans savoir qui il était, ce qui lui arrivait rarement et qu'il trouvait rafraîchissant.

— De toute façon, elle n'est pas ton type, dit Patricia d'un ton léger en glissant son bras sous le sien.

— Je sais mieux que toi quel est mon type de femme, répondit-il sur le même ton.

Il se tourna vers Karen.

— Ne vous inquiétez pas, votre recruteuse et moi ne sommes pas en train de nous livrer à une querelle d'amoureux. Patricia est simplement la sœur agaçante que je n'ai pas eue.

Toutefois, il n'était pas ravi de s'être entendu dire que Diana n'était pas son genre. Avoir en tête un type de femme particulier lui paraissait insipide. Monotone. Etait-il vraiment condamné à se limiter au petit cercle restreint formé par l'hôpital, Texas Rescue et les propriétaires de ranch ? N'était-il pas déjà sorti avec toutes les femmes disponibles appartenant à ce milieu ?

Leur souvenir commençait à s'estomper dans son esprit. Il n'avait eu aucun mal à conserver sa liberté durant l'année qui venait de s'écouler. Et voilà que, ce soir, il se souciait soudain de sa vie amoureuse !

Ridicule. D'autant plus qu'il n'assistait à ce gala que par devoir envers l'hôpital, en tant que membre du conseil d'administration. Rencontrer la nouvelle directrice de Texas Rescue avait également son intérêt et justifiait sa présence à ce bal. Se trouver une nouvelle petite amie n'était pas à l'ordre du jour.

Il résista à l'envie de regarder le coin de la salle où Diana s'était réfugiée.

— As-tu vu Marc dans les parages ? demanda Patricia.

Marc était son amant du moment.

— Il est si facile de le perdre ! reprit-elle. Oh ! Seigneur ! Ta rouquine et mon ex-belle-je-ne-sais-quoi reviennent vers nous. C'est insupportable. Vite, donne-moi à boire !

Il considéra Patricia, froissé.

S'il lui remplissait son verre, cela signifierait qu'il estimait lui aussi que la mélancolique parente de Patricia et la pétillante Diana étaient de tels fardeaux qu'il fallait boire pour les supporter. Il ne connaissait pas la jeune fille, bien sûr, mais la compagnie de Diana ne réclamait pas qu'on ait recours à l'alcool. Certes, elle ne faisait pas partie de leur cercle de relations habituel, mais sa présence n'était en rien un fardeau.

Diana approchait, bavardant et riant, offrant une image colorée et pleine de vie, merveilleusement moderne au milieu de ce décor victorien. La fille sérieuse qu'elle avait entraînée avec elle riait elle aussi, à présent. Il avait du mal à en croire ses yeux. Becky, qui s'était montrée transparente dans le sillage de Patricia, marchait à présent d'un pas décidé. Elle conversait avec Diana avec un plaisir évident et avait l'air détendu.

Diana avait-elle eu le même effet sur lui, ce soir ?

Probablement. Sa seule présence suffisait à remonter le moral de n'importe qui. Comment s'y prenait-elle ? Tout médecin qu'il était, il n'en avait pas la moindre idée.

Cette femme le fascinait. Il aurait aimé danser au moins une fois avec elle ce soir, mais de toute évidence elle avait pris une autre protégée sous son aile.

— Nous voilà de retour, lança gaiement Diana.

Patricia jeta un regard critique à Becky avant de boire une longue gorgée de champagne, et Quinn vit le visage de la jeune fille se décomposer.

Patricia avait sur elle un pouvoir destructeur effrayant !

Il adressa un sourire rassurant à Becky. Si Diana avait décidé de s'occuper d'elle, elle n'allait pas tarder à lui trouver un cavalier.

La nouvelle directrice de Texas Rescue était en train de parler. Elle nourrissait des projets importants pour l'année à venir et avait besoin de l'aide financière et logistique de l'hôpital. Il ne l'écoutait que d'une oreille, car il ne cessait de penser à la conversation qu'il avait eue avec Diana.

« Ce serait bien plus difficile si vous étiez une femme… Il ne vous resterait qu'à espérer qu'on vienne vous inviter à danser ».

Lorsqu'il avait à résoudre un problème médical, il se réjouissait d'avoir une excellente mémoire, mais ce n'était pas toujours un avantage. En cet instant, cela ne servait qu'à lui poser un cas de conscience. Il se rappelait tous les détails mentionnés par Diana à propos des difficultés auxquelles une femme se heurtait pour trouver un cavalier.

Patricia reposa sa flûte et se tourna vers lui.

— Et maintenant, si tu me faisais danser ? demanda-t-elle de sa voix la plus charmeuse.

Quand elle le voulait, elle pouvait être d'une compagnie très agréable, mais il la connaissait trop bien et depuis trop longtemps pour souhaiter être autre chose qu'un ami pour elle.

— Il y a un instant, j'ai vu ton chevalier servant venir par ici. J'imagine qu'il veut t'inviter à danser, rétorqua-t-il.

Il mentait, bien sûr. Il n'avait aucune idée de l'endroit où pouvait se trouver le dénommé Marc. Mais il en voulait à Patricia d'avoir sapé le moral de Becky, détruisant ainsi la bonne action entreprise par Diana.

Il tendit la main vers la timide Becky.

— Voulez-vous danser ?

Aussitôt, le visage de la jeune femme s'illumina, et elle mit sa main dans la sienne.

Ce n'était pas cette main qu'il aurait voulu prendre, et elle n'était pas la femme avec qui il avait envie de danser. Mais en l'invitant, il l'avait rendue heureuse, et Diana s'en réjouissait, elle aussi. Il suffisait de voir son regard approbateur et son air ravi, qui rappelait celui d'un enfant au pied d'un sapin de Noël.

Il entraîna sa cavalière vers la piste en souriant.

Il s'avérait que rendre Diana heureuse faisait aussi de lui un homme incroyablement heureux.

— Becky est une personne tout à fait charmante, dit Diana.

Elle attendit une réponse, mais l'élégante amie de Quinn n'émit qu'un vague acquiescement, à peine poli.

Elle fit une autre tentative.

— Vous vous connaissez depuis longtemps ?

Patricia Cargill la regarda droit dans les yeux.

— Assez longtemps, oui.

Finalement, cette femme n'était pas faite pour Quinn. Oh ! il pourrait la séduire, Diana n'en doutait pas un instant ! En fait, Patricia avait besoin d'un homme fort comme l'était Quinn, quelqu'un qu'elle ne puisse ni tyranniser ni intimider. Mais Quinn avait mieux à faire que de passer sa vie à remodeler la personnalité de cette femme. Patricia lui rappelait un dalmatien qu'elle avait eu beaucoup de mal à faire adopter. L'animal était magnifique, mais avec un fort caractère. Un dresseur de chien qui travaillait comme bénévole au refuge s'était proposé pour essayer de contrôler ce dalmatien sans lui briser le caractère.

Non, elle ne voulait pas que Quinn s'attelle à une tâche aussi ardue.

Quinn MacDowell était un homme bon. Sans qu'elle n'ait rien eu à dire, il avait deviné que s'il invitait Becky à danser, celle-ci trouverait soudain la soirée magnifique.

Elle chercha du regard sa flûte de champagne afin de porter silencieusement un toast à Quinn, mais les verres n'étaient plus à leur place.

— C'est la vôtre, dit Patricia en faisant glisser une flûte vers elle.

Diana but une gorgée et fixa sa coupe, atterrée.

C'était insipide. Elle n'aimait pas ce breuvage. Ce n'était pas du vrai champagne.

Quelle horreur ! Désormais, elle n'apprécierait plus de boire du faux champagne. Quinn lui avait fait découvrir quelque chose de bien meilleur, et cette expérience était irréversible !

Toute interaction avec une autre personne laissait des traces, bien sûr, et le fait d'avoir passé du temps avec Quinn l'avait évidemment marquée, mais il fallait considérer le bon côté des choses : il l'avait dégoûtée seulement du faux champagne. Cela aurait pu être bien pire, elle aurait pu *danser* avec lui. Par chance, l'arrivée de Patricia Cargill lui avait évité d'être pour un soir la cavalière de cet homme superbe qui portait le smoking avec une telle aisance. Un homme qui riait en lui servant du vrai champagne au cours d'un gala magnifique…

Ce qu'elle n'avait pas connu ne lui manquerait pas. Rien

n'avait changé. Rien du tout. L'orchestre ne jouait plus la *Sérénade au clair de lune*. Quinn était entouré de ses amis, Becky s'amusait, Patricia réclamerait sûrement la prochaine danse, et Karen avait l'air prête à parler boutique toute la nuit. Diana se sentait vraiment comme la cinquième roue du carrosse, maintenant, il était temps de bouger.

Elle but une autre gorgée de ce que Quinn avait qualifié de « mousseux ». Elle était décidée à s'en contenter.

Patricia tourna les yeux vers elle et lui adressa la parole d'un ton calme et poli, mais elle la sentait très tendue.

— Vous avez sûrement des amis qui se demandent où vous êtes passée. Peut-être devriez-vous les rejoindre.

— Je vais le faire, répondit Diana d'une voix aimable. Cependant, je tiens à dire au revoir à Becky et à Quinn. Après, je m'en irai.

Patricia la fixa du regard puis, voyant qu'elle gardait le sourire, détourna les yeux, scrutant la salle.

— Je vois que Quinn et Becky ont retrouvé des amis à moi, dit-elle. Venez, Karen, je vais vous les présenter.

Elle s'était déjà levée lorsqu'elle prit la peine de s'adresser à Diana.

— Vous voudrez bien nous excuser.

— Bien sûr, répondit Diana, toujours souriante.

« Rassure-toi, ma pauvre, je ne cherche pas à te piquer ton os. Ne vois-tu pas comme je me montre amicale ? Je ne suis que la bonne copine. »

Mais la bonne copine pouvait difficilement rester là, toute seule, à regarder la foule.

Attrapant sa minuscule pochette, elle regagna la mezzanine, non sans avoir auparavant avalé une dernière gorgée de vrai champagne.

Le vibreur de son téléphone portable offrit à Quinn la parfaite excuse pour laisser Becky en compagnie de quelques étudiants en médecine en stage de cardiologie. S'éloignant du petit groupe, il sortit son téléphone de sa poche.

L'appel venait de l'hôpital.

— MacDowell, dit-il en tournant le dos à l'orchestre.

— Quinn, c'est Brian. Irene Caulsky est décédée il y a vingt minutes. J'ai pensé que tu voudrais être mis au courant.

— Infarctus du myocarde ?

Il posait la question bien qu'il connaisse déjà la réponse, le temps d'encaisser le coup.

— Oui, dit Brian. Elle était sous sédatifs, mais les infirmières ont vu sur l'écran du moniteur de contrôle qu'il se passait quelque chose. J'étais à l'étage lorsqu'elles ont réclamé le chariot de réanimation, alors je me suis arrêté. Je crois qu'elles étaient soulagées que je sois là. Tout le monde pouvait voir que c'était la fin.

— Bien sûr. Je suis content de savoir que cela s'est passé alors qu'elle n'était ni éveillée ni consciente.

La médecine moderne avait ses limites. La patiente avait déjà survécu à deux crises cardiaques. Etant donné son âge et son état de santé, Irene n'avait pratiquement aucune chance de survivre à une troisième crise, mais le personnel infirmier qui l'entourait n'était pas habilité à déclarer la mort d'un patient. Tous étaient tenus de poursuivre leurs efforts pour réanimer même les cas les plus désespérés jusqu'à l'arrivée d'un médecin. Grâce à la présence de Brian, son nouvel associé, tout le monde — y compris la fragile Irene — s'était vu épargner un stress important.

L'orchestre cessa de jouer, et la foule applaudit.

Les épaules voûtées, Quinn fit de son mieux pour amortir le bruit tandis que Brian lui précisait que la famille d'Irene n'avait pas trop mal réagi en apprenant la nouvelle.

— Ils m'ont demandé de te transmettre tous leurs remerciements pour avoir pris soin de leur grand-mère.

Avait-il vraiment pris soin d'elle ? Il lui avait posé des stents dans les artères après sa première crise cardiaque. Cela avait permis à l'octogénaire de gagner quelques années de plus, jusqu'à ce qu'une deuxième attaque l'amène au West Central. Cela s'était passé le matin même, et elle avait été admise dans l'unité de soins intensifs.

Les dernières années, Irene était venue régulièrement en consultation au cabinet de Quinn, qui surveillait de près son traitement. Lorsqu'elle s'en allait, tout le personnel avait le sourire, car la vieille dame avait l'habitude de dire à toutes les femmes qu'elles étaient jolies et de l'appeler, lui, « fiston ». Pas une fois elle n'avait oublié de demander des nouvelles de sa mère.

Il se passa la main sur les yeux.

Demain, il devrait téléphoner à sa mère et lui annoncer que son ancienne institutrice de CM2 qu'elle aimait tant était décédée.

L'orchestre attaqua une nouvelle mélodie.

— Je suis désolé de t'avoir dérangé pendant ton week-end, dit Brian, mais j'ai pensé que tu voudrais savoir pour Irene.

— Merci. Je suis heureux que tu te sois trouvé là, Brian.

— Moi aussi. A lundi.

Quinn referma son téléphone et le glissa dans sa poche, puis il attendit que l'effet du choc s'estompe.

Cela finissait toujours par arriver. Le corps humain ne pouvait pas durer indéfiniment, c'était un fait. Il en serait toujours ainsi malgré les progrès de la médecine. La mort faisait partie de l'exercice de la médecine. Les professeurs qu'il avait eus au cours de ses études médicales lui avaient inculqué cette vérité. Lorsqu'il avait choisi cette profession, il n'ignorait pas qu'il serait confronté à la mort, de façon très proche et intime.

La patiente était morte, mais il n'avait pas failli à sa mission. Il avait fait tout son possible pour la sauver. C'était très important. Il savait qu'il n'avait rien à se reprocher. Parfois, faire tout son possible ne suffisait pas. Après tout, le corps humain ne pouvait pas durer indéfiniment…

Il ne cessait de se répéter ces vérités, comme chaque fois

qu'il perdait un patient, jusqu'au moment où la logique faisait taire ses émotions.

Il se frotta la nuque.

Cette fois, le coup était particulièrement dur à encaisser parce que Irene était pour lui une patiente très particulière. Il avait du mal à se ressaisir.

Laissant son regard errer dans la salle, il se rendit compte qu'il regardait du côté du palmier en pot derrière lequel s'était cachée Diana.

*Diana.*

Il la revoyait, vêtue de sa robe verte qui ne cachait pas grand-chose de ses jambes ravissantes. Cette fois, il était content de se rappeler les détails : la façon dont elle sautillait en marchant et battait la mesure avec ses jolis pieds chaussés de fines sandales couleur argent qui révélaient des ongles peints d'un vernis rouge vif.

Diana. Pleine de fantaisie. Féminine. Sexy. Adorable Diana, si débordante d'énergie. Il avait envie d'être avec elle. De la tenir dans ses bras.

Une bouffée de désir le submergea, effaçant le choc émotionnel provoqué par la mort de sa patiente.

Comme il s'en voulait de s'être laissé détourner de son projet de l'emmener sur la piste ! Il avait envie de poser les mains sur Diana, de jouer avec les franges de sa robe, de sentir le parfum de ses cheveux, la douceur de sa peau. Il voulait cette danse.

Il tourna le regard vers la table où il l'avait laissée en compagnie de Patricia et de la directrice de Texas Rescue.

Il ne restait que la bouteille de champagne. Diana était partie. Une fois de plus.

Diana était presque arrivée devant les portes de la mezzanine lorsqu'elle se trouva face à Lana MacDowell, la femme que Quinn avait dévorée des yeux ce soir.

Lana était tout simplement éblouissante dans sa longue robe du soir, rayonnant de bonheur au bras de son époux.

Pauvre Quinn !

Diana s'apprêtait à serrer la main de Lana, mais celle-ci l'embrassa sur la joue, imitée par Braden MacDowell. Ils avaient à peine eu le temps d'échanger quelques mots qu'un homme vint inviter Lana à danser. Braden se tourna alors vers Diana et, pour la première fois de la soirée, elle se retrouva sur la piste de danse au bras d'un bel homme en smoking.

C'était délicieux. Elle était aux anges et profitait pleinement de ce moment si précieux. Mais cela n'avait rien de romantique. Même si Braden avait été célibataire, elle n'aurait rien ressenti pour lui. Ils n'étaient vraiment pas faits l'un pour l'autre.

Quel lien de parenté unissait Braden et Quinn ? Comment le premier réagirait-il s'il savait que le second était amoureux de sa femme ? Quel dommage que Quinn n'ait pu se défaire des sentiments qu'il éprouvait pour Lana…

— Vous appréciez cette soirée ? demanda Braden.

— Oui, je vous remercie.

Il la regarda attentivement.

— Quelque chose ne va pas ? Vous ne semblez guère enthousiaste.

Elle se sentit rougir.

Ce gala était organisé au bénéfice de l'hôpital fondé par le père de Braden, et celui-ci en était le directeur actuel. Et voilà qu'elle lui avait laissé entendre qu'elle ne se plaisait pas à ce bal.

— Mais non, protesta-t-elle, tout va bien ! Votre gala est absolument merveilleux, jusque dans les moindres détails.

— Je vous remercie, mais ce n'est pas à moi qu'en revient le mérite. Je n'ai fait qu'approuver la proposition finale.

Comme il continuait de l'observer de près, elle se mit à parler de l'organisation des fêtes, sans lui laisser le temps de placer un mot. Elle avait conscience que ses propos étaient un peu décousus, mais en général son interlocuteur ne lui en voulait pas, dans la mesure où elle se montrait amicale et ne demandait rien.

Lorsque la danse prit fin, ils rejoignirent Lana, et au même moment, elle vit Quinn venir vers eux.

La gorge serrée, elle le regarda embrasser Lana sur la joue. Maintenant que Quinn et Braden se tenaient l'un à côté de l'autre, il paraissait évident qu'ils étaient frères.

Oh ! Seigneur, le pauvre Quinn ! Il était amoureux de la femme de son frère. Si cette situation pouvait donner un bon scénario de film, dans la vraie vie, elle n'imaginait rien de pire.

Braden lui présenta Quinn.

— Vous êtes frères ? dit-elle. Les mêmes yeux verts… J'aurais dû m'apercevoir plus tôt de la ressemblance.

— Plus tôt ? s'écria Lana. Vous vous connaissez donc ?

Elle pressa le bras de Quinn.

— Diana est bien plus qu'un agent immobilier, ajouta-t-elle. C'est une vraie magicienne.

— Elle a déjà exercé ses talents sur moi ce soir, dit-il en souriant. Tiens-toi bien : j'ai dansé.

Lana se mit à rire.

— Non !

Quinn lança un clin d'œil à Diana.

Deux choses la frappèrent alors, l'une après l'autre.

La première, c'était que Quinn n'était pas amoureux de Lana. C'était évident, il suffisait d'observer son langage corporel, le ton de sa voix, son air détendu. Non, il n'était pas amoureux. Absolument pas. C'était absurde.

La seconde chose, c'était qu'elle en ressentait un profond soulagement. Elle avait envie de rire, de planer, de serrer tout le monde dans ses bras. Quinn n'avait pas besoin qu'on lui laisse le temps de se remettre d'un chagrin d'amour. Il n'avait pas besoin d'une petite amie de transition. Il pouvait…

Quoi ? Décider qu'elle lui convenait parfaitement ? La choisir, elle, parmi toutes ces femmes élégantes, et décréter qu'elle devait entrer dans sa vie ?

C'était peu probable.

Elle perdit soudain son enthousiasme.

Sa mère croyait fermement qu'il fallait du courage pour être heureux, mais l'expérience lui avait appris que la vie était plus facile lorsqu'on savait se montrer raisonnable dans ses ambitions. Lorsqu'on n'aspirait pas à ce qui semblait inaccessible. Lorsqu'on prenait plaisir à boire du mousseux et qu'on ne le comparait pas à du vrai champagne.

Quel goût pouvait bien avoir Quinn ?

Là, elle devait vraiment s'en aller ! Il était temps de partir. Les MacDowell bavardaient entre eux. Si elle faisait un petit signe de tête à Quinn, elle pourrait ensuite se réfugier dans la mezzanine.

Comme elle agitait la main en direction de Lana, Quinn lui saisit le coude. Il s'approcha d'elle, si près qu'elle fut impressionnée par sa haute stature et par la chaleur qui se dégageait de ce corps si viril, sanglé dans un élégant smoking.

— Vous ne pouvez pas partir maintenant, dit-il.

Elle lui lança un regard surpris.

— Je n'ai pas encore eu le privilège de danser avec vous ce soir, ajouta-t-il avec un fin sourire.

Oh ! comme c'était délicieux, ce frisson qui la parcourait en entendant sa voix ! Il avait presque l'air de lui donner un ordre, mais il utilisait des mots pleins de courtoisie.

« Le privilège de danser avec vous »…

Si elle n'y prenait garde, elle risquait de se laisser aller à des fantasmes romantiques.

Elle lui donna un léger coup sur le bras avec sa pochette tout en essayant de se rappeler qu'elle n'était pour lui qu'une bonne copine.

— Ce n'est pas grave, répondit-elle. Je vous ai déjà suffisamment forcé à danser.

— Je crois qu'il me reste assez d'énergie pour retourner sur la piste, déclara-t-il. Allons danser. Cette chanson vous va trop bien pour que nous restions ici à discuter.

Elle prêta l'oreille.

Quinn pensait-il vraiment que *The way you look tonight* lui allait bien ? Ce bel homme, frère et beau-frère de gens qu'elle aimait et respectait, aimait donc son allure ?

Jamais elle ne connaîtrait de nouveau un moment aussi

parfait, lui rappela sa conscience. Ce qu'elle n'avait jamais eu ne pouvait pas lui manquer…

Puis elle se remémora les mots de sa mère.

Lorsqu'elle doutait, elle essayait toujours de suivre les conseils maternels. Elle les connaissait par cœur à force de lire et de relire la lettre que sa mère lui avait écrite avant de mourir. Une lettre destinée à elle seule. Une lettre qui lui servirait de guide dans la vie.

« Etre heureux exige du courage ».

Elle mit sa main dans celle de Quinn et le suivit sur la piste.

Quinn était un merveilleux danseur. Il la soutenait fermement d'un bras solide passé dans son dos, juste au-dessous des omoplates, tandis que, de son autre main, il tenait la sienne, le bras tendu, comme le faisaient tous les vrais amateurs de danse de salon. Avec lui, elle se sentait en sécurité. Ils évoluaient dans une synchronie parfaite. Elle se sentait bien. Danser avec lui semblait tout naturel.

Pensait-il qu'ils allaient bien ensemble ?

Elle leva les yeux vers lui, voulant voir l'expression de son visage.

— Vous tentiez une nouvelle fois de vous sauver, n'est-ce pas ? dit-il tout en la faisant tournoyer.

A chaque pas, elle sentait ses jambes nues frotter le tissu noir du smoking. Elle avait une telle conscience de sa relative nudité qu'elle avait du mal à parler. Mais peut-être était-il urgent, au contraire, de faire la conversation.

— Vous n'aviez plus besoin de moi, dit-elle. Il était évident que Patricia serait votre prochaine cavalière.

— Ce n'est pas elle que j'ai invitée. C'est vous.

De nouveau, elle se sentit traversée par un délicieux frisson.

— Alors, la pauvre Becky va encore se retrouver sous la coupe de Patricia ? Je ne veux pas dire que votre amie écrase les gens, mais…

— Si, c'est ce que vous voulez dire, et vous avez tout à fait raison. Patricia serait capable, si elle le décidait, de faire faner une fleur rien qu'en la regardant. Ne vous inquiétez pas pour Becky. Je l'ai laissée avec des étudiants en médecine, des garçons de son âge. Ils étaient ravis de pouvoir danser avec quelqu'un qui n'était pas l'épouse d'un médecin.

— C'est merveilleux. Quelle bonne idée !

— Merci. Mais je suis loin d'avoir vos talents de magicienne. J'aimerais connaître votre secret. Comment avez-vous réussi à amener Becky à changer à ce point d'attitude ?

Elle sentit que Quinn passait les doigts dans les franges qui retombaient de ses épaules.

Elle était troublée de le voir jouer avec les franges de sa robe. Elle avait une conscience aiguë du mouvement de ses doigts, de leur habileté… Ça tenait de la magie, du moins pour elle. Ressentait-il la même chose ?

« Parle. Il t'a posé une question au sujet de Becky. »

— J'ai toujours des épingles de nourrice dans mon sac, même lorsqu'il est aussi minuscule que cette pochette. La robe de Becky était trop large pour elle. Elle avait du mal à se détendre parce que son bustier ne tenait pas bien. Avec quelques épingles placées aux bons endroits…

— Et c'est ce que vous faisiez lorsque vous bavardiez avec elle derrière ce palmier ?

— Vous avez deviné. On peut se permettre d'aller danser, quand on sait qu'on ne va pas perdre sa robe sur la piste.

Quinn se mit à rire.

— Comme vous dansez avec moi, dit-il, c'est que vous êtes sûre que vous n'allez pas perdre la vôtre.

Comment ne pas penser qu'il faisait allusion à autre chose que la danse ?

Elle s'écarta légèrement, mais il la serra de nouveau contre lui.

— Vous allez garder votre robe, quoi que je fasse ? lui chuchota-t-il à l'oreille. Comment pouvez-vous être sûre de ne pas la perdre ce soir ?

Il lui sourit, d'un sourire de conquérant.

— J'avoue que j'ai envie de vérifier cette théorie !

Elle s'efforça de garder le sourire.

Un homme pouvait confondre une attitude amicale avec

autre chose. Quelque chose de plus facile. De plus audacieux. De plus sordide.

Jamais elle ne s'était perçue ainsi, et ça la décevait toujours qu'on la prenne pour une fille facile. Découvrir que Quinn avait cette image d'elle la désespérait. Elle aurait tellement voulu qu'il soit différent des autres !

Elle avait des rondeurs, elle souriait beaucoup, et ce soir, elle montrait ses jambes en portant cette robe un peu trop courte. Pouvait-elle lui en vouloir de penser qu'elle n'était pas farouche et qu'il avait ses chances avec elle ?

Mais quelle déception ! Elle n'avait songé qu'à lui trouver la cavalière parfaite pour la soirée, et lui n'avait songé qu'à la mettre dans son lit.

Il glissa sa main plus bas et passa son bras autour de la taille. Soudain, elle se retrouva basculant à la renverse, le souffle coupé, désorientée, bien que solidement retenue par les bras musclés de son cavalier.

Elle plongea son regard dans les yeux verts de Quinn.

Il avait ce demi-sourire qu'elle trouvait, toujours malgré elle, désarmant et plein de charme.

— Vous aviez raison, dit-il. Votre robe tient parfaitement en place. Vous pouvez donc m'accorder la prochaine danse.

Ce qu'elle était stupide ! Elle s'était laissée aller à des conclusions fantaisistes. Ils avaient parlé d'épingles de nourrice. Quinn n'avait pas pensé à coucher avec elle, il avait seulement voulu plaisanter.

Bien sûr ! Elle était la bonne copine.

Il la tenait d'une main légère, attendant qu'elle lui dise si elle danserait encore avec lui.

Elle se força à rire.

— Dansons, dit-elle posant la main sur son épaule. Nous allons continuer à vous chercher la partenaire parfaite.

Quinn savait qu'il avait tout gâché.

Cela n'avait pris que trente secondes. Il était en train de

danser avec Diana, échangeant avec elle des propos légers sur un sujet qui ne lui était guère familier — comment réparer la robe d'une jeune fille et sauver ainsi sa soirée —, et le regard de Diana avait perdu soudain tout éclat. Elle continuait de danser, mais elle n'était plus avec lui.

Il avait besoin de retrouver sa vivacité. Sans le savoir, elle lui avait fait du bien. Elle ignorait tout du décès d'Irene Caulsky, mais elle avait su lui montrer qu'il y avait assez de lumière dans le monde pour combattre les ténèbres.

Pourtant, il ne savait comment, il avait mis fin à tout cela. Elle était même en train de lui chercher une nouvelle cavalière.

Il avait l'habitude d'assister à de brusques renversements de situations En tant que cardiologue, il avait vu des patients bavarder tranquillement avec lui en attendant que les calmants agissent, et faire soudain un arrêt cardiaque. En tant qu'éleveur, il avait vu des troupeaux brouter paisiblement dans le lit asséché d'une rivière et se retrouver brutalement pris dans une montée des eaux mortelle déclenchée par un violent orage.

Face à ce genre de situation, il cherchait des solutions. Il posait des pacemakers, débouchait les artères obstruées. Il sautait sur son cheval et rattrapait au lasso les vaches qui risquaient de se noyer.

Avec Diana, que devait-il faire ?

Avec les femmes, les situations ne dégénéraient pas aussi brusquement. Elles aimaient sa compagnie, et il appréciait la leur. Si l'une d'elle lui faisait la tête, c'était en général parce qu'il lui avait posé un lapin — la plupart du temps à cause d'un patient dont l'état s'était soudain dégradé. Même si le rendez-vous manqué était indépendant de sa volonté, les femmes aimaient bien l'entendre présenter ses excuses. Et plus encore si ces excuses s'accompagnaient d'un cadeau. En général, il optait pour du vin, des roses, ou bien un bijou en or. Mais jamais de bague. Il ne voulait pas faire naître chez sa petite amie du moment de fausses espérances.

Diana n'était pas sa petite amie, et il ne lui avait pas fait faux bond pour cette danse. Mais puisque les femmes aimaient qu'on leur présente des excuses…

— Je suis désolé, dit-il.

Elle fronça légèrement les sourcils. Son visage était vraiment très expressif.

Il avait envie de la voir retrouver tout son entrain.

— Je suis *tout à fait* désolé, reprit-il en adoptant cette fois un ton emphatique.

— De quoi ?

La question le perturba.

D'habitude, les femmes ne réagissaient pas ainsi. Elles acceptaient ses excuses, prenaient ce qu'il leur offrait et restaient avec lui. Diana était différente.

— De quoi ? répéta-t-il, conscient de n'avoir aucune réponse à lui donner.

Elle croisa son regard et il remarqua qu'elle avait des yeux bruns pailletés d'or, ou peut-être de cuivre. Une touche chaude qui rappelait la couleur de ses cheveux.

— Vous m'avez juste fait plonger en arrière, dit-elle. Avec beaucoup d'habileté. A aucun moment je n'ai eu peur de tomber.

Ils dansèrent un moment sans rien dire tandis qu'il se creusait la tête.

A quel moment Diana avait-elle changé d'attitude ?

— Peut-être ne vous ai-je pas suffisamment avertie ? Personne n'aime être pris par surprise.

Elle partit d'un rire qu'il jugea forcé.

— Sérieusement, Quinn, vous n'avez pas à vous excuser. Regardez, la femme en robe rouge est toujours là. Non, ne regardez pas, cela manquerait de discrétion. Je regarde pour vous. Je n'ai pas l'impression qu'elle soit accompagnée. Vous pourriez vous rapprocher d'elle en dansant, et quand l'orchestre s'arrêtera…

— Juste avant que je ne vous fasse basculer en arrière, je vous ai dit que j'allais vérifier si votre robe tenait assez solidement pour que vous puissiez danser en toute sécurité.

Diana restait silencieuse, le visage tourné vers l'orchestre.

Les détails. Il devait se rappeler tous les détails.

— J'ai dit… Ah, oui, j'ai dit que j'allais essayer de faire tomber votre robe. C'est cela, n'est-ce pas ? Ce n'était pas ce que je voulais dire, Diana. Je suis désolé. Vraiment désolé.

Elle le regarda un bref instant, l'air gêné, puis tourna de nouveau la tête vers l'orchestre.

— Ce n'était pas ce que je voulais dire, répéta-t-il.

— Je le sais, répondit-elle avec un haussement d'épaules. Je suis stupide.

— Pourquoi dites-vous cela ? C'est moi qui ai prononcé une phrase stupide. Ma mère m'aurait donné une bonne gifle si elle m'avait entendu dire une chose pareille, ajouta-t-il, essayant de détendre l'atmosphère.

— J'ai mal interprété vos propos, dit-elle, l'air toujours embarrassé.

— Vous aviez toutes les raisons de vous méprendre sur le sens de mes paroles. J'imagine que vous avez dû entendre bien des choses de la part de beaucoup d'hommes.

Diana devint toute rouge.

— Je sais, ma robe est trop courte, et j'ai tendance à trop toucher les gens. Je donne aux hommes une fausse impression.

Il se figea sur place au milieu de la piste de danse.

— Non ! Je n'ai jamais voulu dire cela !

La musique se tut, et les danseurs commencèrent à se disperser tandis que s'élevaient des applaudissements polis. Diana lui lâcha la main et s'écarta de lui.

Seigneur ! Comme il s'en voulait ! Par la maladresse de ses propos, il l'avait profondément blessée.

A présent, elle faisait mine d'écouter avec attention le chef d'orchestre, qui avait pris la parole pour remercier l'assemblée.

— La seule impression que vous donnez de vous ce soir, dit-il à mi-voix, c'est d'être quelqu'un d'ouvert et d'amical…

Il l'avait sous-estimée. Il avait cru qu'il pouvait lire en elle comme à livre ouvert, mais visiblement, elle avait ses blessures et ses secrets. Comment lui rendre sa bonne humeur ?

— Si j'avais voulu vous faire des avances, je mériterais une bonne claque pour avoir prononcé une phrase aussi stupide que : « comment pouvez-vous être sûre de ne pas perdre votre robe ce soir ? »

— Mais vous ne me faisiez pas d'avances ! rétorqua Diana, l'air impatienté. Nous ne sommes que des amis.

Elle avait dit ça comme si elle croyait impossible qu'il s'intéresse à elle. C'était incroyable qu'elle ne se rende pas compte de l'attirance qu'elle exerçait sur lui. Ou peut-être ne le voyait-elle pas parce qu'elle n'était pas attirée par lui ?

« Nous ne sommes que des amis ». Elle s'était montrée très claire à ce sujet.

Normalement, il ne s'intéressait pas aux femmes qu'il n'intéressait pas. Si ça ne marchait pas avec l'une d'elles, il se tournait vers une autre. Il en était ainsi depuis qu'une jolie lycéenne lui avait brisé le cœur et que deux autres filles avaient rivalisé d'ardeur pour le consoler. Un homme ne devait pas fonder tous ses espoirs sur une femme unique… A moins que cette femme ne soit très spéciale. Débordant de vie. Irrésistible.

D'un mouvement du menton, Diana désigna un petit groupe assis autour d'une table.

— Le chef d'orchestre vient juste d'annoncer qu'ils jouaient leur dernier morceau. Je pense que vous aurez des regrets durant tout le week-end si vous ne dansez pas au moins une fois avec cette femme en robe rouge.

Elle voulait qu'il se trouve une nouvelle cavalière. Il était clair qu'elle ne souhaitait pas mieux le connaître.

Elle s'éloignait déjà, le sourire aux lèvres, lui parlant de ce ton léger et chaleureux qui était le sien.

— Je suis si contente de vous avoir rencontré ce soir ! Je dois dire que je n'ai jamais connu un MacDowell que je n'aimais pas. Bonne chance avec la dame en rouge !

Stoïque, il la regarda s'éloigner dans la foule, attendant que s'atténue le sentiment de regret qui le tenaillait.

Il n'attendit pas longtemps. La logique fit son œuvre, lui rappelant que rien ici-bas ne dure indéfiniment. La vie était faite d'une succession de pertes. S'il avait perdu Diana, ce n'était pas faute d'avoir fait de son mieux avec elle…

Mais faisait-il vraiment ce qu'il fallait en matière de relations avec les femmes ? Présenter des excuses. Offrir un bijou. Entretenir une liaison dont la fin était programmée dès le début. Se séparer sans drame au bout de six mois. Voilà à quoi se résumaient ses rapports avec les femmes, et cela lui demandait peu d'effort.

Comment pouvait-il laisser partir Diana, alors qu'il ignorait comment il devait se comporter s'il voulait réellement faire de son mieux avec elle ?

# 4

Diana battit rapidement des paupières et se dirigea vers la mezzanine et les toilettes réservées aux dames.

Elle n'allait pas pleurer. Du moins, pas en public.

Dans sa hâte, elle faillit percuter un homme qui se dressait devant elle. Il l'empêcha de tomber en la retenant par le coude.

Quinn. Elle sut que c'était lui avant même qu'il ne prenne la parole.

— J'étais sincère quand je vous ai dit que la seule femme avec qui j'avais envie de danser ce soir, c'était vous, Diana. M'accorderez-vous cette dernière danse ?

Et, sans même attendre sa réponse, il l'entraîna sur la piste.

Elle n'offrit aucune résistance.

De toute façon, après ce bal, elle ne serait plus jamais la même. Jamais elle n'oublierait Quinn MacDowell. Alors, elle pouvait bien s'offrir une dernière danse avec lui.

— Comment avez-vous fait pour vous retrouver face à moi ? demanda-t-elle.

— Pendant que vous longiez les côtés du carré, j'ai choisi de passer par l'hypoténuse.

Elle sourit malgré elle.

— Vous utilisez souvent le mot *hypoténuse* quand vous sortez le soir ?

Quinn sourit à son tour. Un vrai sourire qui lui creusa des fossettes.

— C'est la distance la plus courte entre deux points, non ?

Elle écarquilla les yeux.

— Je ne peux pas croire que votre cerveau fonctionne de cette façon !

— C'est la faute de mon père. J'ai grandi dans un ranch, et mon père m'a appris à chevaucher en suivant un angle à 45° pour couper la route au bouvillon qui s'écarte du troupeau.

Elle aurait pu s'offusquer d'être comparée à un bouvillon, mais elle était trop fascinée par l'image de Quinn à cheval.

— Pour rattraper une bête qui s'écarte, poursuivit-il, il faut lui faire face. Alors, elle change de direction et rejoint le troupeau.

— Vous ne vous servez pas d'un lasso ?

— Cela exige de l'entraînement, et je ne me suis pas montré très doué quand mon père m'a montré le maniement du lasso. Je crois que je ne saurais même plus l'utiliser aujourd'hui. Je passe tout mon temps à l'hôpital.

— Votre père est un cow-boy qui vous a appris comment calculer une hypoténuse ? Il semble tout à fait spécial.

— Il l'était. Il est décédé.

— Oh ! Je suis désolée.

— Merci. Cela s'est passé il y a des années, malheureusement…

Quinn ramena vers leurs poitrines leurs deux mains jointes pour la danse.

— Puis-je vous demander pourquoi vous pleuriez ?

Zut ! Il avait remarqué ses larmes. Elle était censée aider les gens à oublier leurs soucis dans les fêtes, pas le contraire.

— Je ne pleurais pas !

— D'un point de vue strictement technique, peut-être pas.

Comme il plaquait leurs mains entrelacées contre son torse, elle sentit sous ses doigts la douceur du revers en satin noir du smoking. Ils dansaient, silencieux. La musique était belle, les lumières tamisées, et son cavalier lui donnait un sentiment de sécurité tandis qu'ils évoluaient lentement sur la piste, dans cette salle de bal vieille de plus d'un siècle. C'était l'un de ces moments parfaits que réserve parfois la vie, et elle en était pleinement consciente.

Seigneur ! Ça lui donnait de nouveau envie de pleurer.

— Diana ?

Elle releva la tête tout en battant des cils pour refouler ses larmes.

— C'est une merveilleuse soirée, n'est-ce pas ? dit-elle.

— Oui, vous avez raison. Cela vous rend-il triste ?

— Je ne suis pas triste. La beauté peut donner envie de pleurer.

Ils dansèrent encore un moment en silence.

— Etiez-vous émue par quelque chose de beau lorsque vous m'avez quitté pour que je danse avec la femme en rouge ? reprit Quinn.

— C'est une question trop difficile !

— C'est une excellente question.

Elle tenta de le foudroyer du regard sous ses cils humides, mais rien ne semblait pouvoir le déstabiliser.

Sacrés médecins… Ils étaient sans doute entraînés à garder leur flegme en toute circonstance.

— Pourquoi ne répondez-vous pas à mon excellente question ? Ça m'intéresse vraiment.

Le problème, c'était qu'elle ne savait pas très bien ce que cachaient ses larmes. Franchement, comment était-elle censée s'y prendre, avec un homme comme Quinn ?

Alors, elle fit ce qu'elle faisait toujours lorsqu'elle était face à un dilemme : elle commença à en parler.

— Ma mère adorait le spectacle vivant. Les ballets, les concerts, le théâtre. Elle disait que c'étaient des moments parfaits, et elle regrettait qu'on n'y soit pas allées ensemble, parce que, disait-elle, les choses ne se passent jamais exactement de la même façon d'une fois à l'autre. Mais elle ajoutait que je devais découvrir mes propres moments précieux et avoir le courage d'être heureuse, même en sachant que le bonheur ne dure qu'un bref instant.

Quinn ne dit rien. Elle le sentit la serrer plus étroitement contre lui, et il posa la joue sur ses cheveux.

L'orchestre jouait une superbe mélodie où se mariaient tous

les instruments. Quand cela prit fin, elle rouvrit les yeux et essaya de ne pas attacher d'importance au fait qu'une larme — ou peut-être deux ou trois — roulait sur sa joue.

Sa mère avait raison, il y a des moments dans la vie qui ne se reproduisent jamais, et cela en fait tout le prix. Cette dernière et délicieuse danse avec Quinn avait été particulière. Parfaite. Elle voulait garder le souvenir parfait de cette danse parfaite, rentrer chez elle, se mettre au lit et revivre en pensée encore et encore ces instants merveilleux.

Elle dit à Quinn qu'elle ne resterait pas pour assister au concert de musique country qui allait commencer dans la mezzanine. Elle lui expliqua qu'elle travaillait ce week-end. Il était à peine 22 heures, et elle n'était pas tenue, le samedi, de se rendre au refuge animalier à une heure précise, mais elle était attendue, et pour elle il s'agissait d'un vrai travail.

Avant de quitter Quinn, elle désirait vivre un dernier beau moment, comme on en voit dans les films. Elle s'imaginait lui donnant un baiser d'adieu, pressant ses lèvres contre les siennes avant de s'en aller, seule…

Mais pendant qu'elle regardait fixement sa bouche, rêvant à ce baiser, Quinn prononça une phrase à laquelle elle ne s'attendait absolument pas.

— Où avez-vous garé votre voiture ?

Il faisait preuve d'un sens pratique surprenant. Comme il insistait pour l'accompagner, elle accepta.

Il avait déjà changé l'image qu'elle avait de l'homme idéal, mettant la barre beaucoup plus haut qu'elle ne l'avait cru possible jusqu'à ce soir. Elle pouvait bien s'accrocher à son bras et le suivre dehors par cette belle nuit d'été. Elle prenait un énorme risque parce que aucune autre nuit d'été ne serait jamais aussi merveilleuse.

Quinn lui ouvrit le chemin, fendant la foule qui se pressait autour de la scène improvisée dans la mezzanine, et elle aperçut Becky Cargill qui riait en compagnie d'un jeune homme visiblement aux petits soins pour elle.

Voir Becky si heureuse l'emplit de joie. Là, au moins, elle

avait appliqué à la lettre les principes de sa mère ! Elle quittait le bal en laissant une jeune personne en bien meilleure forme qu'elle ne l'avait trouvée.

Quinn la garda tout près de lui tandis qu'ils descendaient l'escalier menant vers le hall. A chaque instant, des gens les arrêtaient, soucieux de saluer le Dr MacDowell. De toute évidence, il jouissait à l'hôpital d'un prestige énorme.

— Docteur MacDowell !

Tous deux se tournèrent en même temps vers la femme qui venait d'interpeller Quinn. La façon dont elle avait crié son nom, d'une voix vibrant d'émotion, donnait le frisson.

— Que faites-vous ici ? demanda la femme.

Elle se tenait au pied de l'escalier et regardait Quinn comme si elle n'en croyait pas ses yeux.

Il marqua une hésitation presque imperceptible. Puis il descendit les dernières marches et, mettant Diana à l'écart de la foule qui circulait dans l'escalier, il lui demanda de l'attendre.

Elle le vit s'approcher de la femme qui l'avait hélé. Il était facile de lire sur ses lèvres qu'il disait : « je suis désolé ».

Tout dans l'attitude rigide de la femme indiquait qu'elle venait de subir un choc. Elle regardait tour à tour le téléphone portable qu'elle tenait à la main et le visage de Quinn.

— Je viens juste d'apprendre la nouvelle, dit-elle d'une voix stridente qui surmontait le bruit environnant. Mais vous étiez son médecin ! Vous l'avez toujours été. Elle vous aimait.

Quinn lui répondit, mais trop bas pour que Diana puisse comprendre ce qu'il disait.

— Comment ? Vous l'avez emmenée à l'hôpital, et ensuite vous vous êtes rendu à une *fête* ? Vous n'étiez pas là quand elle est morte ?

Elle parlait si fort qu'elle attirait l'attention des gens qui passaient à côté d'eux. Certains s'arrêtèrent, murmurant quelques mots à leur voisin.

Diana avait le cœur serré — à la fois pour la femme et pour Quinn. Il était clair que cette malheureuse était dans tous ses états, mais Quinn devait être terriblement blessé par l'accusation portée contre lui. Pourtant, il gardait son calme, parlait avec gravité et donnait toute son attention à celle qui l'invectivait.

Soudain, celle-ci s'éloigna de lui. Au moment où elle passait devant Diana, elle lança à Quinn une dernière phrase meurtrière.

— Je vais à l'hôpital. Profitez bien de votre soirée, docteur MacDowell. Amusez-vous bien !

Quinn dit quelques mots au compagnon de la femme tandis que celle-ci marchait vers la sortie, hors d'elle. L'homme l'écouta puis se hâta de rejoindre la pauvre femme.

Quinn restait figé sur place. Il avait l'air calme, mais ce n'était sûrement qu'une apparence. Autour de lui, les gens reprenaient leurs conversations.

Il était peut-être préférable de lui laisser le temps de se ressaisir, pourtant Diana ne put se retenir d'aller vers lui. Se faufilant entre les personnes qui s'attardaient, probablement dans l'espoir d'un nouvel épisode scandaleux, elle rejoignit Quinn et le serra dans ses bras.

— Je regrette tellement ! dit-elle.

Il tourna vers elle un regard inexpressif.

— Pourquoi ? Vous n'avez rien fait que vous puissiez regretter.

— Je regrette que vous ayez dû essuyer des reproches aussi amers. Cette femme est très malheureuse.

— Oui, c'est vrai. Sa grand-mère est morte ce soir.

Il lui saisit la main.

— Ce sont les risques du métier. Je vais bien. La mort fait partie de la carrière de médecin. Le corps humain ne peut durer indéfiniment. J'ai fait tout ce que je pouvais.

— Mais…

— Prête à partir ?

Il se tourna vers la sortie, comme s'il offrait simplement son bras à Diana, en vrai gentleman, alors qu'elle était cramponnée à lui, brûlant du désir de le réconforter.

Elle resta agrippée à son bras tandis qu'ils franchissaient la lourde porte vitrée et descendaient les marches. Elle allait indiquer à Quinn la direction où se trouvait sa voiture, quand il l'entraîna dans la direction opposée.

L'hôtel se dressait à l'angle de la 6e Rue, une artère bordée de bars, de restaurants et de pubs d'où s'échappaient des flots de musique. On était vendredi soir, le trottoir était noir de monde. Surtout des jeunes, bruyants, joyeux, exubérants, qui formaient un contraste saisissant avec la bonne société guindée qu'ils avaient laissée à l'hôtel.

Quinn restait toujours aussi réservé. Sanglé dans son smoking, il marchait sans se presser, mais ce flegme n'était qu'une façade, elle en était convaincue. Il était si perturbé qu'il en avait oublié de lui demander où elle avait garé sa voiture !

Leurs vies étaient différentes. Ils n'avaient en commun ni amis, ni carrière, ni mode de vie. Jamais elle n'aurait songé à former un couple avec cet homme, cela lui serait paru voué à l'échec. Peu importe l'attirance qu'ils pouvaient éprouver l'un pour l'autre, ce n'était pas un bon appariement. Mais ce soir, le Dr Quinn MacDowell était d'une grande vulnérabilité, et à part elle, il n'avait personne pour le réconforter. Il avait besoin d'elle. Elle n'allait pas le laisser seul à broyer du noir, aussi triste que lorsqu'elle l'avait rencontré !

Elle le laissa l'emmener où il voulait, contente de prendre la mauvaise direction en compagnie d'un homme aussi parfait.

Peu importaient les accusations de la petite-fille d'Irene, Quinn savait qu'il n'avait rien à se reprocher. Il avait fait de son mieux. C'était un fait que le corps humain ne pouvait pas durer indéfiniment…

Il fut arraché à ses pensées par Diana qui venait de poser la joue contre son épaule. Un geste tout simple, dont la tendresse fit refluer un peu l'amertume qui lui avait envahi le cœur.

S'il réfléchissait à l'effet que cela produisait chez lui, il risquait de perdre son calme. Toutefois, il était heureux de l'avoir à son côté. Elle sentait bon, très bon même, un mélange de fleurs et d'épices qui était une vraie fête pour les sens. Le contact de ses cheveux soyeux l'aidait à oublier tout raisonnement logique, l'invitait à se noyer dans les délicieuses sensations que lui procurait ce corps féminin près du sien.

Il jeta un regard en biais vers les jambes de Diana.

Elle marchait d'un pas souple et régulier. Les lanières argentées de ses sandales reflétaient la lumière des néons devant lesquels ils passaient. Le rythme imprimé par ses jambes nues et le mouvement de ses cuisses musclées exerçaient sur lui un effet hypnotique qui rompit le cercle sans fin de ses ruminations.

Ils étaient vivants, elle et lui. Le corps humain avait ses limites, mais aussi ses plaisirs. Celui de Diana était un régal pour les yeux. Dès qu'elle était venue s'asseoir près de lui, vêtue de sa robe trop courte, il avait apprécié le spectacle. Pendant des heures, il l'avait regardée sourire, rire et profiter de la vie. Et elle lui avait fait comprendre qu'un bal était fait pour danser, qu'il était bon de boire un vin pétillant, et qu'un homme devait chercher la femme qui lui convenait.

La femme qui lui convenait. Qu'est-ce que cela pouvait bien vouloir dire ?

Une femme dont la volonté d'être heureuse rendait plus heureux les gens de son entourage. Une femme qui, dans une fête, s'amusait comme une enfant. Une femme assez sage pour savoir apprécier le caractère éphémère de la beauté. Une femme dont l'éclat surpassait celui de sa robe chatoyante…

Regarder Diana ne lui suffisait plus. Il lui fallait davantage. La nuit ne faisait que commencer, et il ne pouvait plus se contenter de regarder ses jolies jambes, de respirer son parfum délicat. C'était comme une goutte d'eau sur la langue d'un homme qui vient de découvrir qu'il meurt de soif.

Il l'attira tout contre lui. Comme elle lui passait un bras autour de la taille, il posa un baiser sur sa tempe. Elle se pressa alors contre lui, ce qui acheva de lui faire perdre la tête.

Ils arrivaient devant son immeuble.

Dieu merci, il allait bientôt pouvoir assouvir le désir qui le dévorait, s'emparer de ces lèvres, de ce corps…

Trop impatient pour attendre d'être à l'abri des regards dans l'ascenseur, il prit Diana dans ses bras et l'embrassa là, sur le trottoir, sous l'œil amusé des passants.

Elle lui rendit son baiser avec la même fougue. Sa bouche était chaude, humide, avide. Parfaite.

Ils étaient vivants. Ils étaient ensemble.

— Vous êtes... Mon Dieu, Diana, vous êtes merveilleuse ! Vous embrasser, c'est...

— C'est magique, murmura-t-elle. Je sais.

Il franchit avec elle la porte vitrée de son immeuble et attendit quelques instants, le temps d'être identifié par le gardien chargé de lui ouvrir les portes intérieures donnant sur le hall.

— Pourquoi sommes-nous ici ? demanda Diana.

— C'est là que je vis.

— Parfait.

Elle l'attrapa par le revers de son smoking et l'embrassa fiévreusement.

Sans rompre ce baiser, il poussa la porte intérieure et pénétra dans le hall en la tenant toujours serrée contre lui.

Au moment d'entrer dans l'ascenseur, Diana marqua une pause pour contempler la riche décoration du hall, rehaussée par la beauté de l'architecture.

— Quel endroit magnifique, murmura-t-elle.

Il lui prit la main et y déposa un baiser.

— Je ne le vois même pas. Je ne vois que vous.

Elle leva les yeux vers lui, l'air grave, et pénétra dans l'ascenseur.

Il appuya sur le bouton. Les portes se refermèrent, et la cabine s'ébranla.

N'y tenant plus, il s'empara de la bouche de Diana, qui se lova contre lui, enroulant une jambe autour de ses cuisses.

Il lutta pour ne pas précipiter les choses.

Il n'avait pas l'intention de la prendre sauvagement là, dans l'ascenseur, malgré le désir qui le dévorait. Les miroirs qui recouvraient les parois de la cabine lui renvoyaient l'image de Diana agrippée à lui, sa robe retroussée très haut sur les cuisses. Il entrevit une petite culotte orange. Une couleur vibrante. Comme elle, si belle et si vivante.

La cabine s'immobilisa, et Diana se remit rapidement sur ses deux jambes, tirant sur sa robe.

Des gens attendaient sur le palier.

D'un geste instinctif, il se plaça devant sa compagne, mais il ne se faisait aucune illusion : les miroirs de l'ascenseur avaient probablement permis à ses voisins de comprendre ce qu'il venait de se passer.

— Bonsoir, Quinn, dit l'un d'eux en entrant dans la cabine avant qu'ils n'aient eu le temps d'en sortir. Vous vous rendez à la fête donnée sur la terrasse ?

Il vit le visage de son interlocuteur s'illuminer.

Derrière lui, Diana s'était penchée pour ramasser sa pochette tombée sur le plancher de la cabine, et pour garder son équilibre, elle s'était accrochée à la jambe de Quinn.

— Non, dit Quinn en attirant Diana sur le palier. A plus tard.

Il la garda tout contre lui tandis que l'ascenseur continuait sa course sans eux.

— Est-ce que ça va ? demanda-t-il.

Il était sur le point d'ajouter : « je suis désolé », mais il s'aperçut que Diana était en train de rire. Alors, il se mit à rire, lui aussi.

La vie était belle. Cette nuit était parfaite, et cette femme était extraordinaire.

Il souleva Diana dans ses bras et la porta jusqu'à la porte de son appartement. Comme elle ôtait la barrette qui retenait ses cheveux, il fut surpris de voir combien ils étaient longs. Il réussit à ouvrir sa porte en la tenant toujours serrée contre lui. Elle avait commencé à lui déboutonner sa chemise, et pour rien au monde il n'aurait voulu qu'elle arrête.

Ni l'un ni l'autre n'éprouvait le besoin de parler. Chargé de son précieux fardeau, il se dirigea droit vers sa chambre. En un clin d'œil, ils se débarrassèrent de leurs chaussures, il sortit des préservatifs d'un tiroir, et Diana le poussa sur le lit pour achever de le déshabiller. Allongé sur le dos, il se laissait faire, noyé dans des senteurs de fleurs et d'épices, retenu captif sous la masse de cette belle chevelure rousse.

Diana ne le fit pas attendre bien longtemps avant de se poser à califourchon sur lui.

Eperdu de reconnaissance, il s'enfonça dans la douce chaleur de cette femme qui s'offrait sans réserve.

Plus tard, beaucoup plus tard, alors qu'il s'endormait en serrant Diana dans ses bras, il sut que la magie avait opéré : grâce à cette femme, en cet instant précis, il était vraiment et profondément heureux.

— Tu es encore en train de t'enfuir, n'est-ce pas ?

Diana, occupée à attacher les lanières de ses sandales, s'immobilisa, puis elle reprit posément sa tâche.

Dieu sait qu'elle avait pourtant veillé à ne pas faire de bruit en ramassant ses vêtements. Elle s'était rendue sur la pointe des pieds dans le salon pour se rhabiller, essayant de réfléchir à la façon la plus élégante de prendre congé. Mais ce moment de répit avait pris fin.

Elle se redressa et fit face à Quinn.

Il se tenait sous l'arcade qui séparait le salon du vestibule, appuyé au mur comme s'il était là depuis un moment et l'avait regardée tandis qu'elle s'habillait. Il était nu à part son boxer-short noir qui ne cachait presque rien de son corps d'athlète.

Elle ne put s'empêcher de contempler ses puissants abdominaux et ses pectoraux sculptés, stupéfaite d'avoir partagé la couche d'un tel homme, ne serait-ce qu'une nuit. Lorsqu'elle leva enfin les yeux sur son visage, l'expression qu'elle y lut la fit rougir.

Elle lui tourna le dos, mais comme elle n'avait pas eu le temps de remonter la fermeture Eclair de sa robe, ce mouvement eut pour effet de dévoiler encore un peu plus son corps. Dans la lumière froide du petit matin, elle se voyait mal demander quoi que ce soit à Quinn. Elle n'était que Diana Connor, un modeste agent immobilier qui travaillait comme bénévole dans un refuge pour animaux, la « bonne copine » que tout le monde appréciait.

Elle commença à remonter sa fermeture Eclair, s'efforçant de ne s'adresser aucun reproche.

Ce qu'il s'était passé la nuit dernière avait été une expérience extraordinaire, l'un des moments exceptionnels que réserve une vie, et elle était contente d'avoir eu le courage de profiter de cette occasion qui s'offrait à elle.

Sa mère n'avait certainement jamais imaginé que sa maxime favorite, « être heureux exige du courage », pouvait impliquer de faire l'amour avec un inconnu… Mais Quinn n'était pas vraiment un inconnu, puisque c'était un MacDowell, le beau-frère de Lana.

— Laisse-moi t'aider, dit-il.

Il remonta la fermeture Eclair, mais s'arrêta à mi-chemin pour écarter ses cheveux, prenant tout son temps pour les lisser et les lui repousser sur l'épaule.

Elle resta parfaitement immobile, bien que profondément troublée par ce doux contact.

— Où voulais-tu aller ? demanda-t-il.

— Souviens-toi, je t'ai dit au gala que je devais partir parce que je travaille aujourd'hui.

Il la saisit doucement par les épaules et l'embrassa sur la nuque.

— Tu allais t'en aller sans dire au revoir.

Elle frissonna.

— N'est-ce pas ainsi que cela se passe ? Pas d'attente, pas de liens, pas de ces moments de gêne le lendemain…

— Pas après une nuit comme la nôtre, répondit-il d'un ton calme. Tu as dit hier qu'il existait des moments de pure beauté qui pouvaient te faire pleurer. Crois-moi, Diana, grâce à toi, j'ai été proche des larmes comme je ne l'ai jamais été.

Il la fit pivoter sur ses talons pour qu'elle soit face à lui.

— On ne file pas en douce après une nuit pareille.

Il était si beau, il avait une telle assurance. Comment pouvait-il attendre quoi que ce soit d'une femme comme elle ?

— Je ne connaissais pas cette règle, dit-elle. Je n'ai pas l'habitude de ce genre de situation.

Elle montra sa robe d'un geste embarrassé.

— Je sais que tu peux avoir du mal à le croire.

Quinn plissa les yeux.

— Que veux-tu dire ?

Incapable de supporter l'intensité de son regard vert, elle s'éloigna de lui.

— D'habitude, je ne m'habille pas aussi court. J'ai essayé de faire de l'élégance, comme si j'étais du même milieu que tous ces gens qui assistaient au gala. Mais j'ai raté mon coup, pas vrai ? Je n'ai certainement pas l'élégance de tes amies dans leurs belles robes longues. Tout ce que j'ai réussi à faire, c'est m'habiller comme si j'étais une fille facile. Et je me suis comportée comme si j'en étais une, marmonna-t-elle, fixant la belle cheminée moderne qui trônait dans le salon.

Cela avait dû coûter une fortune. Dans cet immeuble, le moindre appartement valait au minimum un million de dollars. Jamais elle n'avait eu l'occasion d'en faire visiter de tels à ses clients. Ce n'était pas son univers.

Ne supportant plus le silence de Quinn, elle se décida à le regarder.

Il avait les bras croisés, et ses yeux verts la fixaient avec gravité.

Elle avait du mal à croire qu'elle ait pu faire l'amour avec un tel homme. Qu'elle l'ait fait gémir et frissonner de plaisir. Maintenant qu'elle avait eu Quinn comme amant, comment pourrait-elle rêver d'un autre homme ?

Il décroisa les bras et vint tout près d'elle.

— Bien, nous avons deux choses à mettre au point. La première, c'est que tu ne donnes pas du tout l'impression d'être une fille facile. Les hommes rêvent de te mettre dans leur lit, mais ils savent que c'est juste un rêve. Il y a chez toi une innocence qui crève les yeux autant que ta beauté.

Il la fit de nouveau pivoter, comme pour achever de lui

fermer sa robe, mais il passa un doigt sous l'attache de son soutien-gorge.

— Sais-tu à quoi je pense à l'instant, en te voyant porter ce soutien-gorge ? Il ressemble à ces maillots de bain de l'époque de la Seconde Guerre mondiale. Cela te va à la perfection. Tu es le genre de femme dont les soldats peignent le portrait sur leur bombardier, celui qui donne aux hommes une raison de se battre et de rentrer chez eux sains et saufs. Tu es une vraie bombe, sexy et souriante, avec la gentillesse d'une fille toute simple, Diana. J'ai énormément de chance d'être avec toi. Est-ce bien clair ?

Elle adorait le portrait qu'il venait de tracer d'elle. Elle hocha la tête, ne pouvant dire un mot tant sa gorge était nouée par l'émotion.

— Bien. Alors, es-tu prête à aborder le deuxième point ?

D'un geste rapide, il acheva de remonter la fermeture Eclair, et elle se retourna pour lui faire face.

— Tu n'es pas le genre de personne à vivre des aventures d'une nuit, dit-il. Moi non plus… Même si tu peux avoir du mal à le croire, compte tenu de la façon dont je suis habillé, acheva-t-il avec un sourire en coin, en montrant son boxer-short.

Elle éclata de rire en le voyant parodier le geste qu'elle avait eu plus tôt en désignant sa robe trop courte.

— Pour nous deux, reprit-il, ce n'est pas l'aventure d'une nuit, sauf si tu pars et décides de ne plus jamais me revoir. Mais nous devrions rester ensemble un peu plus longtemps, tu ne crois pas ? conclut-il en la prenant dans ses bras.

Le baiser qu'il lui donna était différent de ceux, passionnés, qu'ils avaient échangés la nuit précédente, mais c'était tout aussi merveilleux.

— Si nous faisons l'amour aujourd'hui, alors ce ne sera plus l'aventure d'une seule nuit, susurra-t-il. Et si nous nous promettons de faire l'amour demain, alors nous pourrons dire que nous sommes ensemble, et personne ne pensera que nous sommes des gens superficiels.

— Ou des bambocheurs ?

— Non, nous ne voulons pas être pris pour des bambocheurs. Tout sauf ça.

Il descendit alors la fermeture Eclair, fit tomber la robe sur le parquet, et elle se sentit élégante et triomphante, debout là, dans ses sous-vêtements orange.

Comme Quinn passait doucement la main sur le satin du soutien-gorge, elle se haussa jusqu'à son oreille.

— On commence tout de suite, alors, murmura-t-elle. Je veux être sûre d'être une femme respectable avant d'aller travailler au refuge.

# 5

Le refuge pour animaux correspondait exactement à l'idée que Quinn se faisait de l'enfer. Un enfer bruyant à vous donner la migraine, et qui sentait très mauvais.

Diana semblait insensible à l'horreur de cet environnement. Elle venait juste de quitter le bâtiment avec une famille de quatre personnes dont le plus jeune des fils caressait avec amour un chien qui devait peser plus lourd que lui et que Quinn trouvait affreux. Diana aussi semblait radieuse, satisfaite d'avoir trouvé l'animal qui convenait à ces gens.

Dire qu'elle faisait ce travail gratuitement, juste pour le plaisir ! Comment pouvait-on aimer fréquenter cet endroit ?

Le bâtiment gris qui abritait l'accueil avait une porte rouge donnant sur le parking et une porte bleue qui s'ouvrait sur un long passage bordé de chenils réservés aux chiens les plus gros. Il avait pris en grippe la porte bleue. Chaque fois que quelqu'un l'ouvrait, les chiens se mettaient à hurler, et ça durait huit minutes, montre en main.

Il y avait aussi un chien qui ne se calmait jamais. Depuis deux heures, Quinn subissait les aboiements de cet animal ou ceux de toute la meute, ce qui l'empêchait d'entendre la sonnerie de son téléphone portable et augmentait son irritation.

Il était cardiologue, il faisait partie du personnel d'un hôpital, il travaillait avec Texas Rescue. Il était donc important qu'on puisse le joindre à tout moment. Heureusement, son assistant était de garde ce week-end, mais cela ne voulait pas dire qu'il était libre de se couper de ses responsabilités de médecin !

Il avait essayé à trois reprises de rappeler Brian dont il avait manqué un appel, mais chaque fois quelqu'un avait poussé cette maudite porte bleue, et le vacarme avait recommencé.

Malgré la chaleur écrasante qui régnait à l'extérieur, il était sorti pour essayer de téléphoner, mais les chenils étaient à ciel ouvert, protégés par un simple auvent destiné à faire de l'ombre. Dehors, les aboiements se faisaient entendre autant qu'à l'intérieur du bâtiment.

Alors qu'il s'appuyait au dossier de sa chaise en plastique, il se rendit soudain compte que le silence régnait dans la pièce. Même le chien hurleur semblait s'offrir une pause !

Il se hâta de sortir son téléphone.

Mais à peine avait-il composé le numéro de Brian qu'un bénévole, un adolescent, se dirigea vers la porte bleue et mit la main sur la poignée.

— Ne touche pas à cette fichue porte !

L'adolescent le foudroya du regard.

— Hé, vous devriez prendre une douche froide pour vous calmer !

Quinn se leva de sa chaise, menaçant.

— Ici le Dr MacDowell, hurla-t-il en s'adressant au répondeur du cabinet médical.

Il surveillait du coin de l'œil l'adolescent, mais celui-ci préféra battre en retraite dans la pièce adjacente où se trouvaient les cages réservées aux chiens de petite taille.

A cet instant, Diana revint du parking. L'ouverture de la porte rouge provoqua l'arrivée d'un souffle d'air brûlant qui fit vibrer la porte bleue, et les chiens recommencèrent à aboyer.

— Voilà encore une famille qui repart heureuse, dit la jeune femme d'un ton joyeux.

Il jura à mi-voix et lança son téléphone sur le comptoir de la réception.

Diana lui adressa un regard à peine moins outré que celui que lui avait jeté l'adolescent, un instant plus tôt.

— Où est Stewy ? s'enquit-elle.

— Il est avec les petits chiens.

— Ah ! Je lui avais pourtant demandé de commencer à mettre les laisses aux chiens qui doivent aller en promenade.

Les aboiements allaient durer encore sept minutes, calcula Quinn. Ce brave Stewy avait raison, une douche froide lui ferait le plus grand bien, maintenant qu'il était coincé ici.

Il avait proposé à Diana de l'amener au refuge, et il ne pouvait pas s'en aller avant qu'elle n'ait fini.

Il n'aurait pas dû l'accompagner jusqu'ici. Après avoir fait de nouveau l'amour avec elle le matin, il l'avait emmenée à l'endroit où elle avait laissé sa voiture puis l'avait suivie jusque chez elle.

Elle vivait dans l'un de ces petits bungalows des années 40 qui donnent du pittoresque aux rues d'Austin. Pendant qu'elle changeait de vêtements, il l'avait attendue dans une salle de séjour grande comme un timbre-poste. Il en avait profité pour téléphoner à sa mère, à qui il avait appris le décès d'Irene Caulsky. Sa mère avait cru qu'il l'appelait pour savoir si elle n'avait besoin de rien pour la réunion de famille qui devait avoir lieu l'après-midi même au ranch, et qu'il avait complètement oubliée.

Il avait échafaudé mentalement un plan : il lui fallait une heure pour se rendre au ranch, où il devrait rester au minimum deux heures. Encore une heure pour le trajet de retour, et il aurait perdu quatre heures de ce week-end qu'il avait prévu de passer avec Diana. Il ne pouvait pas songer à l'emmener au ranch. Présenter une petite amie à sa mère ? Autant acheter tout de suite une bague de fiançailles. Il devait se montrer particulièrement prudent avec Diana. Elle n'appartenait pas à son cercle de relations habituel. Peut-être aurait-elle du mal à comprendre qu'un homme comme lui, avec le métier qu'il exerçait, n'ait pas le temps ni l'envie de se marier… Puisqu'il ne pouvait pas passer la journée au lit avec elle, le mieux était de prévoir de dîner ensemble puis de la ramener chez lui. C'était simple, sans histoire.

Il en était là de ses réflexions lorsqu'elle était sortie de sa chambre. Si elle était un peu plus vêtue que la veille, elle restait toujours aussi sexy. Son short en coton rouge lui arrivait presque aux genoux, mais il moulait étroitement ses jolies formes. Elle portait un petit chemisier à manches courtes en coton imprimé de cerises dont chacune s'ornait d'une paillette rouge. Chaussée de tennis blancs, elle avait perché sur sa tête des lunettes de soleil à monture rouge. Dans cette tenue, elle ressemblait plus que jamais à l'une de ces pin-up qui figuraient sur les posters des années 40.

En la voyant, il avait compris qu'il n'avait pas envie de la quitter pendant quatre heures. Pas encore.

Ils avaient avalé un rapide déjeuner acheté à un marchand ambulant en se rendant au refuge. Il avait imaginé pouvoir voler à Diana quelques baisers et caresses, mais il n'avait réussi qu'à attraper un violent mal de tête au milieu de tout ce vacarme. Et il ne pouvait s'empêcher d'en vouloir à tous ces gens qui s'accaparaient le temps et l'attention de la jeune femme.

— C'est moi qui ai empêché Stewy de rejoindre les gros chiens, dit-il. C'est ma faute. Je voulais pouvoir passer un coup de téléphone. Un seul.

Un seul malheureux coup de téléphone dans cet asile de fous.

Diana vint vers lui et le serra dans ses bras.

Ce geste suffit à dissiper la tension qui s'était établie entre eux au cours des deux dernières heures. Puis elle s'écarta de lui et s'empara d'une des laisses.

— Je vois que tu as du mal à supporter le bruit, dit-elle, mais ne t'inquiète pas, ils seront plus calmes une fois qu'ils auront fait leur promenade.

Pendant qu'elle prenait les autres laisses, la porte rouge s'ouvrit de nouveau, ce qui fit trembler la porte bleue, déclenchant les aboiements furieux des chiens.

Un homme entra. Comme Diana avait le dos tourné, elle ne vit pas la façon dont il la regarda, mais cela n'échappa pas à Quinn. Il remit le téléphone dans sa poche puis, bras croisés, toisa l'homme du regard.

La porte s'ouvrit de nouveau, et d'autres hommes apparurent. Des *bobos* d'Austin, à en juger par leur tenue décontractée.

Diana l'avait averti que le samedi était le jour le plus chargé au refuge. Les nouveaux arrivants regardaient eux aussi la jeune femme avec un intérêt manifeste.

Quinn conserva sa posture, jouant les gardes du corps.

Diana semblait ne pas se rendre compte de l'effet qu'elle provoquait. Il l'observa tandis qu'elle donnait des consignes à l'homme qui était arrivé le premier, un bénévole lui aussi.

Elle avait l'air d'être très organisée, ou peut-être était-ce dû à l'expérience. Elle semblait être la personne la plus compétente. C'était surprenant de la voir aussi patiente avec les autres bénévoles.

Mais, après tout, elle s'était montrée aussi très patiente avec lui lorsqu'il faisait la tête, lors du gala.

— Maintenant que Bill est arrivé, veux-tu sortir les chiens avec moi ? proposa-t-elle. Nous pourrions les emmener tous en même temps. Plus vite ils auront fait leur promenade, plus tôt j'aurai fini ma permanence.

Il fallut un moment pour équiper tous les chiens de leur laisse. A cinquante mètres de là, un vaste enclos leur permettait de courir librement.

Une fois sur place, Diana lâcha la meute et accrocha les laisses à la barrière.

— Je n'avais pas compris que tu n'aimais pas les chiens, dit-elle, les sourcils froncés.

— Je ne les déteste pas, répondit-il machinalement.

Il regretta aussitôt ces mots. Ils formaient un tel contraste avec l'attitude qu'il avait eue durant les deux dernières heures !

Diana émit un petit bruit qui semblait exprimer sa déception, ou bien sa désapprobation, ou même sa colère.

Il s'en voulait. Pourquoi lui avait-il menti ? Il n'était pas du genre à raconter n'importe quoi pour mettre une femme dans son lit. Il devait s'expliquer s'il voulait regagner la confiance de Diana.

— Nous avons toujours eu des chiens, mais ils sont libres d'aller où ils veulent dans le ranch, expliqua-t-il. Il y en a toujours un ou deux qui choisissent de vivre dans l'écurie. Ils aident les chevaux à rester calmes. Parfois, un lien particulier se crée entre un cheval et un chien. Ils ne se quittent pas. Chaque fois qu'on sort le cheval, le chien suit.

— Comme s'ils étaient les meilleurs amis du monde ? C'est adorable !

Diana ne fronçait plus les sourcils.

Il continua d'évoquer ses souvenirs.

— Nous en avions un qu'on appelait « le chien de la véranda ». Il avait décidé de s'y installer. Ma mère l'aimait bien parce qu'il empêchait les tatous d'abîmer les massifs de fleurs. La plupart des chiens du ranch ont tendance à monter la garde. Ils n'aboient presque jamais, alors, lorsqu'ils le font, on le remarque. Cela peut signaler l'arrivée d'un étranger. Un jour, ils ont aboyé parce qu'un cheval s'était brisé une jambe dans un pré. Il se débattait comme un fou. Mon père a dû l'abattre.

Diana lui pressa le bras.

— Tu aimes vraiment les chiens. Ce sont leurs aboiements que tu ne supportes pas. Tu as dû souffrir, aujourd'hui.

— Oui, tout ce bruit était pénible. A cause de lui, je n'ai pas pu téléphoner.

— Je pense qu'il y a en toi un petit garçon qui a grandi en sachant qu'un aboiement signifie « danger ». Cela a dû te rendre fou d'entendre les chiens hurler pendant deux heures. Je suis désolée de t'avoir fait subir cela.

Une fois de plus, elle s'excusait pour quelque chose dont elle n'était pas fautive.

— J'aurais pu m'en aller et revenir plus tard te chercher si j'avais trouvé la situation vraiment trop désagréable. La vérité, c'est que, malgré l'ennui causé par ces aboiements, j'avais envie de rester avec toi.

— Vraiment ? dit-elle, l'air ravi. Je suis flattée que toi et le petit garçon que tu as été autrefois aient autant envie d'être avec moi.

Et elle l'embrassa doucement.

Ce fut lui qui mit fin au baiser.

— Je dois t'avertir, précisa-t-il, ce que j'ai envie de faire avec toi n'a rien à voir avec le monde de l'enfance.

Il lui ôta ses lunettes de soleil et se pencha vers elle pour lui donner cette fois un baiser plein de fougue.

Elle y répondit avec autant de passion, jusqu'au moment où un chien se jeta sur elle, posant ses pattes sales sur le chemiser blanc orné de cerises.

Quinn fit détaler l'animal par un simple claquement de doigt accompagné d'un ordre lancé sèchement.

— Ouah ! s'exclama Diana en reprenant ses lunettes rouges. Tu as fait cela comme un pro !

Il mit le chien en laisse puis siffla pour voir si les autres répondraient. Il cacha un sourire en en voyant deux arriver en courant et se laisser passer la laisse.

— Je te l'ai dit, je ne déteste pas les chiens. J'en ai eu des tas au ranch.

Diana rappela les autres chiens en émettant une série de petits bruits.

— Il s'agit donc d'un vrai ranch ? dit-elle.

— Comparé à quoi ?

— Beaucoup de gens disent qu'ils vivent dans un ranch, mais en fait ils veulent dire qu'ils habitent dans une maison de style ranch, avec juste un hectare de terrain autour.

— Le mien est un vrai ranch. Les chiens qui y vivent ont tous une mission à remplir. Je crois que cela les rend heureux.

— Tu as parfaitement raison. Même les chiens qui vivent en ville ont besoin d'avoir quelque chose à faire. Ils aiment tenir le rôle de compagnon. Il leur faut simplement trouver la bonne personne qui saura les rendre heureux.

A présent, tous les chiens avaient leur laisse, sauf un.

— J'imagine que je suis censé lui courir après ? dit Quinn.

Diana éclata de rire.

— Nous pouvons aussi nous contenter d'attendre. Il finira bien par venir quand il sera fatigué de galoper.

— Combien de temps cela prend-il, habituellement ?

— Environ une demi-heure.

Plaisantait-elle ?

Dans le doute, il opta pour une autre solution.

— Je vais l'attraper.

Plus facile à dire qu'à faire, constata-t-il en pourchassant le récalcitrant, qui semblait trouver ce jeu génial.

— L'hypoténuse, Quinn ! cria Diana. Prends l'hypoténuse !

Il se mit à rire et suivit son conseil, changeant plusieurs fois de direction jusqu'au moment où il réussit à coincer l'animal dans un angle de l'enclos. Le chien, débordant d'affection, lui sauta dessus avec enthousiasme et se laissa mettre la laisse.

Diana se révélait aussi moqueuse que ses frères. Elle les adorerait, surtout Jamie, celui qu'elle ne connaissait pas encore. Braden la trouvait déjà formidable. Diana deviendrait folle des chiens du ranch. Et elle adorerait le délicieux thé de sa mère. Elle adorerait le ranch.

Alors, pourquoi ne pas l'y emmener ? Ainsi, il pourrait passer la journée avec elle, comme il l'avait projeté initialement. Après tout, ce n'était pas un si grand événement que d'amener pour la première fois une jeune femme au River Mack Ranch et de la présenter à sa mère.

— C'est un tel événement ! s'exclama Marion MacDowell d'un ton de reproche. Quinn, si j'avais su que tu amènerais une jeune femme à la maison, j'aurais au moins préparé un gâteau !

— Ce n'est pas un événement, maman. Je voulais juste que Diana fasse connaissance avec les chiens. Et peut-être avec les chevaux. Je ne sais pas si elle aime les chevaux.

— Va le lui demander. Montre-lui l'écurie. Vous avez tout le temps de vous promener, avant le dîner.

Bien que Quinn ait omis d'informer sa mère qu'il venait avec une invitée, elle semblait ravie. Il n'eut pas le cœur de lui préciser une fois de plus qu'il n'y avait rien de sérieux entre Diana et lui et qu'elle était juste sa petite amie du moment.

Il fit visiter les écuries et les abords du ranch à Diana, qui se montrait parfaitement à l'aise. Elle aimait les chevaux.

Elle avait été contente de revoir Lana et Braden et de faire la connaissance de Kendry et de Jamie, et plus encore de Sam, le bébé de Jamie. Cependant, c'était sa mère qui semblait lui faire la plus forte impression.

Elle exprima son enthousiasme tandis qu'ils continuaient tous deux leur promenade, marchant à l'ombre d'une rangée de chênes centenaires.

— Elle est si jolie, à son âge ! Tu n'es pas de cet avis ? Oui, bien sûr, puisque c'est ta mère… Mais ta maman est *vraiment* très jolie. J'adore son tablier, et son thé. Tu as de la chance d'avoir une mère aussi bonne cuisinière. Est-ce que tu viens ici tous les week-ends ? A ta place, c'est ce que je ferais, ne serait-ce que pour les bons petits plats !

Il faisait chaud, mais l'air n'était pas étouffant, et il se regardait le ranch à travers les yeux de Diana. Pour la première fois depuis longtemps, il le regardait vraiment.

La maison se dressait derrière eux sur une petite butte, toute blanche, une merveille de symétrie entourée de la véranda. L'écurie, toute de bois, était presque aussi grande que la maison. Les prés étaient encore verts, mais ils vireraient au brun au cours de l'été sous la chaleur torride du Texas. Les chiens du ranch les escortaient à bonne distance, humant le sol, et se retournant de temps en temps pour voir où les humains en étaient de leur progression.

Il en avait toujours été ainsi, en fait. Il n'avait jamais marché seul sur ces terres. Il était toujours accompagné des chiens, leur présence lui paraissait toute naturelle.

Il pourrait en avoir un dans son appartement. Il disposait de suffisamment de place, et Diana lui trouverait sûrement parmi les chiens du refuge celui qui lui conviendrait.

S'il avait de la place, en revanche, il disposait de peu de temps libre. Il travaillait près de soixante-dix heures par semaine. Comment, dans ces conditions, se charger d'un animal ?

Il lança un regard à Diana qui marchait en silence, affichant ce petit sourire qui semblait ne jamais la quitter.

Ses lèvres étaient faites pour le baiser. Comme il aurait

aimé l'avoir constamment près de lui, pour pouvoir l'embrasser tous les jours !

Mais, là encore, il se heurtait aux exigences de son métier : il n'était pas assez disponible pour consacrer du temps à une petite amie. Il aurait du mal à voir Diana le week-end prochain. Il lui faudrait attendre deux semaines avant de passer de nouveau une journée entière avec elle.

Deux semaines sans Diana, cela lui sembla très long. Et très triste.

Il avait eu raison de craindre que la compagnie de la jeune femme ne devienne une drogue. Il se débrouillerait pour trouver un moyen pour la revoir avant quinze jours… A condition qu'elle en ait envie aussi, bien sûr.

Le mieux était de fixer avec elle un rendez-vous précis, sinon elle risquait de disparaître. C'était ce qu'elle avait tendance à faire dès qu'il avait le dos tourné. A deux reprises, le soir du gala, il avait dû la rattraper, et le matin même, elle s'apprêtait à filer à l'anglaise. Il était plus prudent de savoir dès maintenant quand et où ils se reverraient.

Il n'avait aucune envie de la voir disparaître.

En fait, plutôt que de lui fixer un rendez-vous, il ferait mieux d'officialiser leur relation. C'était ainsi qu'il agissait depuis une bonne dizaine d'années. Les femmes appréciaient de l'entendre s'expliquer franchement sur la nature de leur relation. Il précisait toujours que, tant qu'ils resteraient amants, la fidélité serait de règle entre eux. Ils se voyaient le week-end, et en semaine ils passaient leurs soirées ensemble dans la mesure où leur emploi du temps le leur permettait. La jeune femme pouvait passer la nuit chez lui si elle le souhaitait, elle y était toujours la bienvenue. Sinon, il la raccompagnait chez elle en fin de soirée. C'était à elle de choisir. Les femmes étaient sensibles au fait qu'il leur permette de laisser quelques produits de beauté dans sa salle de bains.

Sa dernière liaison remontait à un an. Ses efforts pour sauver l'hôpital et son entrée au conseil d'administration l'avaient tellement absorbé qu'après sa rupture avec une certaine Bethany

— rupture dont il ne se rappelait plus le motif aujourd'hui —, il n'avait plus eu le temps de faire de nouvelles conquêtes. Il avait vécu dans l'abstinence.

Diana courait devant lui, jouant avec l'un des chiens.

Il l'enveloppa d'un regard débordant de satisfaction purement masculine.

Il avait mis fin à une année de privation sexuelle en passant une nuit de rêve avec Diana. La meilleure qu'il ait jamais connue. Et il se sentait si vivant, aujourd'hui !

Le chien entraînait Diana vers l'ancien cimetière. Comme elle marquait une pause, l'animal se mit à aboyer, voulant sans doute l'inciter à jouer à cache-cache avec lui au milieu des tombes.

Il le calma en lui grattant le dessus du crâne.

Il ne connaissait pas son nom, mais il s'agissait d'un descendant de Patch, un chien qu'il avait beaucoup aimé et auquel celui-ci ressemblait beaucoup — il portait la même tâche noire juste au-dessus de l'œil, près de l'oreille.

Il eut envie de parler de Patch à Diana, mais lorsqu'il leva les yeux vers elle, il vit qu'elle regardait avec attention les inscriptions gravées sur les tombes.

Visiblement, quelque chose n'allait pas.

— C'est le cimetière du ranch, expliqua-t-il, juste pour dire quelque chose.

Il y avait là huit tombes, dont les plus anciennes dataient des années 30, et la plus récente de 1957.

Diana toucha avec respect la pierre d'une des sépultures.

— Je ne savais pas que les ranchs possédaient leur propre cimetière.

— C'est le cas pour beaucoup.

Il la regardait marcher lentement d'une tombe à l'autre.

— Quand on a travaillé et passé toute sa vie sur ces terres, poursuivit-il, cela n'aurait pas grand sens d'aller se faire enterrer en ville. C'était ce que disait notre père.

— Oh… Est-ce que ton père a été enterré au ranch ?

— Non, il est dans un cimetière proche de l'hôpital. Il n'a

pas voulu que nous ayons à faire face aux problèmes d'autorisation légale et aux complications de toutes sortes qu'aurait entraînés son inhumation ici.

Diana continuait de circuler entre les tombes.

— Il n'y a que des noms d'homme. Et seule l'année de leur mort est indiquée.

— Ce sont tous des ouvriers qui ont travaillé au ranch. Des cow-boys itinérants qui passaient d'un ranch à l'autre, en se faisant embaucher pour différentes tâches selon la saison.

— Ont-ils travaillé pour ta famille ?

— Non, mes parents ont acheté ce ranch en 1980.

— Alors, plus personne ne sait qui était Skip Laredo ni d'où il venait ?

Elle toucha l'inscription qui n'indiquait que la date du décès.

— Quel âge avait-il quand il est mort ?

— Je ne sais pas, Diana, murmura-t-il.

Il voyait à quel point cela la perturbait, et cela l'inquiétait.

— Le corps humain ne peut pas durer indéfiniment, reprit-il, mais ces hommes ont peut-être vécu très longtemps. La mort fait partie de…

Il s'interrompit. Le raisonnement qu'il avait l'habitude de s'appliquer à lui-même n'avait pas sa place ici. Mais peut-être se trompait-il ?

— La mort fait partie de bien des professions, reprit-il. Travailler dans un ranch peut s'avérer dangereux, mais sans doute ces hommes aimaient-ils leur métier, puisqu'ils l'ont exercé jusqu'à leurs derniers jours.

A cet instant, Diana fondit en larmes.

Ces larmes n'avaient rien à voir avec un moment de beauté parfaite. Il se sentit impuissant devant une telle détresse.

— Peut-être voudrais-tu pleurer sur mon épaule ?

C'était tout ce qu'il pouvait lui offrir.

Elle se tourna vers lui, si petite et vulnérable sans ses hauts talons, et il la serra dans ses bras.

— Je suis la dernière qui reste de ma famille, dit-elle au bout d'une minute. La toute dernière.

A présent, il comprenait mieux.

— Tu ne resteras pas longtemps sans famille, dit-il. Ne comptes-tu pas te marier un jour et avoir des enfants ?

Elle haussa les épaules.

— C'est possible. Cela pourrait arriver.

Elle n'avait pas l'air très convaincu.

Pourtant, une femme comme elle semblait faite pour être mère. Elle était belle, gentille, charmante. Un jour, elle rencontrerait un homme qui apprendrait à la connaître, serait près d'elle lorsqu'elle serait enceinte et la verrait vieillir.

Il ressentit une pointe de jalousie à l'égard de cet inconnu.

Il se gratta la gorge avant de s'aventurer sur un terrain qui ne lui était guère familier.

— Une marieuse comme toi trouvera bien chaussure à son pied. Tu te marieras, et on ne t'oubliera pas lorsque tu quitteras cette terre.

— Ce n'est pas pour moi que je m'inquiète. Ma mort n'est pas un souci pour moi. Mais ce qui m'est insupportable, c'est de penser que si je mourais demain, plus personne ne saurait qui était ma mère. Il n'y aurait plus personne pour aller sur sa tombe. Elle serait comme ces cow-boys oubliés. Un nom et une date gravés sur de la pierre, rien de plus.

Il s'attendait à la voir de nouveau fondre en larmes, mais elle s'écarta de lui, cligna les yeux et s'essuya les joues.

— Je ne peux pas revenir à la maison dans un état pareil ! Tout le monde s'inquiéterait.

Il s'imagina la réaction de ses belles-sœurs, de sa mère, de Jamie et de Braden.

— Franchement, je crois qu'ils sont tous en mesure de comprendre.

— Ma mère se plaisait à répéter une chose que je crois très juste : « il y a assez de malheur dans le monde sans que tu y ajoutes le tien ». Elle n'aimerait pas me voir pleurer en pensant à elle alors que je passe une superbe journée avec un homme merveilleux. Et je ne veux pas être l'invitée qui gâche l'ambiance dans votre réunion familiale. Accorde-moi quelques instants, le temps de me ressaisir.

Il la regarda agiter les mains devant son visage pour se rafraîchir.

Il aurait voulu pouvoir faire quelque chose pour elle, mais il se sentait impuissant à la consoler. Lorsque, étant enfant, il avait perdu sa grand-mère, même les baisers de sa mère n'avaient pas réussi à apaiser son chagrin. Il s'était rendu à l'écurie et plongé dans le travail, nettoyant les box et retournant le foin sous le regard du fidèle Patch, qui lui tenait compagnie comme toujours.

Mais oui, bien sûr !

Il siffla, espérant qu'un des chiens répondrait à l'appel.

Tous rappliquèrent aussitôt et, entourant Diana, se mirent à lui lécher les mains. Elle leur sourit, les caressa en leur murmurant des mots doux et ramassa une petite branche qu'elle jeta au loin pour qu'ils courent après et la lui rapportent.

Quinn observait la scène, en proie à une étrange sensation.

En tant que cardiologue, il savait que les émotions ne modifiaient pas la taille du muscle cardiaque, mais s'il avait moins étudié, s'il était né dans un autre siècle, à une époque où les superstitions avaient cours, il aurait pu jurer que son cœur avait doublé de volume tandis que Diana Connor jouait avec le descendant de Patch.

# 6

Lorsque Quinn et Diana rentrèrent de leur promenade, le dîner préparé sous la véranda carrelée, à l'arrière de la maison, avait déjà commencé. Après s'être lavé les mains, ils prirent place autour de la table.

Diana ne ressemblait plus du tout à la jeune femme que Quinn avait vue s'effondrer dans l'ancien cimetière. Elle était joyeuse, pleine d'entrain, et sa gaieté semblait contagieuse. Elle encouragea Lana à raconter les soucis que lui avait donnés l'organisation de son mariage.

Jamais il n'aurait imaginé sa belle-sœur, si compétente dans ses fonctions de directrice de recherche et de développement au West Central Texas Hospital, en train de paniquer devant des questions aussi frivoles que, par exemple, le choix d'un ruban. Lana elle-même semblait surprise de s'être montrée aussi stressée. Mais les réactions qu'elle avait eues parurent à tous parfaitement normales et surtout très amusantes après que Diana eut raconté diverses anecdotes du même style concernant d'autres jeunes mariées qu'elle avait connues.

Diana était l'invitée rêvée dans une réunion. Elle avait le don de mettre tout le monde à l'aise. Comment s'y prenait-elle ?

Il l'observa attentivement afin de percer son secret.

En fait, sa plus grande qualité était de trouver ce dont chacun avait besoin pour se détendre et être soi-même. C'était une fine observatrice, et elle utilisait cette qualité pour aider les autres à se sentir mieux.

Mais elle, qui l'observait ? Qui découvrait ce dont elle avait besoin ? Elle rendait la tâche impossible en ayant toujours l'air de n'avoir besoin de rien.

Le repas était terminé, et à présent, chacun buvait du thé glacé ou de la bière en grignotant des brownies. Comme la mère de Quinn demandait à Diana ce qu'elle avait vu au cours de sa promenade, la jeune femme lui fit part de son admiration pour les massifs de fleurs qui faisaient la joie et la fierté de Marion MacDowell.

— Nous nous sommes arrêtés dans l'ancien cimetière, ajouta Quinn.

Il fut le seul à remarquer la brusquerie avec laquelle Diana reposa son verre de thé glacé sur la table.

Il ne voulait pas raviver sa peine, bien au contraire. En interrogeant sa mère qui connaissait toute l'histoire du ranch, il espérait avoir des réponses qui apaiseraient Diana.

— Tous ces hommes ont-ils travaillé au River Mack, maman ?

— Non, ce cimetière est sur le terrain que nous avons acheté à Whitey McCormick. Kendry, puis-je donner le biberon à Sam ?

Déçu de constater que sa mère ne pouvait rien dire de plus sur le cimetière, il s'en voulut d'avoir inutilement fait perdre son sourire à Diana, qui évitait maintenant de le regarder.

Mais une fois que Marion eut son petit-fils dans les bras, elle revint sur le sujet qu'ils avaient abordé.

— C'était en 1990, juste après Noël. Whitey est venu ici et nous a proposé d'acheter son terrain. Il nous a dit qu'il préférait vendre à une famille plutôt qu'à une société d'exploitation. Vous souvenez-vous de lui ?

— Je n'avais que trois ans, observa Jamie. Maman, fais attention que Sam n'avale pas trop d'air en buvant son lait.

— Je sais m'occuper d'un bébé, jeune homme.

Diana poussa un petit soupir.

Quinn aurait voulu croire qu'il s'agissait d'un soupir de satisfaction, mais il ne pouvait pas se mentir : ce soupir était plein de mélancolie et d'envie.

Diana était soulagée de voir qu'on ne parlait plus du cimetière. Elle passait un si bon moment au sein de cette famille ! Elle ne voulait plus songer à ces malheureux cow-boys oubliés de tous, elle préférait maintenant laisser vagabonder son imagination. En rêvant, par exemple, que Marion MacDowell était sa mère.

Si c'était le cas, elle ne se lasserait jamais de déguster sa salade de pommes de terre, même si elle en mangeait depuis vingt-sept ans ! Elle en aurait appris la recette par cœur. Elle veillerait à ce que Marion ne se fatigue pas trop. Elle serait arrivée plus tôt aujourd'hui pour l'aider à préparer le pique-nique. Si Marion était sa mère, elles seraient très proches l'une de l'autre.

— Je me souviens de Whitey McCormick, dit Quinn.

Elle essaya de ne pas perdre le sourire.

Quinn était-il obligé de ramener la conversation sur ce sujet si pénible pour elle ?

— Moi aussi, dit Braden, je me souviens de lui. Whitey était très vieux, il portait une longue barbe blanche.

— Oui, renchérit Quinn, et il avait toujours à la main un bâton plus grand que lui. Et il avait un chien génial.

— Ah oui, je me rappelle, ajouta Braden en reprenant un autre brownie. Ce chien était maigre, il ne payait pas de mine. C'était l'avorton de la portée. Mais Whitey chantait tellement les louanges de « l'avorton » que j'ai cru longtemps que ce mot désignait un être exceptionnel. Lorsque je traitais quelqu'un d'avorton, il s'agissait pour moi d'un compliment !

Sam, qui avait bu tout son biberon, se mit à geindre.

Kendry déclara que l'heure de la sieste était venue pour lui. Elle s'excusa et disparut dans la maison pour coucher le bébé.

Marion se tourna vers Diana.

— Je suis désolée de ne pas pouvoir vous en dire davantage sur le vieux cimetière.

— Ne vous inquiétez pas pour ça, je vous en prie.

— Ce qui la rend triste, expliqua Quinn, c'est l'idée que plus personne aujourd'hui ne se souvienne des hommes qui sont enterrés là.

Diana le fusilla du regard, horrifiée.

Comment pouvait-il lui jouer un tour pareil, alors qu'elle avait tellement tenu à ne pas gâcher la fête par ses pensées mélancoliques ?

— Les cimetières ne sont pas des endroits très gais, dit Marion. Vous êtes sûrement un cœur sensible, Diana, pour vous inquiéter ainsi de ces hommes qui sont morts depuis bien longtemps.

Diana se sentait complètement perdue. Ne sachant que dire sur un tel sujet dans une réunion de famille qui se voulait pleine de gaieté, elle se mit à boire son thé frénétiquement, observant les autres derrière ses lunettes de soleil.

Elle n'osa pas regarder Quinn, à qui elle en voulait d'avoir remis la question sur le tapis. Mais Braden, Jamie et Lana semblaient intéressés par la conversation sans en être perturbés. Ils n'avaient pas l'air de penser que le repas était gâché.

— Je ne voudrais pas que vous repartiez d'ici le cœur plein de tristesse, reprit Marion. Peut-être pourriez-vous voir les choses autrement. Whitey connaissait chacun des hommes enterrés dans ce cimetière. Ils ont certainement eu une influence sur lui. Ils l'ont changé, ils en ont fait l'homme qu'il était devenu, ne serait-ce que parce qu'ils lui ont raconté des histoires drôles et qu'ils l'ont fait rire. D'une façon ou d'une autre, chacun de ces hommes a laissé sa marque sur Whitey.

Elle but une gorgée de thé avant de reprendre la parole.

— Mes fils ont connu Whitey, et lui aussi a laissé sa marque sur eux. Certes, Jamie était trop jeune, mais Braden et Quinn lui ont transmis l'empreinte que Whitey avait pu laisser sur eux, et maintenant Jamie a lui-même un fils. Ainsi, voyez-vous, on ne se rappelle peut-être plus quelle a été la vie de ces cow-boys, mais ils ont laissé leur marque sur des gens qui, à leur tour, ont laissé la leur sur d'autres gens. Et c'est ainsi de génération en génération. Tout être humain laisse une trace de son passage sur cette terre.

— Oh ! C'est quelque chose que ma mère aurait pu dire.

Que chaque expérience nous touche et nous fait ce que nous sommes.

— Exactement, approuva Marion en souriant. Alors, dites-moi, mon enfant, comment Quinn vous a-t-il touchée ?

Quinn, Braden et Jamie échangèrent un regard, puis tous trois se mirent à tousser et à s'étrangler en riant.

— Oui, hoqueta Braden, dites-nous comment Quinn vous a touchée.

Marion leva les yeux au ciel.

— Il serait vraiment temps pour vous de grandir. Vous n'avez plus douze ans !

Mais l'expression de son visage n'était pas aussi sévère que sa remarque.

— Ne faites pas attention à eux, dit-elle à l'intention de Diana. J'espère que votre rencontre avec mon fils vous a apporté au moins une chose positive ?

— Je le connais depuis peu… Une journée seulement, dit Diana sur un ton d'excuse.

Le silence se fit.

Elle se mordit la lèvre et regarda autour d'elle.

A cet instant, Kendry revint.

— Aurais-je manqué quelque chose ?

— Cela fait seulement une journée que Quinn et Diana se connaissent, expliqua Marion. Jamais je n'aurais cru cela !

Elle paraissait surprise. Peut-être que les petites amies de fraîche date n'étaient-elles pas censées partager le pique-nique familial ?

Pourvu que Marion n'imagine pas qu'ils avaient déjà passé la nuit ensemble !

Il était temps d'alléger l'atmosphère. Pour cela, elle allait faire le clown. Tout le monde aimait la pétillante Diana Connor lorsqu'elle faisait la fofolle.

— Nous nous sommes connus hier soir, au gala de l'hôpital, dit-elle avec un grand sourire. Si nous considérons qu'il s'agissait là de notre première rencontre, alors celle-ci est la seconde. Deux jours… En réalité, cela fait deux jours que nous nous connaissons. Je ne suis pas très bonne en mathématiques ! Mais Quinn a déjà réussi à me dégoûter du mousseux en me faisant boire du vrai champagne. N'est-ce pas terrible ?

Elle posa son verre de thé glacé et donna à Quinn une petite tape sur la nuque. Surpris, celui-ci poussa une exclamation, et tout le monde éclata de rire.

Braden se leva et frappa sa bouteille de bière avec une cuiller afin d'attirer l'attention de tous.

— Puisqu'il est question de champagne, je vous informe que nous en avons apporté. Nous avons quelque chose à vous annoncer : nous allons avoir un bébé. Ce sera pour la première semaine de novembre.

Cette nouvelle réjouit tous les membres de la famille, qui se levèrent pour se prendre dans les bras et s'embrasser. Pendant qu'on débouchait le champagne, Lana se pencha vers Diana.

— Comme nous ne sommes mariés que depuis deux semaines, je suis contente que vous ne soyez pas très bonne en mathématiques, lui glissa-t-elle à l'oreille. C'est un peu gênant. Nous avons brûlé les étapes.

— Je crois que personne ne se soucie de cela, affirma aussitôt Diana, souriante.

— Vous avez raison. Peu importe depuis combien de temps nous sommes ensemble.

Elle embrassa Diana sur la joue et se tourna vers Kendry, qu'elle serra dans ses bras.

Un bref instant, Diana se demanda si Lana n'avait pas cherché à la mettre à l'aise, *elle*.

Elle avait voulu éviter que tous ces gens s'inquiètent pour elle, mais elle trouvait très agréable que Marion puis Lana se soucient de ce qu'elle pouvait ressentir.

Quinn ne se gêna pas pour faire remarquer à son frère ce qui paraissait à tous comme une évidence.

— Dis-moi, Braden, si cette naissance doit avoir lieu la première semaine de novembre, ça veut dire que tu as été très occupé au moment de la St-Valentin… C'est charmant !

— La St-Valentin ? répéta Jamie. N'avais-tu pas pris ton

week-end pour aller camper ? En plein hiver ! Aucun être sensé ne se risquerait à un choix pareil. Il devait faire très froid dans cette tente…

— Vous êtes des génies vous deux, bougonna Braden. Moi, jamais je n'aurais réussi à faire tous ces calculs.

Quinn et Diana avaient prévu de dîner ensemble et d'aller danser. Ils avaient mis leur plan au point pendant le trajet de retour à Austin : ils s'arrêteraient d'abord chez Quinn puis iraient chez Diana afin de se changer pour la soirée. Avant d'aller en discothèque, ils dîneraient dans une brasserie que Quinn appréciait.

Ce programme leur plaisait à tous les deux, mais tout se déroula autrement. A peine étaient-ils arrivés chez Quinn qu'ils firent l'amour sur le canapé du salon. Ensuite, ils recommencèrent sous la douche.

Ils finirent par commander une pizza. Diana tint à allumer juste quelques bougies dans le salon, éclairé par le long crépuscule d'été puis par le clair de lune. Quinn avait débouché une bouteille de vin qu'il avait gardée pour une grande occasion. La soirée était magnifique.

Demain, ce serait dimanche, et ce merveilleux week-end serait terminé, mais Diana s'interdisait de penser que ces moments parfaits allaient bientôt s'achever, elle profitait à fond de chaque instant.

A la fin, ils firent encore l'amour.

Lorsqu'elle se réveilla, il faisait grand jour. On était dimanche.

Elle roula sur le côté et contempla Quinn qui dormait à poings fermés, couché sur le ventre.

Elle l'avait épuisé, songea-t-elle avec un petit sourire. Elle garderait toujours le souvenir de ces moments précieux. Elle avait accumulé suffisamment de souvenirs, à présent. Il était temps qu'elle parte. Mais elle lui dirait au revoir avant de s'en aller.

Lorsqu'il ouvrirait les yeux, feraient-ils l'amour une dernière fois ?

Cette idée la glaça jusqu'au sang, et elle changea vite la direction de ses pensées.

Elle allait devoir trouver quelque chose à faire, cet après-midi. Il y avait toujours le refuge pour animaux. Là, elle pourrait encore faire le bonheur de quelques êtres.

Au moment où elle se glissait hors du lit, le téléphone de Quinn sonna. Poussant un grognement, il attrapa l'appareil sur la table de nuit.

— MacDowell, dit-il après avoir lu le numéro inscrit sur l'écran.

Il écouta un long moment sans rien dire, la regardant avec un petit sourire.

— C'est exact, lança-t-il enfin. C'est une dihydropyridine qu'on utilise en Europe pour traiter l'hypertension artérielle. Cela n'a pas provoqué la bradycardie.

Voulant le laisser téléphoner tranquillement, elle se leva et, après avoir enfilé le peignoir de Quinn, se dirigea vers la salle de bains. Lorsqu'elle récupéra ses vêtements, elle décida de mettre sa lingerie et son chemisier dans le lave-linge en choisissant le cycle rapide. Elle avait dans son sac une brosse à cheveux, une brosse à dents et quelques produits de beauté. Autant se faire belle, pour que Quinn conserve d'elle la meilleure image possible !

Après avoir transféré ses vêtements du lave-linge au séchoir, elle se rendit dans la cuisine.

Quinn était aux fourneaux. Son téléphone coincé entre l'oreille et l'épaule, il préparait des œufs brouillés.

Elle s'installa sur l'un des hauts tabourets de bar.

Elle allait emporter avec elle un autre souvenir : celui d'un homme superbe vêtu d'un jean et d'un T-shirt bleu marine, pieds nus, en train de lui faire son petit déjeuner. C'était la première fois que pareille chose lui arrivait.

Ces adieux s'avéraient de plus en plus difficiles.

Quinn raccrocha. Il composait un autre numéro qu'il avait noté sur un carnet, lorsqu'il remarqua sa présence.

— Ouf, tu n'es pas encore habillée, dit-il avec un grand sourire. Je craignais que tu ne veuilles prendre ton petit déjeuner à l'extérieur.

— Non, je te remercie. Je vois que tu es en train de…

Il lui fit signe de patienter un instant. De toute évidence, la personne qu'il avait appelée était en ligne.

— Dr Quinn MacDowell. La patiente est Norma Gildart, née le…

Il lut la date inscrite sur son carnet.

— Dix milligrammes d'amlodipine. Ne pas renouveler. Dites à la patiente de suivre le traitement sans délai.

D'une main il coupa la communication, et de l'autre il éteignit le gaz.

— Excuse-moi, dit-il. Brian m'avait demandé d'assurer la permanence téléphonique ce matin. J'avais accepté. C'était avant de te rencontrer. Il doit la reprendre à 19 heures.

— Ah ! Eh bien, je disais que c'était très gentil de ta part de me préparer des…

Pendant qu'elle parlait, le téléphone sonna de nouveau.

Quinn prit la communication en lui adressant un sourire confus. Tout en téléphonant, il servit les œufs sur deux assiettes qu'il posa sur le comptoir tandis qu'elle fouillait dans les tiroirs pour trouver des fourchettes et sortait les toasts du grille-pain.

Elle avait fini de manger ses œufs, convaincue que ceux de Quinn étaient froids, lorsqu'il raccrocha enfin.

— Qu'aimerais-tu faire aujourd'hui ? demanda-t-il. Je dois assurer cette permanence téléphonique, mais nous pouvons tout de même sortir, aller nous promener dans un parc, par exemple.

Le moment était venu pour elle d'annoncer son départ.

A cet instant, Quinn se pencha vers elle et l'embrassa sur les lèvres en lui caressant les cheveux.

Elle posa la main sur son torse musclé. Sur son cœur.

« Ne m'oublie pas ».

— Je dois m'en aller, dit-elle. J'ai passé un merveilleux week-end, mais il faut que je parte.

— Ne t'en va pas ! Le téléphone ne va pas sonner comme ça toute la journée, je t'assure. Et je peux laisser la permanence sur répondeur, à condition de rappeler dans les dix minutes qui suivent l'appel.

Il continuait de la caresser, la serrant contre lui, corps contre corps, jean contre peignoir.

— Ce n'est pas vraiment le dimanche dont j'avais rêvé, reprit-il. Un appel malencontreux peut réduire à dix minutes un moment précieux que je voudrais faire durer une heure...

Quinn s'attendait à ce qu'elle passe la journée avec lui. Il espérait faire l'amour avec elle, à la sauvette ou en prenant tout son temps. Mais elle s'en sentait incapable. Pour lui, ce n'était qu'une histoire de sexe. Pour elle, non.

— Mais nous pouvons tout de même profiter de cette journée, conclut-il. Diana ? Regarde-moi.

Elle lui sourit, affichant un visage serein.

— Je dois vraiment m'en aller, Quinn. On est dimanche. Nous avions dit que nous resterions ensemble jusqu'à dimanche...

Le téléphone sonna.

Impassible, Quinn prit la communication tout en retenant Diana d'une main. Lorsqu'il raccrocha, il la prit par la taille.

— Je veux te revoir, dit-il.

— Vraiment ?

— Oui. Sans le moindre doute.

Elle détourna le regard.

Des doutes, elle, elle en avait. Ils n'évoluaient pas dans les mêmes cercles, n'avaient pas d'amis communs. Leurs revenus comme leur niveau d'études étaient très différents. Ils n'avaient pas parlé de leurs projets de vie respectifs, comment ils se voyaient dans cinq ou dix ans...

Quinn l'embrassa, d'abord tendrement puis avec fougue. Il la fit se rasseoir sur le tabouret de bar et se colla à elle.

— Diana, ma belle Diana, comment peux-tu douter que je veuille te revoir ? J'ai besoin de toi. J'ai besoin de bien plus encore… Je veux mieux te connaître, être avec toi. Former un couple avec toi. Toi et moi, ensemble.

Le prenant par le cou, elle l'embrassa, mais leur baiser fut interrompu par une nouvelle sonnerie du téléphone. Quinn soupira puis répondit tout en la gardant serrée contre lui. Ils étaient si proches qu'elle pouvait entendre la voix de son correspondant. Une voix masculine jeune, mal assurée.

— Doucement, ordonna Quinn.

Il écouta encore pendant quelques instants.

— Pour l'amour du ciel, décrivez-moi avec précision les symptômes qu'elle présente.

Diana s'écarta, laissant Quinn fixer toute son attention sur ce que lui disait son interlocuteur. Elle l'entendit lui expliquer les différentes étapes qu'il devait suivre.

Tous ces termes médicaux étaient pour elle du chinois, mais elle saisissait le caractère dramatique de la situation. Quelque part, une femme était en danger, et Quinn expliquait à un jeune médecin inexpérimenté ce qu'il devait faire pour la sauver. Il lui fit répéter deux fois ses consignes puis demanda à parler au Dr Gregory.

— Gregory, c'est Quinn. Vous savez déjà ce que je vais vous dire. C'est qui, ce type ?

Il écouta la réponse, puis hocha la tête.

— Je suis d'accord, dit-il. Sortez-le de là. Il n'a pas le sang-froid qu'il faut pour travailler aux urgences.

Il raccrocha bientôt et se passa les mains sur le visage.

— Bon, où en étions-nous ? dit-il en se tournant vers Diana.

— Est-ce que ça va ?

— Oui. C'était juste un jeune médecin, un débutant pas très doué. Quand ils commencent à exercer, on voit rapidement qui est à la hauteur et qui ne l'est pas.

— Mais *toi*, ça va ?

— Je vais bien. Je crois que la vraie question, c'est toi, Diana. Est-ce que ça va ? dit-il en la regardant attentivement.

— Je m'inquiète pour cette femme, avoua-t-elle. Et pour ce pauvre médecin. Il va être renvoyé, n'est-ce pas ? Tu fais comme si cet appel téléphonique n'était pas grave, mais tu avais pourtant l'air tendu.

Quinn esquissa un sourire.

— Tu es le cœur le plus tendre que j'aie jamais connu.

Se moquait-il de son excès de sensibilité ?

— Ne t'inquiète pas, dit-il en lui prenant les mains. Cette femme s'en sortira. Son cas n'est pas si grave, et j'entendais en bruit de fond des infirmières qui s'occupaient d'elle. Jamais elles n'auraient laissé cet incapable mettre en danger la vie de la patiente. Il n'est pas fait pour travailler aux urgences, c'est aussi simple que ça. Il peut encore devenir un bon médecin. Peut-être se révélera-t-il excellent dans l'analyse des radiographies, par exemple. C'est à lui de découvrir pour quoi il est fait, et c'est à moi de veiller à ce que, en attendant d'avoir trouvé sa voie, il ne nuise à personne. Voilà pourquoi je ne le garde pas à l'hôpital. J'ai l'habitude de ce genre de situation, tu sais. Ce n'est pas ton cas, aussi est-ce normal que tu réagisses ainsi. Mais il faut me croire quand je te dis que tout va bien pour moi.

Elle était heureuse d'entendre que la femme survivrait et que l'avenir du jeune médecin n'était pas définitivement compromis.

— Ne penses-tu pas que ça puisse être un problème entre nous ? dit-elle. Le fait que ton métier me stresse.

— Non. Cela peut ne jamais se reproduire. D'habitude, je ne vois personne lorsque je suis d'astreinte. En fait, si tu rentres chez toi maintenant, il est fort possible que je ne reçoive ensuite plus aucun appel… Mais si tu veux absolument t'en aller, nous pourrions nous retrouver après 19 heures.

— Lorsque tu dis ne voir personne lorsque tu es d'astreinte, cela concerne-t-il tes petites amies ?

Le sourire de Quinn s'effaça.

— J'exerce la médecine depuis plusieurs années déjà, Diana. Alors, oui, j'ai connu ce genre de situation avec mes petites amies. Et j'ai constaté qu'il était préférable qu'on ne se voie pas les jours où j'étais d'astreinte. Cela ne marchait pas.

Diana sentait son cœur battre à tout rompre. Elle ne voulait pas penser aux ex-maîtresses de Quinn. Elle se sentait unique, belle, parfaite, la femme qui convenait à Quinn. C'était lui qui l'avait dit. Comment pourrait-elle ne lui convenir que les jours où il n'était pas d'astreinte ?

— Cela ne marchait pas avec elles. Mais avec moi ?

— Tu mérites d'avoir toute mon attention, sans que nous soyons continuellement dérangés, répondit-il en s'asseyant sur un des tabourets.

Il sortit son téléphone et commença à consulter son agenda sur l'écran.

— Pas ce samedi, dit-il. Mais le suivant, j'aurai toute ma journée de libre. Je veux la passer avec toi.

Comme elle ne disait rien, il insista.

— As-tu envie de la passer avec moi ?

Il paraissait incertain de sa réponse.

— Bien sûr, murmura-t-elle, la gorge nouée. J'en ai envie.

Quinn voulait la voir dans quinze jours, quand il aurait sa journée à lui. Ce n'était pas ça, être en couple. Un homme qui désirait être avec une femme, voulait mieux la connaître, n'attendait pas quinze jours pour la voir.

— Excellent, dit Quinn, l'air soulagé.

Il se pencha vers elle et l'embrassa sur la joue.

— As-tu pensé à d'autres rendez-vous ? demanda-t-elle, se voulant ironique.

— Je crois que je pourrai me débrouiller pour avoir un peu de temps libre ce vendredi.

Visiblement, il n'avait pas saisi le sarcasme.

— Tu devrais apporter ici quelques affaires que tu laisserais, poursuivit-il. Comme ça, tu pourrais passer la nuit avec moi sans avoir à transporter chaque fois ce dont tu as besoin — une brosse à cheveux, du maquillage, des vêtements de rechange. Ce que tu veux.

— Nous n'irions pas chez moi ? Est-ce plus pratique pour toi d'être ici ?

— Ton appartement est charmant. Me permettras-tu d'y laisser un rasoir ?

Il souriait. Il semblait content de lui.

— Et lorsque tes obligations professionnelles nous empêcheront de nous voir ? J'imagine que nous ne verrons personne d'autre entre deux rendez-vous ?

Quinn perdit aussitôt son sourire.

— Nous serons fidèles l'un à l'autre. Je tiens à l'exclusivité. Ce n'est pas un problème pour toi, n'est-ce pas ?

Elle se sentit devenir toute rouge.

— Je suis tellement habituée aux aventures d'une seule nuit que j'aurai peut-être du mal à y renoncer !

Cette fois, il comprit le sarcasme.

— Ce que je voulais dire, c'était… Tu n'as pas d'autre homme dans ta vie, n'est-ce pas ?

Elle en eut le souffle coupé.

— Crois-tu que j'aurais couché avec toi si j'avais déjà un petit ami ?

Pendant une fraction de seconde, Quinn marqua une hésitation, comme s'il pensait que certaines personnes s'autorisaient ce genre de choses.

Pas elle. Jamais. Il était en train de gâcher tous les beaux souvenirs qu'elle avait emmagasinés. Il ne la connaissait pas du tout. Elle avait envie de s'en aller. Immédiatement.

Le téléphone sonna. Il consulta l'écran et reposa l'appareil.

— Je laisse le répondeur prendre l'appel, ça me laisse dix minutes de répit. Je tiens d'abord à te présenter mes excuses. Ma question était stupide. Je suis désolé.

— Merci, répondit-elle d'un ton pincé.

Elle quitta son tabouret et se dirigea vers le couloir.

— Allons, Diana ! J'ai la tête ailleurs, avec tous ces appels. Tu vois bien toi-même comme c'est perturbant. C'est pourquoi il vaudrait mieux se voir les week-ends où je ne travaille pas.

— En somme, tu me demandes si j'accepte de programmer nos parties de jambes en l'air ?

Il sembla stupéfait.

— Nos… « parties de jambes en l'air » ? Pour l'amour du ciel ! Ce n'est pas comme ça que je vois les choses. J'appelle cela des rendez-vous. Sortir, dîner au restaurant, aller au cinéma, faire ce que tu as envie de faire.

Il pouvait bien appeler cela comme il voulait, ça ne changeait rien au fond du problème.

Il lui fallait s'habiller et quitter cet appartement pendant qu'elle était encore en colère. Les larmes viendraient plus tard, quand elle serait seule.

Elle se dirigea vers le sèche-linge, suivie de Quinn.

— Quel mal y a-t-il à te demander qu'on se voie vendredi ?

Elle ouvrit le sèche-linge et constata que ses vêtements étaient encore humides.

Qu'importe !

Elle mit son slip sous son peignoir puis attrapa son short rouge, qu'elle enfila.

— Que fais-tu ? Pourquoi prendre les choses au tragique ?

— Dis-moi si j'ai bien compris ce que tu me proposes : j'aurai chez toi ma brosse à dents, un tiroir à ma disposition et une géniale séance de sexe lorsque ton emploi du temps le permettra. Oh… Et quelques dîners au restaurant. J'imagine que lorsque tu seras invité à des réceptions, je devrai m'habiller avec élégance et jouer les potiches, accrochée à ton bras. Ai-je oublié quelque chose ?

Elle laissa tomber le peignoir sur le sol et mit son soutien-gorge puis son chemisier, tous deux encore mouillés.

— Jouer les potiches serait pour moi un vrai défi, déclara-t-elle en se hâtant de boutonner son corsage. L'élégance n'est pas mon fort.

Elle alla dans le salon récupérer ses tennis abandonnés sous le canapé.

— Diana ! s'écria Quinn en la prenant par la taille.

Il la lâcha brusquement.

— Mais tes vêtements sont mouillés ! C'est ridicule de partir ainsi. Qu'y a-t-il de mal à nous fixer un rendez-vous pour vendredi prochain ?

Ses tennis à la main, elle saisit de l'autre la poignée de la porte.

— Rien, dit-elle. Mais quand tu as dit que nous serions un couple, tu as fait naître en moi certains espoirs. Que se passera-t-il si, étant d'astreinte, tu reçois un appel qui te crée du souci ? Attendras-tu deux semaines pour m'en parler ? Tu vois, tu n'y as jamais pensé. Moi, je crois que c'est à ça que sert une petite amie. Ce doit être une amie, quelqu'un qui est là pour toi. Pas une personne que l'on a programmé de voir à une date fixée à l'avance pour l'emmener au restaurant et la mettre dans son lit. Que se passera-t-il si j'ai envie d'être avec toi mercredi ?

— Nous avons l'un et l'autre le téléphone. Je suis presque tous les soirs chez moi après 19 heures. Tu peux m'appeler, si tu veux.

— Ouah ! C'est encore pire que ce que je croyais ! Bon, tu te souviens de cette femme en robe rouge, au gala ? Tu la reverras sûrement au cours d'une prochaine réception. Invite-la à danser, c'est tout à fait la femme qu'il te faut. Pas moi.

Après quoi, elle s'offrit une grande première : une sortie spectaculaire avec un magnifique claquement de porte.

# 7

Il n'était pas venu à l'idée de Diana qu'il est difficile d'exécuter une belle sortie quand on a affaire à un homme très riche vivant dans un immeuble luxueux équipé de trois ascenseurs.

Tandis qu'elle attendait l'arrivée de l'une des cabines, Quinn eut tout le temps de la rejoindre sur le palier.

— Tu as fait valoir ton point de vue. Maintenant, reviens chez moi, dit-il d'un ton sévère.

Une porte s'ouvrit sur le palier. Un voisin sortit de chez lui pour prendre son journal déposé par le gardien.

— Bonjour, Quinn.

— Bonjour.

Le voisin les regarda et resta là, oubliant de ramasser son journal.

Quinn tenta de la prendre par le bras, mais elle brandit l'une de ses tennis.

— Laisse-moi tranquille ! Nous n'avons plus rien à nous dire.

— Tu te donnes en spectacle, lança-t-il, les dents serrées.

— Je mets juste mes tennis, précisa-t-elle en joignant le geste à la parole.

Elle se moquait bien de ce que pouvait penser le voisin.

— Tu n'aurais pas dû me suivre jusqu'ici, continua-t-elle. Tu gâches tout.

— Tu veux dire que je gâche ta nouvelle tentative de fuite ?

— Nous deux, ça ne peut pas marcher. J'aurais dû disparaître après notre dernière danse, au gala. Ce week-end n'aurait pas dû avoir lieu.

— Ah, cette dernière danse, ce beau moment qui ne reviendra jamais… Tu as raison : il ne reviendra jamais si tu pars. Rien ne se passera si tu t'en vas.

Entendant une cabine arriver, elle se dit qu'elle allait pouvoir faire la deuxième belle sortie de sa vie. Mais cette fois, elle allait se montrer plus gentille.

— Je suis restée avec toi, et nous avons passé un merveilleux week-end, plein de très bons moments. Je ne l'oublierai jamais, Quinn. Merci.

Et elle lui posa un dernier baiser sur les lèvres.

L'ascenseur ne s'arrêta pas à l'étage. Il continua sa course vers le haut de l'immeuble.

Quinn tenta de dire quelque chose, mais elle l'en empêcha.

— Chut ! Nous nous sommes dit adieu.

Une autre cabine arrivait.

— Au revoir, Quinn.

Au moment où elle allait entrer dans l'ascenseur, une femme en sortit, grande, très élégante, qu'elle reconnut aussitôt : Patricia Cargill, l'amie de Quinn, celle qui portait le soir du gala la magnifique robe de couleur bleue.

Celle-ci la regarda à peine au passage.

Diana pénétra dans la cabine et ferma les yeux, incapable de supporter le reflet que lui renvoyaient les miroirs sur les parois. Au moment où les portes de l'ascenseur se refermaient, elle entendit la voix distinguée de Patricia.

— Bonjour, Quinn ! Arriverais-je au moment précis où tu sortais de chez toi pour prendre ton journal ? Quelle synchronisation ! Cela me donne presque l'impression que tu m'attendais.

Alors que Quinn faisait entrer Patricia chez lui, son téléphone sonna. Il était à peine 9 heures.

— MacDowell, lança-t-il d'un ton brusque.

L'appel venait de la permanence téléphonique. Dix minutes s'étaient écoulées depuis l'appel précédent, auquel il n'avait pas répondu, occupé qu'il était à essayer de retenir Diana. En vain.

Elle lui avait reproché d'avoir tout gâché, puis elle lui avait dit « chut ! » était montée dans l'ascenseur et avait disparu.

Incroyable.

La permanence téléphonique lui avait transmis cinq messages dont aucun n'avait un caractère d'urgence. C'était en les écoutant, tout à l'heure, qu'il avait perdu le fil de ce que lui disait Diana. Il savait qu'il avait tenu des propos qui avaient déplu à la jeune femme. Il se rappelait avoir présenté ses excuses… Ah, oui, il avait parlé d'une relation exclusive.

Il regarda Patricia qui s'affairait dans la cuisine, préparant du café et choisissant avec soin la tasse qui lui convenait.

« Toujours aussi exigeante », pensa-t-il.

Il la connaissait bien. Depuis deux ans, déjà. Et Diana, depuis deux jours seulement. Cependant, il connaissait Diana suffisamment pour savoir qu'elle n'avait pas de petit ami. Elle ne se servait pas de lui pour attiser la jalousie d'un autre. Pourquoi avait-il insinué une idée aussi stupide ?

Puis il se rappela qu'autre chose avait contrarié Diana : la façon dont il s'organisait avec ses petites amies lorsqu'il était d'astreinte.

Qu'avait-elle espéré ? Il ne pouvait pas effacer son passé !

Miné par le regret, il s'assit sur un des hauts tabourets.

Patricia glissa devant lui sa tasse de café.

— Tu en as plus besoin que moi, dit-elle. La nuit a été difficile à l'hôpital ?

— Chercher à me tirer les vers du nez est indigne de toi, Patricia. Tu n'as pas pu ne pas remarquer les deux assiettes restées sur le comptoir.

Elle se mit à rire.

— J'essayais d'avoir du tact. Si j'ai bien compris, la personne en question a déjà quitté ton immeuble, et je ne risque pas de tomber nez à nez chez toi avec une superbe créature en petite tenue ?

— Tu l'as vue au moment où elle s'en allait.

— Tu parles de cette fille que j'ai croisée sur le palier ? Je pensais que c'était une conquête de ton voisin. Avec ce chemisier orné de cerises et de paillettes… Oh ! Quinn ! Où l'as-tu dénichée ? demanda-t-elle avec un petit rire.

Il lança à Patricia un regard qui lui ôta aussitôt toute envie de rire, et elle parut se rappeler illico qui était Diana.

— Attends… Ce ne serait pas l'agent immobilier qui était avec toi au gala de l'hôpital ?

Il ne prit même pas la peine de répondre.

Tout ce qu'il voulait, c'était essayer de comprendre à quel moment cela s'était gâté entre Diana et lui. La présence de Patricia ne lui facilitait pas la tâche.

— Quel est le motif de ta visite ? demanda-t-il.

Son ton irrité n'avait pas échappé à sa visiteuse. Elle prit la poêle dans laquelle il avait fait cuire les œufs et la mit à tremper dans l'évier.

— Ne te venge pas de ta minable vie sexuelle sur la femme qui vient de t'offrir un café, susurra-t-elle.

— Cela n'avait rien de minable. Et tu ne peux pas m'offrir du café qui m'appartient déjà.

Elle vint s'appuyer sur le comptoir, tout près de lui.

— Sortons, je t'offrirai un café. Je voulais te parler de Texas Rescue et de Karen Weaver.

— Qui ?

— La nouvelle directrice de Texas Rescue. Tu as longuement parlé avec elle le soir du gala. Ne me dis pas que tu l'as déjà oubliée !

— Je ne peux pas sortir. Je suis d'astreinte.

— Quelle importance ? Tu n'as qu'à prendre ton téléphone avec toi.

— Pas aujourd'hui. Ce n'est que partie remise.

— Karen assistera à notre réunion du comité de direction. Allons, viens déjeuner avec moi, insista-t-elle en l'obligeant à quitter son tabouret. Il me sera difficile de te parler de Karen en sa présence.

Il la raccompagna avec fermeté jusqu'à la porte.

— Tu trouveras bien un moyen. On se verra là-bas.

Cet après-midi-là vers 17 heures, Quinn en eut assez de ruminer de sombres pensées. Il avait passé la journée affalé sur son canapé, à essayer d'oublier que Diana et lui y avaient fait l'amour. Il avait besoin de se changer les idées.

N'y tenant plus, il appela Brian pour lui demander de prendre le relais de la permanence téléphonique avant 19 heures. Il lui transféra le numéro d'appel, enfila ses bottes, prit son casque et sauta sur sa moto.

Tout en roulant, il se répétait ce qu'avait dit Diana.

« Que se passera-t-il si j'ai envie d'être avec toi mercredi ? »

Une question déconcertante. Jamais aucune femme ne la lui avait posée. Il aurait pu lui suggérer de lui envoyer un texto pour qu'il la rappelle entre deux patients, mais il savait que c'était là une piètre solution.

En fait, Diana ne comprenait pas dans quel monde il vivait. Si elle avait envie de voir quelqu'un, elle pouvait laisser tomber ce qu'elle était en train de faire et partir. Lui, il ne pouvait pas se permettre une telle chose. Comment s'autoriserait-il à abandonner une équipe de vingt personnes et au moins autant de patients parce qu'il avait envie de passer un moment avec sa petite amie ? Il assumait de lourdes responsabilités et en était heureux. C'était ce qu'il voulait. Mais il avait un samedi de libre, et il aurait trouvé merveilleux de se débarrasser de son stress en tenant Diana dans ses bras.

Une « partie de jambes en l'air » ? Pas vraiment. Il ne désirait pas n'importe quelle femme. Il lui fallait Diana. S'il l'avait dégoûtée du mousseux, elle l'avait dégoûté des autres femmes. Ce n'était pas très équitable.

Arrivé sur la voie express, il appuya sur l'accélérateur, le regard fixé sur la route. Il roula comme un fou, puis quitta l'autoroute et s'arrêta à une station-service plantée au milieu de nulle part, où il fit demi-tour pour rentrer à Austin.

Il était temps qu'il cesse de se cacher la vérité : avec Diana Connor, ce n'était pas qu'une histoire de sexe. Il voulait manger des pizzas avec elle aux bougies, se promener avec elle dans le ranch, partager avec elle son quotidien. Elle savait apprécier la beauté cachée dans les choses les plus simples.

Mais elle, elle avait attendu davantage. Et il l'avait déçue. S'il ne se consolait pas d'avoir perdu Diana, c'était parce qu'il était conscient de n'avoir pas fait de son mieux avec elle.

Arrivé devant chez elle, il s'engagea dans l'allée qui menait à la maison et coupa le moteur de sa moto.

Des rires s'échappaient de la maison voisine, mais chez Diana, c'était le silence, malgré l'insistance avec laquelle il frappa à la porte.

Sa voiture était garée dans l'allée. Elle devait donc être là. Soit elle voulait éviter de le voir, soit elle se trouvait dans l'incapacité physique de venir lui ouvrir.

Il s'apprêtait à frapper une fois encore lorsque la porte s'ouvrit, laissant apparaître Stewy, qui parut aussi surpris que que lui de le voir là.

— Hé, du calme ! lança l'adolescent. Nous avons transporté la télévision dans la maison d'à côté.

Et il lui claqua la porte au nez.

Quinn le vit quelques instants plus tard traverser le jardin derrière la maison et gagner la cour mal entretenue de l'habitation voisine. Il décida de suivre le même chemin.

La nuit commençait à tomber. Approchant de l'arrière de la maison, il distingua un petit groupe de personnes assemblées sous une vaste véranda.

Six ou sept personnes étaient assises sur des chaises en plastique autour d'une télévision à écran plat. Diana était là. Vêtue d'un T-shirt blanc orné d'étoiles et de cœurs faits de paillettes roses et bleues, elle installait des bougies électriques dans des lanternes en papier qu'elle disposait sur le pourtour de la véranda. Elle semblait être l'organisatrice de cette petite soirée. Après avoir mis en place les lanternes, elle distribua des bières fraîches et récupéra les bouteilles vides. Comme tout le monde éclatait de rire, elle se retourna pour regarder l'écran.

Son sourire éclatant rassura Quinn, mais en même temps,

en l'entendant rire avec les autres, il eut le cœur serré et sentit son humeur s'assombrir encore davantage.

Comment avait-il pu s'imaginer qu'il avait manqué à Diana autant qu'elle lui avait manqué ?

S'il se montrait, il risquait de gâcher la fête. Il n'était venu que parce qu'il s'était inquiété pour Diana. Elle avait l'air si malheureux ce matin ! Mais, visiblement, elle avait retrouvé tout son entrain grâce à des gens comme Stewy.

Du moins, c'était l'impression qu'elle donnait… Il savait qu'elle avait pour principe de toujours garder le sourire, quelle que soit sa détresse intérieure.

Comme il hésitait à avancer vers la véranda, Stewy surgit de la maison.

— Il y a une moto géniale, là-dehors. Est-ce que je peux la prendre pour aller chercher des chips, Diana ?

— Non ! intervint aussitôt Quinn.

Tout le monde se tourna vers lui, sauf Diana.

— Désolée, Stewy, dit-elle. Cette moto n'est pas à moi. Prends plutôt ma voiture, les clés sont dessus.

Stewy fila dans la maison, et quelques secondes plus tard, Quinn l'entendit claquer la porte de devant.

Les autres s'étaient de nouveau tournés vers l'écran de la télévision. Visiblement, ils ne s'intéressaient guère à lui.

Diana lui adressa un sourire placide.

— Bonsoir, Quinn. Es-tu venu jusqu'ici à moto ?

« Quelle question stupide ! » se dit Diana. Mais elle ne pouvait pas poser les autres, toutes celles qui se bousculaient dans sa tête et dans son cœur : « Pourquoi es-tu venu ? » « T'ai-je manqué ? » « Es-tu fâché contre moi ? »

— Viens, je vais te présenter mes amis, dit-elle en affichant toujours un grand sourire.

Les présentations furent brèves. Il y avait là la mère de Stewy, une mère-célibataire venue avec son nouveau petit ami.

Cet homme fut le seul à se lever et à serrer la main de Quinn. Diana ne put s'empêcher de se vanter un peu.

— C'est grâce à moi qu'ils se sont connus, il y a quelques mois, glissa-t-elle à l'oreille de Quinn. Ils vont très bien ensemble.

— Je n'en doute pas, dit-il avec un petit sourire en coin.

Ils étaient si polis l'un envers l'autre. Rien à voir avec leur dispute de ce matin.

« Pourquoi es-tu venu ? »

— Heu… Nous adorons tous ce reality-show, alors j'ai pensé que ce serait amusant de la regarder tous ensemble. Si tu ne connais pas l'émission, je peux te mettre rapidement au courant et te dire qui est qui.

— Non, ce n'est pas la peine. Je n'avais pas l'intention de jouer les trouble-fête. A qui appartient cette maison dans laquelle je viens de faire irruption ?

— A moi.

Comme il haussait les sourcils, elle s'expliqua.

— J'ai loué ces deux maisons voisines, au moins pour un mois ou deux. Je vais en acheter une.

— Laquelle ?

— Celle-ci, je pense. Comme j'ai repeint l'autre, le propriétaire en a haussé le prix. Celle-ci était à louer, alors j'ai sauté sur l'occasion. Ces bungalows sont très demandés…

Le petit groupe rassemblé devant la télévision protesta avec un bel ensemble devant la bêtise proférée par un des concurrents.

— Veux-tu me faire visiter ? demanda Quinn.

Elle comprit le sens de sa requête : « Allons quelque part où nous pourrons nous parler en tête à tête ».

Il avait quelque chose à lui dire.

Mais elle n'était pas sûre d'être prête à l'entendre.

— La cuisine possède encore un fourneau rose qui date des années 50, et il fonctionne. Viens voir.

Quinn la suivit dans la minuscule cuisine où trônait le fourneau rose. Il regarda autour de lui et passa la main sur le réfrigérateur en émail blanc orné de chromes, de la même époque que le fourneau dont elle appréciait le style rétro.

Elle l'observa, espérant qu'il verrait le potentiel de ce cadre d'apparence miteuse.

Les mains sur les hanches, il secoua la tête et partit d'un petit rire.

— C'est tellement toi ! Tu te lances là dans un énorme projet, mais ça te ressemble tellement !

Elle ne put s'empêcher de sourire.

— Oui, c'est ce que je pense aussi.

Soudain, elle eut l'impression de revivre la soirée de samedi — la pizza devant le feu de bois, le plaisir d'être avec lui, de l'écouter, le toucher. Sans qu'elle ait le temps de réfléchir, elle se retrouva dans ses bras, et ils s'embrassèrent.

Des rires fusèrent sous la véranda, leur rappelant qu'ils n'étaient pas seuls, et elle leva les yeux vers Quinn.

Il semblait bien mieux, à présent. Détendu. Ouvert. Heureux…

« Nous allons bien ensemble ».

Mais non ! Ils étaient attirés physiquement l'un par l'autre, mais ils ne formaient pas un vrai couple. Ça ne durerait pas, entre eux. Quinn avait besoin d'une femme capable de se glisser dans sa vie sans faire de vagues, pas d'une folle comme elle qui lui ferait perdre la tête. Elle n'aurait pas dû céder à la tentation de l'embrasser encore une fois. Elle avait volé un week-end passé avec un homme qui n'était pas fait pour elle, et maintenant elle devait en payer le prix.

— Je suis désolé, dit-il en lui posant un baiser sur la tempe.

— Pourquoi ?

— Pour ce matin. Je me suis si mal conduit avec toi que tu es partie sans même attendre que tes vêtements soient secs. Voilà pourquoi je te demande pardon.

Dans leur intérêt à tous les deux, elle devait le laisser partir.

— Tout va bien. Tu as essayé d'être gentil.

— Non, dit Quinn, tout ne va pas bien. Je sais que tu cherches toujours à voir le bon côté des choses, mais il n'y avait rien de positif dans la façon dont nous nous sommes quittés ce matin.

Il voulut encore l'embrasser, mais elle s'écarta rapidement et s'éclaircit la voix.

— Tu as parfaitement raison, Quinn. Il n'y avait rien de positif là-dedans, et cela par ma faute. C'est gentil de ta part d'être venu jusqu'ici, ça nous permet de nous quitter en de meilleurs termes. Ainsi, nous n'aurons pas de ressentiment l'un envers l'autre.

Comme elle faisait mine de quitter la cuisine, Quinn la retint par le bras.

— Je ne suis pas venu pour te dire adieu. Tu le sais, Diana. *Tu le sais.*

— Nous ne sommes pas faits l'un pour l'autre, Quinn. Tu n'es pas le genre d'homme qui peut me donner ce dont j'ai besoin.

Quinn se passa la main dans les cheveux, le visage tendu.

— Ne me provoque pas ainsi, Diana, gronda-t-il. Veux-tu que je te montre de quoi je suis capable ? Je sais exactement ce dont tu as besoin.

— Je ne parlais pas de sexe, rétorqua-t-elle, gagnée elle aussi par la colère. Je parle de tout autre chose.

— Dis-moi de quoi, alors.

Appuyant les deux mains sur la poitrine de Quinn, elle le repoussa et s'esquiva dans le salon, presque vaste comparé à la cuisine. Elle avait besoin d'espace pour respirer. Jamais encore elle ne s'était exprimée ainsi, sous l'emprise de la colère. Lorsque les choses tournaient mal, elle avait l'habitude de quitter les lieux. C'était ainsi qu'il fallait faire. Elle était fière de traverser la vie en évitant les mots blessants.

Quinn était juste derrière elle.

— Tu parlais de « tout autre chose », dit-il. Je t'écoute.

Elle se retourna pour lui faire face, mais elle était incapable d'ouvrir la bouche.

— Dis-le moi, Diana. Qu'est-ce qui ne va pas avec moi ?

— Tu dis aimer les chiens, pourtant tu n'en as pas.

— Mais qu'est-ce que cela a à voir avec…

— Tu n'as pas de chien, alors que tu as grandi en en ayant toujours autour de toi au ranch. N'est-ce pas bizarre ? Tu dis que tu les aimes, et tu n'en as pas. Un chien, c'est exigeant, c'est tout le temps là. Tu ne veux pas de chien parce que tu ne pourrais pas le maintenir à l'écart, voilà pourquoi. Tu n'aimes pas assez les chiens pour accepter les contraintes qu'ils imposent. Je ne suis pas en train de dire que tu n'es pas quelqu'un de bien. Au moins, tu connais tes limites. Tu m'apprécierais si je devenais ta petite amie attitrée. Mais je ne veux pas être appréciée. Je veux être aimée quand je n'ai pas le moral. Je veux être aimée même si cela complique les choses. Voilà ce que je veux vraiment : être *aimée.*

# 8

Un grand silence suivit la déclaration de Diana.

Pour la première fois, elle s'était montrée différente de la femme à l'esprit positif qu'elle s'efforçait toujours d'être avec les autres. A l'instant même, elle avait cessé de se montrer positive avec Quinn.

— Je n'arrive pas à croire que j'aie pu dire cela, murmura-t-elle. Je suis désolée de m'être mise en colère, je…

— Ne t'excuse pas. Tu as dit ce que tu pensais. Ce n'est pas la fin du monde. Mais tu es toute pâle. N'y a-t-il pas un endroit où l'on pourrait aller s'asseoir ?

Elle montra la véranda où elle avait apporté ses chaises de jardin dans l'après-midi, lorsqu'elle avait cru mourir de solitude après avoir quitté Quinn. « Venez faire la fête chez moi ». Aucun de ses amis ne lui avait demandé pourquoi.

— Sortons plutôt par la porte de devant, suggéra Quinn.

Comme elle ne bougeait pas, il la prit par la main et l'entraîna vers la maison où elle habitait pour l'instant. Il la fit asseoir sur les marches et prit place à côté d'elle.

— Pourquoi es-tu venu ? demanda-t-elle.

C'était plus facile de parler dans l'obscurité.

— Pour cela, répondit-il. Pour être avec toi. Pour entendre ce que tu avais à me dire, ce que tu pensais vraiment.

— Apparemment, ce n'était pas très agréable.

— En fait, tu penses la même chose que moi. Tu l'as seulement exprimé en d'autres termes. Mes relations ont un caractère très superficiel. Je n'en avais pas conscience jusqu'à aujourd'hui…

Elle ne savait que faire. C'était la première fois qu'elle se trouvait dans une telle situation : assise dans le noir avec un homme qui semblait n'attendre rien de précis.

— Tu m'as manqué, Diana. Ces sept heures m'ont paru plus longues que sept jours.

— Sept mois.

— Alors, continuons de nous voir.

— Je ne sais pas où ça nous mènera. Je n'ai jamais eu un ami comme toi.

Quinn se mit à rire.

— Eh bien, tentons l'aventure !

Elle poussa un soupir et posa la tête sur son épaule. Une épaule solide, qui était là pour elle.

— Lorsque je soupire comme tu viens de le faire, dit-il, je sais que c'est le moment d'aller faire un tour afin de m'éclaircir les idées. J'ai apporté avec moi un deuxième casque. Aimerais-tu qu'on aille se promener à moto, sans but précis, juste pour faire un peu de vitesse ?

Elle sourit dans le noir et hocha la tête.

— J'adorerais.

Quinn arborait un grand sourire en entrant dans les locaux qui abritaient son cabinet médical.

Pourtant, il avait été retenu plus longtemps que prévu à l'hôpital, ce qui voulait dire qu'il commencerait ses consultations ici avec un certain retard et que sa journée se terminerait tard, lui laissant donc moins de chance de mettre la main sur Diana.

« Mettre la main » était le terme adéquat. Fixer un rendez-vous à cette femme s'apparentait à un véritable numéro d'acrobatie. Elle avait un emploi du temps dément, avec des horaires impossibles. Et elle travaillait dans les lieux les plus inattendus, aussi bien dans un fast-food, son ordinateur sur les genoux, qu'à son bureau à l'agence. Avant le travail, ou après, ou même pendant, il lui arrivait de s'éclipser pour emmener un chien chez le vétérinaire ou faire une course pour quelqu'un. Elle se montrait d'une générosité incroyable dès lors qu'il s'agissait de rendre service. Il était difficile de lui mettre la main dessus. Mais lorsqu'il y parvenait…

Voilà pourquoi il avait le sourire.

Il avait davantage souri durant ces deux dernières semaines que pendant le reste de l'année. Cette métamorphose datait de sa rencontre avec Diana le soir du gala. Si le caractère imprévisible de leurs rendez-vous le contrariait, cela le faisait aussi vivre dans une sorte d'attente exaltante. Avec elle, il ne savait jamais comment les choses se passeraient. Aujourd'hui, peut-être iraient-ils sur le pont de Congress Avenue regarder le vol des chauves-souris. Ou bien Diana aurait peut-être mis sa robe verte pour aller dîner au restaurant. Ou bien ils échangeraient un regard et se rendraient directement dans sa chambre ou celle de Diana. Celle qu'elle avait dans la maison bleue ou l'autre, celle de sa nouvelle maison qui était en fait la plus ancienne des deux.

Cette femme n'avait même pas une vraie adresse !

Ça le rendait fou. Jamais il ne s'était autant interrogé au sujet de la personne avec qui il sortait.

Il traversa le hall, saluant au passage les membres de son personnel, et poussa la porte de son bureau.

— Bonjour, mon cher. Tu arrives bien tard.

Patricia était assise dans son fauteuil, à sa table de travail, comme si elle était chez elle.

Il prit le courrier du jour que sa secrétaire avait ouvert et soigneusement rangé sur le bureau.

Patricia ne bougea pas d'un pouce.

— Je t'ai proposé un jour d'avoir ton propre bureau ici, lui rappela-t-il.

— Pour être la directrice de ton cabinet ? Je t'en prie ! Je ne veux pas me tuer au travail.

— Je te l'ai proposé, tu as refusé. Alors, maintenant, tu me laisses mon bureau.

Elle obéit et alla s'asseoir sur le canapé.

— Félicitations ! J'ai appris ce matin à l'hôpital que tu allais bientôt être de nouveau tonton. Tu aurais pu me le dire toi-même, non ?

— Je ne savais pas que Lana et Braden voulaient déjà en informer tout le monde.

— Tu es blessant. Je ne suis pas tout le monde.

Elle croisa les jambes, d'un geste élégant qui les mit en valeur.

— J'ai entendu dire que ta petite amie, l'agent immobilier, était là lorsqu'ils ont annoncé la nouvelle.

Il ne leva pas les yeux de son courrier.

— Ne me dis pas que mes frères sont devenus d'affreux cancaniers maintenant qu'ils sont mariés.

— C'est Kendry qui me l'a dit. Elle se confie volontiers. Elle m'a raconté que cela avait été très excitant d'apprendre que Lana attendait un bébé, et aussi de rencontrer la petite amie de Quinn. « La petite amie ». N'est-ce pas un peu exagéré pour qualifier une aventure qui n'aura duré que le temps d'un week-end ?

— Tu essayes encore de me soutirer des informations. Eh bien, oui. Je suis toujours avec elle, et elle a un nom : Diana Connor. Ta visite avait-elle un but précis ? J'ai déjà pris beaucoup de retard.

Patricia tendit la main pour qu'il l'aide à se lever du canapé, ce qu'il fit.

— L'aspect professionnel de cette visite concerne Texas Rescue. Nous avons prévu de nous rencontrer ce week-end. L'été s'annonce assez agité, avec beaucoup de tempêtes en vue, ce qui rend la nouvelle directrice très nerveuse. Je suis chargée de te faire venir à cette réunion. Comme n'y assisteront que les membres du comité d'organisation, j'ai pensé qu'elle pourrait avoir lieu dans la maison que mon père possède au bord du lac. Nous ferons un peu de bateau si le temps le permet.

— Non, je regrette, je ne peux pas.

Il n'avait aucune envie de sacrifier un week-end avec Diana pour faire du bateau avec Patricia.

— Ne réagis pas ainsi ! Tout le monde a déjà accepté, et chacun viendra accompagné de la personne de son choix.

Cela changeait tout.

— Dans ces conditions, tu peux compter sur moi, je viendrai avec Diana.

— Tu es sûr ? Elle ne fait pas vraiment partie de notre milieu. Tu ferais peut-être mieux de laisser ta petite copine à la maison pour ce genre d'événement.

— Mettons les choses au point : tout d'abord, Diana n'est pas simplement une petite copine. Ensuite, tu te trompes sur son compte. Elle est parfaitement à sa place partout où elle va. Tu vas l'aimer, tu verras.

— Parfait. Alors, rendez-vous à 10 heures précises. Nous réglerons tout rapidement afin de pouvoir profiter du reste du week-end.

— D'accord, 10 heures. Maintenant, va persécuter ta prochaine victime, dit-il en lui donnant un baiser sur la joue.

Quinn avait renoncé à la cravate pour faire la route, mais il était habillé d'un pantalon et d'une élégante chemise dont il avait roulé les manches. Par ailleurs, il savait que, chez Patricia, les hommes portaient le veston pour dîner.

— Je serai un peu en retard, annonça la voix de Diana.

— C'est impossible, Diana !

Prenant conscience trop tard qu'il n'aurait pas dû parler aussi sèchement. Il essaya de se rattraper.

— Le comité se réunit à 10 heures. On ne peut pas se permettre de faire attendre tout le monde sans raison valable.

Il y eut un petit silence.

— Je crois avoir la solution, dit enfin Diana. La course que je dois faire est sur le chemin. Je suis déjà dans ma voiture, et mes bagages aussi. Si tu peux être prêt dans six minutes, je passe te prendre, et une fois ma course faite, nous irons directement au lac. Nous arriverons à temps pour ta réunion.

Cinq minutes plus tard, il était en bas de chez lui. La minuscule voiture de Diana, une coccinelle, était déjà là. Lorsqu'il ouvrit le coffre, il constata qu'un énorme sac de croquettes pour chiens en occupait la plus grande partie, le peu d'espace restant étant pris par une valise imprimée d'un surprenant motif de singes de dessins animés.

Diana sortit de la voiture vêtue d'un short et d'un débardeur dont l'encolure s'ornait de perles en plastique, et chaussée de tongs dorées. En le voyant faire la grimace devant le coffre déjà plein à craquer, elle lui sourit.

— Ne t'inquiète pas, nous allons nous débrouiller.

— Tu es magnifique !

Posant son sac par terre, il la prit dans ses bras et l'embrassa avec passion.

Il allait l'avoir auprès de lui durant tout le week-end, jour et nuit…

A cet instant, il entendit un chien aboyer. Un gros chien.

— Tu n'as pas pris un chien avec toi, n'est-ce pas ?

Elle ne pouvait pas être aussi… écervelée ? Pour la première fois, il se demanda s'ils pourraient jamais former un vrai couple, elle et lui.

— Je suis désolée, dit-elle. Je ne m'attendais pas à avoir ce chien à livrer aujourd'hui. Son nouveau propriétaire avait besoin qu'on le garde un jour de plus.

Et, naturellement, elle s'était pliée aux exigences de ce type. Ce week-end chez Patricia était le cadet de ses soucis. Ça le désolait. Pour lui, mais aussi pour elle. Elle disait être heureuse de se rendre utile, mais en fait, les gens ne faisaient que profiter d'elle.

— Ta voiture est trop petite pour contenir ces croquettes, ton bagage, le mien, moi *et* le chien !

— Mais non ! Nous allons mettre le sac sur la banquette arrière, et le chien s'installera dessus comme sur un lit. Toi, tu vas t'asseoir à l'avant, et les bagages iront dans le coffre.

Il découvrit qu'outre sa valise décorée de singes, Diana en avait une autre plus petite, imprimée… de motifs de bananes.

Bien sûr. C'était logique.

Il parut bientôt évident que le chien, un genre de saint-bernard, ne resterait pas longtemps juché sur le sac de croquettes. Celui-ci retourna dans le coffre, avec la grosse valise de Diana et le bagage de Quinn, tandis que le chien et la petite valise allaient sur la banquette arrière. Quinn s'assit à l'avant, contraint d'avancer tellement son siège qu'il avait presque les genoux à la hauteur du menton.

La chaleur était étouffante.

— Allons-y, maintenant. Je t'en prie.

Avant d'accéder à l'autoroute, elle s'engagea dans une rue latérale, dans un quartier peu attirant, et s'arrêta bientôt devant un duplex miteux.

— Je reviens tout de suite, dit-elle.

Elle sortit le saint-bernard de la voiture et l'emmena vers le duplex, puis elle revint chercher le sac de croquettes.

Apparemment, le propriétaire du chien n'avait pas l'intention de lui prêter main-forte.

Jurant à mi-voix, Quinn sortit de la coccinelle. Sans un mot, il prit le sac qui devait peser dans les vingt-cinq kilos et accompagna Diana jusqu'à la maison.

Un homme à l'aspect négligé se tenait sur le pas de la porte. Au lieu de venir à leur rencontre pour les aider, il restait là sans bouger, les regardant s'avancer sous un soleil de plomb.

Diana, toujours souriante, se mit à bavarder avec entrain avec cet homme grossier, qui n'avait visiblement aucun scrupule à abuser de sa trop grande gentillesse.

Révolté, Quinn faillit exploser. Il laissa tomber le sac de croquettes sur le seuil.

— Qu'est-ce que c'est que ça ? grommela l'homme, un mégot collé entre ses lèvres.

— Et si vous disiez merci ? lança Quinn.

— Je ne demande pas qu'on me fasse la charité.

— Eh bien, vous pouvez rembourser à Diana ce que lui a coûté ce sac.

Celle-ci intervint, l'air inquiet.

— Ne dis pas de bêtises ! Les croquettes sont fournies avec le chien.

— Vous n'avez qu'à les garder, grommela l'homme d'un ton hargneux.

— Qu'est-ce que j'en ferais ? s'exclama Diana en riant. Je n'ai pas de chien. On va rentrer ce sac à l'intérieur.

L'homme haussa les épaules mais ne souleva aucune objection.

Quinn, outré, fut tenté de lui dire de rentrer ce sac lui-même, avant de s'apercevoir que l'homme était unijambiste.

Un sentiment de honte l'envahit. Il s'empara du sac et regarda l'homme, qui lui indiqua la cuisine d'un mouvement du menton.

Quinn obéit et laissa les croquettes à côté du réfrigérateur.

Cet homme avait du mal à accepter qu'on l'aide. Il avait précisé qu'il ne demandait pas la charité, mais il semblait assez pauvre. Diana avait tout fait pour essayer de ménager sa fierté en affirmant qu'elle n'avait pas l'utilité de ces croquettes et qu'il pouvait donc aussi bien les garder. Elle fit ses adieux au gros chien et serra la main de son propriétaire — ce qui était encore une autre façon de lui montrer qu'elle traitait d'égal à égal avec lui.

Quinn remarqua alors que lors de cette poignée de main, l'homme avait son autre main posée sur la tête du chien qui lui arrivait presque à la taille, ce qui lui permit de garder son équilibre.

Diana avait réussi là un autre appariement génial.

Si elle l'avait mis en retard, ce n'était pas pour un motif futile, et elle ne laissait pas les gens abuser d'elle. Elle avait dépensé son argent pour venir en aide à quelqu'un qui, selon elle, en valait la peine. Et, surtout, ce n'était pas une écervelée. Il eut honte d'avoir une telle pensée.

Diana avait repris le volant et conduisait en silence.

L'observant du coin de l'œil, il la trouva magnifique, le teint rougi par la chaleur. Mais elle battait des cils un peu trop rapidement. Il espérait qu'il s'agissait là de larmes de fierté pour ce qu'elle venait de faire.

— Te rappelles-tu le matin qui a suivi notre première nuit ensemble ? lui demanda-t-il.

Elle ne quitta pas la route des yeux mais plissa le nez.

Il insista.

— Je t'ai dit que je savais la chance que j'avais d'être avec toi. Tu te souviens ?

— Oui.

— J'avais raison de te dire cela. Et depuis, je constate tous les jours que c'est encore plus vrai que je ne le pensais. C'est magnifique, ce que tu as fait, trouver le moyen d'aider ce pauvre homme qui ne supporte pas l'idée qu'on lui fasse la charité. La connaissance que tu as des gens me stupéfie.

— Ah, bah ! dit-elle en rougissant de plaisir. Je ne sais que répondre à cela…

— Pour moi, c'est une belle leçon d'humilité. Jamais plus je ne douterai de l'importance des courses que tu dois faire, et je trouve que tes qualités de marieuse sont phénoménales.

Voulant éviter de déclencher chez elle un torrent de larmes alors qu'elle conduisait, il eut recours à l'humour.

— Et comme si tout cela n'était pas déjà suffisamment humiliant pour moi, je dois aussi gérer le fait que je sais maintenant pourquoi tu n'as pas voulu de moi dans ton lit la nuit dernière : c'était pour laisser la place à ce saint-bernard.

Entendre le rire de Diana lui réchauffa le cœur. Mais il ne pouvait se défaire d'un certain malaise.

Il lui fallut un moment avant d'en comprendre la raison.

Diana était une marieuse phénoménale, une femme qui comprenait d'instinct les autres et ne mentait jamais. Or, elle lui avait déclaré un jour quelque chose qu'il n'avait toujours pas digéré.

« Nous ne sommes vraiment pas faits l'un pour l'autre, Quinn ».

Il sentit son sang se glacer dans ses veines.

# 9

La jauge d'essence indiquait un niveau dangereusement bas. Il était presque 10 heures lorsque Diana s'arrêta à une station-service.

— Je vais faire vite, dit-elle.

Mais Quinn était déjà sorti de la voiture, tenant sa carte de crédit d'une main et dévissant le bouchon du réservoir de l'autre. Il ne semblait pas en colère. Seulement concentré.

Elle-même se sentait nerveuse. L'idée de se retrouver avec des gens entièrement focalisés sur les catastrophes naturelles et les souffrances humaines la mettait mal à l'aise. Comment voir le côté positif de ce genre de choses ? Elle s'en sentait incapable.

Il s'agissait seulement d'un week-end de détente au bord d'un lac, s'était-elle dit. Ce serait amusant.

Mais c'était aussi une réunion de travail. Il suffisait de voir comment Quinn était vêtu, même s'il ne portait pas de cravate. Il n'était pas habillé comme un homme qui s'apprêtait à passer un week-end de détente au bord d'un lac.

Elle avait conscience de n'avoir peut-être pas choisi les vêtements qui convenaient. Elle était prête à parier que Patricia ne serait pas en short et débardeur. Heureusement, elle avait emporté une chemise blanche à manches longues qu'elle comptait mettre sur son Bikini. Si elle l'enfilait maintenant par-dessus son débardeur, cela corrigerait un peu le caractère décontracté de sa tenue.

Elle ouvrit le coffre et… découvrit que sa valise décorée de bananes n'était plus là. Il ne restait que celle avec les singes, qui contenait ses produits de beauté, un sèche-cheveux, la bouteille de champagne qu'elle voulait offrir à leur hôtesse et son Bikini. Rien d'autre.

Elle avait sorti la valise du coffre pour prendre le sac de croquettes. Celle-ci était restée sur le trottoir devant le duplex. Peut-être quelqu'un l'avait-il déjà volée.

Elle referma le coffre d'un geste un peu plus violent qu'elle n'aurait voulu.

— Quelque chose ne va pas ? demanda Quinn.

Elle se força à sourire.

— J'espère que tu aimes *vraiment* la façon dont je suis habillée. Je n'ai plus rien d'autre à me mettre.

Arrivée devant la lourde grille en fer forgé, Diana baissa sa vitre, mais avant qu'elle n'ait eu le temps d'appuyer sur le bouton de l'Interphone, une voix d'homme se fit entendre dans le haut-parleur.

— Votre nom, s'il vous plaît.

— Diana Connor.

Il y eut une courte pause.

— Etes-vous attendue ?

Quinn se pencha vers la vitre baissée.

— Quinn MacDowell, lança-t-il d'un ton sans réplique.

— Bonjour, docteur MacDowell. Vous êtes le bienvenu.

La grille s'ouvrit.

Elle roula pendant plusieurs centaines de mètres et s'arrêta devant la maison, qui se dressait au bord d'une falaise dominant un lac où se mêlaient toutes les nuances de bleu et de vert.

Elle gara la coccinelle sur un vaste parking situé à gauche de la maison. Comme elle s'apprêtait à ouvrir le coffre, Quinn l'arrêta et lui prit ses clés de voiture.

— Ne t'inquiète pas, ils se chargeront des bagages.

Elle se demanda qui étaient ces « ils ».

La maison, construite en pierre de taille, était élégante et visiblement très coûteuse, mais elle paraissait un peu petite pour accueillir tous les gens dont les voitures se trouvaient déjà sur le parking. Tout le rez-de-chaussée était occupé par un garage conçu pour quatre véhicules. Un escalier en pierre accolé à la falaise partait du parking pour conduire à l'étage supérieur fermé par de grandes doubles portes.

Au moment où ils arrivaient en haut de l'escalier, l'une des portes s'ouvrit. Un homme d'âge mûr vêtu d'un pantalon kaki et d'un blazer bleu marine salua Quinn et les invita à entrer à l'intérieur.

Au bout de quelques pas, elle fut presque prise de vertige.

Ils se trouvaient dans un grand vestibule dallé de marbre vers lequel montait un escalier, lui aussi en marbre. Les immenses baies vitrées offraient une vue spectaculaire sur le lac. Au-delà de la rambarde en fer forgé, c'était le vide, un espace ouvert donnant sur l'étage inférieur.

Elle se tourna vers leur hôte et lui tendit la main.

— Vous devez être M. Cargill. Je vous remercie beaucoup de nous avoir invités.

L'homme lui serra brièvement la main avant de mettre les bras dans le dos.

— Vous êtes la bienvenue, mademoiselle, mais je ne suis pas M. Cargill. Il n'est pas ici actuellement.

Comme c'était embarrassant ! Très embarrassant.

Quinn tendit les clés de la coccinelle au… Au majordome ? Ces gens avaient-ils vraiment un majordome ?

Un bruit de hauts talons martelant les marches en marbre précéda l'apparition de Patricia, qui s'arrêta dès qu'elle les vit.

— Ah ! Vous êtes là, enfin.

Quinn entraîna Diana à sa rencontre. Patricia embrassa Quinn sur la joue, mais ne fit pas un geste en direction de Diana. Vêtue d'un chemisier de soie bleu marine et d'un pantalon gris, les cheveux noués en un savant chignon, elle était d'une élégance raffinée qui s'harmonisait parfaitement avec la maison. A côté d'elle, Diana se sentit minable et peu présentable après avoir dû gérer toute la matinée un énorme saint-bernard par une chaleur torride.

— Tu te souviens de Diana Connor, dit Quinn. Vous vous êtes rencontrées au gala de l'hôpital.

— Mais bien sûr. L'agent immobilier. Ravie de vous revoir.

Elle se tourna vers Quinn et le prit par le bras.

— Tu es en retard, mon cher.

— Seulement de dix minutes.

— J'ai retardé notre réunion autant qu'il était possible, mais nous avons tellement de choses à voir…

— Je pense que Texas Rescue parviendra à remplir sa mission cette année malgré ces dix minutes de retard.

Patricia ne releva pas le sarcasme.

— Diana, rejoignez-nous dans la salle de réunion après que vous vous serez… rafraîchie.

Elle regarda vers le haut de l'escalier.

— Je vois que Robert a vos bagages. Il va vous conduire à votre chambre.

— C'est tout ce que j'ai, précisa Diana en montrant son short et son débardeur.

Elle dit cela avec le sourire, comme pour montrer que ce n'était pas grave. En fait, même si elle avait eu sa valise avec elle, sa garde-robe aurait paru inappropriée dans un tel cadre.

— Nous avons eu un petit contretemps avec les bagages en venant ici, expliqua brièvement Quinn tandis qu'ils achevaient de descendre l'escalier.

— Ah bon ? lança Patricia, avide d'en savoir davantage.

Mais Quinn la laissa sur sa faim.

— Puisque mes dix minutes de retard ont déjà heurté ton sens de la ponctualité, rejoignons directement la salle de billard. Je suppose que c'est là qu'a lieu la réunion ?

Diana lui fut reconnaissante de ne rien dire des causes de leur retard et de la perte de sa valise. Mais elle ne se sentait pas à sa place dans cette maison.

Quinn et Diana n'étaient pas encore assis que Karen Weaver ouvrit la séance en donnant les dernières informations concernant les conditions météorologiques.

Autour du billard transformé en table de conférences grâce à un magnifique plateau de bois fait sur mesure, il y avait huit fauteuils club dont un seul restait libre.

Quinn esquissa un geste vers cet unique siège vide en lançant à Patricia un regard de travers. Celle-ci lui désigna un fauteuil pivotant placé près d'une table à jouer.

Il s'empara du siège, visiblement trop bas, et le rapprocha de la grande table.

— Où sont les autres invités ? demanda-t-il à mi-voix.

— Marcel les a emmenés faire un tour en bateau, répondit Patricia. Vous les avez manqués de peu.

— Tu ne pouvais pas attendre dix minutes avant de les laisser partir ? Diana va se sentir de trop dans cette réunion.

— Es-tu son baby-sitter ou son amant ?

Devant son air furieux, elle changea de ton.

— Ne t'inquiète pas, je vais arranger cela.

Karen était en train d'achever son exposé par des propos pessimistes.

— Ainsi, selon les dernières projections, La Nouvelle-Orléans peut respirer, mais pas la côte du Texas. Quatre des cinq modèles établis par les services météorologiques prévoient l'arrivée de la tempête pour lundi. Et nous sommes en sous-effectifs.

— Alors, dit Patricia, je suis ravie que Quinn nous ait amené une recrue de plus. Tout le monde connaît-il Diana Connor ?

Quinn serra les dents.

Sous couvert d'« arranger » les choses, Patricia donnait une parfaite démonstration de ce qu'un esprit malveillant peut faire tout en sauvant les apparences. Elle commença par céder son fauteuil club à Diana, l'éloignant ainsi de lui, installé à l'autre bout de la table. Ensuite, elle garda pour elle le fauteuil pivotant, mais sans y prendre place. En restant debout, elle était en position dominante et écrasait Karen, qui était assise.

— Si les secours doivent être opérationnels mardi, ne faut-il pas les mettre en place dès maintenant, avant l'arrivée de la tempête ? demanda Diana.

— Si nous nous rendions là-bas aujourd'hui ou demain, nous risquerions de nous retrouver au cœur de l'ouragan et dans l'incapacité d'aider les gens, répondit Patricia en prenant un ton patient. De plus, mes bénévoles ont besoin de leur lundi pour s'organiser. Les médecins ne peuvent pas quitter leur cabinet comme cela sans prévenir. J'espère que votre travail n'est pas aussi prenant.

— Je l'espère aussi ! dit Karen avec chaleur. J'adorerais que Diana vienne avec nous.

Quinn décida qu'il aimait beaucoup la nouvelle directrice, quel que soit le problème qu'elle pouvait avoir avec Patricia.

— Je ne pense pas pouvoir être très utile dans une situation de crise, risqua Diana.

— Je suis sûre que nous allons pouvoir utiliser vos talents, protesta Patricia avec un grand sourire.

Visiblement, Patricia la malveillante allait encore frapper. Mais comment intervenir sans se montrer grossier ?

Celle-ci consulta ses notes.

— La semaine dernière, dit-elle, nous avons dressé la liste des postes où nous manquons de personnel. Que pouvez-vous faire ? J'ai besoin d'infirmières — mais ça, non. Assistante médicale ? Non. Avez-vous un certificat de qualification en réanimation ? Il nous faudrait avoir vos diplômes d'ici mardi.

Karen intervint. Elle semblait aussi mal à l'aise que les autres participants.

— On a toujours besoin de personnel pour les tâches administratives.

— Mais oui ! approuva Patricia. Voyons… Avez-vous des connaissances en comptabilité ? Avez-vous déjà travaillé dans une pharmacie ? Vous pourriez peut-être classer les médicaments par ordre alphabétique… Du classement par ordre alphabétique, répéta-t-elle. Est-ce que je vous inscris comme bénévole pour cette tâche ?

Diana en avait visiblement assez de cette comédie, mais elle n'avait pas perdu le sourire.

— Cela dépend si vous avez ou non besoin d'avoir mardi mon certificat de qualification en alphabet. Il faut un certain délai aux écoles maternelles pour envoyer les transcriptions des diplômes.

— Tu t'en es sortie de façon magnifique !

— J'ai offensé notre hôtesse, dit Diana.

— C'est elle qui t'a offensée la première, rétorqua Quinn. Tu avais parfaitement le droit de lui renvoyer la balle.

La réunion avait duré des heures. A présent, tout le monde était censé s'amuser et se retrouver au bord de la piscine.

Ils avaient regagné leur chambre pour se changer. Quinn avait troqué son costume contre un bermuda de surfer, et Diana avait mis son Bikini orange. Quinn la couvait d'un œil admiratif tandis qu'elle se brossait les cheveux.

— Quel dommage que ton Bikini n'ait pas été dans l'autre valise ! Cela nous aurait donné une excellente excuse pour ne pas rejoindre les autres autour de la piscine. J'aimerais mieux rester ici avec toi. Tu as si bien remis Patricia à sa place que nous devrions fêter cela.

Il la prit dans ses bras et la porta sur le lit.

— Tu sais comment on va fêter cela ? dit-il en s'allongeant près d'elle. Nous sommes couchés, presque nus, et…

A cet instant, quelqu'un frappa à la porte de la chambre.

— Peut-on entrer ? susurra la voix de Patricia.

— Non ! lança Quinn.

Pourtant, la porte s'entrebâilla.

— J'ai pensé que puisque mon invitée avait perdu sa valise, dit Patricia, elle pouvait avoir besoin d'un maillot.

Un bras se tendit et laissa tomber sur le sol quelque chose de blanc. Du textile.

— A tout à l'heure ! lança encore leur hôtesse avant de refermer la porte.

Diana ramassa le costume de bain, un maillot une-pièce clairement trop grand pour elle.

— Heureusement que j'ai avec moi des épingles de nourrice !

— Tu ne vas pas mettre cela ! s'indigna Quinn. Ton Bikini est parfait. Pourquoi porter quelque chose qui ne te va pas ?

— Quand quelqu'un veut être gentil avec toi, tout ce que tu dois faire, c'est dire merci et accepter ce qu'il te donne.

— Ecoute, Diana, il arrive que des gens offrent des cadeaux dans le but de manipuler leur entourage. Mais s'ils voient qu'ils sont percés à jour et que l'on refuse d'entrer dans leur jeu, ils vous apprécient davantage. Patricia te respecte parce que tu lui as rivé son clou aujourd'hui, avec cette histoire de certificat de qualification. Garde ton Bikini, je serais désolé que tu l'enlèves… Non, c'est faux ! J'aimerais beaucoup te voir sans, mais pas pour aller à la piscine.

Diana lui sourit.

Si c'était comme ça, elle avait une idée : elle allait trouver Patricia et lui offrir la bouteille qu'elle avait apportée pour elle. Ce serait une façon de faire la paix avec elle. Elle avait pris soin d'acheter un excellent champagne — le même que celui que Quinn lui avait fait découvrir au gala.

— Va à la piscine, dit-elle. Je te rejoins dans un instant.

Diana ne voulait pas circuler dans la maison en Bikini. Après avoir enfilé une chemise empruntée à Quinn, elle sortit le champagne de sa valise et jeta un coup d'œil par la fenêtre.

Leur hôtesse n'était pas au bord de la piscine.

Elle prit l'escalier pour accéder au niveau où se trouvaient la cuisine et l'immense séjour. Des voix de femmes lui parvinrent, amplifiées par leur résonance sur les plans de travail en granit et le sol dallé de la cuisine.

— Ne crois-tu pas qu'il serait temps pour toi de séduire Quinn, puisqu'il te plaît ? Cette fille doit s'en aller.

Diana ne réussit pas à identifier celle qui venait de parler, mais elle reconnut la femme qui répondit. C'était Patricia.

— Si je couche avec lui, ce ne sera pas différent de ce qu'il s'est passé pour toi ou pour Bethany Valrez. Et pour toutes les autres. Ça s'est toujours terminé par une rupture.

— Il n'y a rien d'autre à espérer de lui. Et, en attendant, on passe des moments très agréables. Mais je ne me sens pas la force de supporter cette fille jusqu'à la fin de l'année. Fais quelque chose, je t'en prie ! Fonce !

Diana s'appuya contre la rampe, sous le choc.

Quinn avait donc été l'amant d'une de ces femmes ? A sa place, elle n'aurait pas pu s'empêcher de rougir, et il lui aurait été impossible de regarder Quinn en face.

— Moi, je vise le long terme, répliqua Patricia. Il s'intéresse à moi parce que, justement, je n'ai pas couché avec lui. Lorsqu'il sera fatigué de cette fille, je serai là.

— Tu le crois prêt à se marier ? demanda une autre.

— Il ne faudrait pas qu'il s'entiche de cette fille ! Fais attention, Patricia.

— Il n'y a pas de danger. Ses frères étant maintenant mariés, il a pris peur, comme cela arrive toujours au début. C'est pour cela qu'il a choisi cette fois de sortir avec une fille qu'il est sûr de ne jamais épouser.

Diana se mordit la lèvre.

Elle avait toujours su qu'elle n'était pas la femme qu'il fallait à Quinn, mais entendre Patricia Cargill déclarer que c'était pour cette raison qu'il sortait avec elle était encore plus douloureux.

— Je n'ai aucune envie d'être vue en compagnie d'une fille qui porte des tongs dorées et des perles en plastique !

— Je vous parie qu'avant six mois, Quinn et moi serons fiancés. Mais je veux d'abord qu'il se fatigue de cette fille. Il va bientôt se rendre compte que sa présence est gênante.

Diana s'affaissa sur une marche.

Quel coup de voir combien ces femmes souhaitaient se débarrasser d'elle ! Pourtant, elle s'était montrée amicale avec elles, elle avait complimenté Patricia sur la maison, le panorama, le repas, l'avait remerciée pour son hospitalité...

Comme elle avait été naïve ! Elle n'avait plus qu'à s'en aller. C'était la seule chose à faire : rentrer chez elle.

Mais soudain, son accablement céda le pas à la colère.

En laissant Quinn derrière elle, avec tous ces gens affreux ? C'était exactement ce que ces femmes souhaitaient. Pour une fois, elle n'avait aucune envie de faire plaisir aux autres. Elle voulait... Oui, les écraser. Ces deux mots horribles lui paraissaient appropriés.

Tenant la bouteille par le goulot, elle entra dans la cuisine la tête haute, les pans de la chemise de Quinn flottant derrière elle, et elle commença à ouvrir les placards.

— Vous cherchez quelque chose ? demanda Patricia.

— Des flûtes à champagne, répondit-elle en montrant sa bouteille. C'est celui que Quinn préfère. Nous voulons rester un peu en tête à tête tous les deux, vous comprenez.

— Oh ! mon chou ! Ce n'est pas ce champagne que nous avons bu au gala, dit Patricia en prenant la bouteille. Et, mon Dieu ! Il est chaud, ajouta-t-elle en faisant la grimace.

Elle ouvrit la cave à vin réfrigérée et sortit une autre bouteille de champagne, décorée elle aussi de motifs floraux.

— Laissez-moi vous aider, dit-elle. Vous voyez, ces deux bouteilles viennent de la même maison, mais ce n'est pas du tout le même.

Elle commençait à expliquer l'importance des millésimes indiqués sur les étiquettes, lorsque Quinn entra dans la pièce.

Tous les regards se tournèrent vers lui.

Après quelques instants d'un silence glacial, il regarda Diana et lui adressa un sourire ravageur.

— Voilà la femme que je cherchais, dit-il.

Quinn ne savait pas exactement ce qu'il s'était passé dans cette cuisine, mais à la pâleur et aux lèvres crispées de Diana, il sut en un clin d'œil qu'elle était en colère. Et les trois autres femmes ressemblaient à une meute de chiens de chasse s'acharnant sur leur proie.

Trois contre une.

Il espérait que la façon dont il avait souri à Diana et dont il se tenait maintenant près d'elle lui disait de quel côté il était.

Il ne lui fallut pas longtemps pour remarquer les deux bouteilles posées sur le comptoir. Il reconnut les fleurs qui les ornaient.

Diana avait voulu lui faire plaisir en apportant le champagne qu'ils avaient bu au gala !

— Tu as apporté cela pour nous ? demanda-t-il, ému par ce geste.

Elle ne lui aurait pas offert ce champagne si elle pensait encore qu'ils étaient mal assortis.

Il saisit la moins chère des deux bouteilles, certain qu'elle n'avait pas dépensé les mille dollars que coûtait l'autre. Sans aucun doute, Patricia avait sorti l'autre bouteille uniquement pour montrer à Diana que celle qu'elle avait achetée était de qualité très inférieure.

C'en était trop.

Il posa la bouteille et, s'emparant du visage de Diana, il lui donna un long et profond baiser, en prenant tout son temps. Lorsqu'il se résolut à y mettre fin, il récupéra la bouteille de champagne.

— Ne nous attendez pas pour le dîner, lança-t-il.

Les autres femmes, le regard braqué sur eux, semblaient médusées. Alors qu'il entraînait Diana vers l'escalier, il entendit la voix d'une d'elles résonner sur le granit et le marbre de la cuisine.

— Tu crois encore que vous serez fiancés dans six mois ?

# 10

— A quoi allons-nous trinquer en premier ? demanda Quinn.

Diana et lui s'étaient réfugiés dans le hangar à bateaux qui s'ouvrait sur le lac. Il y régnait une douce fraîcheur et une pénombre rassurante. C'était la fin de l'après-midi, et le soleil encore haut faisait scintiller l'eau sur laquelle glissaient des bateaux de plaisance.

— Tu es sûr que personne ne viendra ? demanda Diana en se débarrassant de ses tongs dorées.

— Mais oui. Buvons notre champagne et faisons l'amour.

Le champagne était trop chaud, mais qu'importe. Il brûlait de la serrer dans ses bras, de la couvrir de caresses…

Les doigts impatients, il défit les liens qui retenaient les deux pièces du Bikini orange, et Diana lui apparut dans toute sa nudité, avec sa peau laiteuse, sa beauté, sa féminité.

A son tour, elle le déshabilla.

Tandis qu'ils roulaient sur les coussins qu'ils avaient jetés sur le plancher du hangar et que leurs corps s'unissaient, il comprit à quel point il tenait à cette femme.

— Je veux que cela dure toujours, Diana, lui murmura-t-il à l'oreille. Toujours.

Allongée sur le sol à côté de Quinn, parfaitement détendue après l'amour, Diana éprouvait cependant un certain malaise.

Elle avait le sentiment d'être quelqu'un d'épouvantable.

Depuis trois semaines, elle sortait avec un homme en

sachant qu'il n'était pas fait pour elle. Qu'ils ne formeraient jamais un vrai couple tous les deux. Elle s'était inquiétée pour elle, craignant de sortir de cette histoire le cœur brisé, mais pas un instant elle ne s'était inquiétée pour Quinn.

« Toujours », avait-il dit. Lui aussi, il risquait d'avoir le cœur brisé.

Le soleil commençait à décliner.

Comme un automate, elle s'assit et commença à remettre son Bikini

Quinn se redressa et la regarda s'habiller. Sans la quitter des yeux, il saisit la bouteille de champagne et but encore une gorgée.

— Ce n'est pas ce champagne-là que tu m'as fait boire au gala, n'est-ce pas ? dit-elle.

— Je trouve celui-ci encore meilleur. Prends-en.

Elle avait posé sur ses épaules la chemise de Quinn. Elle s'assit sur les coussins près de lui et s'empara de la bouteille pour en étudier l'étiquette.

— Patricia avait raison, dit-elle.

— Mais non ! Elle a pris l'autre bouteille dans les réserves de son père. Je doute qu'ils vendent ce millésime au Driskill. Ne te laisse pas manipuler par cette femme !

— Elle veut t'épouser.

— Moi, je ne veux pas me marier avec elle. A quoi rime cette discussion ?

— Tu devrais l'épouser. Elle ou quelqu'un comme elle, qui se glissera dans ta vie avec autant de facilité que ces bateaux glissent sur le lac.

Quinn émit un drôle de bruit, comme s'il venait de recevoir un coup, et elle le regarda, alarmée.

— Comment peux-tu faire l'amour avec moi et me dire ensuite que je dois épouser une autre femme ?

Parce qu'elle était quelqu'un d'épouvantable.

Il se leva d'un bond, l'air en colère, et brandit la bouteille.

— Pourquoi as-tu apporté ce champagne ?

— C'était un cadeau pour Patricia.

Il recula, comme sonné, puis se ressaisit.

— J'ai mal interprété les choses, dit-il avec calme. Et tu n'as rien fait pour me détromper. Tu m'as suivi jusqu'ici et m'as laissé te faire l'amour. Pourquoi ?

Comme elle ne disait rien, il insista.

— Pourquoi ? répéta-t-il, d'une voix plus forte cette fois. Etait-ce pour te venger de Patricia ? Comme elle s'est mal comportée avec toi, tu as voulu coucher avec l'homme qu'elle convoite ? Comment as-tu pu ?

— Arrête, je t'en prie, arrête ! s'écria-t-elle, en larmes.

Au prix d'un effort surhumain, Quinn parvint à se calmer.

— Dis-moi, quel était le but de ce week-end ?

— Il n'en avait aucun en particulier. C'était juste un rendez-vous amoureux comme les autres. Un bon moment à passer ensemble, comme deux bons amis. Je suis Diana, la bonne copine, la fille rigolote qui aime s'amuser.

Quinn se passa la main dans les cheveux.

— Non, c'est faux. Si nous sortons ensemble, c'est parce que nous préférons être l'un avec l'autre plutôt que séparés. Mais nous ne sommes pas vraiment ensemble, n'est-ce pas ? Tu ne me vois que lorsque tu as fini de t'occuper de tous les autres. Jusqu'à ce matin, je n'avais pas compris à quel point ton travail avec les chiens était important pour toi. Je viens après tout le reste.

Il jeta la bouteille dans une poubelle, puis il ramassa ses vêtements et les enfila.

— Je vais te dire, moi, le sens que j'avais donné à ce week-end : tu m'avais dit désirer qu'il y ait quelque chose de plus dans notre relation. Alors, j'ai voulu que tu entres dans ma vie, que tu te rendes compte que tu pouvais parfaitement t'intégrer dans mon univers.

Il se souciait d'elle à ce point ! Ou plutôt, il *s'était* soucié.

Elle ne put retenir ses larmes.

— Je regrette tellement que cela ait échoué, murmura-t-elle. J'ai su dès le début que, quels que soient mes sentiments pour toi, nous étions trop différents. Je ne suis pas la femme qu'il te faut. Maintenant, tu le comprends enfin.

— Mais non.

Quinn s'approcha d'elle et, à sa grande surprise, il lui saisit le visage entre ses mains, comme s'il s'apprêtait à l'embrasser.

— C'est tout le contraire, dit-il. Si tu ne l'as pas remarqué, je te signale que la directrice de Texas Rescue est prête à t'engager. Karen t'est reconnaissante de tenir tête à Patricia, ce dont elle-même est incapable. Tu te débrouilles très bien dans mon monde à moi.

S'il disait vrai, c'était effrayant.

— C'est bien le problème, déclara-t-elle. Je ne veux pas faire partie de ce monde-là. Je veux rendre les gens heureux et non pas les remettre à leur place. Je préfère m'en aller plutôt que d'avoir à me battre. Je pars.

Il y eut un long silence.

— Alors, dit Quinn, je pars avec toi.

— Oh ! Je ne parlais pas seulement de ce week-end. Je pars pour toujours.

— Moi aussi.

Et il l'embrassa.

Cela ne ressemblait en rien à un baiser d'adieu.

— Quinn, ne comprends-tu pas ce que je dis ?

— Tu as dit que tu n'étais pas la femme qu'il me fallait malgré les sentiments que tu avais pour moi. Quels sentiments, Diana ? Dis-le moi.

— C'est… Je…

Elle avait du désir pour lui, elle l'admirait. Il la faisait rire, mais aussi il la mettait en colère, et mal à l'aise, parfois. Quel nom donner à tout cela ?

Elle secoua la tête en silence, malheureuse.

— Ça ne fait rien, dit Quinn en l'embrassant. Je sais ce que tu ressens pour moi. Tu me l'as dit tout à l'heure avec ton corps, lorsque nous faisions l'amour. Tu nous as prouvé que tu m'appartenais, tout comme je t'appartiens. Nous sommes vraiment faits l'un pour l'autre, Diana. Nous allons partir ensemble.

Lorsqu'ils regagnèrent la maison, Karen était au téléphone, et tous les autres faisaient leurs bagages. Le service de météorologie national avait lancé une nouvelle alerte. L'ouragan s'annonçait plus violent que prévu, et son arrivée était imminente. Il atteindrait la côte du Texas avant le lever du jour.

Tout le monde quittait la maison du lac. Ensemble.

# 11

Le lundi matin, le temps était gris et humide. L'ouragan avait sévi pendant la nuit, ravageant plusieurs villes le long de la côte. Les bénévoles de Texas Rescue s'étaient mis en route pour arriver sur place dans les meilleurs délais. La consigne était que chacun utilise sa propre voiture et ait une réserve de carburant.

Diana avait découvert un décor de cauchemar dans la petite ville côtière où avait été installé l'hôpital de campagne. Autour, tout était détruit : les maisons, les magasins, les routes. Les victimes de l'ouragan ne cessaient d'arriver dans les tentes mises en place par les secours. Ces gens avaient emporté avec eux le peu qu'il leur restait, entassé dans une valise ou dans une taie d'oreiller. Tous réclamaient de l'aide.

A son premier blessé, la vue du sang lui avait fait perdre connaissance.

Jamais elle n'aurait imaginé avoir une telle réaction, tant qu'elle n'avait pas été confrontée à la vision effrayante d'une jambe inondée de sang, avec un os brisé qui transperçait la peau.

Sa syncope avait encore compliqué la tâche des bénévoles.

Elle n'avait pas sa place dans la grande tente blanche où travaillaient Quinn, Patricia, Karen et tous les autres membres de l'équipe de Texas Rescue. Patricia l'avait alors envoyée dans la tente consacrée aux examens radiologiques. Où sa mission consistait à distribuer des porte-blocs et de la paperasse aux patients qui attendaient leur tour.

Mais cela n'avait pas duré plus de cinq minutes, car elle

avait failli se cogner la tête contre un des appareils, et sa chemise avait accroché quelque chose, de sorte que le fil qui retenait les paillettes de sa blouse avait craqué. Elle semait autour d'elle des paillettes roses qui tombaient sur le sol, l'une après l'autre... On l'avait renvoyée de la tente, et elle en avait presque été soulagée.

Elle avait alors reçu une troisième affectation où elle ne risquait pas de voir la moindre goutte de sang : reléguée dans une tente installée sur le parking, elle avait pour mission de veiller sur les talkies-walkies qu'utilisaient les bénévoles, les antennes-relais des téléphones portables ayant été endommagées lors de la tempête. Lorsque quelqu'un venait chercher une batterie neuve, elle devait écrire sur un carnet le numéro de série de l'appareil.

En d'autres termes, l'hôpital de campagne n'avait absolument pas besoin d'elle. Cela faisait des heures qu'elle était assise là toute seule dans cette tente surchauffée, consciente de sa parfaite inutilité.

Lorsque Quinn entra, il lui suffit de le regarder pour voir que lui aussi avait eu une mauvaise journée.

Quinn venait chercher une nouvelle batterie. Mais lorsqu'il vit Diana se lever de sa chaise et venir le serrer dans ses bras, il sut que c'était exactement ce dont il avait besoin. Il l'étreignit de toutes ses forces et, fermant les yeux, la garda un instant tout contre lui.

La journée avait été éprouvante. Il était cardiologue et non urgentiste. Lors d'une catastrophe naturelle, les cas de crises cardiaques n'étaient pas rares, et il savait comment les gérer. Il traitait la plupart des infarctus du myocarde en donnant au malade des médicaments qui le stabilisaient avant qu'il ne soit transféré dans l'hôpital le plus proche fonctionnant encore. Aujourd'hui, deux patients avaient demandé une intervention plus lourde. Il avait dû effectuer une réanimation cardio-pulmonaire manuelle en attendant que l'équipe parvienne à trouver le défibrillateur portable, laissé dans une salle qui n'était pas encore opérationnelle. Cela lui avait paru durer une éternité. Ses bras commençaient à devenir douloureux. L'un des patients avait survécu. Pas l'autre.

C'était si bon de tenir Diana dans ses bras fatigués.

Comme il faisait mine de la lâcher, elle le retint solidement et se blottit contre lui.

— Fais-tu cela pour toi, pour moi, ou pour nous deux ?

— Je crois que nous avons eu l'un et l'autre une dure journée, répondit-elle.

— Tu sais que ce « nous » existe, n'est-ce pas ?

— Oui, bien sûr, acquiesça-t-elle en fronçant légèrement les sourcils. Nous sortons ensemble.

— Non. Il s'agit d'autre chose, Diana. Je t'aime.

Elle leva la tête et le regarda un long moment.

Elle était magnifique. Il aurait voulu la contempler pendant des heures.

— Personne ne mérite plus que toi d'être aimée, Diana.

— Mais tout le monde le mérite ! Je n'ai rien de spécial.

— Tu es extraordinaire.

Elle baissa les yeux, comme gênée par ce compliment.

— Je t'en prie, laisse-moi.

Il la lâcha. Visiblement, quelque chose la mettait mal à l'aise.

— Cette fois, dit-elle, laisse-moi partir. Je ne suis pas la femme qu'il te faut.

Il sentit son cœur se glacer.

Elle n'était pas mal à l'aise. Elle ne l'aimait pas, voilà tout.

— Je suis tellement désolée, murmura-t-elle en faisant un pas en arrière.

Cela n'avait aucun sens ! Il connaissait cette femme. Elle avait des sentiments très forts pour lui.

— De quoi es-tu désolée ?

— De t'avoir laissé me retenir chaque fois que j'ai voulu m'en aller. Je n'aurais pas dû devenir ta maîtresse, puisque je savais que toi et moi n'étions pas faits l'un pour l'autre.

— C'est faux !

La porte toilée de la tente se souleva, et un homme entra, tenant une batterie de radio à la main. Il fit un geste vers le stock.

— Je venais juste… Voilà.

Il s'empara d'une batterie neuve et s'en alla.

Il faisait une chaleur étouffante sous cette tente. Comment Diana avait-elle pu supporter cela toute la journée ?

— Viens faire un tour avec moi, proposa-t-il.

Ils sortirent sur le parking, bordé d'un fossé de drainage où couraient les eaux de pluie. La nuit allait bientôt venir, apportant un peu de fraîcheur.

— Je fais confiance à ton talent de marieuse, dit Quinn. Pense au soir où nous nous sommes connus. Ton instinct t'a poussée à venir vers moi. Tu voulais être mon amie. Tu voulais me rendre heureux dès la première minute où nous nous sommes rencontrés.

— J'essaye *toujours* de rendre les gens heureux. Je t'ai quitté, le soir du gala. Après avoir trouvé la femme qui te convenait, je suis partie.

— Et je t'ai rattrapée.

— Tu n'aurais pas dû.

— J'écoute mon instinct, moi aussi, et tout me dit que je ne dois pas te laisser partir. Nous appartenons l'un à l'autre, Diana.

Ils s'étaient arrêtés près d'une barrière en ciment qui longeait le parking, et il s'était emparé des mains de Diana. Le coucher du soleil était spectaculaire, ses derniers rayons transformaient l'eau du fossé de drainage en un lac scintillant. Ils restaient là, immobiles, face à face.

— Ne vois-tu pas que nous n'avons aucun avenir ensemble ? dit enfin Diana. Il faut être réaliste. J'ai vu tant d'histoires d'amour tourner court. Tu te souviens de la mère de Stewy ? Je crois que son nouveau compagnon est bien pour elle, mais il y a six mois, je pensais la même chose d'un autre homme, et ils se sont séparés. Le refuge pour animaux est plein d'histoires tristes. C'est effrayant lorsque quelqu'un qu'on a vu partir, ravi, en emportant avec lui un petit chiot débordant d'affection, revient quelques mois plus tard, convaincu qu'il ne peut plus supporter l'animal un jour de plus.

Elle avait le cœur si tendre ! Il était sûr qu'elle éprouvait de la peine pour tous ces chiens abandonnés.

— Je t'aime, Diana. Cela ne cessera jamais.

— Nous… Nous, c'est comme un fermier qui se prendrait d'affection pour un yorkshire. Il peut être séduit par ce petit chien, le trouver mignon et amusant, mais s'il l'emmène dans son ranch, il ne devra pas compter sur lui pour l'aider dans son travail avec les chevaux. C'est une mauvaise association. Il peut garder le chien jusqu'à sa mort, tout comme toi tu pourrais me garder avec toi, mais ils n'auront pas la vie heureuse qu'ils auraient pu connaître s'ils s'étaient retrouvés avec le partenaire idéal.

Se dressant sur la pointe des pieds, elle lui donna un petit baiser sur les lèvres.

— Jamais je ne te ferai une chose pareille, Quinn. Adieu.

Elle se dirigea vers l'autre extrémité du parking, là où étaient garés les véhicules des bénévoles de Texas Rescue.

Martelant le bitume de ses bottes, il lui emboîta le pas, furieux.

— Tu veux vraiment partir ? Et passer le reste de ta vie à jouer les martyres en te disant que tu as bien agi, avec noblesse, en me laissant libre de trouver quelqu'un qui me conviendrait mieux ? C'est bien cela ?

— Ne rends pas les choses plus difficiles encore, Quinn.

— Plus difficiles ? Tu veux savoir ce qui est difficile ? C'est d'entendre la femme que l'on aime tenir des propos montrant le peu d'estime qu'elle a pour elle. Ta comparaison avec le yorkshire est *ignoble* !

Le mot était si violent que Diana tressaillit.

— Tu n'es pas un chien, bon sang ! Tu es un être humain, une femme qui a le pouvoir de changer les choses, de faire ce qu'elle veut de sa vie. Cette histoire de yorkshire te sert juste d'excuse pour ne rien changer. C'est facile de dire : « je suis née ainsi, c'est ainsi que je dois rester ».

Elle aurait voulu que Quinn se taise. Il était en train de tout gâcher.

— Le vrai problème, reprit-il, c'est que tu veux tellement rendre tout le monde heureux autour de toi que tu en oublies d'être heureuse toi-même. Tu donnes tout aux autres : ton temps, tes talents, ta maison, ta voiture. Tu préfères t'en aller plutôt que de te battre, de crainte de rendre quelqu'un malheureux pendant quelques instants.

Elle ne pouvait pas en supporter davantage. Elle s'arrêta et se tourna vers Quinn.

— C'est bien de rendre les gens heureux, dit-elle, au bord des larmes. C'est mal de les rendre malheureux. C'est ce que disait ma mère.

— Je sais, et elle avait raison. Il y a beaucoup de noblesse à vouloir le bonheur pour autrui, mais il faut aussi savoir être heureux soi-même. Cela peut commencer par de petites choses. Par exemple, si tu ne te sens pas bien, confinée dans cette tente pour surveiller le stock de talkies-walkies, rien ne t'empêche de chercher une autre mission qui te plaise davantage.

— Tu me demandes de rejeter tous les principes sur lesquels j'ai bâti ma vie ?

— Mais non ! Ta mère disait qu'il fallait du courage pour être heureux. Peut-être voulait-elle dire que le courage consistait à s'emparer de ce que l'on désire. Je t'aime, Diana, mais tu dois prouver que tu veux me garder pour toi. Tu as des choix à faire. Moi aussi. Et je choisis de ne pas rester là à te regarder partir. Cela ne me rendrait pas heureux.

Il tourna les talons et repartit en direction des tentes de l'hôpital.

Elle resta un moment à le suivre des yeux, puis elle marcha jusqu'à sa voiture, s'installa sur la banquette arrière et relut pour la énième fois, jusqu'au moment où l'obscurité l'empêcha de continuer, la lettre que sa mère avait rédigée avant de mourir — la lettre où elle rappelait à sa fille les principes qui avaient guidé sa vie.

Diana se réveilla à l'aube, tout ankylosée après avoir passé la nuit roulée en boule sur la banquette arrière de la coccinelle. Elle prit le temps de s'étirer longuement puis retourna vers l'hôpital de campagne, traînant derrière elle la valise aux bananes, qu'elle avait récupérée chez le propriétaire du saint-bernard avant de venir.

Après s'être lavé les dents et avoir changé de vêtements, elle se sentit mieux. Ragaillardie, ce fut d'un pas décidé qu'elle alla trouver Patricia dans la tente réservée à l'administration.

— Je veux être affectée à un autre poste, dit-elle.

Patricia ne leva même pas les yeux vers elle.

— Vous ne pouvez rien faire à part du travail de bureau, et tous ces postes sont maintenant occupés par des gens qui ne s'évanouissent pas à la vue du sang et qui ne risquent pas de s'assommer à tout instant.

— Je peux sûrement être utile à quelque chose.

— Ecoutez, je n'ai pas le temps de m'occuper de vous. Trouvez-vous quelque chose à faire ou bien rentrez chez vous.

D'autres bénévoles travaillaient dans la tente. Diana s'adressa à une femme qui lui paraissait sympathique.

— Y a-t-il des chiens, ici ? demanda-t-elle.

— Non. Mais si vous voulez vous rendre utile, allez voir dans le secteur de la pédiatrie. Il y a du travail, là-bas !

— Est-ce que ces enfants saignent ? Parce que j'ai un problème : la vue du sang me fait perdre connaissance.

La femme se mit à rire.

— Ah, c'est vous ! J'ai entendu parler de cela, hier. Ne craignez rien, ces enfants ont été soignés et portent des pansements. Venez, je vais vous montrer dans quelle tente ils sont.

Vers 11 heures du matin commença à circuler la nouvelle qu'une jeune femme avait pris les choses en main dans la tente réservée aux enfants. Elle était charmante, généreuse, intelligente, créative, et elle fabriquait des marionnettes pour les petits en utilisant de vieilles chaussettes.

Avant même d'avoir entendu dire que cette délicieuse jeune femme était celle-là même qui, la veille, s'était évanouie à la vue du sang, Quinn avait deviné qu'il s'agissait de Diana.

Il était près de 15 heures lorsqu'il put enfin se rendre dans la tente du service pédiatrique. Il s'arrêta un instant sur le seuil, contemplant le spectacle qui s'offrait à lui.

Là où la veille régnaient la peur et l'angoisse, il découvrait aujourd'hui une montagne de marionnettes, faites avec de vieilles chaussettes, mais aussi des bouts de tissus de toutes les couleurs.

Il reconnut même un morceau du chemisier blanc orné de cerises que Diana portait sur elle au refuge. Sans doute à court de chaussettes, Diana avait sacrifié une partie de sa garde-robe pour fabriquer ces marionnettes avec lesquelles s'amusaient les enfants, et même certains parents qui partageaient ainsi les jeux des petits blessés.

Il aperçut Diana avant qu'elle ne le voie. Appuyée contre l'un des petits lits, elle utilisait une aiguille de chirurgien pour confectionner une autre de ses créations. Elle était magnifique.

— Hé, monsieur, est-ce que tu vas écouter mon cœur ?

Un petit garçon montrait du doigt le stéthoscope que Quinn portait autour du cou.

— Non, pas aujourd'hui, dit-il.

— Tu es venu faire la fête avec nous ?

Quinn avait les yeux fixés sur Diana, attendant qu'elle le regarde enfin. Il lui suffirait d'un seul regard, et il saurait quelle décision elle avait prise.

Elle leva les yeux et lui sourit.

Il marcha droit sur elle et la prit dans ses bras.

Comme elle s'accrochait à lui, il l'entendit rire. Ou pleurer. Ou les deux.

— Alors, tu es venu faire la fête ? insista le petit garçon qui l'avait suivi.

— Oui, je veux faire la fête, moi aussi.

— Je t'aime, lui murmura Diana à l'oreille. Je t'aime à la folie, Quinn MacDowell, et je ferai de toi un homme heureux.

# Épilogue

Diana rentra à Austin le mercredi car elle devait reprendre son travail à l'agence. Quinn ne put quitter la côte que le samedi.

Ces quatre jours sans Diana lui avaient paru durer une éternité, mais il comptait bien rattraper aujourd'hui le temps perdu. Il lui avait demandé de venir le rejoindre au ranch, et elle avait accepté. Avec joie, semblait-il.

Accepterait-elle avec autant d'enthousiasme l'autre demande qu'il allait lui formuler et dont elle ne savait rien encore ?

Ils ne se connaissaient que depuis quatre semaines. Très exactement quatre semaines et un jour. N'était-ce pas trop tôt pour la demander en mariage ?

Il avait consulté ses frères. Jamie, qui s'était enfui avec Kendry quatre semaines après l'avoir rencontrée, lui avait dit que le temps n'avait aucune importance. Braden lui avait fait sagement remarqué que Diana était la seule à pouvoir dire si c'était trop tôt ou pas. Ses deux frères lui avaient conseillé d'offrir à Diana la bague de fiançailles de leur grand-mère. Eux-mêmes avaient choisi pour leurs épouses d'autres bagues, chacun pour des raisons différentes.

Il espérait qu'elle accepterait cette bague.

Mais oui, elle le ferait ! Elle dirait oui.

Il guetta avec impatience l'arrivée de la coccinelle.

Lorsque Diana en sortit, vêtue d'une robe bain de soleil jaune vif, il la trouva si jolie qu'il regretta d'être en jean. Il aurait dû mettre un costume pour faire sa demande en mariage.

Après le déjeuner auquel assistait la famille au grand complet, il proposa à Diana une promenade avec lui.

A peine étaient-ils à l'abri des regards qu'elle se pendit à son cou.

— T'ai-je dit combien je te trouvais beau aujourd'hui ? lui glissa-t-elle à l'oreille.

C'était décidé. A partir de cet instant, il n'essayait plus de comprendre comment elle faisait pour toujours savoir ce qu'il avait besoin d'entendre !

Le ciel était d'un bleu limpide, l'herbe d'un vert tendre. Il avait le sentiment qu'ils étaient seuls au monde.

— Tu m'as manqué. Ces quatre jours m'ont paru durer quatre semaines.

— Quatre ans.

— Tu m'apportes tant de bonheur, Diana ! Tu en apportes à tout le monde, mais je suis assez égoïste pour vouloir t'avoir près de moi tous les jours.

S'agenouillant devant elle, il sortit de sa poche le petit écrin en velours. Oubliant le discours qu'il avait préparé, il laissa parler son cœur.

— Veux-tu m'épouser ? Veux-tu amener tes chiens et ton désordre dans ma vie ? Je t'aime, Diana. Tu es ce qu'il y a de meilleur au monde pour moi. Tu es mon bonheur.

Elle ne cessait de secouer la tête, battant des paupières pour refouler ses larmes.

— Je ne veux pas pleurer…

— Non, ne pleure pas. Je t'en prie, dis oui.

— Oui ! Oh oui, bien sûr ! Je suis désolée, je ne pensais pas, je…

Il la fit taire en s'emparant de ses lèvres.

Des applaudissements saluèrent son geste.

Loin de se fâcher devant cette intrusion dans sa vie privée, il sourit en voyant apparaître les membres de sa famille avec des flûtes et du champagne — de l'excellent champagne — pour porter un toast à la vie de bonheur qui les attendait, Diana et lui.

Retrouvez prochainement,
dans votre collection
# SAGAS

**Trilogie : AU NOM DU ROYAUME, de Maisey Yates - N°169**

**La loi du destin**

*Tu portes mon enfant. Et bientôt, tu seras ma femme.* Allegra n'oubliera jamais cette étreinte passionnée, offerte lors d'une soirée de bal par un homme masqué… Mais le destin lui joue un tour bien cruel. Cet inconnu n'est autre que le duc Acosta, son pire ennemi…

**La loi du royaume**

Le jour où Bailey découvre Raphael DeSantis chez elle, la rage l'envahit. Comment ose-t-il, lui qui va se marier à une autre ?… Mais il est trop tard : Raphael a remarqué son ventre arrondi et a compris qu'il sera bientôt père, et pourra offrir un héritier à son peuple…

**Vengeance pour un milliardaire**

Le jour où Esther Abbott vient lui annoncer qu'il est le père de son futur enfant, Renzo croit à un canular. Et une colère irrépressible le gagne quand il comprend qu'il s'agit de l'ultime piège de son ex-épouse : convaincre une jeune femme sans le sou de devenir leur mère porteuse… Par honneur, et pour assurer sa lignée, il devra épouser Esther…

**Tétralogie : Le royaume des Karèdes - Intégrale 1/2 - N°170**

**L'enfant du prince, de Sandra Marton**

Alors qu'elle séjourne sur l'île d'Aristos, Maria succombe à un désir intense pour un inconnu. Un moment qu'elle regrette amèrement lorsqu'elle comprend que son amant est le prince Alexandros, qui ne voit en elle qu'une aventure. Et bientôt, elle apprend qu'elle est enceinte…

**Le play-boy du désert, de Sharon Kendrick**

Quand le cheikh Kaliq Al'Farisi s'invite dans la modeste demeure de son père, Eleni est stupéfaite. Que fait ici cet homme puissant chez un simple éleveur de chevaux ? Quand elle comprend qu'il vient prendre Nabat, leur plus bel étalon, sa peine est immense… et se mue en panique, lorsqu'il exige qu'elle vienne au palais pour s'occuper de Nabat !

**La maîtresse secrète, de Marion Lennox**

Jamais Holly n'aurait pensé revoir le prince Andreas, avec lequel elle a vécu une idylle passionnée à dix-sept ans. Mais aujourd'hui, la presse menace de dévoiler leur liaison, et de révéler qu'un enfant est né de cette union. Andreas exige qu'Holly quitte l'Australie… et l'épouse !

**La fiancée insoumise, de Kate Hewitt**

Kalila sait qu'elle doit épouser Zakir, roi de Calista. Désespérée, elle accepte malgré tout de suivre Aarif, le frère du roi, venu l'escorter. Aux côtés de cet homme au charme irrésistible, Kalila comprend qu'elle ne désirera jamais Zakir comme elle le désire, lui. Elle décide donc de fuir en plein désert…